Jojo Moyes

DANS LES PAS D'UNE AUTRE

Traduit de l'anglais (Grande-Bretagne) par Nathalie Guillaume

Hauteville

Hauteville est un label des éditions Bragelonne

Titre original : *Someone Else's Shoes*

Directeur : Antoine Béon
Directrice de la publication : Claire Renault Deslandes
Directrice éditoriale : Julia Leloup
Directeur artistique : Fabrice Borio

ISBN : 978-2-38122-364-3

Bragelonne – Hauteville
60-62, rue d'Hauteville – 75010 Paris

E-mail : info@editions-hauteville.fr
Site Internet : www.editions-hauteville.fr

Pour JWH

Chapitre premier

À 5 heures du matin, les yeux rivés au plafond qui s'éclaircit lentement, Sam fait l'exercice de respiration que lui a conseillé le médecin, espérant ainsi empêcher ses réflexions de former un énorme nuage noir au-dessus de sa tête.

J'inspire six secondes, je bloque trois secondes, j'expire sept secondes.

Je suis en bonne santé, récite-t-elle en silence. Ma famille est en bonne santé. Le chien ne s'amuse plus à pisser dans l'entrée. Le frigo est plein et j'ai encore un boulot. Elle regrette légèrement d'avoir inséré cet « encore », car, à la pensée de son travail, elle a l'estomac qui recommence à se nouer.

J'inspire six secondes, je bloque trois secondes, j'expire sept secondes.

Ses parents sont toujours en vie. Quoique, franchement, inclure ça dans un journal de gratitude peut s'avérer difficile à justifier. Oh, Seigneur. Sa mère va lancer des piques dimanche, sur le fait qu'ils rendent toujours visite à la mère de Phil. Ça arrivera à un moment donné, entre le petit sherry et le pudding indigeste, aussi inévitablement que la mort, les impôts et ces poils surprises au menton. Elle s'imagine la renvoyer dans les cordes avec un sourire poli : « Eh bien, maman, Nancy vient de perdre celui qui était son mari depuis cinquante ans. Elle se sent un peu seule, ces temps-ci. »

« Mais vous alliez sans arrêt la voir quand il était toujours vivant, il me semble ? », entend-elle sa mère répondre.

« Oui, mais son mari était mourant. Phil voulait voir son père le plus possible avant qu'il quitte son enveloppe charnelle. On ne faisait pas la fête, bon sang. »

Elle s'aperçoit qu'elle a encore une dispute imaginaire avec sa mère, et s'efforce d'extirper cette pensée pour la ranger dans une boîte mentale, comme elle l'a lu dans un article. Mais le couvercle de cette boîte refuse catégoriquement de fermer. Elle trouve qu'elle a beaucoup de disputes imaginaires, ces jours-ci : avec Simon au travail, avec sa mère, avec cette femme hier, qui poussait devant elle à la caisse. Aucune de ces disputes ne franchit jamais ses lèvres dans la vraie vie. Elle se contente de serrer les dents. Et essaie de respirer.

J'inspire six secondes, je bloque trois secondes, j'expire sept secondes.

Je ne vis pas en zone de guerre, songe-t-elle. Il y a de l'eau courante potable et de la nourriture dans les placards. Pas d'explosions, pas d'armes à feu. Pas de famine. Ça veut bien dire quelque chose. Mais de penser à ces pauvres enfants en zone de guerre, elle a les yeux brûlants de larmes. Elle a toujours les yeux brûlants de larmes. Cat lui répète d'aller se faire prescrire une analyse de la TSH, mais elle a encore ses règles et de l'acné hormonale (n'est-ce pas injuste ?), et, de toute façon, le médecin n'a pas de créneau disponible pour un rendez-vous. La dernière fois qu'elle a appelé, il n'y avait rien avant deux semaines. *Et si j'étais mourante ?* avait-elle pensé. Avant d'avoir une dispute imaginaire avec la réceptionniste.

Dans la vraie vie, elle a simplement dit : « Oh, c'est un peu loin. Je suis sûre que ce n'est rien. Merci quand même. »

Elle jette un coup d'œil sur sa droite. Phil dort, le visage tourmenté même dans son sommeil. Elle a envie de lui caresser les cheveux, mais, ces derniers temps, lorsqu'elle le fait, il se réveille en sursaut, l'air surpris et mécontent, comme si elle avait commis une cruauté.

Elle préfère croiser les mains devant elle, et essaie d'adopter une position bien horizontale et détendue. Le repos est aussi bénéfique que le sommeil, lui a-t-on dit un jour. Faites le vide dans votre esprit, et laissez votre corps se détendre. Laissez vos membres libérer toute la tension qu'ils contiennent, des orteils à la tête. Laissez vos pieds devenir lourds. Laissez cette sensation remonter lentement le long de vos chevilles, vos genoux, vos hanches, votre estom…

Oh, et puis merde, lui dit-on dans son crâne. Il est 5 h 45. Autant se lever.

— Il n'y a plus de lait, annonce Cat.

Elle braque un regard accusateur vers l'intérieur du frigo, comme si elle attendait que du lait y apparaisse.

— Tu pourrais faire un saut au magasin ?

— Je n'ai pas le *temps*, rétorque Cat. Je dois me coiffer.

— Eh bien, malheureusement, je n'ai pas le temps non plus.

— Pourquoi ?

— Parce que je vais à la salle de fitness et spa où tu m'as offert un bon. Soin du corps. Il expire demain.

— Mais je te l'ai offert il y a un an ! Et tu vas sûrement n'y rester que deux ou trois heures, si tu vas travailler.

— Je me suis arrangée pour pouvoir arriver un peu plus tard. Au moins, c'est tout près du bureau. Jusqu'ici, je n'ai pas eu le temps.

Elle n'a jamais le temps. Elle le prononce comme un mantra. Il y a aussi : « Je suis tellement fatiguée. » Mais personne n'a jamais le temps. Et tout le monde est fatigué.

Cat hausse les sourcils. Pour elle, prendre soin de soi est une nécessité, qui vient avant les besoins plus prosaïques de gagner de l'argent, se loger et se nourrir.

— Je te le dis sans arrêt, maman, « on s'en sert ou on le perd ».

Elle observe avec une horreur à peine dissimulée le rapport taille/hanches de sa mère, de plus en plus indistinct. Elle referme le frigo.

— Pfff. Je ne pige pas pourquoi papa ne peut même pas acheter une brique de lait.

— Laisse-lui un mot, suggère Sam en rassemblant ses affaires. Peut-être qu'il ira mieux aujourd'hui.

— Et peut-être que les poules auront des dents.

Cat sort de la cuisine d'un pas raide comme seule une jeune femme de dix-neuf ans peut le faire. Quelques secondes plus tard, Sam entend le rugissement furieux de son sèche-cheveux, et sait qu'il restera dans la chambre de sa fille jusqu'à ce qu'elle aille le récupérer.

— Je croyais que tu ne buvais plus de lait de vache, de toute manière, lui lance-t-elle du bas de l'escalier.

Le sèche-cheveux s'interrompt brièvement et elle entend :

— Là, tu me prends juste la tête.

Sam trouve son maillot de bain au fond d'un tiroir et le fourre dans son sac de sport noir.

Elle est en train d'ôter son maillot mouillé quand les jeunes mères sexy arrivent. Luisantes et fines comme des brindilles, elles ne tardent pas à l'encercler, comblant le silence moite en se parlant bruyamment d'un bout à l'autre du vestiaire sans tenir compte de sa présence. La brève sensation d'harmonie que Sam a acquise avec ses vingt longueurs s'évapore comme la brume. Il lui a fallu une heure ici pour se rappeler qu'elle déteste ces endroits : l'apartheid institué par les corps toniques, les coins où celles qui ont de la cellulite comme elle tentent de se cacher. Elle est passée devant cette salle un million de fois en se demandant si elle devrait y aller. Elle prend conscience que, au contact de ce genre de femmes, elle se sent encore pire que si elle n'était jamais entrée.

— Est-ce que tu auras le temps pour une pause après, Nina ? Je me disais que nous pourrions aller dans ce charmant café qui a ouvert derrière Space NK. Celui qui fait des poke bowls.

— J'adorerais. Mais, à 11 heures, je dois être partie. J'emmène Leonie chez l'orthodontiste. Ems ?

— Oh, Seigneur, oui. J'ai besoin d'un moment entre filles !

Ces femmes-là portent du sportswear de créateur, ont des coupes de cheveux parfaites et du temps pour un café. Ces femmes-là ont des sacs de sport griffés, plutôt que sa pâle imitation Marc Jacobs. Elles ont des époux prénommés Rupe ou Tris, qui jettent négligemment des enveloppes contenant d'énormes primes sur des tables de cuisine étincelantes achetées chez *Conran Shop*. Ces femmes-là conduisent de gigantesques tout-terrain qui ne prennent jamais la boue, passent leur journée en double file, exigent des babyccinos pour leurs enfants grincheux auprès de baristas épuisées, et font des bruits de bouche agacés quand ce n'est pas préparé comme elles l'avaient spécifié. Elles n'ont pas d'insomnies jusqu'à 4 heures du matin en s'inquiétant des factures d'électricité, ni le ventre noué de devoir chaque jour saluer leur nouveau patron avec son costume lustré et son mépris à peine dissimulé. Elles n'ont pas de mari qui traîne en bas de pyjama jusqu'à midi et prend un air d'animal traqué dès que leur femme leur suggère de retenter cette fameuse recherche d'emploi.

Sam est à cet âge où toutes les mauvaises choses semblent s'installer – graisse, ride du lion, angoisse –, alors que tout le reste semble filer naturellement – sécurité de l'emploi, bonheur conjugal, rêves.

— Tu n'imagines pas comme ils ont augmenté les prix au *Méridien* cette année, est en train de dire l'une des femmes.

Penchée en avant, elle sèche ses cheveux teints à prix d'or avec une serviette. Sam doit se décaler en se tortillant pour éviter de la toucher.

— Je sais ! J'ai essayé de réserver à l'île Maurice pour Noël : le tarif de notre villa habituelle a augmenté de quarante pour cent.

— C'est un scandale.

Oui, c'est un scandale, pense-t-elle. *Quelle horreur pour vous toutes.* Elle pense au camping-car que Phil a acheté il y a deux ans pour le retaper. « Nous pourrons passer des week-ends sur la côte », avait-il lancé gaiement en regardant l'énorme véhicule qui bloque désormais leur allée avec son tournesol géant sur le flanc. Il n'a jamais fait plus que remplacer le pare-chocs arrière. Depuis l'Année Terrible de Phil, le camping-car est devant chez eux, rappel quotidien et lancinant de ce qu'ils ont perdu.

Sam enfile maladroitement sa culotte, essayant de cacher sa chair pâle sous sa serviette. Aujourd'hui, elle a quatre rendez-vous avec d'importants clients. Dans une demi-heure, elle rejoint Ted et Joel des services Impression et Transport, et ils tenteront de rapporter des contrats décisifs à leur compagnie. Et elle de sauver son poste. Peut-être leurs postes à tous.

Pas de pression, donc.

— Je pense qu'on va faire les Maldives, cette année. Tu sais, avant qu'elles soient englouties.

— Oh, bonne idée. Nous avons adoré. Quel dommage, cette histoire de montée des eaux.

Une autre femme passe en poussant Sam pour ouvrir son casier. Elle est brune, comme elle, peut-être plus jeune de quelques années, mais sa tonicité révèle que l'exercice intensif, l'hydratation et le gommage sont pour elle des soins quotidiens. Elle sent les produits coûteux, comme s'ils suintaient littéralement de ses pores.

Sam resserre sa serviette autour de sa peau d'orange et disparaît à l'angle pour se sécher les cheveux. Lorsqu'elle revient, elles sont toutes parties. Elle lâche un soupir de soulagement et s'affaisse sur le banc en bois humide. Elle songe à s'allonger une demi-heure sur l'une des dalles de marbre chauffées dans le coin. Cette idée l'emplit d'un plaisir soudain : une demi-heure, juste étendue là dans un silence royal.

Son téléphone vibre dans sa veste suspendue dans le casier derrière elle. Elle le sort de sa poche.

Prête ? On est dehors.

Quoi ? On n'est attendus chez Frampton que cet après-midi.

Simon ne t'a pas dit? Ça a été avancé à 10 heures. Dépêche-toi, on doit partir.

Elle jette un coup d'œil à son téléphone avec horreur. Apparemment, elle est donc censée arriver au premier rendez-vous dans vingt-trois minutes. Elle gémit, enfile péniblement son pantalon, attrape en vitesse le sac de sport noir sur le banc, et se dirige d'un pas lourd vers le parking.

Le van blanc crasseux arborant GRAYSIDE IMPRESSION sur le flanc attend devant les portes du quai de chargement, le moteur tournant à l'arrêt. Elle court dans sa direction en traînant à moitié les pieds, chaussée des claquettes de la salle de sport. Elle les rendra demain, mais se sent déjà coupable, comme si elle avait commis une transgression majeure. Les cheveux encore humides, elle halète légèrement.

—Je crois que Simon t'a dans le collimateur, ma grande, lance Ted alors qu'elle monte dans le van.

Il se pousse sur la banquette avant pour lui faire de la place. Il sent la cigarette et l'après-rasage.

—Tu crois?

—Tu devrais faire gaffe à lui. Vérifie toutes les heures de rendez-vous avec Genevieve, dit Joel en tournant le volant.

Il a attaché ses dreadlocks en une queue-de-cheval impeccable, comme par respect pour la journée qui s'annonce.

—Ce n'est plus pareil, maintenant qu'ils ont repris l'affaire, hein? dit Ted tandis qu'ils rejoignent la route principale. On a l'impression de marcher sur des œufs en permanence.

Il y a deux sacs en papier vides parsemés de sucre sur le tableau de bord. Ted en tend un troisième à Sam, contenant un énorme donut encore chaud à la confiture.

— Tiens, dit-il. Le petit déjeuner des champions.

Elle ne devrait pas le manger. Il représente au moins deux fois plus de calories que ce qu'elle vient de brûler en nageant. Elle entend d'ici le soupir désapprobateur de Cat. Mais elle hésite, puis en prend une bouchée et ferme les yeux sous l'effet réconfortant du sucre chaud. Ces temps-ci, Sam prend son plaisir où elle le peut.

— Genevieve l'a encore entendu parler au téléphone de licenciements économiques, déclare Joel. Apparemment, il a changé de sujet dès qu'elle est entrée dans la pièce.

Chaque fois qu'elle entend « licenciement », un mot qui fait maintenant le tour du bureau comme un papillon de nuit piégé dans un abat-jour, son estomac se noue. Elle ignore comment ils s'en sortiront si elle perd son boulot, elle aussi. Phil refuse de prendre les antidépresseurs que le psychiatre lui a prescrits. Il affirme qu'ils le rendent somnolent, comme s'il ne dormait pas déjà jusqu'à 11 heures la plupart du temps.

— On n'en arrivera pas là, déclare Ted, sans conviction. Sam va nous rapporter des contrats aujourd'hui, pas vrai ?

Elle s'aperçoit qu'ils la regardent tous les deux.

— Oui, dit-elle.

Puis elle répète, d'un ton plus optimiste :

— Oui !

Elle se maquille dans le petit miroir de courtoisie, jurant à voix basse chaque fois que Joel passe un dos-d'âne et se léchant le doigt pour essuyer les traces qui en résultent. Elle examine ses cheveux, qui n'ont pas trop mal séché, tout bien considéré.

Elle feuillette le dossier afin de s'assurer qu'elle a tous les chiffres sous la main. Elle a un vague souvenir de l'époque où elle maîtrisait ça en toute confiance, où elle pouvait entrer dans une pièce en sachant qu'elle était douée pour son travail. *Allons, Sam, essaie juste de redevenir cette personne*, pense-t-elle. Puis elle ôte les claquettes et fourre la main dans son sac de sport pour prendre ses chaussures.

— On arrive dans cinq minutes, annonce Joel.

Elle prend conscience seulement à cet instant que, même s'il y ressemble, ce sac n'est pas le sien. Il ne contient pas ses ballerines noires, confortables et adaptées pour battre le pavé et négocier des contrats d'impression. Ce sac contient une paire de Christian Louboutin rouges en crocodile aux talons vertigineux et ouvertes à l'arrière. Elle sort un escarpin et le regarde fixement, laissant pendre ce poids inhabituel par la lanière.

— Bon sang, s'exclame Ted. Notre premier rendez-vous a lieu dans un club de strip-tease ?

Sam se penche et fouille dans le sac pour en ressortir l'autre chaussure, un jean, puis une veste Chanel de couleur claire soigneusement pliée.

— Oh, mon Dieu, dit-elle. Ce n'est pas mon sac. Je n'ai pas pris le bon. Nous devons y retourner.

— Pas le temps, rétorque Joel, les yeux braqués sur la route. On est déjà limite.

— Mais j'ai besoin de mon sac.

— Désolé, Sam. On y repassera plus tard. Mets ce que tu portais à la salle de sport…

— Je ne peux pas aller à un rendez-vous pro en claquettes.

— Alors mets celles-ci.

— Tu plaisantes.

Ted lui prend l'escarpin.

— Elle n'a pas tort, Joel. Ces chaussures ne sont pas très... Sam.

— Pourquoi ? Qu'est-ce qui est très « moi » ?

— Eh bien. Simple. Tu aimes les trucs simples. (Il marque une pause.) Les trucs sages.

— Tu sais ce qu'on dit sur ce genre de chaussures, lance Joel.

— Quoi ?

— Qu'elles ne sont pas faites pour rester debout.

Les deux hommes se donnent des coups de coude en gloussant.

Sam lui reprend brusquement la chaussure. Elle est trop petite d'une demi-taille. Elle y glisse son pied et attache la bride.

— Super, dit-elle en regardant son pied. Je dois faire ma présentation à Frampton en ayant l'air d'une call-girl.

— Au moins, c'est une call-girl de luxe, fait remarquer Ted.

— Quoi ?

— Tu sais. Plutôt que le genre à faire des pipes sans dents pour cinq livres...

Sam attend que Joel cesse de rire.

— Eh bien, merci, Ted, dit-elle en regardant par la vitre. Je me sens tellement mieux, maintenant.

Contrairement à ce qu'elle imaginait, le rendez-vous n'a pas lieu dans un bureau. Il y a un problème au service Transport, et ils devront faire leur présentation dans la zone de chargement, où Michael Frampton supervise la réparation d'un circuit hydraulique en panne. Sam essaie de marcher avec les hauts talons, sentant l'air froid sur ses pieds. Elle regrette de ne pas s'être fait faire de pédicure, depuis 2009, à peu près. Ses chevilles tremblotent, comme si elles étaient en caoutchouc, et elle se demande qui peut bien marcher normalement perché sur de telles échasses. Joel avait raison. Ces escarpins ne sont pas conçus pour rester debout.

— Ça va ? s'enquiert Ted tandis qu'ils s'approchent du groupe d'hommes.

— Non, marmonne-t-elle. J'ai l'impression d'être en équilibre sur des baguettes chinoises.

Un chariot élévateur transporte un énorme rouleau de papier devant eux, les obligeant à s'écarter – ou à trébucher, en ce qui concerne Sam –, son bip d'alerte presque assourdissant dans l'espace caverneux. Elle voit tous les hommes autour du camion tourner la tête pour la regarder. Puis baisser les yeux sur ses chaussures.

— Je pensais que vous ne viendriez plus.

Michael Frampton est un homme austère du Yorkshire, du genre à vous glisser dans n'importe quelle conversation combien il en a bavé, tout en insinuant que ce n'est pas votre cas.

Sam s'efforce de sourire.

— Sincèrement navrée, dit-elle d'une voix vive. Nous avions un autre rendez-vous qui…

— La circulation, prétexte Joel simultanément.

Ils se jettent un coup d'œil gêné.

— Sam Kemp. Nous nous sommes rencontrés à…

— Je me souviens de vous, dit Michael Frampton avant de baisser les yeux.

Il passe deux minutes pénibles à discuter du contenu d'un porte-bloc avec un jeune employé en bleu de travail, et Sam reste plantée là, consciente des regards curieux que lancent de temps à autre les hommes autour de Frampton. Ses chaussures inappropriées luisent comme des éléments radioactifs à ses pieds.

— Bien, dit Michael lorsqu'il a enfin terminé. Je dois vous prévenir avant tout que Printex nous a proposé des conditions très compétitives.

— Eh bien, nous…, commence Sam.

— Et ils disent que vous n'aurez pas toute latitude, maintenant que Grayside s'est fait absorber par une plus grosse compagnie.

— Ce n'est pas entièrement vrai. Ce que nous avons désormais, c'est le volume, la qualité et… la fiabilité.

Elle se sent légèrement stupide en parlant, comme si tout le monde l'observait, se doutait qu'elle est une quadragénaire portant les chaussures d'une autre. Elle poursuit le rendez-vous en balbutiant, butant sur ses réponses, rougissant, consciente de tous les regards posés sur ses pieds.

Elle sort enfin un classeur de son sac. Il contient le devis qu'elle a mis des heures à établir et peaufiner. Elle s'apprête à aller le donner à Michael, mais son talon se coince dans quelque chose. Elle trébuche et se tord la cheville, ce qui lui déclenche une douleur aiguë dans la jambe. Elle transforme sa grimace en sourire et tend le dossier à Michael. Il y jette un coup d'œil, le feuillette sans la regarder. Elle finit par s'éloigner, lentement, en essayant de ne pas vaciller.

Au bout de longues minutes, Frampton relève les yeux.

— Nous envisageons de grosses quantités pour cette prochaine commande. Nous devons donc être sûrs de collaborer avec une compagnie qui peut garantir la livraison.

— Nous l'avons déjà fait pour vous, monsieur Frampton. Et, le mois dernier, nous avons travaillé avec Greenlight sur un tirage de catalogues similaire. Ils ont été très impressionnés par la qualité.

Il fronce les sourcils.

— Puis-je voir ce que vous avez fait pour eux ?

— Bien sûr.

Elle parcourt son classeur et se rappelle soudain que le catalogue Greenlight est dans le classeur bleu sur le tableau de bord du van, celui dont elle avait pensé ne pas avoir besoin. Et qu'elle doit donc sortir de cette zone de chargement et traverser le parking à pied, sous les yeux de tous ces hommes. Elle adresse un regard éloquent à Joel.

— Et si j'allais le chercher ? propose-t-il.

— Quels autres échantillons avez-vous apportés ? demande Frampton.

— Eh bien, nous avons fait un tirage semblable pour Clarks Papeterie. En vérité, nous avons plusieurs autres catalogues du mois dernier. Joel, pourrais-tu…

— Ça ira. Je vais aller jeter un coup d'œil moi-même.

Frampton s'éloigne. Obligée de le suivre, Sam se met en route, la démarche un peu plus raide.

— Ce qu'il nous faut, dit-il en enfouissant les mains dans ses poches, c'est un partenaire d'impression rapide, quelqu'un de souple. Quelqu'un qui part d'un pied léger, si vous préférez.

Il a le pas trop vif. C'est alors qu'elle se tord de nouveau la cheville sur la surface irrégulière et pousse un petit cri. Joel tend le bras au moment où les genoux de Sam se dérobent, et elle est obligée de s'y agripper pour rester debout. Elle esquisse un sourire gêné tandis que Frampton les regarde d'un air impénétrable.

Plus tard, elle se rappellera, les oreilles rouges de honte, les mots qu'il marmonne à Joel. Les derniers qu'il adressera à Grayside Impression.

— Elle a bu ?

Chapitre 2

Nisha Cantor s'entraîne avec fureur sur un tapis de course. La musique pulse dans ses oreilles, et ses jambes vont et viennent comme des pistons. Elle court toujours avec fureur. Le premier kilomètre est le pire, entamé dans un mélange bouillonnant de rancœur et d'acide lactique ; le deuxième la met vraiment, vraiment en colère ; au troisième, son esprit commence enfin à s'éclaircir, elle a soudain l'impression d'avoir le corps bien huilé, de pouvoir courir indéfiniment, puis la colère la reprend, parce qu'elle doit s'arrêter pour faire autre chose au moment même où elle commençait à y prendre du plaisir. Elle déteste la course, et elle en a besoin pour sa santé mentale. Elle déteste parcourir cette foutue ville, dont les trottoirs grouillent de gens qui flânent ; le seul endroit où elle peut courir convenablement est donc cette salle de sport merdique, où l'hôtel a redirigé ses clients pendant que ses propres équipements haut de gamme semblent être en rénovation.

L'appareil l'informe que c'est le moment du retour au calme, et elle l'éteint brusquement, refusant qu'une sale machine lui dicte ses actes. *Je retourne au calme si je veux*. En ôtant l'un de ses écouteurs, Nisha remarque une sonnerie. Elle tend le bras pour prendre son téléphone. C'est Carl.

— Chéri…

— Excusez-moi.

Nisha lève les yeux.

— Vous devez éteindre votre portable, lui dit une jeune femme. Leur usage est interdit ici.

— Alors arrêtez de me parler. Vous faites beaucoup de bruit. Et je vous prierai de ne pas vous tenir si près de moi. Je pourrais absorber vos microgouttelettes.

Profitant de ce que la femme reste légèrement hébétée, Nisha porte le téléphone à son oreille.

— Nisha, chérie. Qu'est-ce que tu fais ?

— Je suis juste à la salle de sport, mon amour. On se rejoint toujours pour déjeuner ?

La voix de Carl, douce comme du beurre. L'une des choses qu'elle a toujours adorées chez lui.

— Oui, mais nous pourrions peut-être manger à l'hôtel. Je dois revenir chercher des papiers.

— Bien sûr, dit Nisha, machinalement. Que voudrais-tu que je te commande ?

— Oh, n'importe quoi.

Elle se fige. Carl ne dit jamais « n'importe quoi ».

— Tu veux l'omelette spéciale de Michel à la truffe blanche ? Ou le thon grillé ?

— Mais oui. Ce sera parfait.

Nisha déglutit. Elle s'efforce de conserver une voix posée.

— À quelle heure souhaites-tu déjeuner ?

Carl marque une pause, et elle l'entend parler d'une voix étouffée à quelqu'un d'autre dans la pièce. Le cœur de Nisha s'est mis à battre la chamade.

— À midi, ce serait merveilleux. Mais prends ton temps. Je ne veux pas te presser.

— Bien sûr. Je t'aime.

— Moi aussi, chérie, dit-il.

Puis la communication est coupée.

Nisha ne bouge pas d'un cil. Son sang palpite dans ses oreilles, mais c'est sans lien avec sa course. Elle pense brièvement que son crâne pourrait exploser. Elle prend deux profondes inspirations. Puis elle tape un autre numéro sur son téléphone. Tombe directement sur la messagerie. Et peste contre le décalage horaire avec New York.

— Magda ? dit-elle en passant la main dans ses cheveux humides de sueur. C'est Mme Cantor. Il faut que vous contactiez votre homme, TOUT DE SUITE.

Lorsqu'elle relève la tête, un employé de la salle, en polo et short bon marché, est apparu.

— Madame, vous ne pouvez pas utiliser votre téléphone ici, malheureusement. C'est inter…

— Oh, vous, dégagez. Allez laver le sol ou je ne sais quoi. On se croirait dans une putain de boîte de Petri.

Elle le pousse pour se diriger vers le vestiaire, arrachant une serviette à un autre employé au passage.

Les vestiaires sont bondés, mais elle ne voit personne. Elle se repasse la conversation avec Carl en boucle mentalement, le cœur tambourinant dans sa poitrine. Alors ça y est. Elle doit s'éclaircir les idées, être prête à réagir, mais son corps est tombé dans une étrange léthargie, et rien ne fonctionne comme il faudrait. Elle s'assied sur le banc un court instant, le regard dans le vide. *Je peux le faire*, se dit-elle, contemplant ses mains tremblantes. *J'ai survécu à pire que ça.* Elle se cache le visage dans la serviette, inspirant jusqu'à être certaine de maîtriser ses tremblements, puis se redresse en rejetant les épaules en arrière.

Elle se lève enfin et ouvre son casier pour en sortir son sac de sport Marc Jacobs. Quelqu'un a posé un sac sur le banc à côté de son casier et elle le pousse par terre, pour mettre le sien à la place. Une douche. Elle doit se doucher avant de faire quoi que ce soit d'autre. Les apparences comptent plus que tout. Puis son téléphone recommence à sonner. Quelques femmes regardent dans sa direction, mais elle les ignore et le prend sur le banc à côté d'elle. Raymond.

— Maman ? Tu as vu la photo de mes sourcils ?

— Quoi, chéri ?

— Mes sourcils. J'ai envoyé une photo. Tu as regardé ?

Nisha écarte son téléphone et parcourt ses messages jusqu'à ce qu'elle trouve la photo en question.

— Tu as de beaux sourcils, mon ange, dit-elle d'un ton rassurant en reportant le téléphone à son oreille.

— Ils sont affreux. C'est juste que je suis grave déprimé. J'ai vu cette émission sur, genre, le commerce des dauphins, et il y en avait plein, et on leur faisait faire des petits numéros et tout ça, et j'ai culpabilisé parce qu'on est allés là-bas et on a nagé avec eux à Mexico, tu t'en souviens ? Je me suis senti tellement mal que je ne pouvais pas sortir de ma chambre, et je me suis dit que j'allais me refaire la ligne des sourcils, et c'est un désastre parce que maintenant je ressemble à la Madonna des années 1990.

Une femme a commencé à se sécher les cheveux près d'elle, et Nisha envisage brièvement de lui arracher le sèche-cheveux et de s'en servir pour la battre à mort.

—Mon ange, j'ai du mal à t'entendre, ici. Attends.

Elle sort dans le couloir. Prend une profonde inspiration.

—Ils sont parfaits, dit-elle dans le silence feutré. Ravissants. Et la Madonna des années 1990, c'est carrément canon, comme look.

Elle imagine Raymond, sur son lit à Westchester, assis en tailleur comme il le fait depuis qu'il est tout petit.

—Ils ne sont pas ravissants, maman. C'est un *désastre.*

Une femme affublée d'une veste bas de gamme et de claquettes dont les pieds débordent sort du vestiaire et passe en hâte devant elle, tête baissée. Pourquoi les femmes ne se tiennent-elles pas droites ? Celle-ci a les épaules affaissées, la tête enfoncée dans le cou comme une tortue, et Nisha est aussitôt irritée. Si vous avez l'air d'une victime, pourquoi vous étonner quand les gens vous traitent comme une serpillière ?

—Dans ce cas, on te fera faire un microblading quand tu rentreras.

—Donc, ils *sont* affreux.

—Non ! Non, tu es magnifique. Mais, mon ange, il faut vraiment que je te laisse. Je suis occupée, là. Je te rappelle.

—Pas avant 15 heures chez moi, au plus tôt. Je dois dormir et ensuite, on a *self-care.* C'est trop débile. On te fait faire tous ces trucs de pleine conscience, comme si, au départ, je n'avais pas atterri ici parce que je suis coincé dans ma tête.

—Je sais, chéri. Je te rappelle après tout ça. Je t'aime.

Dès la fin de l'appel, Nisha compose un autre numéro.

—Magda ? Magda ? Vous avez eu mon message ? Rappelez-moi dès que vous avez celui-ci. OK?

Elle est en train de raccrocher quand la porte s'ouvre. Un employé de la salle entre et l'aperçoit avec son téléphone à la main.

— Madame, je suis désolé, mais…

— Pas. Un. Mot, lâche-t-elle d'une voix rageuse.

Il referme la bouche, s'abstenant de poursuivre. Être une Américaine quadragénaire qui n'en a plus rien à foutre présente des avantages, et il le voit bien. C'est la première chose qui la ravit de toute la semaine.

Nisha se douche, s'hydrate le corps avec les produits minables de la salle de sport (elle va sentir les toilettes de train de banlieue toute la journée), noue ses cheveux mouillés, puis, les pieds prudemment posés sur une serviette (les sols de vestiaires lui donnent la nausée – ce festival de peaux mortes ! De verrues !), consulte son téléphone pour la dix-huitième fois afin de voir si Magda a répondu.

Il est de plus en plus difficile de réprimer la boule géante de fureur et d'angoisse qui gonfle dans sa poitrine. Elle prend sa blouse en soie sur le cintre, l'enfile par-dessus la tête, la sent tomber sur elle avec fluidité et adhérer à sa peau chaude et humide. *Où est Magda, bon sang ?* Elle s'assied et jette un autre coup d'œil à son portable, glissant distraitement la main dans son sac pour y prendre son jean et ses chaussures. Elle fourrage et finit par sortir une affreuse ballerine noire au talon carré usé. Elle se tourne et observe sa prise en clignant les yeux un instant, avant de lâcher la chaussure avec un petit cri d'horreur. Elle s'essuie les doigts sur une serviette, dont elle prend le coin pour ouvrir lentement le sac et regarder à l'intérieur. Il lui faut quelques secondes pour comprendre. Ce sac n'est pas le sien.

Il est en faux cuir, son revêtement en plastique s'effrite déjà aux coutures, et ce qui devrait être un logo en cuivre Marc Jacobs s'est terni pour prendre une couleur argent mat.

Nisha regarde sous le banc. Puis derrière elle. La plupart de ces femmes agaçantes sont parties à présent, et il ne reste aucun autre sac, juste quelques casiers grand ouverts. Celui-ci ressemble au sien – même taille, même couleur, poignées similaires –, mais n'est clairement pas le sien.

—Qui a pris mon sac ? demande-t-elle sans s'adresser à personne en particulier. *Qui a pris mon sac, bon Dieu ?*

Les quelques femmes dans le vestiaire jettent un coup d'œil vers elle, mais paraissent perplexes.

—Non, dit-elle. *Non non non non non.* Pas aujourd'hui. Pas maintenant.

La fille à l'accueil ne bronche pas.

—Où est la vidéosurveillance ?

—Madame, il n'y a pas de vidéosurveillance dans les vestiaires. Ce serait illégal.

—Alors comment suis-je censée découvrir qui a volé mon sac ?

—Je ne pense pas qu'il ait été volé, madame. D'après ce que vous me décrivez, on dirait un échange accidentel, si les sacs se ressemblaient autant…

—Vous pensez vraiment qu'une personne prendrait « accidentellement » ma veste Chanel et mes Louboutin à hauts talons faites sur mesure par Christian lui-même, alors qu'elle s'habille d'habitude chez… (elle regarde dans le sac et grimace) *Primark* ?

Le visage de la réceptionniste reste de marbre.

— Nous pouvons visionner la vidéosurveillance à l'entrée, mais il va nous falloir l'autorisation du siège social.

— Je n'ai pas le temps. Qui est sorti d'ici en dernier ?

— Nous ne tenons pas ce genre de registre, madame. Tout est automatisé. Si vous voulez bien patienter, je vais appeler le responsable, il devrait pouvoir venir.

— Enfin ! Où est-il ?

— En formation de personnel à Pinner.

— Oh, pour l'amour du ciel. Donnez-moi des chaussures de course. Vous en avez ici ? Je dois juste aller à ma voiture.

Nisha regarde par la vitre.

— Où est ma voiture ? Où est la voiture ?

Elle tourne le dos à l'accueil et tape un numéro sur son téléphone. Pas de réponse. La réceptionniste prend un sachet en plastique sous le comptoir. Elle a l'air de s'ennuyer autant que si elle venait de passer deux heures à regarder la pluie tomber. Elle pose lourdement le paquet sur le comptoir.

— Nous avons des claquettes.

Nisha observe la fille, puis les chaussures, puis la fille. Celle-ci arbore une expression impassible. Nisha finit par les prendre sur le comptoir et, avec un grognement, les enfile violemment. En partant, elle entend murmurer :

— Ces Américaines !

Chapitre 3

— Ce n'est pas grave, ma belle. Il y en a encore trois, dit Ted gentiment.

Ils ont roulé en silence pour se rendre chez le client suivant. Sam a passé les vingt dernières minutes dans le van accablée de détresse, la culpabilité l'assiégeant pour venir écraser ses dernières miettes de confiance. Qu'ont-ils dû penser d'elle ? Elle sentait encore les regards incrédules de ces hommes, les sourires narquois à peine dissimulés tandis qu'elle remontait en chancelant dans le van. Joel lui avait donné une claque sur l'épaule en disant que Frampton était un branleur doublé d'un mauvais payeur et que tout le monde le savait, alors c'était sans doute préférable à tous les niveaux. Mais, pendant qu'il parlait, elle ne voyait que le petit rictus froid de Simon lorsqu'elle devrait lui annoncer qu'elle avait perdu un contrat important.

J'inspire six secondes, je bloque trois secondes, j'expire sept secondes.

Joel s'arrête sur le parking et coupe le contact. Ils restent assis un instant et regardent la façade luisante du bâtiment en écoutant le moteur refroidir. L'assurance de Sam se terre quelque part sous le plancher du van.

— Est-ce que ce serait vraiment grave d'aller à ce rendez-vous en claquettes ? finit-elle par demander.

— Oui, répondent Ted et Joel en chœur.

— Mais…

— Poulette, dit Joel en se penchant sur le volant pour se tourner face à elle. Tu portes ces chaussures, tu dois les assumer.

— Comment ça ?

— Eh bien, tu avais l'air… gênée, chez Frampton. C'est toujours le cas. Tu dois te comporter comme si elles t'appartenaient.

— Elles ne sont pas à moi.

— Il faut que tu aies l'air d'avoir confiance en toi. Tu sais, comme si tu venais de les enfiler distraitement en pensant à tous les contrats juteux que tu as déjà signés aujourd'hui.

Ted pince ses lèvres charnues et acquiesce. Il lui donne un petit coup de coude avec un bras de la taille d'une cuisse.

— Il a raison. Allez, ma belle. On relève le menton, on gonfle la poitrine et on sourit jusqu'aux oreilles. Tu peux le faire.

Sam tend la main vers son sac.

— Tu ne dirais pas ça à Simon.

Ted hausse les épaules.

— Je le ferais, s'il portait ces chaussures.

— Donc le plus bas qu'on puisse faire sur ce travail, c'est… quarante-deux mille. Mais si vous inversez la pagination et que vous passez la première de couverture en monochrome, nous pourrions rogner huit cents sur ce prix.

Elle est en train d'exposer les grandes lignes de leur stratégie d'impression, quand elle remarque que le directeur général ne l'écoute pas. Pendant une minute, elle se sent de nouveau rougir de honte et termine sa phrase en bafouillant.

—Alors... Alors que dites-vous de ces chiffres ?

Il ne répond rien. Il se frotte un endroit précis du front et émet un son évasif, comme elle le faisait quand Cat était petite et qu'elle n'écoutait ses babillages interminables que d'une oreille.

Oh, mon Dieu, il m'échappe. Elle lève les yeux de ses notes et s'aperçoit que le directeur général a l'attention braquée sur son pied. Mortifiée, elle perd presque le fil de son argumentation. Mais elle l'observe alors une nouvelle fois, saisit ce regard vitreux : c'est lui qui est déconcentré.

—Et, bien entendu, nous pourrions tenir un délai de huit jours, ainsi que nous l'avons indiqué, dit-elle.

—Bien ! s'exclame-t-il, comme arraché à une rêverie. Oui. Bien.

Il observe toujours son pied. Voyant cela, elle l'incline légèrement sur la gauche et étire sa cheville. Il la contemple, captivé. Sam regarde de l'autre côté de la table et voit Joel et Ted échanger un coup d'œil.

—Ces termes vous conviendraient-ils ?

Le directeur joint les doigts, croise brièvement le regard de Sam. Elle affiche un sourire encourageant.

—Hum... oui, répond-il. Ça me paraît bien.

C'est plus fort que lui. Il promène les yeux sur elle, quittant son visage pour revenir à la chaussure.

Elle sort un contrat de sa mallette. Elle penche le pied et laisse la bride arrière glisser lentement sur son talon.

—Bien, et si nous convenions des conditions ?

— Bien sûr, dit-il.

Il prend le stylo et signe le document sans le regarder.

— Ne dis rien, ordonne-t-elle à Ted, les yeux rivés droit devant elle tandis qu'ils sortent en traversant la réception.

— Je ne dis rien. Tu nous décroches encore un contrat comme ça, et tu peux porter des palmes, je m'en fous.

Au rendez-vous suivant, elle veille à ce que ses pieds soient tout le temps en évidence. Bien que John Edgmont ne les regarde pas avec insistance, elle voit que les chaussures en tant que telles l'incitent à reconsidérer l'image qu'il a d'elle. Bizarrement, elles incitent aussi Sam à reconsidérer l'image qu'elle a d'elle-même. Elle entre dans le bureau d'Edgmont la tête haute. Elle séduit. Elle reste ferme sur les termes. Elle remporte un autre contrat.

— Tu gères, Sam, déclare Joel quand ils remontent dans le van.

Ils prennent une vraie pause déjeuner – chose qu'ils n'ont pas osé faire depuis que Simon a été nommé responsable –, assis à la terrasse d'un café. Le soleil apparaît. Joel leur raconte un rencard qu'il a eu la semaine précédente, durant lequel la femme lui a demandé ce qu'il pensait d'une robe de mariée dont elle avait découpé la photo dans un magazine (« Et elle me dit : "Ne flippe pas, je ne la montre qu'aux gens que j'aime vraiment bien." »). Ted recrache son café par les narines, Sam rit à en avoir mal aux côtes, et s'aperçoit qu'elle ne se rappelle pas la dernière fois qu'elle a ri pour quoi que ce soit.

Nisha fait les cent pas devant la salle de gym, dans le froid, en blouse et claquettes sous le peignoir. Elle a laissé neuf messages sur le portable de Peter, et il ne répond pas. Ce n'est pas bon signe. Pas bon signe du tout.

— Peter ? Peter ? Où êtes-vous ? Je vous ai dit d'être à l'entrée à 11 h 15 ! J'ai besoin de vous *tout de suite* !

À son dernier appel, une voix synthétique et métallique lui annonce que ce numéro est indisponible. Elle regarde l'heure, jure avec force et sort de sa poche la carte d'accès à sa chambre. Elle l'étudie un instant, puis retourne d'un pas résolu dans la salle.

Le sac devant son casier est toujours sur le banc. Évidemment. Qui voudrait de ça ? Elle fouille dedans, grimaçant à l'idée de toucher des vêtements qui ne sont pas les siens. Elle en sort un maillot de bain mouillé dans un sac en plastique, grimace de plus belle et le jette sur le banc. Puis elle glisse une main hésitante dans les poches latérales, et y trouve trois billets de dix livres humides, qu'elle tient en l'air. Elle ne se rappelle pas la dernière fois qu'elle a touché de l'argent liquide. C'est la chose la moins hygiénique, pire que les brosses de toilettes, si cet article qu'elle a lu disait vrai. Elle les met dans sa poche en frémissant. Elle arrache ensuite un sac en plastique du distributeur au-dessus de l'essoreuse à maillots de bain et se l'enroule autour de la main. Puis elle saisit le sac de sport par les poignées et sort en traversant la réception.

— Madame, vous ne pouvez pas emporter le peignoir…

— Ouais, eh bien, on se les gèle, dans ce pays, et vous avez perdu mes vêtements.

Nisha resserre le peignoir autour d'elle, noue la ceinture et sort dans la rue.

Ils ont beau gémir inlassablement sur l'activité qu'Uber leur a siphonnée, pas moins de six chauffeurs de taxi continueront d'ignorer une femme en peignoir qui tente de les héler.

Le septième s'arrête. Il baisse sa vitre et s'apprête à commenter la tenue de Nisha, mais elle lève la main.

—Au *Bentley Hotel*. Et pas un mot. Je vous remercie.

La course lui coûte neuf livres quatre-vingts, même si elle a duré à peine cinq minutes. Elle pénètre dans l'hôtel sans tenir compte du coup d'œil perplexe que lui lance le portier et traverse directement le vestibule pour se rendre à l'ascenseur, indifférente aux têtes des clients qui pivotent sur son passage. Un couple d'âge moyen, monsieur en veste de costume et pantalon à pinces, madame dans une robe mal coupée qui révèle deux bourrelets d'aisselle en forme d'huître – probablement sortis de leur province pour se faire un « petit plaisir » –, est déjà à l'intérieur quand elle tend le bras pour empêcher la porte de se fermer. Elle entre, se poste devant eux, puis se tourne face aux portes. Rien ne se produit. Elle jette un coup d'œil par-dessus son épaule.

—Penthouse, dit-elle.

Comme ils la dévisagent, elle leur adresse un geste de la main. Puis un autre.

—Penthouse, répète-t-elle. Le bouton.

Elle ajoute enfin « s'il vous plaît », et la femme tend le bras avec hésitation pour appuyer. L'ascenseur monte en bourdonnant, et Nisha sent la tension lui vriller l'estomac. *Allons, Nisha*, se dit-elle. *Tu peux arranger ça.* L'ascenseur s'arrête dans un tremblement, et les portes s'ouvrent.

Elle est sur le point de pénétrer dans la suite penthouse, mais percute un large torse à la place. Trois hommes entravent son chemin. Elle recule, interloquée. Ari, qui se tient au milieu, lui tend une enveloppe format A5.

—Qu'est-ce que…, commence-t-elle.

Elle veut le pousser pour passer, mais il fait un pas sur le côté pour l'en empêcher.

—J'ai pour consigne de vous interdire l'accès.

—Ne soyez pas ridicule, Ari, dit-elle en agitant la main vers lui. Il faut que je prenne mes vêtements.

Il arbore une expression qu'elle n'avait encore jamais vue.

—M. Cantor a spécifié que vous ne deviez pas entrer.

Elle tente un sourire.

—Ne dites pas de bêtises. J'ai besoin de mes affaires. Regardez-moi.

Il lui semble être un étranger. Rien dans son expression ne montre qu'il la connaît, qu'il l'a protégée ces quinze dernières années. Il s'agit là d'un homme avec qui elle a plaisanté. Dieu du ciel, elle a même pensé à prendre des nouvelles de sa pénible épouse de temps à autre.

—Je suis désolé.

Il se baisse pour poser l'enveloppe sur le plancher de l'ascenseur derrière elle, puis recule et appuie sur le bouton pour la renvoyer au rez-de-chaussée. Elle sent le monde basculer autour d'elle et se demande un court instant si elle ne va pas s'évanouir.

—Ari ! Ari ! Vous n'avez pas le droit. Ari ! C'est absurde ! Qu'est-ce que je suis censée faire ?

Les portes de l'ascenseur commencent à se refermer. Elle voit Ari se tourner pour échanger un regard avec l'homme à côté de lui. C'est un regard qu'il ne s'était encore jamais permis d'employer devant elle, un regard familier à Nisha depuis toujours : « Ah, les femmes. »

—Donnez-moi juste mon sac à main… pour l'amour du ciel ! crie-t-elle, tandis que les portes se ferment contre elle.

—Je ne me remets pas de la façon dont tu as assuré, poulette, dit Joel en tapant le volant pour accentuer ses propos. Carrément assuré. Ta manière d'entrer là-bas, comme une boss. Edgmont était prêt à signer avant même que tu t'asseyes.

—Il ne pouvait pas s'empêcher de regarder tes jambes, déclare Ted en prenant une bruyante gorgée de Coca avant de roter discrètement. Il n'a rien entendu de ce que j'ai dit sur la production par lots.

—Un mot de toi et il nous aurait cédé bobonne dans le contrat, blague Joel en secouant la tête. Son premier-né. Tout.

—Tu sais, j'aurais juré t'avoir entendue dire qu'on ferait ce boulot pour quatre-vingt-deux, dit Ted.

—C'est bien ça, confirme Sam. Mais quand j'ai vu comment ça se déroulait, j'ai eu soudain cette furieuse envie de pousser à quatre-vingt-dix.

—Et il a juste hoché la tête ! s'exclame Joel. Il a juste hoché la tête ! Sans même lire les petits caractères ! Attends que Simon voie ça !

—Brenda parle d'acheter une nouvelle Peugeot depuis des mois. Si on décroche ce dernier contrat, je verse un acompte.

Ted vide sa canette de Coca et l'écrase dans sa grosse main.

—Sam va le décrocher. Elle est *en fuego*, mec, dit Joel.

—Quoi ?

—En feu.

—Oui, carrément. Qui avons-nous ensuite ? demande Ted en parcourant le classeur. Oh. C'est le nouveau. Un certain… M. Price. Celui-là, c'est le gros poisson, ma belle. Lui, c'est le jackpot. La nouvelle 205 de Madame.

Sam est en train de retoucher son maquillage. Elle avance les lèvres dans le miroir, puis réfléchit une minute. Elle plonge la main dans le sac de sport et en sort délicatement la veste Chanel. Elle la tient en l'air, admire la laine couleur crème, la doublure en soie immaculée, hume la vague odeur d'un parfum de luxe. Puis, se dégageant brièvement de sa ceinture de sécurité, elle l'enfile. La veste est un peu petite, mais le poids et le contact sont délicieux. Qui aurait cru que les vêtements chers pouvaient vraiment procurer une sensation différente ? Elle ajuste le miroir pour voir comment la veste épouse ses épaules, comment le col structuré encadre son cou.

— C'est trop ? demande-t-elle en se tournant vers ses collègues.

Joel jette un coup d'œil.

— Ce n'est jamais trop. Tu l'assumes grave. Ça te va bien, Sam.

— Il ne va pas comprendre ce qui lui arrive, dit Ted. Refais ce truc où tu laisses pendre la bride de ton talon. Ils sont complètement à l'ouest quand tu fais ça.

Sam étudie son reflet avec une légère vanité. C'est une sensation inhabituelle, qui commence à lui plaire. Elle a l'air d'une personne qu'elle ne reconnaît même pas. Puis, brusquement, elle s'arrête et se tourne vers les autres. Son sourire s'est effacé.

— Suis-je en train de trahir la cause des femmes ?

— Quoi ?

— En gagnant les négociations face à une poignée d'hommes en costume ? dit Ted.

— En… Enfin tu vois… En me servant du sexe comme arme. En gros, ces chaussures, c'est du sexe, pas vrai ?

— Ma sœur prétend qu'elle a des douleurs menstruelles pour abréger les réunions de personnel qui s'éternisent. Elle dit que les mecs prennent leurs jambes à leur cou.

— Un jour, ma femme a montré son soutif à un videur pour qu'il la laisse entrer en boîte, raconte Ted. En fait, j'étais assez fier.

Joel hausse les épaules.

— À mon sens, on utilise les armes qu'on a à sa disposition.

— Oublie la cause des femmes, renchérit Ted. Pense à ma nouvelle voiture.

Ils sont arrivés. Sam sort du van une jambe après l'autre. Elle se tient un peu plus droite. Elle porte les chaussures avec plus d'assurance à présent, elle a trouvé une façon de marcher plus étudiée pour éviter que ses chevilles ne vacillent. Elle vérifie sa coiffure dans le rétro latéral. Puis baisse les yeux sur ses pieds.

— De quoi j'ai l'air ?

Les deux hommes lui adressent un grand sourire. Ted lui fait un clin d'œil.

— D'une boss. M. Price n'a pas l'ombre d'une chance.

Sam apprécie le claquement sec des talons sur le sol en marbre tandis qu'ils marchent vers l'accueil. Elle voit la fille regarder sa veste et ses chaussures, et observe la façon dont elle incline le menton, comme disposée à être légèrement plus réceptive aux requêtes de Sam. *Imagine que tu es le genre de femme qui porte ces chaussures tous les jours*, pense-t-elle. *Imagine que tu mènes le genre de vie où tu marches peu et uniquement sur des sols en marbre. Imagine que ton seul souci soit que ta pédicure soit coordonnée à tes chaussures hors de prix.*

— Bonjour, dit-elle.

Elle s'aperçoit vaguement que sa voix a une nouvelle intonation, une confiance et une aisance qu'elle ne recelait pas au début de la journée.

— Grayside Impression. Nous avons rendez-vous avec M. Price. Merci.

Elle est cette femme-là. Elle va assurer.

La réceptionniste parcourt un écran des yeux. Elle tape sur son clavier, glisse avec dextérité trois cartes de visiteurs dans des étuis en plastique transparents et les lui tend.

— Si vous voulez bien attendre là-bas, j'appelle l'étage.

— Je vous remercie infiniment.

« Je vous remercie infiniment. » Comme si elle était de la famille royale. Avec précaution, Sam s'assied sur le canapé du vestibule, les chevilles jointes, puis vérifie son rouge à lèvres et se passe une main sur les cheveux en vitesse. Elle va décrocher ce contrat, elle le sent. Joel et Ted échangent des sourires derrière elle.

Elle entend des pas sur le marbre. Elle lève les yeux et voit une femme menue à la peau foncée, la cinquantaine, qui s'approche du canapé. Ses cheveux noirs sont coiffés en un carré soigné, et elle porte un tailleur bleu marine sobre, magnifiquement coupé, avec un tee-shirt en soie couleur crème et des ballerines. Sam redresse la tête et jette un coup d'œil derrière elle. La femme lui tend la main.

— Bonjour… Grayside Impression ? Je suis Miriam Price. Vous me suivez à l'étage ?

Sam met une seconde à prendre conscience de son erreur. Par-dessus son épaule, elle regarde Joel et Ted, dont les expressions se sont figées. Puis ils se lèvent tous brusquement en souriant et baragouinant des « bonjour ». Et traversent le vestibule pour suivre Miriam Price jusqu'aux ascenseurs.

Il faut dix minutes pour découvrir que Miriam Price joue à la dure, et une heure pour mesurer à quel point. S'ils partent sur ce qu'elle exige, leurs marges se réduiront à trois fois rien. Miriam est petite, sereine, implacable.

Sam sent l'espoir la quitter tandis que Joel et Ted s'affaissent sur leurs fauteuils.

— Si vous voulez le délai de production de quatorze jours, je ne peux pas dépasser six cent soixante, répète Miriam. Plus on se rapproche de la deadline, plus nos frais de transport augmentent.

— Je vous ai expliqué tout à l'heure pourquoi six cent soixante nous complique la tâche. Si vous souhaitez la finition haute brillance, ça prend plus de temps parce que nous devons utiliser une presse différente.

— Que vous ayez ou non toutes les presses nécessaires ne devrait pas être mon problème.

— Ce n'est pas un problème. Juste une question de logistique.

Miriam Price sourit chaque fois qu'elle assène une affirmation. Un petit sourire, sans hostilité. Mais un sourire révélant qu'elle contrôle entièrement cette négociation.

— Et, comme je disais, ma logistique requiert un transport plus coûteux à cause du temps de trajet réduit. Écoutez, si ce boulot est problématique pour vous, je préférerais le savoir tout de suite, que nous ayons le temps de trouver d'autres fournisseurs.

— Ce n'est pas problématique. Je vous explique juste que les procédés d'impression pour une commande d'un tel volume nécessitent un délai de livraison plus long.

— Et je vous explique juste pourquoi j'ai besoin que cela se reflète dans le prix.

La situation paraît insoluble. Ils sont dans l'impasse. Sam transpire dans la veste Chanel et éprouve une légère angoisse à l'idée de laisser des marques sur sa belle doublure claire.

— Je dois me concerter quelques instants avec mon équipe, annonce-t-elle en quittant la table.

— Prenez votre temps, dit Miriam en se reculant dans son fauteuil.

Elle sourit.

Ted a allumé une cigarette dont il tire de courtes bouffées avides. Sam croise les bras, les décroise et les recroise, les yeux rivés sur un van Renault qui fait maintes fois marche arrière pour se garer en vain sur une place trop étroite.

— Si je rentre avec des marges aussi minces, Simon va péter les plombs, dit-elle.

Ted écrase le mégot avec son talon.

— Si tu rentres sans ce contrat, Simon va péter les plombs.

— C'est l'enfer, déplore-t-elle en se balançant d'un pied sur l'autre. Aïe. Ces chaussures me font un mal de chien.

Ils restent silencieux un moment. Personne ne semble savoir quoi dire. Personne ne veut endosser la responsabilité de quelque plan d'action. Le moteur du van Renault se coupe enfin, et ils regardent le conducteur découvrir qu'il n'a pas l'espace pour ouvrir sa portière. Sam finit par dire :

— J'ai vraiment besoin de faire pipi. Je vous rejoins à l'intérieur.

Dans les toilettes des dames, assise dans la cabine, Sam sort son téléphone.

Elle envoie un texto :

Coucou chéri. Comment se passe ta journée ? Tu es sorti ?

Elle attend, et, après un instant, une réponse arrive.

Pas encore. Un peu fatigué. Bise

Elle l'imagine en tee-shirt et bas de survêtement, se soulevant à peine du canapé pour prendre son téléphone. Parfois, elle déteste l'admettre, mais c'est presque un soulagement quand il n'est pas dans la maison, comme si quelqu'un avait ouvert tous les rideaux pour laisser entrer la lumière.

Elle s'essuie, tire la chasse et ajuste sa tenue, se sentant soudain coupable et stupide d'avoir utilisé les chaussures et la veste. Peut-on être poursuivie pour avoir porté les vêtements d'une autre ? Elle se lave les mains en observant son reflet. Toute la confiance qu'elle ressentait un peu plus tôt l'a abandonnée. Elle voit une femme de quarante-cinq ans, la tristesse de l'année passée, les angoisses et insomnies gravées sur son visage. *Allez, ma vieille,* se dit-elle au bout d'une minute. *Accroche-toi.* Elle se demande à quel moment elle a commencé à s'attribuer ce surnom.

La porte de l'une des cabines s'ouvre, et Miriam Price apparaît derrière elle. Elles s'adressent un hochement de tête poli dans le miroir en se lavant les mains, et Sam s'efforce de dissimuler son soudain malaise. Miriam Price écarte des cheveux rebelles imaginaires de son visage, et Sam remet du rouge à lèvres, surtout pour se donner une contenance. Elle cherche en vain quelque chose à dire, quelque chose qui convaincra Miriam Price de travailler avec eux, quelques mots magiques qui révéleront nonchalamment l'excellence et le professionnalisme de leur entreprise, et feront grimper ces marges minuscules. Miriam esquisse ce petit sourire serein. Elle ne cherche clairement rien à dire. Sam se demande si elle s'est déjà sentie aussi peu à la hauteur dans les toilettes des dames.

C'est alors que Miriam Price baisse les yeux.

— Oh, mon Dieu, j'adore vos chaussures, s'exclame-t-elle. (Sam suit le regard de Miriam jusqu'à ses pieds.) Elles sont absolument ravissantes.

— En vérité, elles ne… Elles sont géniales, non ?

— Je peux voir ? demande Miriam en les montrant du doigt.

Elle tient la chaussure que Sam a retirée, la lève vers la lumière et l'examine sous tous ses angles, avec une révérence que l'on accorderait à une œuvre d'art ou une bouteille de vin grand cru.

— Louboutin, n'est-ce pas ?

— Ou… oui.

— Elles sont vintage ? Il n'a rien fait de ce genre depuis au moins cinq ans. À dire vrai, je crois que je n'ai jamais vu ce modèle.

— Heu… hum, oui. Oui, c'est du vintage.

Miriam promène un doigt sur le talon.

— C'est un tel artisan. Vous savez, un jour j'ai fait la queue quatre heures, juste pour acheter une paire de ses chaussures. Ce n'est pas dingue, ça ?

— Oh non, pas dingue du tout. Pas pour moi.

Miriam la soupèse, l'examine encore quelques secondes, puis la lui rend, presque avec réticence.

— Vous voyez toujours si une chaussure est de qualité. Ma fille ne me croit pas, mais vous pouvez déduire tant de choses d'une personne d'après ce qu'elle a aux pieds. Je m'habille toujours en partant du bas. Ces vieilleries sont des Prada. Je savais que m'attendait une journée « sur le terrain », d'où ces chaussures plates, mais, honnêtement, en regardant celles-ci, je suis submergée par une envie de talons.

— Je dis exactement la même chose à ma fille !

Les mots sortent de la bouche de Sam avant même qu'elle ne sache ce qu'elle raconte.

— La mienne ne porte que des baskets. Je pense qu'elles ne saisissent pas le pouvoir totémique des chaussures.

— Oh, la mienne, c'est pareil. D'énormes bottines Dr. Martens. Et non, elles ne comprennent vraiment pas, affirme Sam, sans être certaine de comprendre elle-même la signification de « totémique ».

— Je vais vous dire, Sam. Je peux vous appeler Sam ? Je déteste négocier comme ça. Pourquoi ne pas rediscuter la semaine prochaine ? Venons-en à bout rien que nous deux, sans les garçons. Je suis sûre que nous pouvons parvenir à un accord qui conviendra à l'une et l'autre.

— Ce serait formidable, dit Sam. (Elle se rechausse avec difficulté et inspire.) Alors… puis-je dire que nous avons un accord de principe ?

— Oh, je pense, oui. (Miriam esquisse un sourire chaleureux, complice.) Il faut que je vous demande… C'est une veste Chanel ?

Chapitre 4

Son téléphone collé à l'oreille, Nisha est assise au creux d'un somptueux canapé rose dans le vestibule du *Bentley Hotel*, à côté d'un vase démesuré contenant une immense composition d'oiseaux du paradis. Autour d'elle, quelques clients jettent des coups d'œil à cette femme en peignoir, quand sa voix s'élève par-dessus les bavardages.

— Carl, tout ceci est ridicule. Je suis dans le vestibule. Descends, que nous parlions.

C'est la fin du message. Elle recompose aussitôt le numéro.

— Carl, je vais continuer d'appeler jusqu'à ce que tu décroches. Ce n'est pas une façon de traiter celle qui est ton épouse depuis dix-huit ans.

Fin du message. Elle recompose le numéro.

— Nisha ?

— Carl ! Je… Charlotte ? Charlotte ? Non. Il transfère ses appels. Je veux parler à Carl. Passez-le-moi s'il vous plaît.

— Je suis sincèrement navrée, mais je ne peux pas, Nisha.

La voix calme de Charlotte est digne d'une appli de méditation. Il y a également une nouvelle nuance dans son intonation qui hérisse Nisha, une note supérieure. Puis elle percute : *Oh mon Dieu, elle m'a appelée Nisha.*

— M. Cantor est en rendez-vous et a donné pour stricte consigne de ne pas le déranger.

— Non. Vous le faites sortir de son rendez-vous. Je me fous qu'il ne veuille pas être dérangé. Je suis sa *femme.* Vous m'entendez ? Charlotte ? Charlotte ?

La ligne a été coupée. Cette fille lui a bel et bien raccroché au nez.

Lorsqu'elle relève la tête, les gens occupant les canapés à proximité la dévisagent. Elle soutient leurs regards, jusqu'à ce qu'ils se détournent, dans une profusion de haussements de sourcils et murmures. Son corps tout entier déborde soudain de cortisol, et elle a peut-être bien envie de tuer quelqu'un, ou de courir quelque part, ou de hurler. Elle ne sait pas trop. Elle baisse les yeux et prend conscience qu'elle ne peut pas gérer cette situation en peignoir premier prix et claquettes. Elle songe à ses vêtements au penthouse, et éprouve une angoisse presque maternelle de ne pouvoir y accéder. *Ses vêtements.*

Elle regarde autour d'elle et aperçoit la boutique à l'autre bout du vestibule. Elle fourre son téléphone dans sa poche et s'y rend. Comme elle s'y attendait, les habits sont affreux et honteusement chers. Nisha parcourt en vitesse les tringles, en tire la veste et les chaussures les moins criardes qu'elle puisse trouver, essayant d'ignorer l'effroyable musique d'ascenseur qui passe dans le tout petit magasin. Elle regarde les chaussures dans leurs boîtes distinguées par taille, et prend une paire de ballerines beige uni en trente-huit et demi. Elle les empile à la caisse où une jeune femme la regarde d'un air légèrement stressé.

— Mettez ça sur le compte du penthouse, s'il vous plaît, dit Nisha.

— Certainement, madame Cantor.

La fille commence à les saisir en caisse.

— Il faut que j'essaie les chaussures. Avec un bas. Neuf.

— Je vais juste vérifier que nous avons…

Elle s'interrompt brusquement. Nisha lève les yeux vers elle, puis suit son regard et se retourne. Frederik, le gérant de l'hôtel, est entré dans la boutique. Il lui sourit puis s'arrête à environ un mètre d'elle.

— Je suis navré, madame Cantor. Nous avons ordre de ne rien facturer sur le compte de M. Cantor.

— Quoi ?

— M. Cantor dit que vous n'êtes plus autorisée à facturer quoi que ce soit sur son compte.

— *Notre* compte, rectifie-t-elle d'un ton glacial. C'est *notre* compte.

— Désolé.

Frederik se tient immobile, sans jamais quitter son visage des yeux. Il reste imperturbable, emploie un ton parfaitement implacable. C'est comme si tout s'écroulait autour d'elle. Une sensation inhabituelle de panique lui monte dans la poitrine.

— Nous sommes mariés, comme vous le savez. Ce qui signifie que son compte est le mien. (Il garde le silence.) Frederik, je viens ici depuis combien de temps ?

Elle fait deux pas vers lui, réprimant l'envie de l'attraper par la manche.

— Mon mari est clairement en proie à une espèce de crise. Il refuse même de me laisser entrer prendre mes vêtements.

Mes vêtements ! Regardez-moi ! Vous pourriez au moins me laisser acheter de quoi m'habiller, quand même.

L'expression du gérant s'adoucit très légèrement. Il esquisse une petite grimace en parlant, comme s'il lui était pénible de tenir ces propos.

— Il a donné des instructions… formelles. Je suis sincèrement désolé. Ça ne dépend pas de moi.

Nisha porte les mains à sa figure.

— Tout ça est absurde.

— Et je crains… Je vais aussi devoir vous demander de partir. Le peignoir, c'est… Les autres clients sont…

Ils se dévisagent. Nisha relève vaguement que la fille à la caisse profite de ce moment pour tout balayer du comptoir en vitesse.

— Dix-huit ans, Frederik, dit-elle lentement. Dix-huit ans que nous nous connaissons.

S'ensuit un long silence. C'est la première fois qu'il paraît vraiment honteux.

— Écoutez, finit-il par dire. Je vais vous appeler une voiture. Où voulez-vous aller ?

Nisha le regarde, commence à ouvrir la bouche, puis secoue légèrement la tête. Elle se sent soudain submergée par une sensation inconnue, quelque chose d'énorme, sombre et menaçant, comme des sables mouvants lui aspirant les pieds.

— Je ne… Je n'ai nulle part où aller.

Et puis la sensation disparaît. Elle refuse que ça se passe ainsi. Elle ne le tolérera pas. Elle croise les bras et s'assied fermement sur un petit fauteuil en osier à côté du rayon chaussures.

— Non, Frederik. Je n'irai nulle part. Je suis sûre que vous comprendrez, mais je vais juste rester assise ici jusqu'à ce que

Carl descende me parler. S'il vous plaît, allez le chercher. Tout ceci est ridicule.

Personne ne prend la parole.

— Je resterai ici la nuit entière, s'il le faut. S'il vous plaît, allez le chercher, nous allons régler ça, et ensuite nous déciderons d'où je vais – *si* je pars.

Frederik la dévisage un instant, puis lâche un petit soupir. Il regarde derrière lui, et c'est alors que deux agents de sécurité entrent dans la boutique pour se poster là, à attendre. Tous les yeux sont braqués sur elle.

— Je préférerais vraiment qu'il n'y ait pas de scène, madame Cantor.

Nisha les regarde fixement. Les deux agents avancent. D'un pas chacun. La chorégraphie est presque impressionnante de précision.

— Comme je disais, poursuit Frederik, M. Cantor a été formel.

Chapitre 5

— Bien joué, aujourd'hui, lance Marina en levant la main pour un high-five à leur passage dans le couloir. Joel dit que tu as été éblouissante.

Sam est de nouveau en claquettes ; elle les avait remises dans le van, car ses orteils avaient commencé à s'engourdir, et la douleur qu'elle a dans la plante des pieds lui annonce qu'elle clopinera en baskets demain. Mais elle reste pleine d'entrain, ébauchant un sourire inhabituel durant toutes les conversations. Elle se sent à la fois invincible et légèrement soulagée. *J'ai réussi. J'ai rapporté des clients. Peut-être que ce moment est décisif. Peut-être que maintenant tout ira bien.* Elle tape dans la main de Marina, un peu gênée. Faire des high-five ne lui est pas coutumier.

— Ted a dit qu'on allait tous boire un verre tout à l'heure. D'après lui, on n'avait pas rapporté autant de clients d'un coup depuis l'époque où il portait des pantalons taille quarante-six. Tu viens, hein ?

— Euh… Bien sûr ! Pourquoi pas ? Je dois juste appeler chez moi avant. Au *White Horse*, c'est ça ?

Sam retourne à son poste et appelle la maison. Il faut six sonneries à Phil pour répondre, même si elle sait que le téléphone est posé sur la table basse devant lui.

— Comment ça va, mon amour ?

— Ça peut aller.

Pour une fois, seulement, elle avait espéré ne pas entendre ce ton résigné, vaincu. Elle se force à sourire.

— Écoute. Je viens de passer une super journée. J'ai rapporté un tas de contrats. On est quelques-uns à aller au pub après le boulot pour fêter ça, et je me disais que tu pourrais peut-être nous rejoindre. Ted sera là. Tu l'aimes bien. Et Marina. Elle et toi avez chanté cette version obscène d'« Islands in the Stream » à la soirée karaoké, tu t'en souviens ? (S'ensuit un court silence au bout du fil, comme s'il y songeait.) Juste un verre ou deux ? Nous ne sommes pas sortis ensemble depuis des siècles… Ce serait sympa d'avoir quelque chose à fêter, pour changer.

Dis « oui », l'exhorte-t-elle dans le silence. Cat juge que son père a l'air en stand-by, ces jours-ci. Sam persiste à croire que quelque chose viendra y remédier, une soirée à l'extérieur ou un événement qui remettra Phil en route.

— Je suis un peu fatigué, chérie. Je pense que je vais rester ici.

Mais tu n'as rien fait !

Sam ferme les yeux. Tente d'étouffer son soupir.

— OK. Je rentre dès que j'en ai fini avec ces chiffres.

Elle a raccroché depuis moins d'une minute quand son téléphone se remet à sonner. C'est Cat.

— Alors, comment ça s'est passé ?

Elle éprouve une bouffée d'amour pour sa fille, qui s'est rappelé combien cette journée était importante.

— Vraiment bien, merci ma belle. J'ai décroché trois contrats sur quatre, et que des gros.

— *Yes!* Ça déchire. Bien joué, maman. C'est le petit tour à la salle de sport qui a dû faire ça ! (Elle baisse la voix.) Qu'est-ce que papa disait ?

— Oh, je l'ai invité à venir au pub, mais il ne se sent pas trop d'attaque. J'achète de quoi manger sur le chemin et je serai rentrée à environ… 19 h 15 ? Je dois d'abord faire un saut à la salle pour rapporter quelque chose.

— Pourquoi tu rentres ?

— Pour préparer le dîner ?

— Maman. Va au pub. Tu n'es pas sortie depuis des mois et tu viens de conclure un énorme contrat. Tu es une femme de Stepford ou quoi ?

— Je ne sais pas. Je n'aime pas laisser ton père quand…

— Allez. Lâche-toi, pour une fois. Tu n'es pas obligée de tout gérer.

Elle jure à sa mère que oui, elle en est certaine, non, ce n'est pas un problème, et oui, elle veillera à ce que son père mange quelque chose. Elle a dix-neuf ans, pas douze. Papa est plus que capable de se faire des toasts avec des haricots ! Les femmes n'ont pas à se charger de tout le travail émotionnel ! dit-elle à Sam avec emphase et l'assurance d'une personne qui n'y a jamais été confrontée. Et Sam repose le téléphone en pensant subitement que ce pourrait être agréable de passer une soirée ailleurs que dans son salon avec son triste mari qui regarde dans le vide à côté d'elle.

Sam termine sa paperasse, saisit les chiffres dans le logiciel et additionne les zéros avec satisfaction. Elle plisse le nez et acquiesce en y procédant. Ce léger mouvement se transforme en petite danse, et elle rebondit sur son siège en dodelinant de la tête. *Oh, ouais. Quatre-vingt-douze dans cette colonne. Vise un peu ces totaux. Et encore un zéro. Et un autre. Et un autre.*

— Je vais au pub. Au pub. Au pub.

Puis elle lâche un petit :

— Oooh, yeah.

Elle se tourne pour prendre un stylo et pousse un cri. Simon se tient sur le seuil de son bureau. Elle ignore depuis combien de temps il est planté là, mais, à en juger par l'indifférence étudiée de son expression, suffisamment pour l'avoir vue faire sa danse assise de la victoire.

— Simon, dit-elle une fois qu'elle s'est reprise. Je saisissais à l'instant les chiffres d'aujourd'hui.

— Mmm. (Il la dévisage d'un air impassible.) J'ai entendu que nous avions décroché Piltons et Bettacare.

Encore ce petit sourire. Elle ne peut le réprimer.

— Harlon & Lewis, aussi. Oui. (Elle se tourne entièrement face à lui.) Et avec de meilleures marges que la dernière fois.

C'est alors qu'elle prend conscience du « nous » qu'il a employé. Comme s'il avait eu quoi que ce soit à voir avec tout ça. *Encaisse*, se dit-elle. *Tout le monde sait qui a rapporté ces contrats. Et les chiffres ne mentent pas.*

— J'ai aussi réussi à prolonger la deadline sur le…

— Qu'est-ce qui s'est passé avec Frampton ?

— Pardon ?

— Pourquoi est-ce qu'on n'a pas eu Frampton ?

Elle vient de rapporter près d'un quart de million de livres de chiffres d'affaires et il veut parler du petit client qui lui a échappé ? Le souffle coupé, elle bredouille. Il reprend appui contre l'encadrement de la porte. Et soupire.

— Il faut qu'on parle, je crois.

— Quoi ? Pourquoi ?

— Parce que j'ai reçu un appel du bureau de Michael Frampton. Il a dit que tu t'étais présentée saoule au rendez-vous.

Elle le dévisage avec incrédulité.

— Tu es sérieux ? Oh, pour l'amour du ciel.

Simon enfonce les mains dans ses poches et incline légèrement l'entrejambe en avant. Il fait beaucoup ça quand il parle aux femmes.

— Oh, bon sang, cet homme. Je n'étais absolument pas saoule. Il y a eu un cafouillage avant le boulot et j'ai dû porter des talons hauts qui ne m'appartenaient pas et le sol était irrégulier dans la zone de chargement et...

— C'est quoi, ça ? l'interrompt-il en désignant les pieds de Sam. Qu'est-ce que tu portes ?

Elle suit la direction du doigt tendu.

— Oh... des claquettes ?

— J'espère que tu n'es pas allée aux rendez-vous avec ça. Ce ne serait vraiment pas professionnel.

Celles de Simon, remarque-t-elle, sont des chaussures à lacets lustrées à la perfection. Légèrement pointues au bout, en clin d'œil à la mode. Elle repense à ce que Miriam Price a dit : il y a quelque chose dans les chaussures de Simon qui lui révèle tout ce qu'elle avait besoin de savoir sur lui.

— Bien sûr que non, Simon. Je t'expliquais à l'instant que...

— Je veux dire, tu es censée représenter notre entreprise – et je te rappelle que c'est une tout autre histoire, maintenant que tu représentes aussi Uberprint –, tu dois donc le faire avec le plus grand professionnalisme. En permanence. Pas te trimballer en claquettes, putain.

— Simon, si tu veux bien me laisser finir, je t'ai dit que…

— Je n'ai pas le temps pour ça, Sam. Il ne s'agit plus seulement de Grayside à présent. J'espère que tu pourras te conduire avec plus de professionnalisme que ça à l'avenir. J'ai autre chose à faire que gérer des clients qui se plaignent parce que tu es bourrée ou portes des chaussures inappropriées. Tu m'as mis dans une situation très gênante aujourd'hui.

— Enfin, je… Je n'étais pas…

Mais il est déjà parti.

Sam garde les yeux rivés à l'endroit où il se trouvait, la bouche légèrement ouverte.

Puis elle la referme brusquement. Connaissant Simon, il va soudain réapparaître pour l'accuser d'afficher une expression qui manque de professionnalisme.

— C'est un branleur de première, dit Ted en secouant la tête de telle sorte que ses bajoues en tremblent. Une vraie raclure.

L'échange avec Simon l'avait tellement secouée qu'elle avait failli rentrer chez elle. Après tout, il fallait qu'elle fasse un saut à la salle de sport. Mais Marina était passée juste au moment où elle rangeait la veste Chanel dans son sac et lui avait dit qu'il était hors de question qu'elle ne les accompagne pas ce soir-là. C'était elle qui avait rapporté tout le chiffre d'affaires. Elle pourrait déposer le sac le lendemain dans la matinée.

— Ne laisse pas ce petit trou du cul gâcher ta journée. Ne lui fais pas ce plaisir. Allez, Sam. Juste un verre.

Elle est donc allée au *White Horse*, juste à côté du bureau, entourée des collègues qu'elle connaît depuis plus d'une décennie, une sorte de famille. Elle connaît les prénoms de leurs conjoints et enfants, les divers animaux domestiques de ceux qui ne sont pas parents, et souvent, ces temps-ci, les maladies des uns et des autres. Avant, elle apportait des gâteaux d'anniversaire préparés par ses soins, mais la première fois qu'elle l'avait fait après le rachat d'Uberprint, Simon avait surgi dans la salle de pause alors qu'ils se rassemblaient pour chanter « Joyeux anniversaire », se déclarant atterré qu'ils estiment avoir le temps pour ça. On était où ? À la maternelle ?

— Comment va Phil ? demande Marina, posant un autre verre de vin blanc devant elle sur la table avant de s'installer. Il a trouvé un nouveau boulot ?

N'ayant pas envie de parler de Phil ce soir, elle lance un « Pas encore ! » enjoué, du genre suggérant que, pour elle, cette situation est assurément temporaire, et change vite de sujet.

— Eh, tu ne devineras jamais ce qui m'est arrivé ce matin.

Marina est tout ouïe.

— Montre-moi, exige-t-elle tandis que Sam lui raconte l'histoire.

Sam tend le bras sous la banquette, sort le sac de sport et l'ouvre pour lui montrer l'une des chaussures.

— J'aurais vraiment dû les rapporter plutôt que de venir ici, dit-elle. Je vais devoir le faire demain.

Mais Marina n'écoute pas.

— Oh, mon Dieu. Tu as passé toute une journée là-dedans ? J'aurais été incapable de faire cinq pas.

— J'ai failli ne pas pouvoir. Mais, Marina, à la fin de la journée, *j'assurais*. Je te jure que c'est de les porter qui m'a fait décrocher les contrats.

— Bah alors, qu'est-ce que tu fabriques ? (Sam la regarde d'un œil vide.) Hors de question que tu fêtes ça dans ces horribles claquettes. Mets-les ! Je veux voir !

Marina est en train de s'extasier sur les chaussures (« Je parie qu'elles coûtent autant que mon prêt immobilier ! ») quand Lenny de la compta demande de quoi elles parlent, et avant que Sam ne s'en rende compte, Joel le raconte à l'autre bout de la table, et ses collègues insistent pour qu'elle défile dans les chaussures. Elle a bu trois verres de vin à présent, et malgré l'acidité gastrique l'avertissant qu'elle va le payer, surtout avec l'estomac vide, elle feint d'arpenter un podium imaginaire devant ses collègues, pendant qu'ils l'acclament et l'applaudissent d'un air approbateur.

— Tu devrais porter des talons tous les jours ! dit Ted.

— Ouais, on le fera quand vous le ferez, les gars, réplique Marina en lui lançant une cacahuète.

On a mis de la musique, et le pub est maintenant bondé de gens se disputant une place sur la petite piste de danse carrée ; des employés de bureau célébrant d'avoir survécu à une autre semaine de stress, ceux qui craquent secrètement pour des collègues et comptent sur l'alcool pour les aider à prendre des initiatives, ceux qui n'ont pas envie de retrouver immédiatement les responsabilités et silences angoissés d'un week-end chez eux. Marina lui prend la main, et soudain elles ont rejoint la foule, bras levés pour taper des mains sur la musique, dansant comme le font les quadragénaires – mal –, mais avec l'assurance de ceux qui ne s'en soucient plus, ceux pour qui parfois le simple fait de danser, de se lâcher dans une pièce remplie de gens pendant qu'un rythme palpite dans leurs veines, est un acte de rébellion contre les inévitables lendemains sombres et difficiles. Sam danse, ferme les yeux et savoure la contraction de ses cuisses, la sensation de ses talons sur le sol dur. Elle se sent puissante, provocatrice, sexy. Elle danse jusqu'à ce que ses cheveux lui collent au visage et que la sueur lui coule en bas du dos. Elle sent Joel lui mettre la main autour de la taille, avant de lui prendre la sienne pour la lever et la faire tourner sous son bras.

— Tu étais absolument ravissante dans ces chaussures aujourd'hui, lui murmure-t-il à l'oreille tandis qu'elle tournoie.

Elle rit en rougissant.

Elle vient de s'asseoir, encore empourprée et étourdie, lorsque l'homme apparaît.

— Bon sang, tu as une touche, marmonne Marina tandis qu'il s'arrête devant elle.

Grand, avec la tenue sombre et la masse musculaire de quelqu'un qui se prend vraiment très au sérieux. Il la regarde de haut en bas.

— Hum... bonjour ? dit-elle, riant à moitié en voyant qu'il demeure silencieux.

Elle se demande brièvement si les chaussures l'ont soudain dotée d'un étrange pouvoir sexuel.

— Voici ce que vous souhaitez.

Il lui tend une enveloppe à bulles. Et avant qu'elle n'ait eu le temps de dire quoi que ce soit, il est reparti, avalé par la foule de corps transpirants qui tournoient follement.

Chapitre 6

Le problème d'avoir plusieurs domiciles, c'est que la chose que vous désirez à un moment précis est presque toujours à un autre endroit. De même, le problème de n'avoir que des gens riches comme amis, c'est qu'ils sont toujours dans le mauvais pays. Nisha a trois amies – si l'on peut les qualifier de telles – qui habitent Londres ; Olivia, qui, d'après son répondeur, est actuellement dans sa résidence des Bermudes, et Karin, qui est rentrée voir sa famille aux États-Unis. Elle appelle les deux, mais tombe sur la messagerie. Question de fuseaux horaires. Elle leur demande, du ton le plus désinvolte possible, si elles pourraient la rappeler lorsqu'elles auraient ce message. Lorsqu'elle pose le téléphone, elle prend conscience de ne pas trop savoir ce qu'elle dira à l'une ou l'autre le cas échéant.

Angeline Mercer a divorcé deux fois – la seconde, c'était après avoir surpris son mari au lit avec la nounou. Elle, au moins, pourrait être sensible à la situation de Nisha. Angeline lui réserve un charmant accueil, l'écoute expliquer d'un ton nonchalant qu'il y a eu un petit souci avec Carl – c'est globalement assez embarrassant –, et lui serait-il possible de virer une petite somme à Nisha le temps qu'elle règle tout ça ? Angeline lui répond d'une voix tout aussi suave que oui, Carl avait expliqué la situation à James, et qu'elle est sincèrement désolée, mais ils estiment ne pas vraiment pouvoir s'en mêler.

— Ça reviendrait à prendre parti, dit-elle gentiment, révélant sans ambiguïté quel parti ils ont pris.

Nisha a envie de lui demander quelle est cette « situation » que Carl avait décrite, mais d'ultimes vestiges de fierté l'en empêchent.

— Je comprends tout à fait. Sincèrement navrée de t'avoir dérangée, dit-elle calmement.

Puis elle pousse trois jurons si directs et outranciers que sa grand-mère se serait ruée sur la bible de secours en les entendant.

Elle n'essaie personne d'autre. Nisha n'est pas très portée sur les amitiés féminines. Le lycée lui a laissé une profonde méfiance vis-à-vis des dynamiques subtilement volatiles qui se créent au sein d'un groupe de filles. Les relations entre femmes étaient fébriles, sujettes aux petites explosions, vous donnant souvent l'impression que la terre tremblait assez mystérieusement sous vos pieds. Après être partie de chez elle pour commencer une nouvelle vie en ville, la crainte de se trahir l'avait empêchée de se confier en toute sincérité à qui que ce soit, à l'exception de Juliana. Et elle ne pense plus à Juliana. Certaines choses sont simplement trop douloureuses. Non, vraiment, les compliments ou les problèmes sont une monnaie d'échange chez les femmes. Elles sourient avec compassion à vos confidences, puis les retournent contre vous comme des armes. Nisha trouve les hommes prévisibles, ce qu'elle juge fort appréciable. Vous vous comportez d'une certaine façon, et la réaction d'un homme sera *gérable*. Elle comprend les règles de ce jeu.

Et puis, bien entendu, comme le sait toute épouse d'homme riche, les autres femmes deviennent des concurrentes, des menaces pour un statu quo durement acquis. Au début de son mariage avec Carl, certaines femmes la regardaient avec mépris – la *team Carol* –, ne parvenant pas à croire que Carl se soit montré d'une prévisibilité si décevante, qu'il ait fait un choix si *évident*. Mais Nisha a réalisé un sans-faute en tant qu'épouse de Carl. Elle s'est formée à son monde de manière si exhaustive qu'il ne restait aucune faille susceptible de présenter la moindre faiblesse. Elle avait regardé les mariages des amis de Carl imploser autour d'elle au fur et à mesure – il l'avait lui-même vécu avec sa première femme. Elle savait exactement comment fonctionnaient les nouvelles épouses, avec leurs visages inexpressifs et prudents, leurs paroles mielleuses : chacune n'était loyale qu'envers son mari et sa propre position.

Oui, cela lui avait bien servi, jusqu'à ce qu'elle arrive à la quarantaine et apprenne qu'il existait une toute nouvelle menace. Les femmes plus jeunes. Celles qui flaireraient une date limite de consommation et décideraient, tel un missile, de se concentrer sur leur cible. Des corps jeunes et fermes, disposés à satisfaire, satisfaits d'être à disposition, sans rien à perdre, pas encore accablés par la déception, la colère, ni le simple épuisement d'essayer en permanence d'être tout à la fois. Nisha, par réaction, a juste appris à être au-dessus de la moyenne. C'était une belle femme, avec des cheveux soyeux, une peau bénéficiant constamment de quelque sérum haut de gamme ou crème hydratante arrivant sur le marché, de telle sorte qu'on lui donnait souvent dix ans de moins. Elle faisait de l'exercice au quotidien, une manucure hebdomadaire, une épilation tous les quinze jours, ses extensions capillaires étaient renouvelées tous les mois, ses injections de Botox toutes les douze semaines. Elle était là, en La Perla, prête pour Carl, avec des fleurs fraîches dans la chambre de celui-ci, son vin favori dans la cave. Elle riait à ses plaisanteries, applaudissait ses discours, flattait ses collègues et mettait en valeur sa supériorité et sa virilité de mille manières subtiles, en public comme en privé. Elle remplaçait ses chemises et pantalons, lui prenait ses rendez-vous chez le barbier avant même que son assistante ne sache que c'était le moment, veillait à ce que toutes ses propriétés soient prêtes à l'accueillir avec la nourriture et les vins qu'il préférait. Elle ne permettait à aucun stress d'entraver son chemin. Aucun relâchement. Elle endossait ce fameux rôle de femme à tous les égards.

Et il s'avère que même cette putain de posture ne suffit pas.

Nisha est allée à quatre distributeurs différents dans les environs, et ils ont tous recraché ou avalé ce qui lui restait de son arsenal de cartes, lui indiquant sans ambages de contacter sa banque. Mais elle n'a pas besoin de contacter sa banque pour savoir ce qui se passe. Elle a marché jusqu'à *Mangal*, la boutique luxueuse qu'elle avait fréquentée ces cinq dernières années dès qu'elle se trouvait à Londres, et avant même qu'elle n'ait essayé l'épais manteau Alexander McQueen, Nigella, la gérante, est venue lui expliquer qu'elle était sincèrement désolée, mais M. Cantor avait fermé leur compte ce matin-là et, sans carte bancaire, on ne pourrait rien pour elle. Elle a regardé furtivement le peignoir en parlant, comme pour tenter de déterminer s'il s'agissait d'un article de mode avant-gardiste dont elle n'avait pas entendu parler.

Nisha est assise dans un café, ignorant les coups d'œil curieux des autres clients, et essaie de réfléchir. Il lui faut des vêtements, un logement et un avocat. Sans argent, elle n'accède à rien de tout cela. Elle pourrait demander à Ray de lui faire un virement, mais tout serait alors révélé, irréversible, et elle refuse de mêler son fils à ça. Pas tout de suite. Pas avec tout ce qu'il a déjà enduré cette année.

— Allô ? dit-elle en se précipitant sur son téléphone.

— C'est moi. Je suis vraiment désolée, madame Cantor, répond la voix étouffée de Magda. J'ai dû utiliser le téléphone de mon mari parce qu'on m'a coupé le mien.

— Vous avez parlé à votre homme ?

— Oui. C'est bon. Il va m'appeler d'ici peu pour me dire où il compte vous retrouver. Il ne veut pas vous contacter directement… au cas où. C'est pourquoi j'ai mis autant de temps à vous rappeler.

Elle semble sincèrement désolée.

— Quand est-ce qu'il saura ? J'ai besoin d'aide, là, Magda. Je n'ai rien.

— Il a dit dans l'heure qui vient, à peu près.

— Je suis littéralement en peignoir. Carl refuse que je récupère mes affaires. Vous pouvez me faire envoyer des vêtements ? Et j'ai besoin qu'on m'envoie mes bijoux par FedEx, et du liquide. Et, oh, mon ordinateur portable…

— Voilà l'autre problème, madame Cantor. (Magda renifle bruyamment au téléphone et Nisha frémit un peu.) M. Cantor m'a renvoyée. Je n'ai rien fait, et on me dit qu'il m'a renvoyée.

Nisha sait qu'elle devrait avoir des paroles réconfortantes. Mais tout ce qui lui vient à l'esprit, c'est *putain putain putain*.

— La femme de ménage m'a interdit d'entrer dans la maison, et on m'a dit qu'il me licenciait avec effet immédiat. Je ne sais pas ce qu'on va faire, parce que les frais médicaux de Laney...

— Vous ne pouvez même pas entrer dans la maison ?

— Non ! J'ai dû prendre le métro jusqu'au travail de Janos pour utiliser son téléphone parce qu'on m'a pris le mien avant que je parte. Je suis arrivée là-bas à 7 heures comme d'habitude, et à 7 h 15 on m'avait mise dehors. Heureusement, je connaissais votre numéro par cœur, alors j'ai quand même pu vous appeler.

Nisha se dit soudain qu'elle doit noter tous les numéros de son répertoire. Il va aussi lui couper le téléphone, dès qu'il y pensera.

— J'ai besoin d'argent, Magda. Il me faut un avocat.

Mais Magda s'est mise à pleurer.

— Je suis tellement navrée, madame Cantor. Je n'ai pu récupérer aucun de vos bijoux, ni vos photos, rien. On m'a dit qu'on appellerait la police si je tentais de prendre quoi que ce soit, que ce serait du vol, et qu'on préviendrait les services d'immigration. J'ai été littéralement mise à la porte ! J'ai essayé de prendre votre...

— Oui, oui. Écoutez, rappelez-moi dès que vous avez de ses nouvelles. J'ai besoin de savoir où le rejoindre. C'est vraiment important.

— Je n'y manquerai pas, madame Cantor. Je suis tellement navrée.

Elle sanglote à présent. Nisha a le crâne qui bourdonne. Elle doit raccrocher.

— Ne vous inquiétez pas. OK ? Ne vous inquiétez pas. Nous allons arranger ça, et ensuite je vous réembaucherai. OK ?

Elle ignore totalement si c'est possible, mais, à ces mots, Magda cesse de pleurer. Elle termine l'appel avec les exclamations reconnaissantes de l'employée qui résonnent encore en ligne.

Les regards insistants des gens autour d'elle deviennent insupportables. Nisha a l'habitude qu'on la regarde – elle a toujours attiré l'attention –, mais parce qu'elle est mince, belle et fait partie des privilégiées. Ces regards-ci, remarque-t-elle, sont empreints de pitié, de méfiance, voire de répulsion. Que fait cette folle en peignoir ? Elle doit trouver des vêtements.

Elle a ignoré la boutique sur le trottoir d'en face tout le temps qu'elle est restée là à siroter son latte de soja, mais maintenant elle sait qu'elle n'a plus beaucoup le choix. Elle se lève, range son téléphone dans la poche de son peignoir et traverse la rue pour se rendre à la friperie solidaire de la Fondation mondiale des chats.

Cette odeur. Seigneur, cette odeur. L'air même de la boutique a le parfum éventé de la survie, d'un manque singulier de beauté et de désespoir. Elle entre, tourne les talons et ressort aussitôt sur le bord de la route bondée, inspirant par bouffées la fraîcheur relative de Brompton Road. Elle attend une minute, se ressaisit, puis y retourne.

— C'est seulement pour quelques heures, marmonne-t-elle pour elle-même.

Il lui faut juste de quoi tenir quelques heures.

La femme taillée en tonneau avec des cheveux turquoise la regarde entrer, et elle ignore son « bonjour » légèrement provocateur. Tout ici paraît bas de gamme, tant en style qu'en matière. Elle ne veut même pas toucher les blouses sur leurs portants, ni les chemises en nylon ou les pulls d'étals de marché.

Il y a une vieille dame deux rayons plus loin en train de regarder les chaussures, le visage plissé de concentration tandis qu'elle examine la pointure et l'état de chacune. Elle va devoir porter le genre de vêtements qu'une femme comme *ça* achète.

Juste pour quelques heures. Tu peux le faire.

Elle parcourt les tringles du bout des ongles jusqu'à ce qu'elle trouve une veste qui semble avoir été à peine portée, et un pantalon qui pourrait bien être un trente-six. La veste coûte sept livres cinquante et le pantalon onze.

— Enfermée dehors, hein ?

Elle n'a aucune envie de parler à cette femme avec ses cheveux bleus, mais se force à esquisser un demi-sourire.

— Quelque chose comme ça.

— Vous voulez les essayer ?

— Non, dit-elle sèchement.

Non, je ne veux pas les essayer. Non, je ne veux pas aller dans votre cabine puante fermée par un rideau dans le coin. Je ne veux pas être dans le même quartier que ces fringues moisies qui ont été portées par je ne sais qui, mais mon mari traverse une espèce de crise de la quarantaine et essaie de me détruire afin d'obtenir le divorce, et je ne peux pas l'affronter en peignoir.

— Souhaitez-vous remplir un formulaire de don ?

— De don ?

— Avec ça, les œuvres de charité peuvent récupérer les taxes. Vous inscrivez juste vos nom et adresse.

— Je… Je n'ai pas d'adresse à l'heure actuelle.

La vérité la percute comme un coup de poing. Elle se reprend.

— En fait, si, rectifie-t-elle. Mon adresse est à New York, 5e Avenue.

— Si vous le dites.

La femme lâche un ricanement silencieux.

Nisha paie ses articles, balaie la monnaie d'un geste de la main, puis change d'avis et l'exige, une réaction qui incite l'employée à pousser un soupir bruyant. Puis Nisha retire les étiquettes des vêtements, passe péniblement le pantalon, prend la veste sur le comptoir et sort, lâchant le peignoir en tas sur le sol de la boutique.

Magda lui réserve un hôtel qui, d'après elle, n'est pas loin du *Bentley*. Le *Tower Primavera*.

— Je leur ai dit de préciser à la réception que vous ne pouviez pas donner votre empreinte de carte bancaire parce qu'on vous avait volé votre sac à main, et ils ont fini par accepter.

— Oh, Dieu merci.

L'odeur de vieux que dégagent ces vêtements s'est étrangement logée au fond de sa gorge, et elle se demande si elle ne va pas avoir une crise d'urticaire. Elle a lu un jour que si vous renifliez quelque chose, votre corps absorbait de véritables molécules. Cette idée lui donne un haut-le-cœur. Elle ne cesse de tirer sur ses manches pour tenter d'éviter que le tissu ne touche sa peau.

— Mais, malheureusement, ils ont dit que sans carte, vous ne pouviez pas avoir de minibar.

— Je m'en moque. J'ai juste besoin de prendre une douche et de passer des coups de fil.

S'ensuit une longue pause.

— Je… J'ai autre chose à vous dire, madame Cantor.

Nisha consulte le plan sur son téléphone et commence à marcher.

— Quoi ?

— Ce n'est pas… le genre d'hôtel auquel M. Cantor et vous êtes habitués.

Puis Magda lui explique en long et en large combien elle est désolée mais ils n'ont pas d'argent sur leur carte ce mois-ci, quelque chose en rapport avec son assurance maladie, bla-bla-bla.

— Ç'a coûté cent quarante dollars. Mais il y a une bouilloire dans la chambre pour se préparer une boisson. Et peut-être des cookies. J'en ai demandé une portion supplémentaire pour vous. Je me disais que vous deviez avoir faim.

Nisha est trop préoccupée pour être fâchée. Peu importe. Elle la remercie et met fin à l'appel, se disant que, maintenant au moins, Magda pourra la joindre, si Carl lui coupe le téléphone – ou lorsqu'il le fera.

Le trajet à pied est interminable. Magda n'est manifestement pas douée pour estimer les distances sur un plan. Nisha parcourt les trottoirs gris dans ses claquettes trop grandes, tandis que le ciel s'assombrit. Il s'abat alors le genre de bruine hostile et glaciale qu'on n'observe apparemment qu'à Londres. Nisha s'arrête brièvement et, s'avouant vaincue, sort les chaussures du sac. Au moins, il y a aussi une paire de chaussettes propres. Elle les enfile, puis, en grimaçant, met les ballerines noires ratatinées et défraîchies. Elles lui vont relativement bien, mais ont la forme troublante que leur a donnée quelqu'un d'autre à force de les porter. *Je ne vais pas y penser. Ces chaussures, ce n'est pas moi.* Puis elle met la veste, sent le tissu bon marché épouser ses épaules, et réprime les émotions qui menacent soudain de la submerger. Sa marche se transforme en espèce de piétinement, les talons plats, dont elle n'a pas l'habitude, modifiant même le mouvement de ses hanches. Il y a toujours eu une voiture qui l'attendait partout comme une ombre, et de s'en trouver dépourvue dans une ville qui lui est soudain inconnue, elle se sent désagréablement libérée, comme si elle flottait, ballottée dans l'atmosphère.

— Garde ton calme, marmonne-t-elle pour elle-même.

Elle poursuit avec détermination, et lance un regard noir à quiconque ose la dévisager. Elle va se procurer ce dont elle a besoin et sera rentrée au penthouse d'ici ce soir. Ou un autre penthouse. Dans tous les cas, Carl va le payer.

L'hôtel est un immeuble moderne et trapu en briques bordeaux de piètre qualité, avec une enseigne lumineuse en plastique au-dessus des portes coulissantes. Lorsque Nisha atteint enfin la rue, elle marque une pause, vérifiant deux fois qu'elle a le bon nom. Alors qu'elle lève les yeux, un homme en maillot de football sort, une canette de bière à la main. Il s'arrête pour crier quelque chose à sa compagne, qui mange des chips dans un paquet qu'elle tient sous son nez, comme un porc dans une auge. Elle les regarde dévier brusquement en hurlant qu'ils ont besoin d'un Big Mac.

La réceptionniste a une note de mise en garde concernant sa chambre, et lui répète plusieurs fois qu'elle ne pourra pas disposer du minibar, vraiment désolée, puisqu'ils ne peuvent prendre aucune empreinte de carte.

—Normalement, nous n'accepterions même pas la réservation, précise-t-elle. Mais nous ne sommes pas très chargés aujourd'hui, et votre amie était si gentille et inquiète pour vous. Je suis navrée pour votre sac volé.

—Merci. Je ne vais pas séjourner ici longtemps.

Elle hésite avant d'appuyer sur le bouton de l'ascenseur pour gagner le quatrième étage, répugnant à le toucher. Elle s'y résout du bout de l'ongle, doit s'y reprendre à deux fois pour qu'il fonctionne, puis s'essuie vigoureusement le doigt sur sa manche. Lorsqu'elle arrive chambre 414, au bout d'une longue portion de moquette aux motifs tourbillonnants et couleurs vives – clairement conçue dans le but que toute la clientèle vomisse et succombe à ses haut-le-cœur –, elle ouvre la porte et s'immobilise. La pièce est petite, avec un lit double qui fait face à une console en faux bois défraîchie sur laquelle trône une télé à écran plat. La moquette et les rideaux sont turquoise et marron. Ça sent la cigarette et le désodorisant synthétique, avec des notes plus ténues d'acidité et de chlore, comme les dernières traces de nettoyage d'une scène de crime. Quelles horreurs se sont déroulées ici ? La salle de bains, bien qu'elle paraisse propre, abrite ses shampoing et après-shampoing dans des flacons fixés au mur, comme si sa clientèle n'était pas digne de confiance.

Elle ôte la veste et la jette sur le lit, puis se lave soigneusement le visage et les bras avec le savon bon marché. Elle inspecte les serviettes minces et légèrement rugueuses – apparemment blanchies –, puis s'en sert pour se sécher. Elle se voit dans le miroir, les cheveux encore tirés en queue-de-cheval depuis sa douche à la salle de sport et sans maquillage. Elle a l'air furieuse, épuisée, elle fait dix ans de plus. Elle s'assied au bord du lit (les couvre-lits d'hôtel la font frémir. Avez-vous *vu* ce qui apparaît sous UV ?) et attend l'appel de Magda.

— Il veut un endroit discret et animé pour ne pas attirer l'attention. Il a peur qu'Ari ne le découvre. Il veut vous rejoindre dans un pub anglais.

— Un pub. OK. (Elle se rappelle celui devant lequel elle s'était arrêtée pour enfiler les affreuses chaussures.) Le *White Horse*. Dites-lui de me rejoindre au *White Horse*. Comment est-ce que je le reconnaîtrai ?

— Il sait à quoi vous ressemblez. Il vous trouvera. Il a dit que vous deviez être là à partir de 20 heures.

— Vingt heures ce soir ? C'est dans quatre heures. Il ne peut pas arriver plus tôt ?

— Il a dit 20 heures. Il sera là avec ce que vous voulez. Attendez à l'intérieur. Il vous trouvera.

Nisha rive les yeux sur la moquette. Sa voix, lorsqu'elle reprend la parole, est moins assurée.

— Magda, est-ce que je peux lui faire confiance ? Est-ce que nous savons ce qu'il a ?

Suit un court silence.

— Il a indiqué qu'il serait là, madame Cantor. Je vous répète juste ce qu'il m'a dit.

Il faut seize pas pour faire deux fois le tour du lit dans la petite chambre. Elle en a fait mille trois cent quarante-huit quand elle finit par s'arrêter. Elle a le cœur qui bat la chamade et l'esprit bouillonnant de comprendre ce qu'a fait Carl, ce qu'il a tenté de lui infliger. Elle a été témoin de sa cruauté envers ses ennemis professionnels, de sa façon d'abattre sommairement le couperet même sur des relations de longue date sans broncher. Ces personnes étaient intégrées au cercle intime, somptueusement nourries, on leur prêtait un chauffeur, on discutait avec elles devant un cognac de fin de soirée en plaisantant avec bonhomie, et, l'instant suivant, c'était comme si elles avaient été tout simplement effacées. Il choisissait des gens puis s'en débarrassait à sa convenance, et semblait à peine capable de se rappeler leur nom par la suite. Carl ne s'est jamais soucié des amendes, des problèmes juridiques ou des prud'hommes. Il dit toujours que c'est la raison pour laquelle il emploie d'autres gens, pour régler les « emmerdes » de la vie.

Elle prend conscience qu'elle-même, sa femme, a soudain été traitée comme telle.

Nisha a un nœud à l'estomac qui ne cesse de se resserrer, comme si quelqu'un tirait une corde autour de sa taille. Chaque fois qu'elle arrête de marcher, elle a l'impression de ne pas pouvoir respirer correctement, comme si l'air refusait d'emplir ses poumons. Elle a besoin de boire, mais ne veut pas consommer l'eau d'ici (quelle menace pourraient receler ces tuyaux ?) ni quitter la chambre pour aller en chercher une bouteille, au cas où Magda appellerait, alors, après réflexion, elle se prépare un café instantané, faisant bouillir trois fois l'eau avant de l'estimer potable. (Elle avait un jour regardé une rubrique du *Morning Show* où l'on expliquait que certains clients avaient utilisé des bouilloires pour y laver leurs sous-vêtements. Elle en avait fait des cauchemars.)

Et qu'allait-elle raconter à Ray ? Il devrait être mis au courant un jour ou l'autre, bien sûr. Ils concocteraient une déclaration mielleuse, sur les gens qui changent, qui ne sont plus capables de vivre ensemble, mais maman et papa s'aiment toujours, bla-bla-bla. Carl demanderait sûrement à un avocat de rédiger la sienne. Et elle devrait faire bonne figure, feindre qu'elle avait également voulu cette séparation. Rendre la situation la plus simple et légère possible afin que Ray puisse l'encaisser.

Qui ? C'est la question sous-jacente qui bat dans son crâne dès qu'une pensée lui vient. Elle passe mentalement en revue les femmes hypothétiques, celles qui avaient mis tous ses voyants au rouge les derniers mois : un peu trop d'attention, une main nonchalamment posée sur le bras à un dîner de bienfaisance, une blague susurrée par des lèvres surchargées de gloss. Il y a toujours eu des femmes, et elle les a observées attentivement, surveillant toujours de près les vibrations dans l'air. Elle avait senti que quelque chose clochait, mais ne voyait pas qui aurait pu être derrière tout ça. Derrière le fait que Carl, dont la libido était très active – de manière parfois pénible –, soit souvent fatigué, subitement. Elle n'appréciait pas spécialement les attentions matinales qu'elle était obligée de lui accorder, mais elle était plus déstabilisée quand ça s'arrêtait. Elle ne lui a jamais demandé ce qui n'allait pas – elle n'était pas le genre de femme à *manquer* d'affection –, mais elle avait acheté de la nouvelle lingerie, scandaleuse, et avait pris les choses en main lorsqu'il était revenu de son dernier voyage, ayant recours à des spécialités auxquelles, elle le savait, il ne pouvait résister. Il était moins fatigué, d'un coup. Évidemment. Mais, même dans l'étreinte moite qui avait suivi, elle avait perçu une différence, une note discordante qui bourdonnait inlassablement en fond. Elle avait compris, *oh oui, elle avait compris*, et c'était ce qui l'avait finalement persuadée d'assurer ses arrières.

Et heureusement.

Elle a faim. Cela n'a rien d'exceptionnel : Nisha a eu faim toute sa vie d'adulte (vous pensez que vous pourriez conserver une silhouette comme la sienne autrement ?). Mais, en y repensant, elle s'aperçoit soudain qu'elle n'a rien mangé de la journée. Elle se dirige vers le plateau avec la bouilloire en plastique et là, dans un emballage aux couleurs vives, se trouvent deux paquets de cookies premier prix. Ils contiennent quelque chose de crémeux et de non identifiable. Elle parcourt des yeux l'un des petits paquets avec suspicion. Les glucides constituent un ennemi depuis tant de décennies, ce serait une démarche intellectuelle énorme de se convaincre que, en ces circonstances, elle doit les consommer. Seigneur, ce dont elle a réellement envie, c'est une cigarette. Ça fait cinq ans qu'elle n'en a pas eu envie, mais elle tuerait pour en griller une à cet instant.

Pour détourner son attention, elle relance la bouilloire trois fois, se prépare un thé noir et le boit. Et puis, lorsque la faim lui donne trop de crampes d'estomac, elle déchire le petit paquet et met un cookie dans sa bouche. Il est pâle, et parvient à être à la fois sec et poisseux. Mais c'est peut-être l'une des meilleures choses qu'elle ait jamais goûtées. Oh, Seigneur, c'est si bon. Tellement bourré de cochonneries et si foutrement bon. Nisha ferme les yeux et savoure chaque bouchée des deux cookies en émettant des petits grognements de plaisir. Puis elle mange le second paquet. Elle le secoue sur sa paume, pour récupérer les minuscules miettes restantes, et le déchire pour lécher l'intérieur. Puis, lorsqu'il n'y a absolument plus rien, elle le jette à la poubelle.

Elle s'assied et consulte sa montre.

Et elle attend.

Elle est déjà allée une fois dans un pub anglais, dans les Cotswolds, avec l'un des associés de Carl qui possédait un vaste domaine de chasse et trouvait drôle qu'ils partagent cette tradition anglaise d'« écluser une pinte ». La bâtisse semblait tout droit sortie d'un livre d'histoire, avec un grand nombre de poutres et de plafonds qui penchaient, une odeur de fumée de bois, un adorable panneau ancien peint à la main à l'entrée et une porte encadrée de roses. Le patron connaissait tout le monde par son prénom, et autorisait même l'accès aux chiens, qui étaient allongés aux pieds d'hommes en tweed aux dents pourries et aux voix criardes. Le parking mêlait les 4 × 4 boueux aux Porsche et Mercedes immaculées de ceux qui venaient pour le week-end.

Une serveuse a apporté des petites assiettes de fromage en cubes (vous imaginez les résultats d'analyses bactériologiques sur des assiettes partagées – au secours !) et des tartelettes marron garnies d'une viande indéfinissable que Nisha a feint de grignoter. L'eau en bouteille était tiède. Elle a souri aux plaisanteries grasses, regrettant de ne pas être restée à la maison. Mais elle avait pris pour habitude d'être aux côtés de Carl à tout moment.

Ce pub-ci est d'un autre genre. Il ressemble aux bars de restos routiers à quelques kilomètres de l'autoroute, là où elle a grandi ; ces établissements où les filles portaient des débardeurs et des minishorts, où les hommes rêvaient d'être dans un *Hooters* et se comportaient comme si c'était le cas. Elle entre au *White Horse* et se retrouve instantanément enveloppée par un océan de corps et de bruits, de groupes de gens qui se parlent en hurlant dans des émanations de bière sur une musique trop forte de quelques décibels. Elle fend la foule en jouant des coudes, essayant de se recroqueviller pour éviter les hommes qui titubent dans tous les sens, manifestement ivres à seulement 19 h 30.

Elle avait espéré s'asseoir tranquillement dans un coin, mais tous les sièges sont pris, assaillis par des gens qui se bousculent dès qu'une table se libère, comme dans une version musclée des chaises musicales. À la place, elle attend sur une terrasse couverte à côté d'une porte, comme si elle envisageait d'aller fumer, et secouant la tête quand des types lui demandent si elle « n'aurait pas une clope en rabe ». Pendant ce temps-là, elle scrute la foule, attendant un homme qui lui adressera un signe de reconnaissance.

Il est arrivé dans toute cette affaire par le biais d'un ami d'ami du mari de Magda, qui connaissait des gens, et qui a des contacts dans tous les pays. Elle avait pris directement ses dispositions à l'aide d'un téléphone prépayé six semaines plus tôt, afin que Magda soit impliquée le moins possible. (Celle-ci l'avait suppliée de la laisser en dehors de ça. « C'est mieux si je ne sais rien, madame Cantor, je ne veux pas avoir le moindre problème. ») Et quand le type avait fait son rapport la semaine précédente, il avait dit que sa mission de surveillance s'était révélée honteusement facile, et qu'elle « ne serait pas déçue ». Elle lui avait envoyé du liquide et une montre Patek Philippe, un achat impulsif de Carl à l'aéroport de Dubaï deux ans auparavant, qu'il avait oublié par la suite car il avait trop bu.

Il était inutile qu'elle essaie d'identifier ce type par son physique. Ils étaient tous pareils, ces crétins, de toute façon, avec leurs coupes de cheveux militaires et leurs cous de taureaux. Elle le reconnaîtrait parce qu'il serait le seul ici à ne pas être ivre ni postillonner jusqu'au milieu de la salle.

— T'as une clope, chérie ?

Un jeune homme apparaît devant elle. Il porte un polo blanc et un bas de survêtement dont l'entrejambe lui tombe au niveau des genoux, et ses joues rouges et luisantes révèlent qu'il boit depuis un bout de temps.

— Non.

— On attend quelqu'un ?

Elle le regarde de haut en bas.

— Oui. C'est toi que j'attends de voir dégager.

— *Hoooolà !*

Elle aperçoit alors derrière lui un groupe de jeunes gens. Ils sont tout aussi imbibés et se donnent des coups de coude en braillant.

— Tu es culottée, j'aime ça, déclare-t-il avec un haussement de sourcils suggestif, comme si c'était un compliment. Américaine, non ?

Elle l'ignore et se décale légèrement, de manière à leur tourner le dos.

— Oh, ne fais pas ta bêcheuse. Allez. Laisse-moi te payer un verre, chérie. Qu'est-ce que tu bois ? Vodka tonic ?

— Laisse-le te payer un verre, la Yankee.

Elle garde le visage détourné. Elle sent son after-shave bas de gamme qui empeste.

— Je n'en veux pas. Allez-y, je vous en prie, et profitez de votre soirée.

— Je ne vais pas en profiter sans toi… Allons, chérie. Laisse-moi te payer un verre. Tu es toute…

Il lui pose une main sur le bras, et elle se retourne brusquement pour cracher :

— Dégage, et fous-moi la paix !

Cette fois, le « Hooolà ! » de ses amis est légèrement plus agressif. Ils deviennent pénibles. Elle doit se concentrer, veiller à ne pas rater le type.

Le jeune homme a le visage enflammé, et il la fixe d'un regard plus dur.

— Pas besoin d'être grossière, dit-il.

— Hum. On dirait que si, rétorque-t-elle.

Et alors qu'ils retournent dans le pub d'un pas traînant en lançant quelques coups d'œil maussades par-dessus leur épaule, elle se dirige vers un quadragénaire corpulent vêtu d'une veste fripée. Il discute avec un ami, appuyé contre l'une des vitres.

— Excusez-moi, auriez-vous une cigarette, par hasard ?

Elle sourit gentiment à l'homme, qui est immédiatement désarmé. Il ne parle même pas pendant qu'il cherche en hâte son paquet. Il lui allume la cigarette, comme un gentleman, en maintenant la distance entre leurs mains, et elle le gratifie d'un autre sourire.

— En fait, vous ne pourriez pas m'en donner deux ou trois pour plus tard ? J'ai laissé les miennes chez moi.

Il lui donne le paquet, insistant pour qu'elle le prenne, il peut s'en racheter.

— Vous êtes un ange, dit-elle.

Et les oreilles de l'homme rosissent.

Elle tire des bouffées courtes et nerveuses sur la cigarette, se délectant de l'âcreté de la fumée, de cette occasion de s'occuper quelques minutes. Mais, bon Dieu, où est-il ? Elle écrase le mégot sur son talon. *Grouille-toi*, le somme-t-elle mentalement. Elle ne se rappelle pas la dernière fois qu'elle s'est retrouvée seule dans un bar le soir. Normalement, elle est protégée de ce genre d'individus. Ce petit morveux ne l'aurait pas approchée si elle avait porté ses vêtements habituels. Tout ceci est précisément ce qu'elle a passé sa vie entière à fuir.

Elle consulte sa montre, puis fourre les mains dans ses poches et les ressort vite en poussant un grognement contrarié quand elle se souvient de son accoutrement. À 21 h 15, elle fait un troisième tour du pub, jouant des coudes parmi des groupes de clients de plus en plus tapageurs, étirant le cou pour tenter de repérer son homme. Une jeune femme déchaussée lui propose une cigarette dehors et lui dit qu'elle a de beaux cheveux. Elle la remercie gentiment, car elle veut cette cigarette. La nicotine lui donnera sans doute une migraine demain.

Nisha attend des heures, et l'ambiance du bar prend une tournure plus bachique, les voix se faisant plus fortes, l'alcool giclant des verres quand les gens la bousculent pour passer. Un groupe d'employés de bureau commence à se trémousser sur la minuscule piste de danse collante, et elle les observe, stupéfiée par la volonté qu'ont les gens de se ridiculiser. On verrouille la porte latérale à 22 h 45, et les clients se mettent à sortir en masse par les portes principales, riant, trébuchant, s'arrêtant pour fumer, échanger des baisers confus ou attendre des taxis. L'homme ne vient pas.

— C'est l'heure de la fermeture ? demande-t-elle à un jeune Asiatique qui fait partie de la fête de bureau.

— Oui, ma belle, dit-il en la saluant. Presque 23 heures, non ?

Il balance le bras autour des épaules d'un rouquin vêtu d'un tee-shirt peu flatteur, et ils s'éloignent en chantant.

Elle n'arrive pas à y croire. Elle se tourne pour regarder à l'intérieur : les lieux se vident, les serveurs essuient les tables et empilent les chaises. Se pourrait-il qu'elle l'ait manqué ? Il n'aurait pas pu être là sans qu'elle le sache. C'est simplement impossible. Elle jure pour elle-même, se préparant à rentrer à l'hôtel.

Elle n'est qu'à quelques minutes du pub lorsqu'elle les entend la siffler dans son dos, leurs pas résonnant sur le trottoir mouillé. « Eh ! La Yankee ! » Elle se retourne et le reconnaît immédiatement, dépassant de sa petite bande comme un furoncle purulent. *Oh, génial.*

Elle accélère le pas, mais ils font de même, et elle sait qu'ils la rattrapent. Son cœur palpite dans ses oreilles et l'adrénaline envahit son corps. Elle pose l'équation que toute femme connaît : cette rue est trop sombre ; il n'y a personne aux alentours ; la rue principale, avec ses néons et sa circulation, est encore à cent ou deux cents pas de là. Elle n'a pas d'Ari, pas d'alarme personnelle, même pas de clés à caler entre ses doigts. Il arrive. Elle le sent du fond de ses tripes.

Trois enjambées, deux enjambées. Elle l'entend approcher, sent le souffle chaud sur son cou. Au moment précis où il serre les bras autour d'elle dans une étreinte maladroite, Nisha s'accroupit, se laisse brutalement tomber, décale son poids sur son pied arrière, se retourne et envoie violemment son avant-bras droit entre les jambes du jeune homme. Exactement comme son prof de krav-maga le lui avait montré. Elle entend son cri aigu lorsqu'il s'effondre par terre derrière elle, les exclamations choquées de ses amis tandis qu'ils le rejoignent. Les jurons. Les « Mais put… »

Mais ils sont ivres, et avant qu'ils ne puissent pleinement comprendre ce qui s'est passé, elle est déjà en train de courir dans une ruelle obscure, avec toute la puissance due aux milliers d'heures laborieuses passées sur un tapis de course, soudain heureuse, pour cette fois, de ne pas porter de magnifiques hauts talons faits main, mais une sale paire de ballerines parfaitement plates.

Elle est presque à l'hôtel, le cerveau encore en ébullition, quand elle découvre que, durant la bagarre, son téléphone est tombé de la poche trop peu profonde de la veste d'occasion.

Elle pousse un juron, puis revient sur ses pas pour prendre l'itinéraire inverse en courant, sans tenir compte des ivrognes qui titubent. Elle inspecte le trottoir, mais il n'y a rien. Évidemment. En combien de temps un téléphone disparaît-il dans un quartier défavorisé ? Nisha se tient sous la lampe à sodium vacillante, ferme les yeux et se demande si cette journée pourrait encore empirer.

— Magda ! Il y a six *White Horse* différents à Londres ! Pourquoi vous ne me l'avez pas dit ? Je viens juste de vérifier ! Il a dû aller dans un autre !

Elle a emprunté le portable du réceptionniste nigérien à la voix douce, et, tandis que Magda répond, Nisha se tient dans le coin à côté du distributeur, ignorant les regards inquiets que l'employé lance dans sa direction.

— Quoi ? Mais il m'a appelée !

— Comment ça, il vous a appelée ?

— Il dit qu'il vous l'a donnée il y a deux heures. Il a été retenu, du coup il était en retard, et il m'a appelée.

— Ce n'est pas à moi qu'il l'a donnée. Il est allé dans le mauvais bar !

— Non. Non, madame Cantor. Le *White Horse*. Je lui ai dit comment vous seriez habillée. Je savais que ce serait la tenue du vendredi, parce que je les ai toutes sur le tableau. Il a dit qu'il vous avait reconnue à vos chaussures.

— Quoi ?

— Les Louboutin. Il a dit qu'il y avait trop de brunes d'environ un mètre soixante-cinq dans vos âges. Alors je lui ai répondu que ce serait le meilleur moyen de vous reconnaître. Parce qu'il n'y en a qu'une paire au monde, pas vrai ? Des chaussures très identifiables. Je lui en ai même envoyé une photo, juste pour qu'il soit sûr. Je savais que vous les porteriez, parce que vous avez dit que vendredi vous iriez chez le coiffeur après le sport et ensuite directement à *Hakkasan* pour le dîner, et vous avez précisé que M. Cantor voulait que vous les portiez.

— Mais… On m'a volé mes chaussures. Ce matin.

S'ensuit un silence à l'autre bout du fil.

— … Vous ne portiez pas vos chaussures ?

Nisha se redresse et agrippe le téléphone en prenant conscience de ce que dit Magda.

— Oh, mon Dieu. Mais à qui a-t-il bien pu donner l'enveloppe ?

Chapitre 7

Les gueules de bois que vous avez à la quarantaine sont particulièrement vindicatives, comme si le corps, non content de feindre l'empoisonnement, décidait aussi d'envoyer de furieuses alertes dans toutes les terminaisons nerveuses : « Mais tu crois que tu as quel âge ? C'était vraiment une idée raisonnable ? Mmm ? Tu crois que tu es encore assez jeune pour jouer les invincibles ? EH BIEN, ESSAIE DONC ÇA. » Sam, gênée par la lumière et l'effroyable intensité des bruits provenant de la cuisine, ferme vigoureusement les yeux et remarque qu'elle a à présent des disputes imaginaires avec son système nerveux. Elle sait qu'elle devra prendre cette journée à bras-le-corps. Ou au moins la toucher timidement du bout des doigts. En versant peut-être quelques larmes.

— Bonne soirée ?

Cat apparaît devant elle dans un bomber en satin et d'énormes bottines noires et massives, puis pose une tasse de café sur la table avec ce qui semble être un enthousiasme malveillant.

— Je… Je crois, oui.

— Redresse-toi. Ou ça va te dégouliner sur le menton.

Sam se met droite en poussant sur ses mains, et la douleur dans son crâne la fait doucement gémir.

— Où est papa ? s'enquiert-elle.

— Il dort encore.

— Quelle heure il est ?

— Neuf heures et demie.

— Oh, mon Dieu, le chien...

— Je l'ai sorti. Et j'ai racheté du lait. Et j'ai fait la vaisselle que papa a laissée hier soir. Est-ce que je peux t'emprunter tes clous d'oreilles en or ? Je vais à une manif contre un élevage d'animaux à fourrure après le boulot et j'ai peur qu'on m'arrache mes anneaux si ça part en vrille.

Sam dévie les yeux vers sa fille.

— Celles dont j'avais dit que tu ne pouvais les emprunter sous aucun prétexte ? Attends voir. « Qu'on te les arrache » ? Quoi ?

— Le plaqué or m'irrite les oreilles. Tiens. Bois ton café.

Sam prend une gorgée, salvatrice comme une bouée de sauvetage.

— Maligne, ta négociation. Me carotter mes bijoux pendant que je suis vulnérable.

— J'ai appris auprès de la meilleure, lance Cat avec un sourire rayonnant. Merci, maman. Je promets d'y faire attention.

Un souvenir revient soudain à Sam : Joel, ses mains qu'il lui pose sur la taille, lui adressant son éternel sourire. La voix de Marina dans son oreille : « Il en pince pour toi. » Elle rougit, sans trop savoir si la chaleur qui lui picote le visage est due à l'alcool, la honte ou les hormones. Quoi qu'il en soit, elle se met debout en poussant sur le canapé.

—Amuse-toi bien à… Attends, tu as dit « manif » ? Qu'est-ce… Qu'est-ce que tu fabriques ?

—Je manifeste ! Je vais juste faire enrager un peu les flics ! Passe une bonne journée, maman !

—Attends… Est-ce que c'est un tatouage ?

La porte claque, et sa fille est partie.

Phil est emmitouflé dans la couette, version humaine du roulé à la saucisse, et ne bouge pas lorsqu'elle entre dans la chambre. L'air y semble particulièrement lourd, comme s'il n'avait pas été renouvelé depuis des semaines. Elle l'observe un instant ; il a le front plissé même dans son sommeil, les mains rapprochées de son menton, comme inconsciemment prêt à se défendre. Parfois, elle a envie de lui hurler : « Tu ne crois pas que moi aussi, je préférerais rester allongée toute la journée et laisser quelqu'un d'autre aux commandes ? Laisser quelqu'un d'autre se soucier des factures et de mon horrible patron et de sortir le chien et de faire les courses et de passer l'aspirateur dans la partie de l'escalier qui est toujours couverte de poils ? Tu ne crois pas que j'aimerais renoncer à toutes mes responsabilités ? » D'autres fois, elle éprouve une extrême tristesse pour lui, son mari jadis jovial, motivé, qui chantait faux sous la douche, l'embrassait quand elle ne s'y attendait pas, et qui paraît désormais voûté et hagard en permanence, ébranlé par le double coup de massue d'avoir perdu son job chéri et son père encore plus adoré en l'espace de six mois. « Je n'ai pas pu l'aider, Sam », disait-il, blanc comme un linge en rentrant à la maison, soir après soir. Il lui avait confié quelques semaines plus tôt qu'avoir son âge revenait à se balader parmi des snipers, que les gens auxquels il tenait se faisaient dégommer, on n'y pouvait rien, et impossible de savoir qui serait le prochain. « C'est une vision des choses un peu sombre », avait-elle dit. Cette réplique avait paru aussi faible que spontanée, et Phil n'avait rien répondu.

Contrairement à la maison de Sam – devant laquelle le camping-car rouillé héberge maintenant une forteresse tentaculaire de mauvaises herbes et de chardons, et abrite une collection d'emballages de plats à emporter jetés par des gens passant en voiture –, la façade de la petite maison de garde-barrière où vit Andrea est toujours immaculée. Pas un brin d'herbe ne pousse entre les dalles de l'allée, et la rangée de pots en terre cuite est scrupuleusement entretenue, des fleurs aux couleurs vives alternant au rythme des saisons, nourries et arrosées quotidiennement avec un soin presque maternel.

Elle frappe à la porte – ces coups distincts qui préviennent Andrea qu'il ne s'agit ni d'un taré ni d'un type faisant du porte à porte et essayant de lui fourguer du double vitrage –, et après un instant, on lui ouvre en grand.

— Oooh, tu as une sale tête, lance joyeusement Andrea.

Sam hausse les sourcils, face à ceux qu'Andrea n'a plus et à sa pâleur encore fantomatique.

— Entre, entre, dit-elle. Tu vas devoir faire le café. Pour une raison obscure, le lait me donne toujours la gerbe.

Elles s'asseyent, genoux relevés, chacune à un bout du canapé en permanence couvert de plaids en crochet et de châles moelleux, car elle a vite froid. Ils sont de couleurs vives, parce qu'elle aime que tout soit gai et léger, et, tandis qu'elles sont assises là, Mugs, le vieux chat roux adoré d'Andrea, grimpe entre elles et pétrit un coussin avec ravissement, émettant des ronronnements rauques de plaisir.

—Alors, qu'est-ce qui t'est arrivé? demande Andrea, qui s'est mis sur la tête un foulard doux coordonné au bleu de ses yeux. Raconte-moi tous les ragots.

—J'ai rapporté trois gros contrats, mon nouveau patron m'a accusée d'avoir bu, et j'ai pris une énorme cuite.

—Excellent. Des bêtises?

Elle repense à Joel et chasse le souvenir.

—Non. Si ce n'est que j'ai tellement dansé en talons hauts que, ce matin, mes pieds ressemblaient à de la pâte à pain.

— Aaah. Je rêve de faire des bêtises. Parfois je rêve que je sors me mettre une race, et c'est presque une déception de me réveiller sans gueule de bois.

—Tu peux prendre la mienne. Franchement. C'est ma tournée.

Elles s'étaient rencontrées le jour de leur rentrée au collège, et Andrea avait fait à Sam son imitation d'une orange (ce qui impliquait d'avoir tout le visage plissé et s'avérait étrangement convaincant), puis lui avait montré le suçon dont l'avait gratifiée le fils du prof d'EPS. De toutes leurs années d'amitié, Sam se rappelle une seule brouille, au sujet de vacances qu'Andrea avait prises sans elle quand elles avaient dix huit ans, et après laquelle elles étaient tacitement convenues de ne plus jamais se disputer. Andrea la connaît par cœur. Le moindre coup de cœur, la moindre tristesse, la moindre idée qui lui traverse l'esprit: elle est telle une conversation constamment en cours dans sa vie, et chaque fois que Sam quitte Andrea, elle se sent régénérée d'une manière subliminale qu'elle ne comprend jamais vraiment.

— Est-ce que Phil est levé?

— Pas encore.

— Tu lui as reparlé des médocs ?

Sam grogne.

— Il est contre. C'est comme s'il avait décidé qu'à partir du moment où il prend des antidépresseurs, il devient officiellement un malade mental.

— C'est juste une dépression, Sam. C'est ridicule. Tout le monde a besoin d'aide de temps à autre. C'est comme… c'est comme *ça*. Sauf que lui, c'est dans le cerveau au lieu des nichons.

Andrea est la seule personne à qui elle se sent capable de raconter la vérité sur la maladie de Phil. De raconter combien elle le déteste, parfois. Combien elle craint qu'il n'aille jamais mieux. Combien elle craint qu'un jour il aille mieux, et qu'elle le déteste pour tout ça au point de ne plus jamais éprouver la même chose pour lui. Combien ce qu'il a vécu – ainsi qu'Andrea – lui a laissé le sentiment que le sol peut se dérober sous vos pieds en un claquement de doigts, de telle sorte que rien au monde, aucun bonheur, ne paraît sûr.

— Comment tu te sens ? s'enquiert Sam pour changer de sujet.

— Oh, juste fatiguée, la plupart du temps. J'ai regardé l'intégrale d'*Urgences* cette semaine en replay, juste parce que je me sens mieux quand les gens meurent et que ce n'est pas moi.

— Mais le dernier scan était bon, non ? Tu es en voie de guérison ?

— Ouaip. Encore un et je pourrai respirer. Eh, mes cheveux ont commencé à repousser.

Elle soulève le foulard de sa tête, révélant un soupçon de duvet.

Sam se penche pour passer une main dessus.

— Cool. On dirait Furiosa dans *Mad Max*.

— Eh bien, c'est vrai que les gens me confondent sans arrêt avec Charlize Theron.

Un bref silence s'installe dans la petite pièce. Mugs s'est endormi, ses pattes arrière en l'air comme celles d'un lapin, et elles marquent une pause pour le caresser délicatement.

— Oh, et on m'a licenciée, annonce Andrea sans quitter le chat des yeux.

Il faut un instant à Sam pour assimiler ses propos.

— Quoi ?

— Rien à voir avec *ceci*, bien entendu, juste une restructuration du service, du coup mon poste n'existe plus.

— Ils ne peuvent pas faire ça ! Pas avec ce que tu viens de traverser !

— Eh bien, apparemment, si. Je vais recevoir une petite indemnité, c'est déjà ça.

— Mais... Comment tu vas te débrouiller ?

Andrea hausse les épaules.

— Aucune idée. Je me disais que j'allais peut-être vendre mon corps. (Elle lui adresse un faible sourire.) J'irai à la caisse d'allocations la semaine prochaine, pour voir ce que je suis censée toucher. On pourrait imaginer qu'être à moitié morte me donnerait droit à *quelque chose*.

— Arrête, dit Sam. Ne t'avise même pas de blaguer là-dessus.

Elle lui prend la main et la serre doucement.

— Ça va aller, la rassure Andrea. Les choses vont bouger.

— Je t'aiderai.

— J'ai des économies.

— Tu m'as dit que tu avais presque tout dépensé.

— Tu as bien trop bonne mémoire, rétorque Andrea. De toute façon, tu es aussi raide que moi.

— Sérieusement, est-ce que je peux faire quoi que ce soit ? Est-ce qu'on peut les attaquer ? Faire intervenir un avocat ?

— C'est une énorme société disposant de services juridiques entiers consacrés à écrabouiller les gens… Et puis, honnêtement ? Je n'ai pas l'énergie de me lancer dans un autre combat pour l'instant.

Andrea parle en gardant les yeux rivés sur Mugs. Le sujet est apparemment clos. Elles restent assises en silence un moment, chacune perdue dans ses pensées, caressant toutes les deux le chat jusqu'à ce qu'il estime tout ce contact humain excessif et déguerpisse du canapé.

— Oh. J'ai un truc marrant à te raconter.

Andrea lève la tête.

— Il serait temps, Sam. Bon Dieu. Depuis une demi-heure, tu es aussi utile qu'un week-end pluvieux à Grimsby, et c'est maintenant que tu as quelque chose d'intéressant à me dire ?

Elle raconte à Andrea l'histoire des Louboutin, de Frampton à Miriam Price, puis celle du bel homme avec l'enveloppe à bulles.

— Bon, c'est où ? Ce que le mec t'a donné.

— Euh… Dans mon sac, je crois ?

Elle fouille à l'intérieur et en sort l'enveloppe. Dans laquelle se trouve une clé USB.

— Qu'est-ce que tu attends ? C'est peut-être un truc excitant. Les coordonnées d'un compte bancaire en Suisse. Les codes du Pentagone dont je pourrais me servir pour bombarder mes RH. Des objets de valeur hérités d'une lointaine famille royale nigérienne. Laisse-moi jeter un coup d'œil. Allez.

Andrea se soulève du canapé et prend l'ordinateur portable sur le bureau derrière elle.

— Et si ça contient un virus ou autre ? Je ne veux pas contaminer ton ordi.

Andrea roule les yeux.

— Regarde-moi, est-ce qu'un virus sur mon ordi semble figurer sur ma liste d'inquiétudes, là maintenant ?

Elle prend la clé USB et l'insère dans son portable. Elles s'installent l'une à côté de l'autre afin de voir toutes les deux l'écran.

— S'il s'agit des codes du Pentagone, je vise mon ex-belle-mère en premier, dit allégrement Andrea. Juste un petit missile téléguidé. Peut-être radioactif. Rien de trop spectaculaire.

L'écran s'anime en clignotant, et elles se taisent subitement. C'est Andrea qui prend d'abord la parole, après avoir regardé quelques secondes les deux corps granuleux se tortiller furieusement.

— Euh… Sam ? Je ne sais pas trop ce que c'est, mais je suis assez certaine que ce n'est pas… légal.

— Ou ça ne devrait pas l'être.

Elles continuent de regarder encore quelques instants, subjuguées, horrifiées et incapables de se détourner. Elles en restent bouche bée.

— Il ne devrait pas… Oh non. Oh non non non.

— Est-ce que c'est… le type qui te l'a donnée ?

— Non ! Il était bien plus jeune. Et pas… Beurk.

— Mais qu'est-ce qu'elle lui *fait* ? Éteins ça. Éteins ! Je ne me sens pas bien.

Elles ferment l'ordinateur d'une claque et restent un instant sans rien dire. Andrea regarde Sam en secouant la tête.

— C'est comme ça qu'on fait, aujourd'hui ? Si quelqu'un te plaît, au lieu de lui envoyer une photo de ta bite, tu lui remets du porno spécialisé dans une enveloppe à bulles ? (Andrea frémit.) Seigneur. Je suis presque soulagée d'être trop malade pour avoir des rencards.

Peu de gens portent d'élégants costumes sombres dans ce quartier résidentiel miteux, mais c'est une zone de Londres décrite comme « vivante » ou « prometteuse » par les agents immobiliers, un endroit où il ne serait pas choquant de voir un homme habillé en chèvre, ni un membre du mouvement Hare Krishna en robe orange fluide agitant un tambourin, si bien que les quelques personnes qui croisent Ari Peretz lui prêtent peu d'attention. Le cas échéant, il ne l'aurait pas remarqué : il est concentré sur son téléphone, dont l'écran affiche un point bleu clignotant qui ne cesse de se rapprocher du point rouge qui se déplace. Il s'arrête devant une boîte aux lettres, s'avance, puis regarde autour de ses pieds, comme s'il cherchait quelque chose. Il se penche, vérifie sous un buisson près de lui, puis par-dessus un petit mur de brique, examinant toujours son téléphone. Il se met à quatre pattes et regarde en plissant les yeux sous une voiture stationnée, se servant de son téléphone comme torche. Il se rapproche encore un peu, puis tend le bras sous la voiture et extirpe un autre téléphone, qu'il époussette. Il se remet debout, défroisse son pantalon et regarde autour de lui. Il lâche un gros soupir, du genre que l'on pousse quand on sait qu'on va devoir passer un coup de fil qui a peu de chances de bien se terminer. Il finit par composer le numéro.

— Je l'ai retrouvé. Elle n'est pas dans les parages. Il se pourrait qu'on ait un problème.

Chapitre 8

Elle en avait eu l'idée au petit matin : la maison de Chelsea. Carl a compulsivement acheté et revendu des biens immobiliers au cours de leur mariage, et parce que cette maison avait été constamment en rénovation, ils n'y avaient encore jamais séjourné. Dans le chaos de la veille, elle en avait oublié l'existence. Mais il lui faut une base où se poser, et, quel qu'en soit l'état, ce sera mieux que le *Tower Primavera*. S'en souvenir subitement cette nuit-là à 2 h 14 l'avait presque étourdie de soulagement.

Elle n'a pas de clé, mais si les ouvriers y travaillent toujours, ils la laisseront entrer. Et, dans le cas contraire, elle s'y introduira par effraction. Aucun policier au monde ne s'opposera au fait qu'une propriétaire pénètre de force dans sa propre maison. Nisha est allongée sans dormir, planifiant la suite. S'installer dans la maison, prendre un avocat, récupérer son sac et ensuite botter le cul de Carl. C'est cette ultime pensée qui la réconforte, jusqu'à ce qu'elle sombre dans un sommeil agité. Elle se réveille à 7 heures, se douche, saute dans les vêtements de la veille et descend aussitôt à la salle à manger pour prendre le petit déjeuner en formule tout inclus.

— Comment ça, vous ne faites pas *à la carte** ?

Nisha dévisage le serveur, qui la regarde en clignant les yeux avant de s'éloigner. Il y a un million de raisons pour lesquelles Nisha n'a pas mangé de petit déjeuner au buffet depuis deux décennies : la nourriture est toujours bas de gamme – des œufs luisants de gras sous des lampes chauffantes, des saucisses blafardes glissant dans des plateaux métalliques. Des inconnus se penchent au-dessus des récipients en inox qu'ils assaisonnent de leurs cheveux ou cellules mortes au passage. Le pire cauchemar de Nisha depuis toujours.

Jusqu'à ce qu'elle ait faim.

Il ne s'agit pas de sa faim habituelle, secondaire, permanente, mais d'une nouvelle sorte qui la rend tremblante et un peu faible, incapable de penser à autre chose que manger. Elle se tient dans cette salle de conférence jaune criard et bondée, où les chaises ont un revêtement en plastique et les murs arborent des traductions de « Bonjour ! » dans une dizaine de langues différentes. Malgré son dégoût, elle a l'estomac qui gargouille et se crispe comme un animal sur le point de se déchaîner.

Elle prend deux tomates, quelque chose qui se qualifie d'œufs brouillés, et deux galettes de pommes de terre. Elle ajoute une banane – au moins, personne ne peut en altérer l'intérieur – et glisse des rectangles de fromage hermétiquement emballés dans sa poche. Un homme à sa droite lui adresse un regard éloquent, auquel elle répond par un œil noir jusqu'à ce qu'il rougisse légèrement avant de se détourner. Elle emporte son assiette à l'autre

---

* En français dans le texte original. (*NdT*)

bout de la salle, s'assied et consulte l'un des journaux gratuits, bien qu'elle n'en retienne quasiment rien.

En mangeant, elle se repasse le plan en boucle dans sa tête. Une fois qu'elle aura une base de départ solide, il lui faudra de l'argent. Elle devra en emprunter, juste le temps qu'un avocat fasse le nécessaire. Elle se demande qui pourrait bien lui en prêter. Elle se rappelle avec un insidieux désarroi que, aujourd'hui, presque tous ses amis sont ceux de Carl. Elle songe brièvement à Juliana, mais elles ne se sont pas parlé depuis plus de quinze ans, et Juliana n'a jamais eu d'argent, de toute façon. L'homme à qui Magda avait parlé, celui qui était censé lui fournir une assurance, a disparu.

Tandis qu'elle boit tranquillement son café, elle commence à éprouver une panique grandissante : comment en est-elle arrivée là ? Elle s'oblige à fermer les yeux et à respirer profondément. Elle pense à la figure boursouflée et suffisante de Carl. Il mange sans doute ses œufs Bénédicte dans la suite en ce moment même. Elle pense à ce qu'elle ressentira en retournant la situation contre lui. Elle se murmure qu'elle a survécu à pire. Elle survivra à cela.

Lorsqu'elle rouvre les yeux, une employée de cuisine à l'air las est plantée devant la table.

— Vous devez vider votre plateau dans les poubelles quand vous avez terminé.

Nisha observe la femme trois bonnes secondes, une furieuse lutte interne tout juste visible sur son visage. Elle inspire profondément, puis prend son plateau et se lève, le dos raide, passant devant l'employée pour se diriger vers les poubelles.

Avec ce qui lui reste de monnaie, Nisha prend le bus et s'assied à l'avant, souhaitant ignorer les passagers tout autour d'elle. Elle descend devant Chelsea Bridge et marche dix minutes avant d'atteindre la petite place. Ça lui semble acceptable : des bâtiments en stuc blanc, de jolies boutiques et des cafés corrects. Un fleuriste vend d'exquises compositions d'hortensias bleus qu'elle imagine somptueusement disposées sur une table à manger une fois qu'elle aura emménagé. Elle prévoit aussi les soins qu'elle va réserver à l'institut de beauté à côté. À cet instant précis, elle tuerait pour un massage. Mais ça ira. Dans l'immédiat, elle va survivre, ici. Elle arrive enfin sur la petite place et se réjouit silencieusement de la paix qui y règne, de voir passer une nourrice avec des enfants bien habillés et une vieille dame avec son teckel. Voici au moins un endroit qui comprend comment les choses se font, à des années-lumière de la graisse, du bruit et de l'agitation de l'hôtel.

Elle y est. Numéro 57. Elle s'arrête devant le portail et lève les yeux, se souvenant vaguement de la façade d'après les détails fournis par l'agent immobilier. C'est une maison assez modeste selon les critères habituels de Carl, mais il l'avait choisie pour l'emplacement, et Nisha se rappelle avoir acquiescé et souri en disant qu'elle était ravissante, comme elle le faisait avec tous ses achats immobiliers. Ayant le sommeil léger, Carl insiste pour vivre dans des rues sans passage ou, de préférence, entourées par des hectares de terrain lui appartenant. *Les travaux sont finis*, se dit-elle, ravie, remarquant les stores neutres et les roses soigneusement entretenues dans le jardin avant.

Elle tente de se rappeler le nom de l'entreprise de construction – Barrington ? Ballingham ? –, quand une femme ouvre la porte d'entrée de sa maison et s'avance sur le seuil. *L'architecte d'intérieur*, pense Nisha. Elle s'approche, mais, presque aussitôt, la femme fait sortir deux petits enfants. Elle lève la tête en voyant

Nisha au portail et attend un peu. Elles se dévisagent un instant d'un air inexpressif, affichant des sourires confus.

L'inconnue prend la parole en premier :

— Est-ce que je peux vous aider ? s'enquiert-elle en voyant que Nisha ne bouge pas.

Elle a la silhouette aussi fine qu'un lévrier, les cheveux tel un rideau raide de blond noisette naturel, et la tenue décontractée hors de prix de la mère riche qui ne travaille pas.

Nisha est décontenancée par son impudence.

— Euh… oui, vous pouvez me dire ce que vous fabriquez dans ma maison.

La femme cligne des yeux. Rit à moitié.

— C'est… chez moi ?

— Non. Nous avons acheté cette maison il y a trois ans. J'ai les documents qui le prouvent.

La femme se crispe.

— Nous l'avons achetée il y a quatre mois. J'ai aussi les mails du notaire pour le prouver.

Elles se regardent fixement. Les enfants observent, les yeux écarquillés, puis relèvent la tête vers leur mère.

— C'est ridicule, dit la femme en les décalant derrière elle, comme si elle avait affaire à une folle. Je crains que vous ne soyez à la mauvaise adresse. Laissez-nous tranquilles, je vous prie.

— Numéro cinquante-sept. C'est ma maison.

— Pas du tout.

— Si.

Elles rient sans conviction, conscientes de l'absurdité de cette conversation. Nisha voit la femme examiner ses vêtements bas de gamme, ses chaussures de piètre qualité, et remarque une lueur furtive dans son regard, comme si elle pouvait s'avérer dangereuse, peut-être relâchée récemment d'un hôpital psychiatrique.

— Qui êtes-vous ? demande l'inconnue d'une voix nerveuse.

— Mon nom est Nisha Cantor.

— Oh ! s'exclame la femme avec un soudain soulagement. Cantor ! Oui ! Vous êtes ceux à qui on a acheté la maison !

— Mais… mais nous ne l'avons pas vendue. Il lui aurait fallu ma signature. Il aurait… (Elle sursaute en s'apercevant de ce que Carl a fait.) Oh, mon Dieu.

La rue se met à tournoyer autour d'elle.

— Est-ce que… Est-ce que ça va ?

L'attitude de la femme s'est légèrement adoucie. Elle s'approche et tend la main pour toucher le bras de Nisha. Qui la repousse immédiatement. Elle n'aime déjà pas être touchée en temps normal, encore moins par quelqu'un qui manifeste une évidente compassion.

— Il y a quatre mois, dit-elle en secouant la tête. Évidemment.

— Écoutez, je pense que vous feriez mieux de parler à votre notaire. Mais cette maison est très clairement la nôtre. J'ai les papiers des notaires et du cadastre pour le prouver. Je peux aller les chercher à l'intérieur si vous…

— Oh. Non. Je vous crois.

Nisha se sent à bout de souffle. Il le planifiait donc depuis des mois. Elle émet un petit bruit, peut-être un gémissement, et essaie de se ressaisir, avant de redresser l'échine.

— Ça va ? Est-ce que vous voulez que je…

Elle se retourne avant que la femme ne puisse ajouter quoi que ce soit, et se dirige d'un pas vif vers l'arrêt de bus, sentant trois paires d'yeux la transpercer jusqu'à ce qu'elle soit hors de leur vue.

— Maman, pourquoi est-ce que tu appelles aussi tôt ? Et pourquoi en PCV ?

— Je savais que tu serais debout, chéri. Mon petit oiseau de nuit. Comment vas-tu ?

— Bien.

Elle grimace. « Bien », en langage adolescent, peut couvrir un large spectre allant de l'extase à « je viens de parcourir une dizaine de vidéos YouTube sur le meilleur moyen de me suicider ».

— Comment s'est passée ta journée ?

— Bien.

Elle hésite. Mais ceci ne peut pas attendre.

— Bébé, j'ai un petit service à te demander.

Elle entend des bruits de fond émis par la télévision. Il est probablement en train de jouer à l'un de ces jeux en ligne qui impliquent de porter des écouteurs et hurler des consignes à de lointains coéquipiers.

— J'ai besoin que tu me vires de l'argent.

— Quoi ?

Il le répète, manifestement perplexe.

— Je… J'ai envie d'acheter un cadeau d'anniversaire à papa et je ne veux pas qu'il le voie débité du compte joint, dit-elle d'une voix suave. Tu sais comment il est, à surveiller toutes les finances.

— Tu ne peux pas utiliser ta carte ?

Il semble distrait. Elle entend des bruits d'explosion au loin, suivis de coups de feu.

— Je… On m'a volé mon sac hier. J'ai perdu mon téléphone et toutes mes cartes.

— Oh, non ! Quel sac ? demande Ray, l'attention soudain détournée de son jeu. Pas le Bottega Veneta ?

— Non, non. Juste... un vieux sac. Je ne suis même pas certaine que tu le connaisses.

— Oh. Cool. Eh bah... Comment je fais ça ? Je ne sais pas comment virer de l'argent. Sasha ! Tireur ! Sur ta gauche !

Elle lui explique la procédure et il l'exécute en ligne pendant qu'ils parlent. Il semble trouver l'idée de lui faire un virement presque comparable à une aventure, et elle prend conscience avec une légère culpabilité qu'ils lui ont très rarement demandé de faire quoi que ce soit de pratique. Il effectue l'opération pour lui virer cinq cents dollars, le maximum qu'elle estime pouvoir demander sans éveiller de soupçons.

— Qu'est-ce que tu vas acheter ?

Elle met une seconde à percuter.

— Pour papa ? Je... Aucune idée. Je... hum... J'étudie les options.

— Non, quel *sac*. Pour remplacer le tien. (Il baisse la voix.) Le nouvel YSL automne-hiver est mignon. Taille moyenne, bandoulière, avec une espèce de matelassage en diagonale. Il est dans le tout dernier *Vogue*, page quarante-six. Tu déchirerais avec ça, maman.

Elle sourit, ravie de son soudain enthousiasme.

— J'y jetterai un coup d'œil, mon ange. Il a l'air fabuleux. Merci. Et je te rembourse dès que j'ai tout réglé de mon côté.

Un court silence s'ensuit.

— Alors... quand est-ce que tu rentres ? demande-t-il.

— Bientôt, chéri, bientôt.

— Sasha s'en va le huit. Je ne peux plus être là une fois qu'il sera parti. C'est le seul mec cool qui reste. Tous les autres sont juste...

— Je sais. Je vais arranger ça. Promis. Je t'aime.

Il retourne à son jeu et elle met fin à l'appel en poussant un long soupir de soulagement. Ça couvrira les trois prochaines nuits et ses repas. Ça lui accordera au moins le temps de souffler. Elle s'assied sur le lit, et la douceur qui l'enveloppe toujours quand elle parle à Ray se durcit progressivement tandis qu'elle réfléchit à sa journée. Bon. Elle va se brosser les dents dans l'affreuse salle de bains. Prochaine étape : la salle de sport pour voir si on a rapporté son sac. Et ensuite, un putain de bon avocat.

— Personne n'a rendu le moindre sac.

Il a fallu à Nisha cinquante-deux minutes pour marcher jusqu'ici. Elle est contrariée et en sueur, la veste lui gratte le cou, et quelque chose ne va pas du tout dans la façon dont cette fille lui parle.

— Eh bien, qu'est-ce que vous comptez faire ? Il y a une veste Chanel et des chaussures Christian Louboutin dedans. Rien que le sac est un Marc Jacobs, pour l'amour du ciel.

La fille lui adresse le genre de regard aimablement neutre qui dit : « Toi, comment je vais te pourrir dès que tu te seras tirée d'ici. » Elle esquisse un sourire qui n'en est pas un.

— Je suis sincèrement navrée, madame, mais il y a des panneaux au mur précisant que nous déclinons toute responsabilité en cas de vol dans les vestiaires. Et nous *conseillons* à tous les clients de verrouiller leurs casiers et de garder un œil sur leurs affaires.

Son petit ton particulièrement condescendant donne envie à Nisha de se jeter par-dessus le comptoir les poings en avant.

— Je serai ravie de le consigner dans le journal des incidents, ajoute la fille.

— Le journal des incidents ?

— Eh bien, en général, c'est pour les préjudices mineurs. Mais je me ferai un plaisir d'y noter ça, de telle sorte que lorsque votre sac aura été rapporté, *si* on le rapporte, la personne présente à la réception saura qu'il vous appartient. Si vous voulez bien me donner vos coordonnées. Je veillerai à ce que l'on vous appelle au cas où il réapparaîtrait.

La façon dont elle prononce « réapparaîtrait » indique sans ambiguïté à Nisha qu'elle ne s'attend pas à ce qu'il « réapparaisse » de sitôt.

— Eh bien, vous m'avez été *grandement* utile. Je vous recontacterai. Peut-être pour me faire recommander la personne qui s'occupe de former votre service client.

Elle sort majestueusement, remerciant le Seigneur de ne pas s'être donné la peine de prendre l'autre sac avec elle.

Elle récupère l'argent de Ray au service virements d'une banque, achète un téléphone prépayé bas de gamme chez un prêteur sur gages, des cartes de recharge au supermarché, et à 15 heures elle utilise le wifi de l'hôtel pour appeler Leonie Whitman. Après le minimum requis de bavardage et de fausse admiration pour les dernières publications de celle-ci sur Instagram (Leonie a une telle soif d'attention – comme si une femme avec son cul devait poser en bikini, même si c'est sur le yacht de son mari), Nisha lui demande si elle a un bon avocat spécialisé en divorce à lui conseiller.

— C'est mon assistante, dit-elle en baissant la voix. Elle est dans une situation épouvantable, et j'aimerais l'aider si je peux. C'est une femme tellement adorable, et j'ai envie de la protéger.

— Oh, tu es si gentille avec ton personnel. Je ne *supportais* pas Maria quand son mari l'a quittée. Elle avait de telles sautes d'humeur, et je la trouvais sans arrêt en train de pleurer dans les penderies. Honnêtement, j'étais à *ça* de la virer. C'est juste que ça pourrissait toute l'ambiance de la maison.

— Eh bien, tu sais, une bonne assistante vaut la peine qu'on veille sur elle.

Nisha sourit, songeant à Magda avec culpabilité. Elle griffonne le numéro et raccroche le plus vite possible. Elle ne pense pas avoir décelé quoi que ce soit dans la voix de Leonie suggérant qu'Angeline Mercer lui avait raconté ce qui se passait, mais Leonie est une chaîne d'infos à elle seule, et Nisha doit agir vite.

Saul Lowenstein, avocat en droit du divorce renommé à New York, prend l'appel. Bien que ce soit le week-end, elle s'y attendait, compte tenu du nom qu'elle porte. Il est mielleux, son ton suave et confidentiel est celui d'une personne ayant écouté une foule de futures ex-épouses en furie.

— En quoi puis-je vous aider, madame Cantor ?

Elle explique la situation de la manière la plus directe et dépassionnée possible. Mais, à mesure qu'elle entend les mots prononcés à voix haute, elle éprouve un picotement inopiné derrière les yeux, la colère et l'injustice de la situation se coinçant comme un noyau dans sa gorge.

— Prenez votre temps, prenez votre temps, dit-il gentiment.

Et même ça la rend furieuse : le fait que Carl l'ait transformée en l'une de ces femmes-là : celles qui pleurnichent parce que leur mari les a quittées et comment peut-il lui faire ça, bla-bla-bla.

— Mais il ne peut pas me faire ça, conclut-elle. Enfin, je suis assez certaine qu'il ne peut pas me faire ça. Nous étions *mariés*.

Depuis presque deux décennies ! Il ne peut pas me mettre simplement dehors sans un sou. Je veux dire, je suis son épouse !

Il lui demande la liste de tous leurs biens, et elle lui énumère ce dont elle se souvient : le duplex à New York, la maison à Los Angeles, le domaine dans les Hamptons, le yacht, les voitures, le jet privé, les immeubles de bureaux. Elle ne sait pas vraiment ce que vaut son entreprise, ni même ce qu'il fait précisément, mais elle l'explique du mieux qu'elle peut.

Saul Lowenstein marque une pause avant de parler. Il s'exprime d'un ton rassurant, comme si tout cela n'était qu'un inconvénient mineur pouvant être résolu. Elle se dit que la perspective de ses honoraires pour une telle affaire apaiserait les esprits les plus réticents.

— Bien. Alors, la première chose que nous pouvons faire pour arranger votre situation dans l'immédiat, c'est envoyer un courrier pour exiger l'accès au compte joint. Heureusement pour vous, madame Cantor, les lois londoniennes sur le divorce font partie des plus équitables au monde. Vous obtiendrez, si ce n'est pas la moitié, un pourcentage très convenable de ses revenus pour les dix-huit dernières années.

Nisha se couvre le visage de ses deux mains.

— C'est un tel soulagement de m'entretenir avec vous, monsieur Lowenstein. Vous n'imaginez pas combien tout ça a été angoissant.

— J'en suis certain. Ensuite, nous devrons vous installer quelque part le temps de régler cette malheureuse affaire. Alors, possédez-vous une propriété en Angleterre ?

— Nous en avions une. Apparemment, il l'a vendue.

— Ah. Dommage. La plupart des juges ont des réticences à expulser une femme d'un domicile conjugal.

Elle l'entend griffonner des notes en parlant, le vacarme grossier d'une sirène new-yorkaise retentissant dans le fond. Elle en est étrangement nostalgique.

— Alors, les papiers de divorce que le garde du corps de votre mari vous a remis. Pouvez-vous m'en lire la première page ?

Elle s'exécute, assise là, presque comme dans un rêve. Tandis qu'il prend des notes attentivement, elle songe à ce qu'elle fera une fois que tout sera résolu. Elle ira chercher Ray. Elle le ramènera peut-être même à Londres pour quelque temps. Elle n'a aucune envie de rentrer aux États-Unis auprès de toutes ces fouines qui, lorsque la nouvelle se sera répandue, trouveront soudain une excuse pour l'appeler, dans le seul but de pouvoir s'échanger leurs ragots. Non, Ray et elle trouveront un logement ici pendant qu'ils décideront de la suite.

— Madame Cantor ? dit-il en la sortant de sa rêverie. Ce sont les documents qu'il vous a remis ?

— Oui. Je n'ai pas d'autres papiers de divorce.

Il soupire.

— Manifestement, il s'agit de papiers de divorce américains. Il a dû les établir aux États-Unis. Malheureusement, la loi américaine sur le divorce est assez différente.

— Ce qui signifie ?

— Que ça va être compliqué de remettre en cause votre accès aux comptes bancaires. Vous ne semblez pas avoir assez de liens avec le Royaume-Uni pour recourir à l'article trois du Matrimonial Causes Act de 1984, comme je vous l'aurais autrement suggéré. L'exécution transatlantique des décisions de divorce est connue pour être délicate. Nous pourrions éventuellement demander une ordonnance du tribunal, mais elle ne pourra pas être appliquée, surtout s'il décide de rentrer aux États-Unis. Nous pouvons lui envoyer un courrier juridique, mais…

— Carl n'a jamais prêté la moindre attention aux courriers juridiques de sa vie. Vous ne comprenez pas, monsieur Lowenstein. Carl ne s'estime pas soumis aux règles. Je l'ai observé de très près pendant vingt ans, et il fait ce qu'il veut. Toujours. C'est comme… un point d'honneur pour lui. Il ne peut pas être vu en échec, jamais.

Saul Lowenstein lâche un gros soupir.

— Alors je crains que cela ne présage rien de bon. Je vois beaucoup de clients fortunés, madame Cantor, et souvent, cela se passe ainsi : le mari – parce que, hélas, c'est en général le mari – se débarrasse de tous ses biens pour réinvestir dans des sociétés offshore aux îles Caïman ou au Liechtenstein, et l'épouse se retrouve à essayer de réclamer la moitié de quelque chose qui n'existe plus officiellement, en le poursuivant aux quatre coins du monde. Et il y a l'autre souci…

— Quoi ? dit Nisha, étourdie. Quel autre souci ?

— Eh bien, sans argent, madame Cantor, vous ne pouvez pas me payer.

Nisha se pétrifie.

— Je suis une femme très riche. Vous aurez votre argent.

— Sur des affaires de ce niveau, je ne peux intervenir qu'avec une avance sur honoraires considérable.

— Mais je n'ai rien pour l'instant. Il m'a tout coupé. Je vous l'ai dit.

— Je suis sincèrement navré, madame Cantor. Je ne peux vraiment rien faire sans une avance. Si vous pouviez résoudre le problème dans ce sens, je serais ravi de me charger de votre dossier. À part ça, je crains de ne pas pouvoir faire grand-chose à l'heure actuelle. Je ne vois pas quel avocat digne de ce nom le pourrait.

Elle reste sans voix. L'espace d'un horrible instant, elle pense qu'elle va peut-être bien éclater en sanglots. Il attend quelques secondes avant de briser le silence.

— C'est un mode opératoire assez fréquent dans votre tranche de revenus, madame Cantor. Il se dit : « Je vais l'entuber, la broyer, jusqu'à ce qu'elle soit juste contente d'accepter n'importe quoi. » Et c'est ce qui semble se produire ici. Vous pourriez peut-être, si vous êtes désespérément dans le besoin, vous rapprocher de la police. Ou de l'ambassade américaine.

— Je ne veux pas impliquer la police ! s'exclame-t-elle en laissant retomber sa tête dans sa main. Je ne comprends pas, chuchote-t-elle. Je ne comprends pas pourquoi il a fait ça.

Il soupire, puis suggère d'une voix basse et confidentielle :

— Selon mon expérience, ça vaut la peine de regarder du côté de l'assistante.

— Son assistante ? répète-t-elle en éprouvant des picotements. Mais…

— Jeune, jolie ?

Elle pense à Charlotte avec sa peau lumineuse et immaculée, sa queue-de-cheval impeccable. Son sourire lisse dès que Nisha entrait dans le bureau.

— L'assistante connaît le moindre besoin du mari, la moindre envie et le moindre mouvement. Elle sait également où va l'argent. Je suis vraiment navré de vous le dire, madame Cantor, mais, dans la grande majorité des cas, c'est là que qu'on trouve l'explication. Je souhaite de tout cœur que vous puissiez résoudre cette histoire, et je serai toujours là pour vous, bien entendu.

— Si j'ai de quoi payer une avance.

— Si vous avez de quoi payer une avance.

Il met brusquement fin à l'appel, comme en a l'habitude une personne qui facture huit cents dollars de l'heure, mais qui n'était pas payée pour cette communication-là. Et il laisse Nisha assise sur le couvre-lit inflammable, sa respiration sifflant dans le silence.

Chapitre 9

Sam arrive chez elle à 15 h 30, sa migraine refusant résolument de se dissiper. Le chien l'accueille avec l'œil exorbité et l'attitude légèrement affligée d'une créature qui a grand besoin de vider sa vessie. Alors qu'elle attache la laisse au collier de Kevin, sans même ôter son manteau, elle entend la télévision dans le salon et éprouve une soudaine irritation. Serait-ce vraiment si difficile pour lui de se lever et d'aller promener le chien un quart d'heure ? Vraiment ? Dieu sait qu'il ne fait rien d'autre pour aider dans la maison, ces temps-ci.

— Est-ce que Kevin est sorti ? demande-t-elle avec précaution, bien qu'elle connaisse la réponse.

— Oh, dit Phil, se tournant vers elle comme si les besoins de Kevin étaient une surprise. Non.

Elle attend un instant.

— Comment va Andrea ? s'enquiert-il.

— En voie de guérison. Si Dieu le veut.

Il soupire bruyamment, comme si les malheurs d'Andrea ne faisaient qu'ajouter à son propre fardeau, et adresse à Sam un petit sourire peu convaincant avant de se retourner vers la télévision. Parfois, ce sourire la rend triste. Aujourd'hui, il lui donne envie de hurler.

— Je vais sortir Kevin, OK ? lance-t-elle lorsqu'il reporte les yeux vers l'écran.

— Bien sûr, dit-il comme si c'était la seule option sensée. Tu as déjà ton manteau.

Elle quitte la maison avec un bourdonnement de rage dans les oreilles.

« Tu ne devrais pas le laisser autant tout seul, lui a dit sa mère la semaine dernière. Enfin, c'est dur pour un homme de ne pas être le principal gagne-pain. Il s'apitoie forcément sur son sort. »

« Les hommes de son âge sont étonnamment fragiles, a déclaré leur médecin généraliste. Je crois vraiment que les femmes sont les plus résistantes de l'espèce. » Il l'avait énoncé comme s'il s'attendait à ce qu'elle le prenne pour un compliment.

« Tu es un peu ronchon, ces temps-ci, maman, lui avait dit sa fille. Tu devrais peut-être songer à faire une analyse de la TSH ou autre, non ? »

Non, je ne suis pas plus résistante. Je ne suis pas plus ronchon, avait-elle envie de leur crier. *Je suis juste épuisée, bon Dieu. Mais si je baisse les bras et que je reste allongée sur le canapé à longueur de journée, notre fichue famille n'y survivra pas.*

Elle gronde Kevin, qui traîne devant la maison des voisins en reniflant obstinément le pied de leur troène. Puis elle se sent coupable, car rien de tout ça n'est la faute du pauvre Kevin, et elle s'accroupit pour prendre son gros cou entre ses mains et lui chuchoter : « Désolée, mon chéri, je suis tellement désolée. » Jusqu'à ce qu'elle relève la tête et aperçoive Jed du 72 qui la dévisage comme si elle avait fini par perdre la boule.

Elle marche jusqu'au canal, parce qu'elle ne voit pas ce qu'elle ferait chez elle, ignorant les couples qui marchent bras dessus bras dessous et lançant des regards noirs aux cyclistes qui l'obligent à se décaler sur le bord du chemin. Cat travaille cet après-midi. Elle semble avoir un assortiment de petits boulots – barista, livreuse, serveuse (« Comme ça, l'économie à la tâche est à ton avantage, maman. Il ne faut pas dépendre d'un seul job. ») Et Sam sait que si elle reste à la maison, elle devra soit tenir compagnie à Phil dans le silence démoralisant du salon, soit entamer l'une des cent quarante-huit corvées domestiques que tout le monde semble considérer comme étant sa responsabilité. Si elle s'y attelle, elle bouillonnera d'une rage à peine contenue au bout de quelques minutes. Et alors elle se détestera pour ça, parce que la dépression n'est la faute de personne. Comme elle n'en a jamais été atteinte, se rappelle-t-elle, il lui est impossible de comprendre pleinement le besoin de ne rien faire. Ou le manque de besoin de faire quoi que ce soit. Dans tous les cas, quand elle promène Kevin, au moins, elle a l'impression d'avoir fait quelque chose – et boosté son nombre de pas du même coup.

Elle se souvient d'un professeur de philosophie demandant à sa classe : « Parmi les décisions que vous prenez chaque jour, combien sont prises parce que vous voulez vraiment faire quelque chose, et combien le sont pour éviter les conséquences de ne pas le faire ? » Presque tout ce qu'elle fait ces temps-ci a pour seul but d'empêcher autre chose d'arriver. Si elle ne maintient pas son nombre de pas, elle va grossir. Si elle ne sort pas le chien, il va pisser dans l'entrée. Parfois, Sam a le sentiment d'être si conditionnée à se montrer utile chaque minute de chaque jour qu'elle ne fait presque rien sans en tenir inconsciemment le compte.

Les hommes entendent-ils cette voix intérieure qui leur dit constamment de s'efforcer d'être meilleurs, productifs, utiles? Même à l'époque où Phil était plus joyeux, la plupart du temps il ne remarquait pas le porte-serviettes qui s'était à moitié détaché du mur, la pile de chaussettes à trier sur la machine à laver, les miettes par terre, le frigo dont il fallait vraiment nettoyer les étagères avant qu'ils ne meurent tous d'une listériose.

Elle finit par se demander distraitement si Joel fait des choses. Elle l'imagine en train de changer un rouleau de papier toilette de sa propre initiative, d'un air enjoué, sans le moindre soupçon de « J'ai changé le rouleau de PQ pour toi, bébé » sur les lèvres. Comme une espèce d'homme de tous les fantasmes. Puis elle repense au moment où elle a dansé avec lui la veille, à la chaleur de ses mains sur sa taille, et elle rougit d'un plaisir coupable. « Il en pince pour toi », a déclaré Marina, et voilà qu'elle compte mentalement toutes les gentillesses qu'il lui a dites, avant de se trouver ridicule et de chasser Joel de son esprit.

Elle tire Kevin hors du passage d'un autre cycliste déchaîné qui fait retentir sa sonnette et les rase en jurant (elle a envie de hurler contre lui, mais, un jour, elle a lu dans un journal l'histoire d'une femme poussée dans le canal parce qu'elle avait râlé contre un cycliste, alors elle se tait). Elle se rappelle, en sursaut, qu'elle n'a pas rapporté ce fameux sac à la luxueuse salle de sport. La propriétaire aura-t-elle alerté la police au sujet des vêtements griffés qui ont disparu? Elle songe à la liste de tâches qu'elle doit accomplir d'ici la fin de la journée: aller chercher les médicaments de son père et passer les déposer à ses parents, rester prendre une tasse de thé pour qu'ils ne se plaignent pas de ne jamais la voir, trier la pile de lessive sur le palier de l'étage, dégivrer le congélateur parce que la porte ne ferme plus, passer en revue le paquet de factures en attente qu'elle a repoussé toute la semaine. Elle consulte sa montre. Elle rapportera le sac avant d'aller travailler lundi. Une autre tâche à insérer dans son emploi du temps déjà surchargé.

Puis elle pense à Andrea, qui n'a rien d'autre dans sa journée que du temps pour contempler l'abîme dans lequel elle a les yeux plongés depuis des mois. Alors elle se sent coupable de se plaindre de quoi que ce soit.

Elle se dit qu'il lui faut des vacances. Et cette idée lui fait penser au camping-car. Elle baisse la tête et rentre d'un pas traînant chez elle.

Le camping-car. Sam soupire involontairement chaque fois qu'elle le voit, avec son gigantesque tournesol jaune peint sur le flanc. Phil l'avait acheté deux ans plus tôt à un copain au travail – à l'époque où il travaillait encore –, et il était rentré à la maison débordant d'enthousiasme et de visions de leurs futures escapades ensemble. « Il a juste besoin d'un petit rafraîchissement. Je vais le repeindre, remplacer le pare-chocs et rajeunir l'intérieur. Le moteur est en assez bon état. C'est toujours le toit qu'il faut surveiller sur ces choses-là. Les infiltrations d'eau », avait-il ajouté d'un ton savant, comme si son expérience du camping-car dépassait une semaine de vacances en famille à Tenby quand il avait dix ans.

Elle avait éprouvé une colère silencieuse au départ – comment pouvait-il claquer trois mille livres de leurs économies sans la consulter ? –, mais peu à peu, elle s'était volontiers laissé emporter par le tableau qu'il dépeignait de vacances sur la côte sud – « Peut-être même le continent. Ce ne serait pas génial, Sammy ? Dormir dehors dans le sud de la France ? À la belleétoile ? » Il l'avait serrée dans ses bras en lui murmurant à l'oreille. Sam s'était rappelé des vacances dans un camping miteux du sud de la France, où les piqûres de moustiques et l'horreur des toilettes à la turque les avaient fait finir en fous rires. Ils avaient été doués pour les aventures. Même celles qui impliquaient de devoir laver vos lacets de chaussures après être allé faire pipi.

Phil avait fait réviser le moteur, passer le contrôle technique et retiré le pare-chocs arrière, prêt à en trouver un de rechange sur son site d'enchères en ligne. Mais alors son père avait reçu son diagnostic, et il ne restait plus le temps pour rien, en dehors du travail, à part veiller sur Rich et Nancy. Trois mois après un cocktail effroyablement toxique de chimiothérapie et d'émotions refoulées, Phil avait été licencié, et le camping-car manifestement oublié.

« Pourquoi ne passes-tu pas un peu de temps sur le camping-car cet après-midi ? », suggérait-elle toutes les quelques semaines, espérant que le mélange de résolution de problème pratique et d'air frais l'aiderait à se sentir mieux. Et au début, il acquiesçait et répondait que, oui, carrément, s'il avait le temps. Mais, au fil des semaines, il s'était mis à afficher une expression de bête traquée si elle l'évoquait, et, au bout d'un certain temps, c'était devenu plus simple de cesser d'en parler. Aujourd'hui, le camping-car est là, il lui manque les trois quarts de ses entrailles, son pare-chocs n'est toujours pas remplacé, et il prend silencieusement la rouille dans leur allée jusqu'à la prochaine vignette à payer. Cette masse inerte est comme une objection à ses rêves de vacances et de qualité de vie embellie, mais aussi à la possibilité de garer la voiture ailleurs qu'à trois rues de leur propre maison.

Kevin renifle le pneu arrière, aussi à plat que Sam, puis lève brusquement la patte, pour y déposer un filet d'urine. Elle a soudain l'envie pressante de l'imiter, de baisser son pantalon et replier la jambe contre la roue, pour exprimer sans ambages le dégoût que lui inspire cette épave. Elle imagine les voisins, effarés, en train de se concerter à leur fenêtre en la regardant s'accroupir, et elle sourit. Et en rentrant, alors qu'elle dit à Kevin que c'est un bon chien, ça, un très bon chien, elle s'aperçoit que c'est la première chose qui l'ait fait rire de toute la journée.

— Comment c'était, le pub ?

Phil s'est soulevé en position assise sur le canapé. Kevin bondit vers lui, exalté et ravi de retrouver l'homme qu'il n'a pas vu depuis quarante-cinq bonnes minutes, sans la moindre rancœur pour sa vessie distendue. Phil lui caresse les oreilles.

— Le pub ? Oh. Bien. C'était bien.

Il la regarde un instant, et un air triste et gêné lui traverse furtivement le visage.

— Je suis désolé de ne pas avoir pu venir. J'étais juste… vraiment fatigué, et…

Sa voix s'évanouit.

— Je sais.

— Je suis désolé, répète-t-il doucement en baissant les yeux.

Et Sam, mettant de côté sa liste mentale de tâches, s'assied auprès de lui, prend sa main et pose la tête, juste un moment, sur son épaule.

Chapitre 10

Nisha a repéré deux autres *White Horse* en parcourant des kilomètres de rues londoniennes insalubres dans ces affreuses chaussures. Elle s'est entendu dire dans les deux cas que non, on n'était pas au courant de la moindre paire de chaussures volée. L'un des deux pubs était équipé de vidéosurveillance, mais aucun employé ne savait comment lire les enregistrements. « Vous pouvez revenir quand le gérant sera là. » La fille avait haussé les épaules d'une manière suggérant qu'il s'en moquerait peut-être encore plus qu'elle. Nisha n'a quasiment pas dormi ces deux dernières nuits ; à mesure qu'elle pense à ce que Carl lui a fait, son crâne bouillonne, sa fureur monte, tout comme sa détermination à récupérer ce qui lui appartient.

Elle était au buffet du petit déjeuner dès l'ouverture à 6 h 30, ses cheveux humides tirés en queue-de-cheval, et a bu deux cafés en vitesse, ignorant les gargouillis de son estomac.

Elle ralentit enfin le pas, tandis que le *Bentley Hotel* apparaît. Elle voit le portier en haut-de-forme accueillir un voyageur épuisé, dont on décharge les bagages d'un taxi, et se demande brièvement si Frederik lui aura donné la consigne de ne pas la laisser entrer. Elle s'en fout. Elle va passer droit devant lui, s'asseoir dans le vestibule et, cette fois, elle refusera de bouger.

Elle défroisse l'affreuse veste et consulte sa montre. Sept heures trente-sept. Carl doit être dans la suite, déjà habillé, assis à son bureau pour parcourir les pages financières en attendant son café : noir, deux sucres. Qui lui apporte ce café ? se demande-t-elle subitement. Charlotte ? Enveloppée dans la robe de chambre en soie noire préférée de Nisha ? Un sourire de satisfaction post-coïtale sur son visage jeune, ferme et fourbe ? Elle marque une pause, la mâchoire crispée, et passe en revue ce qu'elle compte lui dire : *Tu peux obtenir ton divorce, Carl. Je veux juste ce qui me revient. Je veux simplement ce que tu me dois.* Elle le fera avec dignité, avec fierté. Ou peut-être avec juste un coup de pied dans les couilles.

Elle prend une profonde inspiration, fait deux pas vers la porte, et aperçoit alors Ari près du portier, l'oreillette en place, qui discute discrètement avec l'un de ses hommes en remuant à peine les lèvres. Ari, qu'elle a vu un jour mettre un homme à terre d'une pichenette furtive dans le cou. Cela ne peut signifier qu'une chose : qu'ils s'attendent plus ou moins à ce qu'elle tente de revenir. Avant qu'il ne puisse la voir, elle s'esquive dans l'allée latérale qui longe l'hôtel, le cœur battant à tout rompre. Un peu plus loin, devant une porte, deux employés de cuisine sont assis sur une marche et boivent un café en fumant. Elle se poste près d'eux et s'allume une cigarette, dos à la rue, en essayant de ne pas respirer les odeurs d'urine et de poubelles.

Elle peut éventuellement échapper à la vigilance du portier, mais pas à celle d'Ari. Et, d'une certaine manière, il serait particulièrement humiliant de se faire intercepter et dégager par l'homme qui était payé depuis dix ans pour la protéger.

Elle tire des bouffées courtes et nerveuses sur sa cigarette en réfléchissant à ses options, sans tenir compte des deux hommes qui lui lancent un coup d'œil indifférent avant de reprendre leur conversation. Une femme en anorak passe à côté d'elle, tête baissée, gravit les marches et disparaît à l'intérieur. Puis une autre, qui discute avec animation au téléphone dans une langue étrangère. Une troisième, avec des cheveux tressés et une longue doudoune, s'arrête devant elle.

— Tu attends pour entrer, ma belle ?

Nisha lève les yeux.

— Tu ne dois pas entrer en sentant la clope. Frederik déteste ça. Tiens.

La femme sort un vaporisateur de son sac à main, et avant que Nisha n'ait le temps de protester, elle l'asperge d'un nuage de musc bon marché. Le parfum chimique la fait tousser et plisser les yeux. Tout en rangeant le vaporisateur dans son sac, la femme lui dit :

— Allez. T'es nouvelle ? Suis-moi.

Ari apparaît au bout de la ruelle, regardant toujours dans l'autre direction. Nisha se décide en une fraction de seconde et suit la femme dans l'entrée de service de l'hôtel, empruntant un couloir étroit, croisant des serveurs pressés et quelqu'un qui pousse un gros chariot de linge sale. Elle s'adosse au mur pour le laisser passer, ne souhaitant pas toucher la pile de draps infestés de germes.

— C'est ta première fois ici ?

Nisha acquiesce en regardant derrière elle.

— Tu as des papiers ?

— Des papiers ?

— Un numéro de sécu ?

Nisha secoue la tête.

— T'inquiète. Dis juste que tu attends un renouvellement de passeport. Ils ne demandent jamais grand-chose – sinon qui est-ce qu'ils vont pouvoir embaucher à ce salaire-là ? (Elle rit sèchement, comme si sa remarque l'amusait.) Comment tu t'appelles ?

— Nisha.

— Moi, c'est Jasmine. N'aie pas l'air aussi inquiète ! On ne mord pas, ici ! Allez. On va t'équiper et après je t'emmène voir Sandra. C'est elle qui s'occupe des rotations.

Nisha se retrouve dans une salle remplie de casiers, l'air chargé d'odeurs de restes de nourriture et de corps surmenés.

— Eh ! Gilberto ! Sors tes déchets, mec ! Je ne suis pas payée pour nettoyer derrière vous tous en plus des clients.

Un petit homme maigre à la peau tachée par la nicotine entre brusquement et ramasse une boîte en polystyrène dont s'échappe une forte odeur de poisson.

— Il m'a mis sur deux équipes jusqu'à jeudi. Je te jure, Jas, je vais lâcher l'affaire si ça continue comme ça.

Jasmine pousse ce qui ressemble à un grognement, et Gilberto s'en va.

— Ils manquent de personnel en ce moment, dit-elle en ouvrant un casier pour y déposer son sac. C'est un cauchemar. Depuis le Brexit, l'hôtel a perdu quarante pour cent du personnel. Quarante pour cent ! Tu viens d'où ?

— New York.

— New York ! On n'a pas beaucoup d'Américains, ici. Seulement de la catégorie qui paie. Tiens. Tu fais quelle taille ? S ? M ? Tu es une petite maigrichonne.

Elle furète dans une pile d'uniformes jusqu'à ce qu'elle en sorte une tunique et un pantalon noirs.

— On peut porter nos propres affaires, mais c'est mieux d'utiliser les leurs. Il y a des jours où je suis trop contente de laisser la crasse de cet endroit derrière moi et de remettre mes propres vêtements, tu sais ? Tu n'as pas envie de rapporter cette merde à la maison.

Pendant que Nisha se tient là, sa tenue empilée dans ses bras, Jasmine se débarrasse sans la moindre gêne de sa robe à taille élastique, puis enfile son uniforme noir. Elle vérifie son apparence dans le petit miroir au dos de la porte, puis regarde de nouveau Nisha.

— Allez ! Ne traîne pas ! Si on arrive là-haut d'ici moins le quart, on pourra encore profiter du petit déjeuner.

Nisha n'a aucune idée de ce qu'elle fabrique. Mais rester sur les talons de Jasmine semble être un plan aussi bon qu'un autre pour l'instant. Elle enfile les vêtements en se tortillant (Dieu merci, ils sentent la blanchisserie), fourre ses affaires dans un casier vide et sort avec Jasmine dans le couloir.

Nisha n'a pas faim, mais, ces derniers jours, elle a appris à manger quand la nourriture était à disposition, et elle suit Jasmine en silence dans les cuisines, tandis que la jeune femme salue ses collègues.

— Ça roule, Nigel ? Ta mère est sortie de l'hôpital ? Ravie de l'entendre, chéri… Katya ! J'ai regardé ce truc dont tu m'as parlé ! Je me suis presque chié dessus, putain ! Qu'est-ce qui te prend de me faire regarder des films d'horreur ? Tu sais que je n'ai pas d'homme pour me protéger !

Jasmine a le rire facile et passe les portes comme si le monde allait s'évaporer pour lui dégager la voie. Les idées se bousculent dans la tête de Nisha. Elle scrute toutes les pièces dans lesquelles

elles pénètrent, craignant à moitié de voir apparaître les contours d'Ari devant elle. Mais non, il n'y a que ces silhouettes affairées, traînant parfois les pieds, qui la croisent en hâte, leurs visages creusés par l'épuisement, clairement concentrées sur leur travail.

— Tiens. Qu'est-ce que tu aimes ? Voici l'unique avantage d'embaucher tôt : les pâtisseries de Minette. Oh, mon Dieu, je te jure que je faisais quarante-cinq kilos avant de commencer à bosser ici.

Jasmine lui tend une assiette, et désigne un grand plateau garni d'une sélection de *pains aux raisins*, *pains au chocolat** et croissants. Nisha prend un pain aux raisins et mord dedans. En moins d'une nanoseconde, elle est consciente que c'est ce qu'elle a mangé de meilleur en trois jours : c'est léger et moelleux avec un délicat goût de beurre, de la véritable pâtisserie française à peine sortie du four et encore chaude. Pour la première fois depuis des jours, son cerveau cesse de bouillonner, et elle se perd dans le plaisir.

— C'est bon, hein ? (Jasmine en prend deux et mange en fermant les yeux de béatitude.) À partir de 5 h 30, ma journée est dingue. Je dois faire en sorte que ma fille se lève et s'habille, lui préparer son déjeuner si c'est un jour d'école, la déposer chez ma mère à Peckham, ensuite il me faut encore prendre deux bus pour arriver ici, et je te jure que le seul truc qui me fait tenir, c'est l'idée que ces merveilles m'attendent.

— Oh, c'est bon, dit Nisha la bouche pleine.

— Minette est un sacré génie. Presque aussi douée que toi, Aleks !

Devant les cuisinières, un homme mince en tenue de chef se détourne de ses casseroles et hoche la tête vers elle.

— Tu as fini ? demande Jasmine. (Nisha acquiesce.) OK. Allons-y.

Jasmine s'essuie la bouche avec une serviette en papier et se dirige vers la porte au fond de la cuisine, s'arrête brièvement pour lui dire d'arranger un peu ses cheveux, et lui resserre sa queue-de-cheval avant que Nisha ne puisse l'en empêcher. Elle passe la double porte, emprunte un couloir d'un pas vif et s'engouffre dans un petit bureau sur la gauche.

—On a Nisha qui commence aujourd'hui. Ses papiers ont été postés.

—Oh, Dieu merci, dit une femme rousse qui efface des noms sur un tableau de service sans relever la tête. J'ai quatre malades aujourd'hui. Elle a besoin d'être formée?

—Tu as besoin d'être formée? lui demande Jasmine.

—Heu... oui?

—On ne peut pas faire autrement, dit la Rouquine. OK, Jas, tu vas devoir lui montrer les ficelles. Je vais augmenter votre nombre de chambres, puisque vous êtes deux. On en a seize à faire d'ici quatorze heures, et il y a deux arrivées anticipées. Voici la liste. Comment tu t'appelles, déjà?

Nisha s'apprête à donner son nom, puis dit:

—Anita.

—OK, Anita. Reviens chercher ton badge à midi. Pas de maladies, de blessures ni d'allergies? Remplis ça en revenant. On n'a pas le temps que tu le fasses maintenant.

—Je croyais que tu t'appelais Nisha?

Les deux femmes la regardent.

Elle pense soudain à Juliana. Et déglutit.

—Je trouve... Anita plus facile à prononcer pour les clients.

La Rouquine hausse les épaules.

—Va pour Anita. OK... Va chercher ton matériel. Jas, on est vraiment justes en eau de Javel. Désolée. Huile de coude uniquement partout où c'est possible aujourd'hui. On va devoir la garder pour les sales trucs.

— L'huile de coude. Ça, ils savent que c'est la seule chose qu'on aura toujours en stock, grommelle Jasmine.

Elles se dirigent alors vers la réserve.

Dix minutes plus tard, Nisha suit Jasmine qui pousse le chariot d'entretien dans le couloir moquetté du troisième étage. Elle se sent électrisée, visible, comme si tous les clients qui la regardent allaient deviner ce qu'elle fait, et savoir que c'est une usurpatrice. Elle se retrouve à baisser la tête quand elle les croise, refusant qu'on la remarque.

— Qu'est-ce que tu fabriques ? demande Jasmine en se retournant quand passe le troisième client.

— Comment ça ?

— On doit saluer tous les clients. Règlement intérieur. Tu dois leur donner l'impression d'appartenir à la famille Bentley. Aux sixième et septième étages, on doit aussi les appeler par leur nom.

Avec Carl, elle avait occupé la suite au septième étage. Nisha avait tellement l'habitude que le personnel sache qui elle était qu'elle n'avait jamais pensé que ces salutations faisaient partie d'un quelconque règlement.

— Bonjour, marmonne-t-elle lorsqu'elles croisent les clients suivants, un couple allemand qui les salue solennellement en poursuivant vers les ascenseurs.

Jasmine arrête le chariot devant la chambre 339 et frappe deux fois, feuilletant son porte-bloc en attendant une réponse.

— Femmes de chambre !

Comme personne ne répond, elle utilise sa clé magnétique, pousse la porte et attend que Nisha soit derrière elle. La chambre est dix fois plus petite que la suite. Au centre se trouve un lit défait, les draps couverts de miettes et de restes de petit déjeuner provenant du plateau posé sur les couvertures. Une télévision braille les informations. Il y a une bouteille de vin vide et deux verres à côté.

Jasmine s'active et éteint la télévision.

— OK. Tu commences par la salle de bains, je vais retirer les draps. Normalement on a environ vingt minutes pour faire ces chambres, sinon on nous colle un rapport, et ce matin on en a encore plus à faire, alors il va falloir te remuer.

Nisha a pris conscience plus tard que, jusque-là, elle n'avait pas vraiment pensé qu'on lui demanderait de faire quoi que ce soit. Elle s'était dit qu'elle pourrait peut-être juste enfiler l'uniforme et disparaître dans les entrailles du bâtiment, trouver un moyen de se faufiler dans sa suite.

Mais, à présent, Jasmine l'observe, un chiffon bleu dans une main, l'air légèrement perplexe.

— Ce n'est pas sorcier. Nettoie-la juste comme ta propre salle de bains, chérie. Mais mieux !

Jasmine lâche un rire jovial et enfile ses gants en latex avant de retirer d'un geste vif le couvre-lit, comme si elle savait quels germes il pourrait contenir.

Nisha est dans la salle de bains, pétrifiée. Il y a des poils courts et non identifiés dans le lavabo, le siège des toilettes est mouillé, et deux serviettes humides traînent par terre ; l'une d'elles présente une trace marron pâle, et Nisha espère sincèrement qu'il s'agit de maquillage. Elle songe à partir tout de suite, mais c'est là sa seule chance de rester dans l'hôtel, pour le moment, en tout cas. Elle prend deux profondes inspirations, met les gants et commence à nettoyer le lavabo, essayant de ne pas regarder ce qu'elle fait.

Elle a presque accompli la moitié de sa tâche quand Jasmine apparaît à la porte.

— Chérie ! Il va falloir que tu passes à la vitesse supérieure ! Tu as changé le rouleau de PQ ? Replie les coins quand tu le mets. Ceux qui sont entamés retournent sur le chariot. Attends. Je vais m'occuper de tes flacons.

Jasmine balaie du bras toutes les mini-bouteilles de shampoing et de lotion pour le corps dans un sac-poubelle et disparaît dans le couloir. C'est à ce moment-là que Nisha se tourne vers les toilettes. Elles ont des éclaboussures jaunes séchées sur le siège, et une trace marron bien nette dans la cuvette. Elle sent les vestiges de son petit déjeuner lui remonter dangereusement au fond de la gorge. *Oh, mon Dieu, je ne suis pas réellement en train de vivre ça.*

— Allez, ma fille ! entend-elle s'exclamer Jasmine dans l'autre pièce. Il nous reste sept minutes.

Nisha s'empare de la brosse de toilettes et, le regard détourné, se met à frotter vaguement l'intérieur de la cuvette. Elle a deux haut-le-cœur, involontaires, et doit s'interrompre le temps que ses yeux cessent de s'embuer. Elle s'autorise un coup d'œil dans la cuvette – la trace marron est toujours là. Elle y pose la brosse et appuie, poussant un petit cri par réflexe quand des gouttes d'eau jaillissent. *Je vais te tuer,* Carl, se dit-elle. *Je pourrais te pardonner pour l'argent et ta stupide assistante, mais jamais je ne te pardonnerai ça.*

Nisha a un autre haut-le-cœur en soulevant le siège des toilettes pour le nettoyer, puis elle marque une pause et s'essuie le visage. Elle a les yeux ruisselants. Jamais l'humanité ne lui a inspiré autant de haine qu'à cet instant. Et, pour Nisha, cela en dit long.

Anita, dix-neuf ans, tout juste descendue d'un bus Greyhound au Port Authority Bus Terminal, a regardé en clignant des yeux irrités les immeubles imposants autour d'elle, et demandé un boulot au premier endroit où elle est allée, un hôtel trois étoiles défraîchi et exigu, près de la 42e Rue. Elle avait dû nettoyer des chambres d'hôtel pendant dix semaines avant de trouver un meilleur poste de femme de ménage chez une riche famille. Dix interminables semaines de salles de bains dégoûtantes, de clients au regard lubrique, qui décidaient de rester dans leur chambre pendant qu'elle nettoyait, dix semaines de punaises de lit, de draps tachés, d'infects écoulements et de produits chimiques si puissants qu'ils lui déshydrataient complètement les mains. Après dix-huit mois avec la famille, elle avait trouvé un travail de réceptionniste à la galerie que tenait un de leurs amis à Soho. À la minute où elle avait revêtu le pantalon et le pull de son uniforme noir impersonnel, et qu'elle avait accueilli le premier client vaguement distrait, Anita était devenue Nisha, et avait juré de ne plus jamais faire de ménage.

Elles nettoient onze autres chambres les deux heures suivantes. C'est un travail qui vous casse le dos, de soulever les matelas pour faire les lits, remettre les meubles à leur place (pourquoi les clients déplacent-ils les tables et les fauteuils ?) et passer l'aspirateur. Il y a un préservatif usagé dans une chambre et des draps tachés de sang dans une autre. Les deux lui donnent des haut-le-cœur, et elle larmoie presque constamment.

—Les gens sont des animaux, grommelle Jasmine en ôtant violemment l'alèse du matelas. Ils viennent ici, et à partir du moment où ils ont passé la réception, c'est comme s'ils devenaient des sauvages.

Elle continue de s'offusquer en sortant chercher une nouvelle protection.

Tandis que Jasmine bavarde et fredonne parfois à côté d'elle, Nisha se répète de tenir jusqu'au bout. Que ce sera bientôt terminé. Elle songe aux nombreuses manières dont elle fera payer Carl pour tout ça – seules une poignée d'entre elles impliquent une mort rapide et sans douleur. À 11 heures, elles ont droit à une pause thé, et prennent place dans le minuscule vestiaire, où une réceptionniste copieusement maquillée prénommée Tiffany et un groom vapotent assis sur les petits bancs en bois. Presque tous ceux qu'elle rencontre fument, des cigarettes dehors ou des vapoteuses dont ils tirent d'avides bouffées. Nisha accepte une cigarette du groom, heureuse que l'odeur âcre de la fumée lui fasse brièvement oublier les pires effluves humains qu'elle vient de quitter.

— Ça va, Nisha ? Tu ne dis plus grand-chose, remarque Jasmine en lui resservant du thé avant de le lui donner.

— C'est juste que… je n'avais pas fait ça depuis un moment.

— Sans blague, dit Jasmine avec un rire qui explose dans la salle. Tu t'en sors bien, chérie. Tu vas devoir t'activer un peu, mais sinon c'est très bien. (Elle relève la tête.) Ces ongles ne vont pas durer très longtemps. J'ai arrêté les manucures normales autour de 2005. Il faut qu'ils soient blindés pour survivre à tout ça.

Nisha baisse les yeux sur ses ongles, leurs jolis bords rouge foncé à présent cassés à force de récurer et frotter, même avec les gants en latex qui lui sont fournis. Elle sent la sueur sécher sur sa peau. Elle se dit que c'est juste pour une journée, ensuite elle trouvera un moyen de s'introduire dans le penthouse et n'aura plus jamais besoin de faire ça.

En attendant, elle se retrouve à écouter les employés bavarder autour d'elle. Elle remarque que Jasmine est animée d'une véritable force de vie, elle est enjouée et a des idées bien arrêtées. Elle rit souvent, comme si presque tout l'amusait, et même si d'ordinaire Nisha aurait pu trouver cela irritant, aujourd'hui elle apprécie. Elle a eu si peu de contacts humains ces dernières quarante-huit heures qu'écouter une conversation normale s'avère presque agréable. Les employés discutent des itinéraires de bus, des allocations supprimées et des familles à problèmes. Elle intervient peu, car que peut-elle dire ? Pour ces gens, elle est juste Anita, une intérimaire de plus, susceptible de ne pas être là demain.

Au déjeuner – à 14 heures –, des sandwichs leur sont remis par Aleks, l'homme qui était en cuisine au petit déjeuner. Elle avait suspecté qu'il s'agirait du même genre de pain caoutchouteux et de garniture qu'elle avait vus au *Tower Primavera*, mais ce sont de beaux pains au levain moelleux garnis de fromage, de charcuterie et de laitue pommée. Il les distribue avec une politesse exagérée, comme à des clients choyés. Normalement, elle demanderait une salade, mais elle a si faim après le travail physique de la matinée qu'elle se contente de baisser la tête et de manger en prenant d'énormes bouchées sans délicatesse.

— Aleks dit que la nourriture, c'est pour l'âme, alors il ne tient pas compte des consignes de la direction et nous prépare à manger comme il le ferait pour les clients, explique Jasmine tout en mâchant. Je vénère cet homme.

Alors qu'elle reprend une énorme et tendre bouchée, Nisha se dit qu'elle n'est pas loin de le vénérer, elle aussi.

— Jasmine ? Quand… Quand est-ce qu'on fera le penthouse ?

— Le penthouse ? Oh non, poupée. Ils sont exigeants là-haut, alors il faut que ce soient des employées avec de l'ancienneté, comme moi, des gens en qui l'hôtel sait qu'il peut avoir confiance. Figure-toi que ces connards ne donnent jamais de pourboires. Ce n'est pas un boulot enviable.

Nisha cligne les yeux et se concentre rigoureusement sur son sandwich.

Et puis, à 18 heures, quand ses reins l'élancent et que la douleur dans ses épaules devient permanente, palpitant de protestation, la journée est terminée. Jasmine appelle sa fille, la prévient qu'elle est en route, lui demande de dire à Nana de lui laisser du ragoût, et espère que les problèmes de bus seront réglés ce soir. Elle marche d'un pas plus las à présent, elle a le rire moins facile. Nisha peut à peine bouger. Elle a mal à des muscles dont elle ignorait l'existence. Elle enfile l'horrible veste, avachie sur le banc en bois, se demandant où elle va trouver l'énergie de marcher jusqu'à l'hôtel. Elle se dit qu'elle prendra un taxi, avant de se rappeler qu'elle n'a plus de liquide pour en payer un.

— Tu vas loin, chérie ? demande Jasmine.

Elle s'inspecte dans le petit miroir moucheté au dos de la porte et se remet du rouge à lèvres d'un geste lent et sûr d'experte.

— Heu… Tower Hill.

— Ça va encore. Bien que ce soit la folie sur l'autoroute à cette heure de la soirée, même le dimanche. Aleks vit par là-bas et, quelquefois, il met une heure à arriver en bus.

— Je suis à pied.

— Sur tout le trajet ? Bravo. C'est pour ça que tu es une petite brindille ! On se voit demain ?

Demain. Que fera-t-elle demain ? Elle a le cerveau si essoré qu'elle peut à peine réfléchir.

— Bien sûr, répond-elle parce que c'est ce qu'il y a de plus simple à faire. Oh, attends, dit-elle alors que Jasmine s'apprête à partir. Et mon argent ?

— Ton argent ?

— Pour aujourd'hui.

Jasmine esquisse une moue.

— Tu n'es pas payée à la journée, chérie. Ça se passe comment, là d'où tu viens ? Les CDD et les intérimaires sont payés en fin de semaine. Parles-en à Sandra et elle te réglera ça. J'imagine que tu es au black ?

Elle a dû relever l'air horrifié de Nisha, car son expression s'adoucit.

— Tu es vraiment juste, hein ?

Nisha acquiesce, bêtement. Jasmine s'arrête et fourre la main dans son sac.

Nisha la dévisage. Elle refuse de prendre l'argent de cette femme, avec sa veste de catalogue de vente par correspondance et ses baskets de supermarché. Elle ne veut pas s'imaginer encore plus pauvre que ça.

Jasmine lui adresse un regard posé, comme si elle l'évaluait, puis sort vingt livres et les lui tend.

— Normalement, je ne ferais pas ça, mais… je t'aime bien. Tu as bossé dur aujourd'hui. Veille à t'acheter un bon petit truc à manger… Si tu n'avais pas fait ça depuis longtemps, cette journée a dû te rincer.

Nisha prend les billets et les regarde fixement.

Jasmine lâche un petit « mmm ».

— Je te vois demain, alors, finit-elle par dire, avant de sourire. Je te fais confiance. Et ne reviens pas bosser en puant la cigarette, OK ?

Elle balance péniblement son sac sur son épaule et s'en va, le téléphone déjà à l'oreille, s'aspergeant de nuages de parfum avec sa main libre.

Nisha tente le coup au *White Horse* sur Bailey Street avant de rentrer à l'hôtel. Il n'y a presque personne, à part une poignée d'hommes âgés rougeauds postés aux coins, et la moquette lui colle légèrement aux semelles. Lorsqu'elle explique qu'elle cherche une paire de hauts talons qui ont disparu, le barman lui rit littéralement au nez.

Chapitre 11

« Société en liquidation. Fermé jusqu'à nouvel ordre ». Sam lit la pancarte, le sac de sport à l'épaule, puis regarde par la porte vitrée que l'on a déjà recouverte de papier journal, comme pour empêcher le monde extérieur de contempler une scène de crime financier.

Un jeune homme, les muscles de ses bras bronzés saillant sous le maillot de corps qu'il porte malgré le froid, arrive à côté d'elle et pousse un gros juron.

— Je viens juste de m'inscrire ! se plaint-il à Sam, comme si c'était sa faute. Je viens de leur payer un an d'avance !

Sam le regarde repartir d'un pas résolu sur le parking en continuant de jurer, et se demande comment elle est censée rendre le sac à sa propriétaire à présent. Elle éprouve une brève colère à l'idée de devoir le trimballer au bureau puis à la maison, et décider de ce qu'elle va bien pouvoir en faire. Elle pense alors à Simon, qui consulte probablement déjà sa montre, attendant de voir si elle a une seule minute de retard à ajouter sur la liste de ses manquements. Elle remonte plus fermement le sac sur son épaule et se dirige vers la station de métro.

À une époque pas si lointaine, Sam aimait son travail. Elle ne bondissait pas de son lit en sifflotant, ne rentrait pas non plus avec l'impression d'avoir particulièrement contribué à la joie du monde, mais elle éprouvait une satisfaction silencieuse à côtoyer des gens dont elle appréciait la compagnie au quotidien et à savoir que, depuis douze ans, elle exerçait son métier plutôt bien. Il y avait des Sam dans tous les bureaux, des personnes qui, discrètement et sans susciter le moindre remous, s'assuraient du bon déroulement des choses, prêtes à se proposer s'il fallait faire des heures supplémentaires, assez contentes de ce qu'elles accomplissaient pour ne pas avoir besoin de louanges excessives ni qu'on flatte leur ego. Elle avait obtenu trois augmentations de salaire à cette époque, pas énormes, mais suffisantes pour avoir le sentiment d'être un membre estimé du personnel.

Tout cela avait changé le jour où Simon était arrivé. Il avait froidement fait le tour des bureaux de Grayside Impression d'un pas raide et avec un dépit à peine dissimulé, comme si les postes de travail étaient en eux-mêmes une déception. Il n'avait cessé d'interrompre Sam lors de leur premier entretien, allant jusqu'à secouer la tête pendant qu'elle parlait, comme si tout ce qu'elle disait était de quelque manière aberrant.

« Vous allez devoir expliquer plus clairement ce que vous entendez par là. »

« Mais pourquoi passez-vous dix jours sur des missions qui n'en demandent que sept ? »

« Vous êtes consciente qu'Uberprint vise l'excellence dans chacune de ses missions ? »

« Et donc, votre patron était content de la façon dont vous gérez les choses ici ? »

Tout ce qu'il disait semblait calculé pour suggérer des déficiences de la part de Sam, concernant son niveau d'attention, son emploi du temps, même sa ponctualité (Sam n'était jamais en retard).

Au début, elle a essayé de jouer l'effronterie. Joel lui disait de ne pas prendre ça personnellement, qu'il y avait des Simon partout – « Il fait juste le mec qui en a une grosse, poulette, pour essayer de s'imposer » –, mais son acharnement avait fini par miner le moral de Sam ; dès qu'elle essayait de feuilleter son agenda en sa présence, elle avait deux mains gauches, ou bredouillait pendant les réunions, s'attendant à ce qu'il l'interrompe. Désormais, lorsqu'elle quittait la maison le matin, une sensation nauséeuse et pesante lui plombait l'estomac. Elle s'était mise à écouter des podcasts ou de la musique d'ambiance en allant travailler, juste pour ne pas penser à ce qui risquait de se produire quand elle arriverait. Chaque jour, lorsqu'elle apparaissait, Simon, visible dans son bureau vitré, regardait ostensiblement l'horloge en haussant un sourcil, même si elle avait cinq minutes d'avance. Il lui envoyait des textos tard le soir, lui demandant ce qu'on avait fait pour optimiser les marges sur le contrat Carling, ou si elle avait revérifié que les pages n'étaient pas collées ensemble dans les catalogues de mobilier de jardin (c'était arrivé une fois, pendant qu'elle était partie en vacances une semaine et que Hardeep était censé prendre le relais, bien que cet élément ait paru hors de propos pour Simon).

Il a fallu deux mois à Sam pour s'apercevoir qu'il ne se comportait pas ainsi avec les hommes. Il allait plutôt discuter avec eux, tout sourire, les avertissant du moindre problème avec une franche camaraderie, suggérant qu'ils aillent boire un coup plus tard pour régler tout ça. Il se tenait trop près des jeunes femmes, les mains à moitié enfouies dans les poches à des angles donnant l'impression qu'il désignait constamment ses parties génitales, et souriait les yeux rivés sur leurs poitrines. Certaines, comme Dee, rentraient dans son jeu de séduction, pour ensuite le descendre dans les toilettes des dames : « Quelle raclure. Il me débecte. » Néanmoins, hormis Betty de la compta, qui ne parlait jamais à personne, mais dont le cerveau de matheuse fonctionnait plus vite qu'une calculatrice, et Marina, qui se contrefoutait de ce que l'on pensait d'elle et n'hésitait pas à le dire, Sam était désormais la femme la plus âgée du bureau, et Simon avait apparemment décidé qu'elle ne méritait aucune attention qui ne soit entièrement négative. C'était épuisant.

À une époque, elle aurait pu confier tout cela à Phil, et il l'aurait apaisée, il aurait compati, proposé des stratégies pour l'aider à surmonter le problème. Elle l'avait évoqué un soir, après une journée particulièrement pénible, mais au lieu de la faire asseoir et de lui servir un verre de vin, il avait plongé la tête dans ses mains en lui disant qu'il était désolé, qu'il ne pouvait rien encaisser de plus. Elle avait été si alarmée par sa fragilité apparente qu'elle lui avait immédiatement assuré que ce n'était rien, rien du tout. Juste une sale journée. Et n'en avait jamais reparlé.

Ted, Joel et Marina la réconfortaient, jour après jour, mais personne n'intervenait jamais, ni n'affrontait Simon lorsqu'il la sermonnait. Évidemment, il lui réservait les commentaires les plus virulents lorsqu'ils étaient seuls, ou les lui murmurait en passant devant son compartiment – « Bon Dieu, je ne sais pas comment tu arrives à bosser avec un bureau dans cet état. » La plupart du temps, s'ils étaient en public, il se contentait de l'ignorer. Mais que pouvait-elle y faire ? Avec Phil au chômage et leurs économies qui s'épuisaient, ils étaient dépendants de son salaire. Elle conservait un profil bas, faisait de son mieux, sans tenir compte du nœud permanent qu'elle avait à l'estomac, et espérait qu'à un moment donné il se lasserait et s'en prendrait à quelqu'un d'autre.

— Simon se dirige vers toi.

Marina lui pose furtivement un café sur son bureau, comme si elle lui transmettait des informations confidentielles, puis s'éloigne avec une expression qui emplit Sam de frayeur.

— Quoi, encore ? dit-elle.

Mais Marina est déjà partie.

Elle glisse le sac de sport sous son bureau, suspend son sac à main au dossier de son fauteuil, s'assied et allume son ordinateur.

Il est là au bout de quelques secondes, vêtu d'un pantalon de costume légèrement trop moulant et d'une ceinture très brillante. Il a l'attitude d'un proviseur dérangé pendant une importante réunion pour gérer une enfant dissipée.

— Pourquoi tu n'as pas prévenu Fisher de l'aspect des couleurs sur les papiers non couchés ?

— Pardon ?

Elle se retourne trop brusquement et manque d'envoyer son café par terre avec le coude.

— Quatre mille exemplaires de leur nouvelle brochure immobilière, et ils hurlent au téléphone à cause de la qualité des couleurs sur le papier non couché.

— Ils ont dit qu'ils voulaient du papier non couché. Qu'ils maintenaient les coûts au minimum. Ted et moi les avons bien avertis que l'aspect serait différent de ce dont ils ont l'habitude.

Simon fait une moue, comme si rien de tout cela ne pouvait être vrai.

—Mark Fisher affirme que tu ne leur as rien dit. Maintenant, il veut qu'on refasse tout à prix coûtant. Ils disent que personne ne voudra acheter de maisons sur des brochures où tout a l'air plat et terne.

—J'ai justement pris le temps de préciser à M. Fisher lors de notre dernier rendez-vous que le rendu serait très différent. Je lui ai montré des exemples du catalogue Clearsills. Il n'a pas voulu les regarder et m'a dit que ça irait.

—Alors M. Fisher est un menteur, c'est ça ? dit-il d'un ton méprisant.

—Il… Peut-être qu'il ne se souvient pas bien. Mais moi, si, clairement. J'ai même pris des notes. Il m'a dit que réduire les coûts était leur souci principal. Ce n'est pas notre faute, Simon, s'il a changé d'avis. Par ailleurs, c'est le boulot du graphiste de communiquer ces choses-là au client. Je… Je m'en suis mêlée uniquement parce que je n'étais pas persuadée qu'ils comprenaient ce qu'ils demandaient.

—Eh bien, Samantha, ton intervention a été plutôt inutile, parce que, maintenant, ils sont convaincus que c'est entièrement la responsabilité d'Uberprint. Et il va falloir que tu trouves une solution pour arranger ce merdier avant qu'il n'ait de sérieuses conséquences.

Il pivote sur les talons et disparaît avant qu'elle puisse protester. Elle n'a même pas eu le temps de retirer son manteau. Elle lâche un long soupir et s'avachit légèrement sur son fauteuil.

Une notification de mail retentit alors qu'elle sort le bras gauche de sa manche, et elle se penche en avant pour l'ouvrir.

On relève le menton, poulette. Ne le laisse pas te démonter.

Elle lève les yeux vers Joel, dont le visage est apparu au-dessus de la paroi du compartiment logistique à trois mètres de là. Lorsqu'il lui sourit, elle ne parvient pas à savoir si elle a envie de rougir ou d'éclater en sanglots.

À l'heure du déjeuner, l'entrepreneur en bâtiment qui ignore les messages de plus en plus affolés de Sam depuis près de quatre mois appelle subitement. Il lui annonce qu'ils commenceront les travaux la semaine suivante pour refaire le mur de devant, irrévocablement endommagé en juin par un retraité incapable de regarder dans ses rétroviseurs. Les travaux sont payés par l'assurance, au grand soulagement de Sam : qui aurait cru qu'un si petit mur pourrait se révéler si cher ?

Elle appelle chez elle, assise dans la salle à manger du personnel, l'un des rares endroits où Simon ne s'aventure jamais (il semble considérer cette pièce comme indigne de lui, avec sa chasse gardée sur les mugs à café et son micro-ondes). Elle mange un sandwich thon-maïs fait avec du pain vieux de deux jours. Ça lui donne la bouche pâteuse, ou peut-être est-ce l'altercation d'aujourd'hui avec Simon.

— Salut, mon amour, dit-elle en s'obligeant à prendre un ton enjoué. Comment ça va ?

— Ça va, répond platement Phil.

Elle entend les babillages de la télévision au téléphone, et l'imagine fixer d'un œil vide les femmes plâtrées de maquillage qui discutent de l'actualité à l'écran.

— Eh bien… Des Parry a fini par me recontacter. Ils vont commencer les travaux sur le mur lundi prochain – enfin ! –, donc tu vas devoir déplacer le camping-car.

— Le camping-car ? Pour le mettre où ?

— Je n'en sais rien. Dans la rue ?

— Mais il n'a pas de vignette.

— Eh bien, nous devrons en acheter une. Ils n'auront pas accès au mur s'il reste stationné où il est. Ou peut-être qu'un de tes amis qui a un garage pourrait le garder.

— Oh, je ne pense pas pouvoir demander ça aux gars, dit-il. (Sam ferme les yeux un instant.) On ne s'est pas vraiment parlé depuis un moment. Ce serait…

Sa voix s'évanouit.

— Phil. Chéri. Il faut qu'on déplace le camping-car, quoi qu'il en soit. Ce serait super si tu pouvais trouver une solution. C'est plutôt tendu pour moi, ici.

S'ensuit une longue pause.

— On ne peut pas remettre ça à un peu plus tard ? Je ne pense pas être d'attaque maintenant.

Elle sent alors la colère bouillir en elle.

— D'attaque pour quoi ? Déplacer un camping-car sur trois mètres ?

— Toutes ces histoires de vignette et de contrôle technique. Et… je ne vois pas où on le mettrait. Je ne peux vraiment pas m'occuper de ça en ce moment.

— Eh bien, tu vas devoir trouver un moyen. Parce que l'entrepreneur arrive.

— Décale-le d'une semaine. J'y songerai.

— Non, Phil. (Elle sent sa voix devenir aiguë et perçante.) Je ne le décalerai pas. Il m'a déjà fallu des mois pour le joindre, et je ne peux pas prendre le risque qu'il parte sur un autre chantier. Ce mur est dangereux. Tu le sais. Si une personne monte dessus et qu'il s'écroule, elle sera grièvement blessée. Et nous serons responsables. Alors trouve une solution pour ce foutu camping-car et déplace-le. Ensuite on pourra tous les deux reprendre nos vies, OK ?

Un long silence s'installe sur la ligne.

— Tu n'es pas obligée d'être aussi agressive, dit-il d'un ton maussade. Je fais de mon mieux.

— Ah ouais ? Vraiment ?

Quelque chose s'est libéré en Sam, et elle ne peut réprimer les paroles qui se déversent de sa bouche comme des cailloux.

— Je me défonce au boulot, je tiens la maison, j'essaie de veiller sur Andrea, Cat et le chien incontinent en supportant ce petit con de Simon, pendant que toi, tu restes le cul vissé sur le canapé seize heures par jour, et au lit les six heures restantes. Ça remonte à quand, la dernière fois que tu as fait des courses au supermarché ? Ou que tu as promené Kevin ? Ou que… tu as balayé dans la cuisine ? Ou quoi que ce soit d'autre à part pleurnicher sur ton sort ? Tu ne fais rien ! Hormis te vautrer dans ton malheur ! Tu ne fais que ça, te vautrer dans ton malheur !

Silence. Puis Phil dit :

— Huit. C'est huit heures au lit.

— Quoi ?

— Il y a vingt-quatre heures dans une journée. Seize heures sur le canapé. Il en reste donc huit.

— Oh, pour l'amour du ciel, Phil. Tu vois bien ce que je veux dire. Juste… *fais* quelque chose, OK ? Je sais que tu es triste, que tu as le sentiment que la vie est dure, et c'est vrai. Mon Dieu, je sais que c'est vrai. Mais, quelquefois, tu dois simplement te lever et passer à autre chose, bordel. C'est exactement ce que je fais depuis des mois, et je ne peux plus le faire toute seule. D'accord ? Je ne peux *plus* !

Cette fois, elle n'attend pas sa réaction. Elle met fin à l'appel, les yeux rivés au mur, le cœur martelant dans sa poitrine.

C'est alors qu'elle se tourne et sursaute en voyant Simon à la porte.

— « En supportant ce petit con de Simon » ? répète-t-il lentement en acquiesçant avec un curieux demi-sourire. Intéressant. Je venais juste t'informer que tu dois renégocier les chiffres sur le contrat Billson. Le siège trouve les marges insuffisantes.

Sam le regarde repartir. Elle baisse les yeux sur ses genoux, où est posé son sandwich enveloppé dans de la cellophane, le sang palpitant à ses oreilles, et sans même vraiment savoir ce qu'elle fait, elle le jette à l'autre bout de la salle, où il explose mollement contre le mur.

Sept minutes plus tard, Sam défroisse sa veste, se lève et, à l'aide de feuilles de sopalin, elle ramasse les grains de maïs dispersés sur la moquette, essuie la mayonnaise et le beurre sur le mur avec un chiffon humide, puis met soigneusement le tout dans la poubelle.

Chapitre 12

—Alors… qu'est-ce que je fais ?

—Qu'est-ce que vous voulez faire ?

Phil regarde l'homme et se demande s'il s'agit d'une question piège. S'il s'assied sur le siège le plus près de lui, aura-t-il l'air en manque affectif ? Ou bizarre ? Mais il n'y connaît rien à ces histoires de divan. De plus, il a un peu peur de s'endormir immédiatement, s'il s'allonge. Il s'endort en permanence, ces temps-ci. Si cela arrive, aura-t-il l'air fou ?

C'est comme si l'homme pouvait lire dans ses pensées.

—Certaines personnes trouvent plus confortable d'être assises. D'autres s'allongent. Faites vraiment ce qui vous met le plus à l'aise.

Phil hésite, puis prend place au bord du canapé en rotin, laissant un siège vide entre eux. L'homme le regarde et attend. Phil se demande s'il pourrait se lever et partir maintenant. Rien ne le retient ici, après tout. Mais Cat s'était montrée catégorique, et il est étonnamment difficile de tenir tête à sa fille.

—Est-ce que c'est moi qui parle ? Ou c'est vous ?

— Vous pouvez commencer. Ensuite, nous parlerons ensemble.

— Je ne sais pas quoi dire.

Un long silence s'installe.

— Alors, qu'est-ce qui vous amène ici, Philip ?

— Phil. C'est Phil.

— OK, Phil.

Phil rive les yeux au sol.

— Mon médecin. Enfin, ce n'est pas exactement lui qui m'a envoyé ici. Mais il a dit que si je refusais de prendre des antidépresseurs, il fallait que j'essaie la thérapie par la parole. (Il se gratte la tête.) Et ma fille. Elle est… inquiète pour moi. C'est idiot, vraiment.

— Et vous étiez réticent à venir ?

— Je suis britannique, réplique Phil en tentant de sourire. Nous ne sommes pas hyper doués pour les sentiments.

— Oh, je ne suis pas d'accord, dit le docteur Kovitz. Je pense que les Britanniques sont très forts en matière de sentiments. Pour ce qui est de les exprimer avec aisance, peut-être moins.

Il sourit. Phil lui rend un sourire gêné. C'est ce qui semblait prévu.

— Voulez-vous m'expliquer ce qui vous a amené chez le médecin au départ ?

Phil sent sa poitrine se serrer, un réflexe qui se produit dès que quelqu'un lui demande de discuter des événements de l'année passée.

— Faisons simple pour commencer, l'encourage le docteur Kovitz. Vous avez dit que votre père était mort. C'était inattendu ?

Il y a des choses presque impossibles à formuler. Et les mois remontant à la mort de son père sont une masse si sombre dans son esprit qu'il craint d'être réduit en petite planète absorbée par un trou noir s'il s'y replonge. Un grand vide terrifiant dont il sera incapable de s'extirper.

Il toussote.

— Eh bien, oui et non, répond-il en remuant dans son fauteuil. Oui, dans la mesure où il était en pleine forme pour un homme de soixante-quinze ans. Et non, dans la mesure où nous avons eu des mois pour voir quelle serait l'issue.

— Cancer ?

— Oui.

— Vous étiez proches ?

— Heu… oui.

— Je suis navré. Ça a dû être dur pour vous.

— Oh, ça va. Il a eu une belle vie. C'est… ma mère, vous voyez. Ils étaient mariés depuis cinquante ans. C'est pour elle que je m'inquiète.

— Et comment va-t-elle ?

C'était ça, le truc. Nancy allait bien. Les six premiers mois après la mort de son père, il s'armait de courage pour le coup de fil du soir. Elle entamait chaque conversation d'une voix brave et chevrotante, pour parler des petites choses qu'elle avait accomplies – vider un tiroir, désencombrer l'abri de jardin –, et puis, inévitablement, elle s'effondrait. « Il me manque tellement, chéri. » Il avait appris à redouter ces moments, son impuissance et sa tristesse, son incapacité à la soulager de ce poids. Sam et lui allaient la voir tous les dimanches pour l'emmener déjeuner au pub ou l'aider à préparer un rôti, et discutaient avec elle pendant que tout le monde faisait ensuite la vaisselle. Elle avait paru si diminuée, comme inapte à survivre physiquement sans lui. Elle n'avait jamais payé de facture toute seule, ni fait entretenir la voiture, jamais pris un repas dans un lieu public sans lui à ses côtés. Elle avait perdu tout intérêt pour la nourriture, les sorties. Elle réexplorait ses souvenirs comme on égrène un chapelet, revenant sans cesse sur les derniers mois et se demandant à voix haute s'ils auraient dû faire autrement, si quelque chose lui avait échappé. Devaient-ils lui proposer de venir vivre avec eux ? L'idée l'avait parfois effleuré. Sa mère semblait fondamentalement inadaptée à la vie en solitaire. C'était juste parce qu'ils n'avaient pas vraiment de chambre où la loger qu'ils s'en étaient abstenus.

Et puis, brusquement, tout avait changé. Sa mère avait fait son deuil, longuement, et un jour, il était arrivé, et elle s'était fait un brushing et portait du rouge à lèvres. « J'ai beaucoup réfléchi, et je me suis dit que Rich n'aurait pas voulu me voir traîner là, à pleurer et gémir. Je pense qu'il aurait été assez énervé contre moi. Est-ce que tu peux me montrer où mettre l'huile dans la voiture ? »

Et c'était tout. Deux mois plus tôt, elle avait commencé à faire du bénévolat avec les réfugiés à la maison de quartier, où elle donnait des cours de pâtisserie tous les mardis. Phil ne savait pas trop combien d'entre eux avaient vraiment besoin d'apprendre à faire un sponge cake, mais elle disait qu'il n'était pas question de nourriture : « C'est juste les inciter à faire quelque chose, à intégrer un groupe. Et tout le monde se sent mieux après avoir mangé du gâteau, non ? C'est une réalité. »

Elle disait que ça lui faisait du bien d'être utile. En écoutant leurs histoires, elle était heureuse d'avoir eu une vie aussi paisible, reçu autant d'amour. Elle – une femme qui avait évité l'ail pendant des années parce que « trop exotique » – a même commencé à apprécier la nourriture qu'ils lui apportaient. « C'était tellement épicé, Phil, honnêtement. Je suis devenue rouge comme une tomate. Mais, à vrai dire, c'était plutôt bon. »

Il était content pour elle, mais aussi étrangement perturbé de la voir capable de reprendre le cours de sa vie. Parce que lui-même n'y parvenait pas. La nuit, il rêvait qu'il était assis au chevet de son père haletant, dont la main décharnée et translucide agrippait la sienne avec une force étonnante tandis qu'il le fusillait du regard par-dessus son masque à oxygène. Ce regard… comme s'il détestait son fils. Ce regard transperçait celui de Phil dès qu'il fermait les yeux.

— Elle va bien, dit-il. Enfin, vous voyez. Tout compte fait.

— C'est déjà ça, dit le docteur Kovitz. C'est un événement majeur dans une vie. Énorme à surmonter. Avez-vous d'autres choses à affronter ?

Eh bien, j'ai perdu mon boulot, du coup ma femme a perdu tout respect pour moi, et ma fille pense que je suis un raté, et je ne vois pas l'intérêt de m'habiller, ni même de me laver la plupart du temps. Je ne vois plus mes amis, parce que qui cherche la compagnie d'une personne malheureuse ?

Je suis trop fatigué pour sortir. Et la maison me rappelle juste tout ce que je ne fais pas. Je n'arrive même pas à mettre les bacs de recyclage dehors, parce que je rince une barquette en plastique, et ça me paraît ridicule. Pourquoi rincer les barquettes dans lesquelles sont conditionnées les cuisses de poulet quand la Chine émet un milliard de tonnes de dioxyde de carbone à la minute ? Je ne peux pas regarder les infos parce que ça me donne envie de me fourrer la tête sous la couette, et voir les inondations et les incendies m'angoisse pour les petits-enfants que je n'ai même pas encore, alors je reste sur le canapé où je suis en sécurité, et je regarde des gens acheter et revendre des tire-bottes vintage pour se faire deux livres de bénéfice, ou des femmes en robes flashy qui discutent régime et feuilletons télé, et l'unique raison pour laquelle je regarde ces programmes, c'est que je ne supporte pas le silence. Je ne supporte pas le silence.

Et je sais que ma femme est épuisée et en a marre de moi, mais chaque fois que j'essaie de faire quelque chose pour l'aider, elle soupire ou claque la langue d'agacement parce que je le fais mal. Et elle m'aimait avant, mais maintenant, elle affiche juste cette expression qui me dit que je ne sers à rien. Alors, la majorité du temps, je feins de dormir pour ne pas être dans ses pattes, et puis ma fille, qui est plus intelligente que nous, vient me dire : « Papa. Il faut que tu te lèves maintenant. » Comme si elle était la mère d'un ado, ou une soignante en maison de retraite. Mais je ne peux pas le lui expliquer : je veux juste dormir. Une fois par jour, au moins, je m'aperçois que tout ce que j'ai à l'esprit, c'est mon lit, qui me tend les bras. Et tout ce que je fais, c'est attendre que tout le monde soit parti, afin de monter à l'étage et sombrer dans l'oubli quelques heures de plus.

Et mon médecin m'a dit d'améliorer mon régime alimentaire, mais la vérité, c'est que je n'ai pas l'énergie de préparer des repas équilibrés. Alors je mange des biscuits, du pain beurré. Et je regarde ma taille ramollir, s'élargir, et je me méprise pour ça aussi.

— À affronter ? Hum. Des bricoles. Les trucs normaux.

Le docteur Kovitz le regarde par-dessus son carnet. Phil remarque alors les deux boîtes de mouchoirs en papier sur la table. Il se demande distraitement combien de personnes pleurent dans ce bureau chaque jour. Il se demande si le docteur Kovitz vide la poubelle entre les séances, pour que cette pièce n'ait pas l'air d'être la plus triste du monde. Il se demande ce que ferait ce docteur s'il s'allongeait sur le canapé et se mettait à pleurer. Mais le problème, c'est que, s'il s'y autorisait, il ne s'arrêterait sans doute jamais.

— Les trucs normaux, répète le docteur Kovitz d'un ton songeur. C'est un concept intéressant. Pensez-vous qu'il existe des trucs normaux ?

— Eh bien. De quoi je peux me plaindre, en réalité ?

Il sourit au docteur Kovitz. De quoi peut-il se plaindre ? C'est pathétique, dans l'ensemble. En comparaison avec la majorité des gens, Phil a beaucoup. Un corps qui fonctionne assez bien. Une maison, même s'il y a un énorme crédit dessus. Une épouse. Une fille. Il trouvera un autre travail, à un moment donné. Il ne fuit pas des terroristes armés, ne marche pas quarante kilomètres pour aller chercher de l'eau. On ne lui voit pas les côtes, il n'a pas à réconforter son enfant affamé. Et, bon Dieu, qu'est-ce que cet homme peut faire, de toute façon, avec ses meubles en rotin et ses boîtes de mouchoirs ? Quel bien cela va-t-il lui faire de parler ? Ça ne va pas réécrire la mort de son père. Ça n'allégera pas le fardeau de Sam. Ça ne lui fera pas décrocher un nouveau boulot, ça n'empêchera pas non plus sa fille de le regarder comme s'il était devenu une espèce de créature de zoo, bizarre et déformée.

Ça lui paraît ridicule. Tout cela est ridicule.

— Je devrais probablement partir, dit-il en se mettant debout.

— Partir ?

— Il y a… Il y a des gens qui ont bien plus besoin de votre aide que moi. Je… Je ne pense pas que ce soit pour moi. Désolé.

Le docteur Kovitz n'essaie pas de le retenir. Il se contente de le regarder.

— OK, Phil. Très bien. Je maintiens votre séance ouverte pour la semaine prochaine, en espérant que vous reviendrez.

— C'est vraiment inutile.

— Oh, je ne pense pas.

Il se lève avant que Phil ne puisse lui dire que ce n'est pas nécessaire, passe devant lui pour lui ouvrir la porte, et lui dit doucement :

— J'espère vous revoir la semaine prochaine.

Il faut vingt-trois minutes à Phil pour rentrer à pied. Une fois dans la maison, il ferme la porte derrière lui, donne une petite tape au chien et monte l'escalier d'un pas lourd pour regagner son lit.

Chapitre 13

La salle de sport était fermée jusqu'à nouvel ordre. Nisha s'y était rendue à pied la veille en rentrant et avait regardé fixement la pancarte, se laissant le temps d'assimiler l'idée que c'était donc terminé. Ses vêtements, dans lesquels elle se sentait elle-même, ne lui seraient jamais rendus. Elle ne sait pas trop pourquoi la perte de ses chaussures la perturbe autant – peut-être parce qu'il s'agissait du dernier cadeau que Carl lui avait offert, un emblème de leur mariage. Il les lui avait présentées d'un geste théâtral, l'avait admirée avec elles aux pieds, il avait voulu qu'elle les mette lors de leurs voyages les plus importants. Il n'était pas rare qu'il lui impose des choix dans sa garde-robe : « J'aime te voir dans ces chaussures. J'aime que tout le monde te voie les porter. » Quel intérêt, alors que, tout ce temps, il planifiait de l'éjecter pour installer Charlotte à sa place ? Tout cela renforce le sentiment grandissant d'avoir été dupée, ce qui la rend ensuite si furieuse qu'elle a l'impression que ses veines crépitent de rage.

— Ma fille, tu as mis le turbo ! dit Jasmine.

Elle glisse la tête par la porte de la salle de bains et fait une moue admirative. La colère semble recharger les batteries de

Nisha à présent. Elle se réveille avant son alarme, s'attaque aux taches et traces comme si elle effaçait le visage de Carl. Elle supprime la crasse comme si elle supprimait la semaine passée.

— Prête pour ta pause ? Ou est-ce que je te laisse faire les douze autres chambres pendant que je prends un café ?

Nisha se redresse alors que Jasmine s'esclaffe, et essuie son front chaud avec l'arrière du bras.

— Carrément.

C'est son cinquième jour à l'hôtel. Cinq jours qu'elle arrive dans l'étroite ruelle à 8 heures, qu'elle endosse la tenue noire fournie par l'établissement, qu'elle mange de délicieuses pâtisseries et nettoie des chambres répugnantes, tout en ayant l'esprit bourdonnant de rancœur. Aujourd'hui, elle va être payée, et ne sait pas vraiment ce qu'elle va faire après. Dans le vestiaire, on discute régulièrement de descentes des services d'immigration, de permis de séjour résiliés. Certains viennent pour un service, et on ne les revoit plus. D'autres restent des semaines, mais ne parlent jamais à personne, évitant tout contact visuel, comme s'ils préféraient être invisibles. Elle voit toute une armée de gens sous le radar, qui vivent au jour le jour en essayant, comme elle, de trouver quoi faire ensuite.

Et Nisha n'a pas encore trouvé. Elle ne veut pas de ce travail, mais il lui permet d'être au quotidien à proximité de sa suite, et demeure sa meilleure chance de récupérer ses affaires. À chaque étage qui les en rapproche, son cœur s'emballe tandis qu'elle réfléchit à un moyen de s'y introduire. Mais les femmes de ménage sans papiers ne peuvent pas travailler aux sixième et septième étages. Elles sont limitées aux chambres moins chères, celles où les personnes qui sont en voyage d'affaires ou ont réservé sur des sites offrant des réductions ont tendance à passer une nuit. Jasmine dit que le personnel de ménage doit être ici depuis au moins quelques mois avant qu'on l'estime assez expérimenté ou digne de confiance pour qu'il ait accès aux étages plus luxueux.

Elle entrera dans sa suite, elle le sait. Mais, le temps qu'elle trouve un moyen, elle doit miser sur l'attentisme.

— Coucou, chéri.

Elle se connecte au wifi de l'établissement (tout le monde le fait) et appelle Ray à 14 heures ; Jasmine et elle ont une pause déjeuner tardive, et elle sait que ça va le réveiller bien plus tôt qu'il n'en a l'habitude, mais c'est sa dernière nuit d'hôtel payée et elle ne voit pas quoi faire après.

— Maman ? Pourquoi tu appelles si tôt ?

Il a la voix chargée de sommeil.

Elle essaie de parler avec un sourire rassurant.

— Mon ange… j'ai besoin d'un service. Je dois encore t'emprunter de l'argent. C'est un peu compliqué, mais je t'expliquerai tout quand je serai rentrée à la maison.

— Encore ?

Elle l'entend remuer dans son lit.

— Oui. Encore cinq cents. Tu penses pouvoir me virer ça aujourd'hui ? Au même endroit que la dernière fois, ce serait super.

— Je ne peux pas, maman.

— Tu n'es pas obligé de le faire tout de suite. Je voulais juste t'appeler tôt pour que tu organises ta journée en fonction de ça.

— Non, je ne peux littéralement pas. Papa a bloqué mon compte. Apparemment, il y a eu une activité frauduleuse dessus. Il ne t'a pas dit ?

— Quoi ?

— Je ne peux *rien* acheter. Pas de vêtements, ni de jeux, pas même de déodorant. Il m'a dit d'envoyer toutes mes demandes par mail à Charlotte. C'est payé avec la carte de papa et ils me font tout expédier.

Oh, mon Dieu. Carl a deviné.

— Tu n'as rien dont tu puisses te servir ? demande-t-elle désespérément. Ta carte de compte d'épargne ? Qu'est-ce qui est arrivé à ce compte-là ?

— Pfff. Bloqué aussi. Il est tellement méchant. Je n'ai absolument aucun accès à *mon propre argent* pour l'instant. Tu peux lui en parler, maman ? Il me contacte uniquement par l'intermédiaire de Charlotte.

— OK, mon ange. Je vais le faire. Je suis tellement désolée. Je… On se parle plus tard.

Elle raccroche, pousse un gémissement et s'affaisse sur le banc. À l'autre bout de la salle, Jasmine discute à voix basse avec Viktor. Lorsque Nisha relève la tête, Jasmine est en train de la regarder.

— Ça va, Nish ?

— Mon… Mon ex a bloqué nos comptes bancaires. C'est… le bordel.

Jasmine hausse les sourcils.

— Ton ex ? C'est quoi ? Un père indigne ? Ne me dis rien, il t'a jetée ?

— Quelque chose comme ça.

— Argh ! Je *savais* qu'il se tramait un truc du genre. Tu sais ce que ma mère m'a dit un jour ? « N'épouse jamais un homme dont tu ne voudrais pas être divorcée. » Mon ex, c'est une perle. Il paie sa part le quinze du mois sans faute. Il vient voir Gracie. Parle toujours avec respect. Cela dit, je me demande si ce n'est pas parce qu'il en pince encore un peu pour moi. (Elle hausse les épaules, montre son visage du doigt.) C'est hyper dur de m'oublier.

Elle éclate subitement de rire, de telle sorte que Nisha ne sait pas vraiment si elle plaisante.

— Il a un boulot ? poursuit Jasmine. Ton mec ?

— Carl ? Plus ou moins.

— Qu'est-ce qu'il fait ?

— Hum. Import-export. Ce genre de chose.

— Oh, comme mon pote Sanjay. Il tient un entrepôt près de Southall. Il achète des marchandises sur les quais qui sont tombées des conteneurs et les revend aux commerçants qui font les marchés. Un jour il roule sur l'or, le lendemain il n'a plus un sou en poche. Et tes parents ?

— Je ne… Je ne parle plus à ma famille.

— Oh, mon chou. Tu as des enfants ?

— Un fils. Mais il est à New York. Il… Il va bien.

— Bon, c'est déjà ça, j'imagine. Même s'il doit te manquer. Comment tu te débrouilles ?

— Jour de paie aujourd'hui, non ?

Jasmine fait une grimace.

— Oui, chérie, mais tu ne prendras pas un taxi pour aller chez Louis Vuitton. Tu vois ce que je veux dire ?

Elle n'a pas tort. À la fin de la journée, Nisha reçoit une enveloppe avec une fiche de paie rédigée à la main à peine compréhensible et quatre cent vingt-cinq livres pour sa semaine de roulements de dix heures. Les femmes de ménage sans papiers sont payées huit livres cinquante de l'heure. On lui a déduit cinquante livres pour l'utilisation de l'uniforme. Elle rive les yeux sur cette somme dérisoire, ne parvenant pas à croire qu'elle résulte de toutes ces heures de travail. Il lui faut un instant pour calculer que, à ce taux, elle ne pourra pas se permettre de rester au *Tower Primavera*, si miteux soit-il, en attendant de reprendre sa vie. Dans quelques jours, elle n'aura nulle part où aller.

Jasmine lui dit qu'elle devrait se réjouir qu'on ne l'ait pas déclarée :

— Parce que, dans ce cas, ils retirent la sécurité sociale et t'attribuent un code fiscal provisoire et toutes ces conneries, et franchement ? Autant retourner au chômage.

— Oh. (Nisha fouille dans sa poche, se souvenant soudain d'une chose.) Tiens. Désolée, j'ai oublié.

Elle lui tend le billet de vingt livres.

Jasmine le regarde. Puis regarde Nisha. Et lui tapote la main.

— Ça ira, ma belle. Rends-moi ça quand tu auras réglé tes histoires.

Et, étrangement, Nisha se sent encore pire.

Elle vient d'apporter des doses supplémentaires d'après-shampoing et de lotion pour le corps au cinquième étage lorsqu'elle l'aperçoit. Elle est en train de repartir vers l'ascenseur, contrariée par la façon dont la jeune fille ultra maquillée qui a ouvert lui a arraché les flacons des mains, pour ensuite lui claquer la porte au nez sans même un merci. Et c'est alors qu'une silhouette familière se dirige vers elle dans le couloir.

Ari.

Le cœur de Nisha s'arrête. Elle a furieusement envie de s'esquiver par une porte, mais ses clés ne lui ouvrent aucune chambre à cet étage, et elle n'a nulle part où fuir. Il est distrait, en pleine conversation téléphonique, son costume noir impeccable, les yeux fixés droit devant lui, avançant silencieusement sur l'épaisse moquette.

— Non, il ne veut pas. Conduis la voiture à l'entrée et attends. Je m'en fous. Fais le tour du pâté de maisons s'il le faut. Il doit être à – c'est où, déjà ? – Piccadilly, pour 14 h 15. Charlotte a l'adresse.

Elle sent tout son corps se raidir à l'approche d'Ari. Son souffle se bloque dans sa poitrine. Elle se maudit d'avoir préféré ne pas monter avec le chariot. Elle aurait pu s'accroupir derrière, feignant de chercher quelque chose, le pousser avec s'il s'en prenait à elle. Mais il n'y a qu'elle et lui dans ce couloir, et aucune issue. Elle ferme les yeux tandis qu'il arrive, toujours plus près, détourne le visage vers une porte, s'attend à ce qu'il lui prenne le bras avec sa grosse main et lui grogne d'un ton menaçant : « Mais putain, qu'est-ce que vous foutez ici ? »

Elle a le souffle coupé quelques instants. Et alors... Rien. Le bruit de ses pas se poursuit une fois qu'il est passé devant elle. Il jure brièvement au téléphone, puis éclate de rire. Elle attend une seconde, ouvre les yeux, tourne lentement la tête. Il continue de marcher dans le couloir, accompagnant ses paroles de gestes avec sa main libre.

Il ne l'a même pas vue. Elle est la seule personne dans le couloir, et il ne l'a pas vue. C'est alors qu'elle percute : dans cet uniforme, elle est invisible.

Nisha Cantor, une femme habituée à ce que l'on se retourne sur elle depuis vingt-cinq ans, a endossé une tenue noire bas de gamme et, dans son tablier de service, elle a complètement disparu.

Chapitre 14

Elle a le cerveau encore bourdonnant de cette rencontre et le cœur martelant quand elle revient au vestiaire. Et alors, une chose tout aussi inattendue se produit : Jasmine l'informe qu'elle a mal au ventre et lui demande si elle pourrait lui accorder un peu de répit en finissant la chambre 420 pendant qu'elle va s'allonger.

—Je ne te le demanderais pas normalement, mon chou, mais ça me flingue. J'ai juste besoin de m'étendre.

Nisha lui dit qu'il n'y a aucun problème, qu'elle fera aussi la 422, et la réponse reconnaissante de Jasmine est couverte par le son d'une idée qui jaillit dans sa tête. Jasmine ôte son tablier en gémissant et soupirant à chacun de ses mouvements, le suspend à sa patère, et va s'allonger sur le canapé-lit dont disposent les réceptionnistes dans la salle de repos à côté de la buanderie.

Nisha attend d'être sûre qu'elle est partie, puis fouille dans la poche de Jasmine jusqu'à ce qu'elle trouve le passe donnant accès à toutes les chambres. Elle la fourre en hâte dans la poche de son tablier et s'en va.

Elle nettoie la chambre 420 à toute vitesse, ses idées se bousculant tandis qu'elle change les draps, vide les poubelles et passe la lingette désinfectante sur la télécommande. Elle fait la 422, remerciant le ciel pour ces femmes seules qui touchent à peine à la pièce durant leur séjour. Avec quinze minutes d'avance, elle pousse le chariot dans l'ascenseur, hésite juste un instant, pose la carte sur le pavé magnétique de sécurité, puis appuie sur le bouton du septième, l'estomac plus noué à mesure qu'elle monte les étages.

— Femme de chambre !

Elle vacille quand les portes s'ouvrent, vaguement prête à être accueillie par une voix dure, un son qui la fera aussitôt rebrousser chemin. Mais il règne dans la suite un silence de lieux inoccupés. Elle reste plantée là quelques secondes, contemplant les pièces qui ont un jour été les siennes, les affaires éparpillées partout qui lui semblent soudain curieusement étrangères : les dossiers de Carl, ses chaussons, soigneusement posés sur un tapis carré en coton à côté de la porte, le saladier uniquement garni de raisin et de pêches, ce qu'il préfère. Elle se dirige vers le bureau pour prendre son passeport, mais il n'est pas dans le tiroir. Elle ouvre le placard qui renferme le coffre-fort et tape la date de naissance de Carl, mais l'appareil bipe avec obstination en refusant de lui donner accès. Elle tente deux autres variantes, sa propre date de naissance, puis celle de Ray, mais aucune des deux n'ouvre la porte. Elle pousse un juron, se redresse. Puis elle va dans la chambre.

Le lit a déjà été fait, et elle éprouve un bref soulagement de ne pas avoir dû voir d'autres preuves de sa trahison dans des draps emmêlés, des bouteilles vides de Ruinart, d'éventuels sex-toys ici et là. Elle détourne les yeux, passe devant pour se rendre dans le dressing dont elle ouvre la double porte. Et les voilà : ses vêtements, tous soigneusement rangés sur des cintres parfaitement alignés, exactement comme ils l'étaient avant qu'elle parte. Elle reste là à les regarder un instant, puis lâche un long gémissement nostalgique et appuie le visage sur une veste Chloé en peau de mouton, comme une mère réunie avec ses enfants, humant leur parfum. Son parfum ! Elle s'est sentie nue sans lui. Elle se retourne, scrute la coiffeuse, voit le flacon familier et le glisse prestement dans sa poche. C'est alors qu'elle le remarque : le maquillage d'une femme. Pas le sien. Elle scrute l'énorme trousse à moitié ouverte, la large palette d'ombres à paupières, le fond de teint trop pâle pour sa peau. Le fer à friser posé à côté de ses brosses. Elle sent quelque chose se pétrifier en elle, puis une pensée la frappe – elle se retourne vers la penderie. Et la voilà : une robe qui ne lui appartient pas, nichée parmi ses tailleurs et ses robes. Elle la sort : une Stella McCartney, noire, résolument sexy, voyante, son étole assortie jetée sur l'arrière. Elle sent une boule de rage se former dans sa gorge. Il laisse cette femme utiliser les vêtements de Nisha ? Introduire ses habits tapageurs parmi les siens ? Elle repère un tailleur-pantalon, une paire de Jimmy Choo à talons en 41. Jusque-là, Nisha n'était pas encore certaine de ce qu'elle ferait une fois revenue dans le penthouse, mais, à présent, avec un grondement de rage à peine étouffé, elle commence à retirer ses vêtements de la tringle : ses tailleurs Chanel, ses robes Roland Mouret aux couleurs vives, sa jupe Valentino. Elle prend une brassée de ses affaires préférées, les arrache des cintres, sachant qu'elle ne tolérera jamais que Charlotte (ce doit être Charlotte, cette salope a des pieds de clown) porte ses affaires. Elle peut disposer de Carl à longueur de journée si bon lui semble, mais hors de question qu'elle glisse ce corps de traîtresse dans ses vêtements. Nisha les balance en tas sur le chariot, puis repart en courant et ajoute son manteau long en peau de mouton et le tailleur en velours noir Yves Saint Laurent avec les épaulettes. Puis, le visage encore grimaçant de rage, elle traverse la suite en poussant le chariot, entre dans l'ascenseur et appuie sur le bouton pour descendre, oubliant pour une fois de se couvrir le doigt avec sa manche.

Elle a parcouru la moitié du couloir de la buanderie avec son butin quand Jasmine apparaît devant elle. Elle regarde à deux reprises la pile de vêtements, comme si elle avait du mal à croire ce qu'elle voyait, puis croise les bras.

— Mais put… ?

— Bouge de là.

— Nisha ?

— Elle portait mes vêtements.

Nisha est déchaînée à présent, comme si une bride avait lâché, laissant libre cours à toute la colère et la contrariété de la semaine passée.

— Elle n'aura pas mes fringues, bon Dieu.

— Mais de quoi tu parles ? Où est-ce que tu as trouvé tout ça ?

Nisha veut passer en la poussant, mais Jasmine lui bloque le chemin.

— Au penthouse, peste Nisha.

— Tu es allée dans le penthouse !

Elle cligne les yeux et ajoute :

— Tu as volé des vêtements dans le penthouse ?

— Ce n'est pas du vol s'ils m'appartiennent.

— Qu'est-ce que tu racontes, ma fille ? Tu es devenue dingue ?

Nisha lâche la poignée du chariot et rejoint Jasmine.

— Je suis Nisha Cantor. Mariée à Carl Cantor. Il m'interdit l'accès au penthouse depuis la semaine dernière, et il a bloqué tout mon argent. Je reprends juste ce qui est à moi.

Jasmine la dévisage, comme si elle essayait d'assimiler ce qu'elle vient d'entendre.

— *Toi*, tu es mariée au type du penthouse ?

— Oui. Depuis plus de dix-huit ans. Jusqu'à la semaine dernière, où il m'a fait un sale coup.

Jasmine secoue la tête, dans de petits mouvements, les paumes levées, comme si elle ne pouvait digérer l'information.

— Tu es entrée là-haut pour prendre tes vêtements ? Mais comment est-ce que tu…

— Je n'ai rien. *Rien*. J'ai dû porter des habits qui ne sont *même pas les miens* !

Nisha cherche la carte d'accès dans sa poche et la lui rend.

— Tiens, dit-elle. Prends ça. J'ai ce que je voulais en venant ici.

— Tu ne peux pas faire ça.

— Ce n'est pas du vol. Ce sont mes vêtements.

— Nisha. C'est une mauvaise idée. Tu dois arrêter ça.

— Désolée, Jas. J'ai été ravie de te rencontrer. Tu es vraiment une chouette femme. Je t'apprécie. Et je suis quelqu'un qui n'apprécie personne. Mais je prends mes affaires.

Jasmine braque les yeux sur la petite carte.

— Non non non non non. Tu viens d'entrer avec mon passe. Tout est enregistré à mon nom. Si tu piques toutes ces fringues, ils vont me coller ça sur le dos.

— Je leur dirai que ce n'est pas toi. Je les appellerai. Peu importe.

— Nisha. Je suis une mère célibataire black de Peckham. Tu viens d'utiliser mon passe de femme de ménage pour entrer dans une chambre où on vient de retirer, quoi, dix mille livres de vêtements.

— Plutôt trente mille, en réalité, rectifie Nisha, offensée.

— Nous devons rapporter tout ça dans la chambre. On peut résoudre cette histoire, chérie. Mais pas comme ça.

— Non ! proteste Nisha.

Mais Jasmine lui agrippe le bras.

— Ne me fais pas ça. Tu sais qu'on aura tous des ennuis. J'ai besoin de ce boulot, Nish. J'en ai besoin. Et j'ai bossé vachement dur pour arriver où j'en suis. Deux fois plus que la plupart des gens. Tu n'as pas idée, OK ? Tu n'as pas idée. Ne me gâche pas tout.

Il y a une intonation inflexible dans la voix de Jasmine, mais aussi une pure angoisse. Nisha éprouve une pointe d'incertitude. Elle revoit Jasmine lui tendre vingt livres alors qu'elle la connaissait à peine.

Elle lâche un petit gémissement.

— S'il te plaît, Jas. Tu n'as aucune idée de ce que j'ai vécu. Il m'a tout pris. J'ai besoin de mes affaires. J'en ai *besoin*.

— Si la situation est telle que tu le dis, on va la régler, dit calmement Jasmine. Mais pas comme ça.

Les deux femmes se regardent droit dans les yeux. Et soudain, c'est terminé. Nisha sait qu'elle ne peut pas faire ça à la seule personne qui l'ait traitée décemment.

— Arrrgh. *Merde !* hurle-t-elle.

— Je sais, chérie. Je sais. Allez, dit Jasmine, d'un ton brusquement sec. Viens avec moi. On doit rapporter ces fringues avant qu'ils ne s'aperçoivent qu'elles ont disparu. Seigneur, mon ventre. Tu te rends compte de ce que tu m'infliges ?

Elles n'échangent pas un mot dans l'ascenseur, mais Jasmine ne cesse de jeter des coups d'œil à Nisha, comme si elle reconsidérait totalement ce qu'elle croyait jusque-là. Elles arrivent au septième étage et échangent un regard. Mais, alors que l'ascenseur s'arrête, elles entendent des voix. Des voix fortes, masculines. Quelqu'un est de retour dans la chambre. Sans manquer un battement, Jasmine claque du plat de la paume le bouton pour descendre. L'ascenseur hésite tandis que ses portes commencent à s'ouvrir, semblant ne pas trop comprendre ce changement de directives. Puis elles se referment, et la cabine descend brusquement en hoquetant.

Elles sortent au sixième étage. Nisha a la tête qui tourne.

— Qu'est-ce qu'on fait maintenant ?

Jas lève un doigt comme si elle avait déjà la solution. Elle appuie sur un bouton de son talkie-walkie.

— Viktor ? Rends-moi service, chéri. J'ai besoin de… quinze, vingt cintres. Avec des plastiques. Oui. Oui. Le plus vite possible. Merci, chéri. Je suis devant la 622. Je te revaudrai ça.

Moins de deux minutes plus tard, Viktor, un grand Lithuanien aux yeux tristes, arrive avec les cintres en courant presque.

— Mets les vêtements là-dedans, dit Jasmine. Vite. Donne-nous un coup de main, Vik, tu veux bien ?

Nisha s'exécute, glissant chaque tenue dans le plastique. Ils travaillent tous les trois en silence, et Nisha semble avoir deux mains gauches tandis qu'elle tente d'arranger les cols sur les cintres et de passer les armatures métalliques dans les minuscules rondelles en plastique transparent. Lorsqu'ils ont fini, une énorme pile de vêtements est posée sur le chariot. Jas le repousse dans l'ascenseur et adresse un geste à Nisha.

— Mets ton masque. Et garde la tête baissée.

Les portes s'ouvrent au septième étage. Jasmine fait signe à Nisha de rester dans la cabine.

— Femme de chambre ! lance-t-elle.

Un homme – est-ce Steve ? Elle ne voit pas avec la tête baissée – apparaît aux portes.

— C'est quoi, tout ça ?

— J'ai votre nettoyage à sec, monsieur.

Jasmine prend une brassée de vêtements enveloppés de plastique sur le chariot.

— Nettoyage à sec ! crie Steve derrière lui.

Elle entend la voix de Carl en provenance du coin bureau.

— Quel nettoyage à sec ? Je n'en ai pas demandé.

Le cœur de Nisha s'arrête.

Mais Jasmine sort.

— Votre femme avait demandé qu'on passe prendre ses vêtements pour un nettoyage à sec, monsieur ? Nous ne faisons que les rapporter. *Reste ici*, murmure-t-elle à Nisha.

— Ma femme ? J'ai dit à Frederik qu'elle avait interdiction de facturer quoi que ce soit sur le compte de ma chambre.

— Ça a été programmé il y a longtemps, je crois, monsieur. Je ne fais que rapporter les vêtements aujourd'hui.

La voix de Carl est chargée de colère.

— J'ai spécifié à Frederik qu'elle ne devait rien facturer. Rien. Il aurait dû annuler tout ce qu'elle avait commandé.

Jasmine a disparu. Nisha entend le crissement de cintres que l'on replace sur une tringle. Les voix sont étouffées.

— Je suis sincèrement désolée, monsieur, dit calmement Jasmine. Il y a dû avoir une erreur de communication avec le service blanchisserie. Je veillerai à ce que ce soit déduit de votre note.

Elle entre dans l'ascenseur pour prendre la seconde brassée de vêtements et en ressort.

— Vous avez bien dit tout ?

— C'est clairement une erreur de la part de l'hôtel, monsieur. Je m'assurerai que tous ces articles ont bien été nettoyés gratuitement.

Nisha remarque un changement de ton. Carl adore avoir des choses gratuites. C'est comme s'il estimait que ça lui est dû, comme si l'univers le voyait soudain pour ce qu'il mérite. Il pèse des millions, et pourtant, s'il reçoit quelque chose à titre gracieux, il est comme un gamin à qui l'on offre une sucette dans une confiserie.

— Bien. Notez sur ma fiche que tout ce qu'elle a commandé avant de partir doit être annulé. C'est compris ? Je ne veux pas qu'une telle chose se reproduise.

— Bien entendu. Estimez que c'est fait. Merci de votre compréhension, monsieur. Et, encore une fois, sincèrement désolée.

Jasmine entre dans l'ascenseur et Nisha se détourne au cas où Carl apparaîtrait. Mais Jasmine a appuyé sur le bouton, et la cabine descend déjà en cahotant.

Après cela, Jasmine ne dit plus un mot. Elles nettoient les chambres qui leur sont attribuées dans un silence mutuel. Nisha est engourdie par le choc. Des jours durant, elle a réfléchi à ce qui se passerait lorsqu'elle retournerait dans cette suite, et quel était le résultat ? Elles avaient remis absolument tous les articles. Entre les mains de cette sorcière. Et la rage de voir ses vêtements l'avait tellement aveuglée qu'elle en avait complètement oublié de prendre d'autres choses plus utiles – ses bijoux, de l'argent dans le bureau.

Elle a droit à une pause, mais n'a aucune envie d'aller dans le vestiaire. Aucune envie de supporter les questions de Jasmine ou de qui que ce soit d'autre, ni de devoir penser à ce qui vient de se dérouler. Elle préfère emprunter le couloir qui mène aux cuisines. Elles sont quasiment vides en plein après-midi, les chefs et sous-chefs profitant d'une précieuse pause entre les services du midi et du soir, certains s'accordant une sieste, d'autres une cigarette dehors. Elle n'a pas mangé de la journée, et va inspecter la table où les sandwichs sont généralement laissés. Il n'y a rien, juste quelques miettes sur un plateau.

Des miettes. Voilà ce qui reste de sa vie. Elle prend le plateau en inox, le regarde fixement, puis, presque sans savoir ce qu'elle fait, le jette violemment par terre. Il heurte la surface dure avec fracas. Elle se tourne pour prendre une pile de tabliers sortant de la buanderie et les envoie rejoindre le plateau. Puis balance les culs-de-poule en plastique. Ils rebondissent sur les surfaces inox.

— Putain de bordel de merde ! Mais c'est quoi ce merdier dans ma vie, putain ?

Elle ferme les yeux, serre les poings et hurle. C'est un cri primal, qui jaillit du plus profond d'elle-même. Elle se recroqueville et s'affaisse à genoux, les bras enroulés autour de son ventre comme si elle avait mal.

Lorsqu'elle ouvre enfin les yeux, encore haletante, elle prend conscience que quelqu'un l'observe. Elle se tourne et voit un grand homme debout devant les cuisinières. Aleks. Il est appuyé contre l'une d'elles, les bras croisés, son pantalon de cuisinier à carreaux légèrement taché après son service du matin.

— Quoi ? dit-elle d'un ton de défi. Quoi ?

Elle baisse les yeux sur la pagaille qu'elle a mise. Elle se lève et, après un instant, elle commence à ramasser les tabliers et les plie pour les ranger, les lissant avec exaspération. Encore grimaçante de fureur, elle ramasse les culs-de-poule qu'elle empile au fur et à mesure, puis le plateau. Ses cheveux se sont défaits de leur élastique, et elle les dégage de son visage en les tirant violemment pour les nouer.

Lorsqu'elle jette un coup d'œil derrière elle, il est toujours en train de l'observer.

— Quoi ? dit-elle en faisant la moue. Tu n'as jamais vu quelqu'un s'énerver ? Je te ramasse tes trucs. OK ? Je m'en occupe.

Il ne change pas d'expression. Il attend quelques secondes, puis dit calmement, avec un fort accent :

— Tu es très belle femme.

Puis il ajoute :

— Très énervée. Mais très belle.

Nisha en reste bouche bée. Il se retourne vers la cuisinière et prend une petite poêle. Il l'huile, puis y casse deux œufs d'un geste expert. Il se rend à l'énorme réfrigérateur dans l'angle et revient les bras chargés d'ingrédients.

Elle reste plantée là, sans trop savoir ce qu'elle regarde. Il se tourne pour désigner de la tête une chaise dans le coin.

— Assieds-toi, dit-il.

Elle s'exécute, légèrement hésitante, le plateau toujours serré contre elle. Aleks ne dit plus rien. Il mélange quelque chose dans un saladier, fouettant avec la rapidité et l'efficacité d'une personne dont c'est la tâche quotidienne, les muscles de ses avant-bras se dessinant clairement sous sa peau tatouée. Il hache des fines herbes d'un geste vif avec une lame aiguisée et les jette dans la poêle, puis sort du grille-pain deux toasts parfaitement cuits, qu'il tartine d'une généreuse couche de beurre. Il prend une assiette dans le four à basse température, dos à Nisha, et y réarrange quelque chose. Puis il la rejoint et lui tend l'assiette. Elle contient des œufs Bénédicte, couronnés d'une sauce hollandaise d'un jaune luisant, sur deux tranches de brioche légèrement dorée.

— Mange, dit-il en lui donnant l'assiette.

Puis il se tourne pour lui prendre une serviette en papier. Sans attendre qu'elle le remercie, il repart tranquillement vers son poste de travail, l'essuyant dans des gestes vifs et débarrassant les poêles qu'il apporte à la plonge. Il y reste quelques minutes, invisible, dans le fracas des ustensiles et le bruit de l'eau qui coule. Il reparaît alors qu'elle a attaqué la seconde tranche.

Ces œufs Bénédicte sont les meilleurs qu'elle ait jamais mangés. Elle se sent affaiblie de plaisir. Elle n'arrive même pas à parler. Elle se contente de lever les yeux vers lui, la bouche encore pleine, et il lui adresse un petit hochement de tête, comme une confirmation.

— C'est dur d'être aussi fâchée en ayant mangé un bon plat, déclare-t-il.

Puis il attend qu'elle ait terminé et lui prend l'assiette sans un mot. Il a disparu avant qu'elle n'ait le temps de dire quoi que ce soit.

Chapitre 15

En entrant, Sam trouve ses parents à quatre pattes, entourés de papier journal. Son père met tout son poids sur une sorte de dispositif de compression, pour essayer d'exprimer l'eau d'un rectangle de papier mâché visqueux. Leur salon a toujours été encombré de livres et de piles de journaux, chaque surface couverte d'objcts qu'il nc faut absolument pas bouger, parce qu'ils savent où tout est rangé. Mais, à présent, sa mère passe un journal dans une déchiqueteuse au coin de la pièce, et son père fait gicler de l'eau par-dessus le bord de la vieille baignoire pour bébé chaque fois qu'il appuie en grognant. Avec le ronronnement de la déchiqueteuse, ils ne l'entendent pas tout de suite, Sam se fraie donc un chemin parmi lcs pilcs dc journaux et se penche pour agiter la main sous le nez de son père. Il est violet, et ses cheveux sont parsemés de bouts de papier. « Salut, chérie ! », articule-t-il silencieusement.

Merryn interrompt la déchiqueteuse en pleine action.

— On fait des briquettes de papier ! annonce-t-elle d'une voix trop forte, puisqu'il n'y a plus de bruit dans le salon, à part les grognements de son père. Tom a vu cette vidéo sur YouTube. C'est pour sauver la planète !

— Tu as mis les *National Geographic* dans la mauvaise pile, s'exclame-t-il en s'interrompant pour les montrer du doigt.

— Pas du tout, Tom. Je les ai mis là-bas parce qu'ils contiennent de sales produits chimiques. Nous mourrons dans notre sommeil si nous les utilisons, à cause du glaçage. Et le ramoneur dit que ça goudronne le conduit de cheminée. Uniquement des journaux. Tom, cette briquette est trop imbibée. Il va lui falloir des années pour sécher.

— Je *sais*.

— Eh bien, appuie plus fort.

— Eh bah, appuie, toi, si tu es si douée.

— Je vais préparer le thé, dit Sam en slalomant pour atteindre la cuisine.

Le chaos ordonné de la cuisine de ses parents l'avait longtemps réconfortée, avec ses panneaux d'autocollants Greenpeace, ses photos gondolées de leurs jeunes années. Bocaux et épices se disputaient la place sur les plans de travail, où on les avait sortis puis simplement laissés là. Ces temps-ci, elle remarque un relâchement dans les précautions d'hygiène, des pommes spongieuses et des yaourts de la veille, entre autres. Chacun de ces détails est un coup de glas l'avertissant d'autres responsabilités à venir. Ils n'envisageront pas de femme de ménage : cela va à l'encontre de leurs convictions socialistes. Mais ça ne leur pose aucun problème que Sam prenne le temps deux fois par semaine de venir nettoyer derrière eux. Elle enfile les gants en caoutchouc de sa mère et commence à empiler la vaisselle sale dans l'évier, écoutant vaguement ses parents se chamailler à propos des briquettes.

— J'ai pressé celle-ci je ne sais combien de fois. Je ne comprends pas d'où sort toute cette eau.

— Tu n'as pas rempli la bouilloire jusqu'en haut, j'espère ? Ce n'est pas écologique.

Sa mère arrive en s'essuyant les mains sur son jean. Elle porte un pull couleur framboise, et un gris par-dessus. Ils ont tous deux des trous aux coudes, par lesquels Sam aperçoit deux petits disques de peau pâle.

— Non, maman. J'ai dosé pour trois tasses.

— On a réussi à faire seulement deux briquettes depuis ce midi. Comment on va se chauffer avec ça, je n'en ai pas la moindre idée. Honnêtement. L'abri de jardin est tellement rempli de vieux journaux que je ne cesse de dire à ton père que c'est un risque d'incendie.

Clairement, l'ironie de la chose lui échappe. Sam fait la vaisselle pendant que sa mère s'occupe du thé et soulève les couvercles de diverses boîtes en lâchant de petits « oh » de déception quand les gâteaux ou biscuits qu'elle espérait voir manquent à l'appel. Depuis l'autre pièce, elles entendent parfois le père de Sam grogner ou jurer en essayant de comprimer les briques de papier mâché.

— Comment va Phil ?

Jamais : « Comment vas-tu ? », songe Sam avec rancœur, avant d'étouffer cette pensée. C'est bien que ses parents se soucient de Phil. Beaucoup de gens n'apprécient pas leurs gendres. Elle devrait être heureuse.

— Hum… toujours pareil, en gros. Un peu fatigué.

— Il a trouvé un nouveau travail ?

— Non, maman. Je te le dirais.

— J'ai appelé l'autre soir. Cat te l'a dit ?

— Non. Je l'ai à peine vue.

— Toujours à travailler, cette petite. Elle ira loin. Bref, je voulais te parler d'une émission que nous regardions. Maintenant, je ne m'en souviens plus. Comment ça s'appelait, déjà… ? C'était à la télé. Oh oui, elle a dit que tu étais sortie *boire.*

Sam prend une longue et prudente gorgée de thé.

— J'ai bu un verre avec les collègues pour fêter des contrats que j'ai signés. C'était vraiment rien.

— Eh bien, je ne suis pas sûre que ce soit une bonne idée de laisser Phil tout seul s'il a le moral dans les chaussettes. Je ne laisse jamais ton père pour aller boire au pub. Je doute qu'il aimerait beaucoup ça.

Sam a envie de lui dire qu'elle n'a jamais travaillé. Qu'elle n'a jamais eu besoin de gagner de l'argent pour que sa famille garde simplement un toit au-dessus de sa tête. Qu'elle n'a jamais eu affaire à un patron dont chaque soupir laborieux lui révèle qu'il la considère comme une perte d'espace. Qu'elle ne s'allonge jamais auprès du dos d'un homme endormi en se demandant si elle n'est pas devenue invisible.

— Eh bien, dit-elle avec précaution, ça n'arrive pas très souvent.

Sa mère s'assied à table et soupire.

— C'est très dur pour un homme, tu sais, de perdre son boulot. Il a l'impression de ne plus être un homme.

— Ce n'est pas très égalitariste de ta part, maman. Je pensais que tu croyais que les deux sexes devaient être traités de la même façon.

— Enfin, c'est une question de bon sens. Ils se sentent – quel est le terme ? – *émasculés.* Si c'est toi le gagne-pain de la famille et qu'ensuite tu sors au pub le soir, qu'est-ce que ce pauvre Phil est censé éprouver ?

— Serais-tu en train de me dire que tu ne sors jamais sans papa ?

— Seulement pour mon groupe de lecture. Et c'est juste parce que Lina Gupta veut toujours parler de ses hémorroïdes et que ce genre de conversation le rend un peu bizarre. Franchement, comment elle peut glisser une marque de suppositoires dans une discussion sur *Anna Karénine*, ça me dépasse.

Sam et sa mère bavardent un bon moment – ou plutôt, Merryn bavarde, et Sam joue son personnage bien rodé de spectatrice apprivoisée prêtant l'oreille aux inquiétudes de sa mère concernant la planète, à son agacement vis-à-vis des politiques qui sont tour à tour égoïstes, idiots ou juste irritants, aux malheurs de ses voisins (qui est mourant, terriblement malade ou déjà mort). Sam avait remarqué quelques années auparavant que sa mère ne s'intéressait guère aux menus détails de sa propre vie au-delà de la façon dont ça pourrait les toucher, elle ou Phil – qu'elle considère comme la crème des gendres (« Tu as *beaucoup* de chance de l'avoir »). De plus, s'ils ne cessent de proclamer publiquement leur amour mutuel, ses parents sautent sur la moindre occasion de lui déballer séparément les qualités, difficultés et fragilités qui les exaspèrent chez l'autre (« Il ne sait plus lire une carte routière. Il dit que si, mais ensuite il part dans la direction inverse » ; « Elle laisse ses lunettes n'importe où. Et après elle m'accuse de les avoir prises ! Elle est tellement bigleuse qu'elle ne voit pas où elle les a posées »).

—Alors, qu'est-ce que tu vas faire, pour Phil ?

Sa mère lui pose la question alors qu'elle est en train de mettre son manteau pour partir. Elle a nettoyé la cuisine et la salle de bains à l'étage, légèrement attristée par le nombre considérable de cachets et autres médicaments aux noms imprononçables dont ses parents semblent avoir désormais besoin juste pour fonctionner.

—Comment ça ?

—Eh bien, je pense que tu devrais peut-être lui donner un petit coup de boost. Faire en sorte qu'il se sente bien dans sa peau.

— Pourquoi est-ce que lui, il aurait le droit de se sentir bien dans sa peau ? Ce n'est pas mon cas.

— Oh, ne sois pas taquine, Samantha. Il a besoin de ton soutien, même si c'est irritant.

— Je fais tout ce que je peux, dit Sam sans pouvoir dissimuler la lassitude dans sa voix.

— Eh bien, parfois, tu dois faire plus. Quand ton père a eu ce problème avec tu sais quoi…

— Maman, je te l'ai dit, je n'ai vraiment aucune envie d'entendre parler des problèmes d'érection de papa.

— Eh bien, nous lui avons pris ces pilules bleues. Et à part ce malheureux incident à *Sainsbury's*, quand il en avait trop pris, ça marche à merveille. Il s'est senti de nouveau lui-même, ce qui nous ravit tous les deux. (Elle marque une pause, songeuse.) Cela dit, maintenant, nous devons aller au *Tesco* près de la rocade. Et les places de parking sont bien trop étroites pour une voiture familiale.

Sa mère lui pose une main sur le bras et poursuit :

— Écoute, tout ce que je dis, c'est que tu dois peut-être bien faire le plus gros du travail pour l'instant, mais si tu arrives à remonter un peu le moral de Phil, vous irez mieux tous les deux, au bout du compte.

Les yeux bleus de sa mère sont perçants. Elle adresse à Sam un sourire rassurant.

— Penses-y un peu… (Son regard dévie.) Tom, qu'est-ce que tu fabriques avec ce malheureux appareil ? J'entends d'ici l'eau se renverser sur le sol du salon. Honnêtement, est-ce que je dois tout faire moi-même ?

Sam repense aux propos de sa mère durant la courte marche jusque chez elle. Depuis des mois, Phil et elle sont, dans le langage des magazines féminins, « déconnectés ». Sans plus aucune sortie ensemble, ils n'ont pas beaucoup de sujets de discussion à part le chien (non, il ne l'a pas promené), leur fille (non, il ne sait pas trop où elle est) ou son travail (il ne veut pas parler de ça). Peut-être s'agit-il d'un de ces moments où elle doit vraiment faire encore plus d'efforts. Peut-être que si elle se concentrait moins sur sa fatigue et sa colère de recevoir aussi peu de soutien, ils pourraient espérer une issue favorable.

Elle s'arrête un instant sur le trottoir, le temps d'assimiler cela. C'est assez surprenant pour Sam de songer qu'elle prend au sérieux un conseil de sa mère. Puis elle pense à son père et aux pilules bleues et doit chanter à tue-tête toute seule jusqu'au bureau de poste pour chasser l'image de son esprit.

Phil est sur le canapé en train de regarder une émission où des couples se prennent le bec au sujet de plafonds bas et d'espaces de rangement. Accrochant son manteau à la patère, Sam s'arrête et regarde le sommet du crâne de Phil, qui se dégarnit légèrement. Elle l'avait convaincu d'aller se faire couper les cheveux deux semaines plus tôt, car il avait commencé à virer dangereusement vers le look savant fou, et maintenant, au moins, il ressemble à quelqu'un qu'elle reconnaît. Soudain, il lui revient un souvenir d'eux sur ce canapé, les jambes enlacées, Phil se penchant pour lui embrasser la tête, et elle se dit : *Peut-être que je pourrais t'aider à te sentir mieux.*

Elle prépare une tourte au poulet, avec de la purée et des légumes, l'un des plats préférés de Phil, et met la table dans la cuisine afin d'éviter qu'il ne prenne juste son assiette sur le plan de travail pour aller manger devant la télévision. Elle ouvre une bouteille de vin et leur sert chacun un verre. Il ne dit pas grand-chose, mais ne se plaint pas non plus du repas assis, et fait même un petit effort en lui parlant de la nouvelle voiture des voisins. Il se ferme comme une huître quand, au bout de deux verres, elle tente de lui demander comment il se sent – elle voit son visage se voiler comme si quelqu'un avait tiré un rideau –, elle poursuit donc hardiment ses bavardages, comblant le silence avec les histoires de ses parents et leur machine à briquettes, et il fait de son mieux pour paraître intéressé. L'horloge de la cuisine égrène bruyamment les secondes.

— Bon vin, dit-il.

— Oui, hein ? Il était en promo.

— Oui. Il est… bon.

À un moment donné, Cat envoie un texto à Sam pour lui demander si l'un d'eux aurait vu son permis de conduire. S'ensuit un bref interlude où la discussion sur le permis disparu devient presque animée entre eux, et comme c'est facile de perdre ces petits permis en plastique, et Cat perd souvent des choses qu'elle ne devrait pas. Et puis ça retombe, et les tic-tac de l'horloge prennent le relais, et Phil se réinstalle sur le canapé pour regarder les infos de 22 heures. Elle se rappelle que, étant donné le contexte actuel avec Phil, le dîner a plutôt été un succès.

Elle fait la vaisselle, espérant que ce qu'il regarde ne le replongera pas dans la déprime. Elle examine la bouteille de vin, où il reste un fond de cinq centimètres, puis, brusquement, elle la prend et la vide d'un trait, laissant le liquide sombre et acide lui réchauffer la gorge, et s'essuie la bouche avec le dos de la main.

Lorsque la cuisine est rangée, elle monte, se douche et, après un moment, décide de mettre un peu de parfum. Elle observe son reflet dans le miroir embué de la salle de bains. Elle n'est pas trop mal pour son âge. Elle a un joli cou. Des seins qui tiennent la route. Rien qui pendouille trop pour l'instant. Pas ferme et mince comme ces jeunes mères sexy, mais un corps pas repoussant, tout compte fait. *Pense à ce que tu ressentais dans ces chaussures*, se dit-elle fermement. *Comment tu te sentais pendant ces derniers rendez-vous, comment tu te sentais sur la piste de danse : puissante, magnétique, inarrêtable.*

Elle grimpe dans le lit et attend le bruit des pas de Phil sur les marches, songeant à la façon dont il la poursuivait dans cet escalier lorsqu'ils ont emménagé, à ses mains qui lui attrapaient les fesses dans son impatience de la prendre.

Par l'embrasure de leur chambre, elle le regarde se diriger vers la salle de bains, l'entend se laver, se brosser les dents, se gargariser brièvement, des bruits qui lui sont aussi familiers que le clic de la bouilloire qui se met en marche le matin ou le grincement du portail.

Et puis il se couche auprès d'elle, les ressorts du lit couinent légèrement sous son poids. Depuis un moment maintenant, ils dorment en se tournant le dos : Phil ronfle, il a donc appris à s'endormir sur le côté.

Ça fait onze mois qu'ils n'ont pas fait l'amour.

Elle avait calculé ça un soir, remontant à la dernière fois où il était allé au pub. Au bureau, la salle de pause est remplie de femmes qui se plaignent que leurs maris ne les laissent jamais tranquilles, et disent en blaguant qu'elles préféreraient lire un livre. Sam en a plus qu'assez de lire des livres. Le sexe faisait de leur mariage une machine bien huilée, c'était ce qui empêchait les petites irritations d'être graves – les pantalons par terre, le lave-vaisselle pas vidé, les contraventions. Le sexe les rapprochait. Le sexe était ce qui les amenait à se sentir de nouveau eux-mêmes, pas l'ombre terne de ce qui a un jour existé.

Elle reste allongée là une minute à réfléchir, puis se retourne en silence et glisse un bras autour de lui. Il a la peau chaude et dégage une légère odeur agréable de savon. Comme il ne bouge pas, elle se rapproche un peu, de manière que tout son corps soit appuyé contre le sien. Elle lui embrasse la nuque et pose la joue sur lui. Il lui a manqué, son contact lui a manqué. Elle se demande pourquoi elle n'a pas fait ça il y a des mois. Il remue légèrement, et elle éprouve un minuscule frisson de désir. Elle avance lentement la jambe pour la glisser entre les siennes. Elle lui caresse le ventre, sent les poils doux qui en recouvrent le bas, puis des poils plus épais tandis qu'elle descend sa main. Cela va se produire. Elle va faire en sorte que cela se produise. Ce sera un nouveau départ pour eux. Elle recommence à l'embrasser, promène doucement les lèvres le long de son dos, le tirant délicatement pour l'inciter à se retourner face à elle. *Je suis inarrêtable. Je suis une force féminine. Je suis sexy.* Elle va monter sur lui et…

La voix de Phil jaillit dans l'obscurité.

— Désolé, chérie. Pas vraiment d'attaque pour ça ce soir.

Elle en éprouve comme une piqûre. Les mots de Phil restent suspendus dans le noir. Sam se pétrifie, puis retire lentement sa main de l'entrejambe de son mari. Elle se recule sous la couette et se retourne sur le dos. Elle regrette de ne pas avoir mis sa chemise de nuit. Ils gardent le silence une minute.

Puis il reprend la parole.

— La tourte au poulet était très bonne, en revanche.

Si Phil se comporte comme s'il ne la voyait plus, l'autre homme de sa vie, Simon, l'a au contraire dans sa ligne de mire, comme disent les membres les plus jeunes du personnel.

Certains de ses collègues se sont clairement mis à l'éviter au travail, comme si le mauvais œil qui la poursuit pouvait les contaminer. Personne ne veut reconnaître ce qui se passe, puisque, vous savez, un job est un job, et c'est déjà assez dur d'en trouver un de nos jours.

Personne, à part Joel.

Elle a commencé à passer l'heure du déjeuner dans sa voiture, se sentant trop exposée dans la salle de pause. Elle ne peut plus manger à son poste, car Simon fera inévitablement irruption au moment précis où elle aura la bouche pleine. Alors elle écoute l'un des morceaux de musique classique apaisants qu'elle a téléchargés, et mange son sandwich seule, essayant d'éviter de réfléchir.

— Qu'est-ce que tu fabriques ici ?

Elle sursaute quand la portière s'ouvre et que Joel monte dans la voiture, avec l'air froid de l'extérieur et une chaleureuse odeur d'agrumes. Il ferme la portière, et elle s'aperçoit qu'il a dans la main ses sandwichs au fromage provenant de la station-service. Il porte sa doudoune, et ses petites dreadlocks impeccables sont tirées en arrière en une queue-de-cheval basse.

— Fais au moins tourner le moteur pour avoir un peu de chaleur, Sam. Bon Dieu, on gèle ici !

— C'est juste que je…

— Je ne comprenais pas où tu étais passée ces dernières pauses déj. Simon a envoyé ce crétin de Franklin avec nous pour ferrer Cameron. Dieu seul sait comment il a rapporté ce contrat. Et je suis venu voir si tu voulais prendre un café, mais on m'a dit que tu n'étais pas là. Et puis j'ai vu que les vitres de ta voiture étaient embuées, alors…

Franklin. Franklin, le jeune arrogant avec son beau costume et son sourire vissé aux lèvres. C'était donc ça. Elle expire lentement.

— Je… préfère juste venir ici en ce moment.

Le sourire de Joel s'évanouit. Il étudie son visage.

— Tu veux en parler ?

— Pas vraiment.

Si elle prononce un mot sur le sujet, elle va pleurer. Et même pas des larmes normales : elle a l'impression d'être toujours au bord d'énormes et effroyables sanglots qui vont la submerger et lui laisser le nez rouge et morveux, et les épaules tressautantes. Et, le plus horrible, ce serait peut-être que Joel en soit témoin.

— Ah, poulette… (Il secoue la tête de dégoût.) Ted a dit que Simon t'avait fait passer un sale quart d'heure hier à la réunion budgétaire.

Elle est tellement consciente de la proximité de Joel dans sa petite voiture. De la peau lisse du dos de ses mains, si près de sa propre cuisse. De son odeur virile. De ses cils humides qui se recourbent en petites pointes d'étoiles. Elle n'avait jamais vu d'adulte avec de tels cils. Elle a l'impression qu'elle pourrait toucher chacun d'eux et en garder une marque de piqûre sur le doigt. Ils se connaissent depuis huit ans, et elle n'est pas certaine d'avoir déjà remarqué ses cils.

Soudain, elle pense à Phil qui l'a repoussée la veille, à ce que son reflet dans le miroir lui a évoqué ce matin après une nuit blanche : un vieux sac repoussant. C'est trop dur que Joel soit gentil avec elle. Parce que, bien entendu, il n'en pince pas pour elle. C'est juste elle qui s'est emballée dans ces stupides chaussures. Il la voit sans doute comme une tante décrépite. *Assurons-nous que cette pauvre vieille Sam va bien.*

Elle est soudain assaillie par la certitude qu'il doit immédiatement quitter sa voiture.

— En fait, je me sens bien. Seule, je veux dire.

Elle n'arrive pas à le regarder en disant cela, elle refuse de voir un air compatissant, une tête inclinée. Elle garde les yeux braqués sur ses genoux, un sourire singulier aux lèvres.

— Vraiment. Je vais juste écouter de la musique et me détendre un peu.

— Je pourrais simplement manger mes sandwichs en te tenant compagnie, suggère-t-il après un instant.

— Non, rétorque-t-elle en jetant un coup d'œil vers lui. Ils sont au fromage. Je n'aime pas ça.

Un silence pesant s'installe. *Je n'aime pas le fromage ? Depuis quand ?*

— OK, dit-il après une courte pause. Je venais juste… aux nouvelles. Juste… vérifier que ça allait.

— Je vais bien. Tout va bien. Tu n'as pas besoin de prendre de mes nouvelles. Je suis une adulte !

Elle relève les yeux, esquissant un affreux sourire hésitant, et l'expression qu'il affiche lui noue profondément l'estomac.

— Vraiment, poursuit-elle. C'est très gentil de ta part. Mais tu devrais partir. Tu devrais partir…

Elle a la voix plus dure qu'elle n'en avait l'intention.

Il attend encore un instant, puis, sans un mot, prend ses sandwichs toujours emballés et sort de la voiture.

Chapitre 16

Jasmine est de repos. Nisha consulte le tableau des rotations, et voit que cette dernière a droit à plusieurs jours, peut-être parce qu'elle travaille tout le week-end. Bien que leurs joyeuses conversations lui manquent, elle est contente que Jasmine soit absente. Elle brûle tellement de colère – et de culpabilité pour ce qu'elle a failli lui coûter – qu'elle se demande si elle ne va pas prendre feu.

Elle accomplit ses heures dans une fureur silencieuse, continuant de nettoyer résolument les salles de bains crasseuses, adressant un regard noir à quiconque lui réclame un rouleau de papier toilette supplémentaire ou de l'après-shampoing. Consciente que son attitude pourrait lui valoir des plaintes de clients, elle feint de ne pas parler anglais, adopte un demi-sourire légèrement menaçant et laisse au moins la vague sensation qu'elle pourrait revenir assassiner les plus pénibles dans leurs lits.

Nisha a essayé de contacter les six meilleurs avocats en droit du divorce à New York ; seulement trois d'entre eux ont accepté de prendre son appel, et deux l'ont informée qu'ils avaient déjà été engagés par Carl. Elle contacte sa banque, et Jeff, le chargé de clientèle, promet de la rappeler, ce qu'il ne fait pas. À quatre reprises. *Merci, Carl.* Elle essaie de prendre une carte de crédit afin de pouvoir au moins vivre, mais la demande échoue, parce qu'elle n'a pas d'adresse permanente au Royaume-Uni, et la compagnie de crédit américaine ne voudra l'envoyer qu'à son adresse à New York. Où l'on ne fera clairement pas suivre son courrier. *Merci, Carl.*

Elle appelle Ray tous les jours, et aborde des futilités avec lui : ce qu'il a mangé au déjeuner, sa conviction que l'un de ses camarades de chambre est secrètement mormon, son désespoir de ne pouvoir s'empêcher de se ronger les ongles, et elle sait qu'elle n'a pas le vocabulaire pour lui expliquer ce qui est arrivé à leur famille. Son garçon. Son beau petit garçon fragile, qui lui crève le cœur à cinq mille kilomètres de là. Elle va bientôt devoir le lui annoncer, mais lui infliger cette blessure l'effraie, n'étant pas présente pour le réconforter. C'est trop tôt après l'Affaire.

Elle déteste Carl pour ça, peut-être plus que pour tout le reste.

Lorsqu'elle se terre dans la cuisine pour ses pauses de l'après-midi, Aleks est là, préparant le service du soir ou lisant un livre de poche en lambeaux assis dans l'angle, généralement des ouvrages culinaires. Il ne lui parle pas, mais, quand il la voit, il pose son livre, va à son poste et lui prépare des omelettes aux champignons sauvages et *fines herbes**, des croque-monsieur au poulet avec de la mayonnaise à la truffe. Il pose ces plats devant elle et la laisse manger, sans se montrer intrusif, comme s'il comprenait que cette femme se consume de rage et qu'il souhaitait seulement lui tendre une petite lance à incendie. Il est toujours coiffé comme s'il sortait de son lit, il a les yeux fatigués, et son corps ne semble pas contenir le moindre soupçon de gras.

Ce n'est pas qu'elle l'a examiné de près, mais elle a toujours inconsciemment relevé la forme physique des gens, ou leur taux de graisse corporelle, et il paraît... très en forme. Éreinté, comme tous les chefs (avec les horaires interminables et les conditions infernales de la cuisine, ils semblent vieillir deux fois plus vite que quiconque), mais en forme.

— Je ne coucherai pas avec toi, tu sais, lui dit-elle alors qu'il lui tend un hamburger particulièrement bien dressé.

Il lui adresse un regard serein, puis un petit sourire, comme si elle avait dit quelque chose de drôle.

— OK.

On dirait que l'idée ne l'a jamais effleuré, et Nisha est à la fois gênée et furieuse de sa réponse.

Elle est allongée dans son horrible chambre d'hôtel, le crâne battu par un tourbillon de pensées noires et toxiques, et lorsqu'elle se réveille, épuisée, ce n'est que propulsée par une sombre fureur qu'elle repart au *Bentley Hotel*. Deux fois, entre 2 et 4 heures du matin, lorsque le monde se réduit à son insomnie, aux sirènes et aux éclats de voix du couple qui se dispute dans la chambre voisine, elle prend son téléphone et tape l'un des quelques numéros qu'elle connaît par cœur : Juliana. Et puis elle s'arrête, regarde fixement le message, l'efface et repose son téléphone.

Elle additionne son salaire et le virement de Ray, et elle sait que ses jours à l'hôtel sont comptés. Et puis le couperet tombe : le *Tower Primavera* l'informe qu'elle ne peut pas séjourner une nuit de plus. Elle se dirige vers la salle de petit déjeuner à 6 h 30 quand la réceptionniste la croise dans le couloir.

— Oh, madame Cantor. Nous sommes complets pour une conférence les deux prochaines semaines. Nous avons malheureusement besoin que vous partiez demain matin.

— Mais où suis-je censée aller ?

La réceptionniste la regarde d'un œil vide, comme si on ne lui avait jamais posé cette question.

Alors qu'elle marche pour se rendre au travail, Nisha se demande si elle va vraiment finir à la rue, comme ces hommes informes aux visages gris qui vivent dans des cartons et devant lesquels elle passe tous les matins. Et pas une seule personne ne la rappelle. Pas une seule de ces femmes auprès desquelles elle a assisté à des événements mondains ces dix-huit dernières années. Pas une seule de ses prétendues amies. Carl – ou Charlotte – les aura toutes prévenues, et elle sera désormais infréquentable. Elle éprouve l'humiliation de leurs conversations à son sujet de l'autre côté de l'Atlantique.

« Bon, normalement je dirais que c'est affreux, mais elle est d'une froideur si abominable que j'ai du mal à compatir.

— Oh, Melissa ! Tu es impayable ! »

Elle marche le long du fleuve d'un pas résolu, essayant de réfléchir à un plan. Elle déteste cette ville. Elle déteste ces voitures à l'arrêt avec leurs passagers flous derrière les essuie-glaces. Elle déteste l'œil inexpressif des banlieusards quand elle jure contre les bicyclettes imprudentes, déteste les 4 x 4 avec ces mères aux lèvres pincées qui ignorent leurs enfants, déteste les ouvriers qui la sifflent et les groupes de jeunes hommes qui font les petits malins et la jaugent, agglutinés devant les bars. Elle déteste être désormais exposée à tout ça, juste un minuscule atome invisible en chute libre dans un univers de corvées et de chaos. Elle marche, le col remonté pour se protéger de l'humidité, avec autour du cou une écharpe en laine convenable qu'elle n'a pas encore réussi à rapporter aux objets trouvés de l'hôtel. Elle n'est pas encline à l'introspection, mais, si c'était le cas,

Nisha Cantor aurait constaté qu'elle n'avait jamais été aussi malheureuse de sa vie.

— Il faut qu'on parle.

Jasmine apparaît alors que Nisha termine son service. Elle porte sa tenue de repos, une doudoune satinée couleur rubis et un bas de jogging, avec la chaîne de son sac en bandoulière. Ses ongles ont été fraîchement vernis d'un bleu irisé scintillant.

— Je te jure que je n'ai pensé pratiquement à rien d'autre que ce qui s'est passé ici mardi.

Nisha sort brutalement sa veste du casier et claque la porte.

— Tu veux dire, quand tu m'as obligée à rendre *mes propres affaires* ?

Mais Jasmine fait la moue.

— Oh, arrête. Ce n'est pas moi, l'ennemi.

Nisha lui décoche un regard interrogateur. Mais Jasmine est déjà dans le couloir.

— Grouille et mets ta veste, ordonne-t-elle. Tu viens chez moi.

Elles prennent le premier bus sur les deux, et, tandis qu'il se fraie un chemin dans la circulation en grondant et cahotant, Jasmine pose des questions à Nisha sur sa vie et ce qui lui est arrivé.

« Donc, tu vivais dans le penthouse jusqu'à récemment ? Le penthouse, vraiment ?

Attends, même si tu avais une maison ici ? Tu avais une maison ? Plus d'une maison ? Mais, bon Dieu, tu en avais combien ?

D'un mois à l'autre, tu allais vivre à l'autre bout du monde ? Mais alors, c'était laquelle, ta vraie maison ? Comment ça, toutes ?

Comment ça se fait que toutes ces fringues étaient à toi ? Est-ce qu'il te donnait juste de l'argent à dépenser toutes les semaines ? Combien ? COMBIEN ? Tu n'as jamais eu de boulot ? Ça, ce n'est pas un boulot… Tsss.

Tu veux dire qu'aucune de tes amies ne t'a rappelée ? Pas même pour t'aider ? Mais c'est quoi, ce genre de femmes ? (Là, ça fait mal.)

Qu'est-ce que ton fils pense de tout ça ? (Là, encore plus.)

Eh bien, quand est-ce que tu vas lui dire ? Chérie, tu ne peux pas garder ça pour toi. Tu protèges qui ? Ton serpent infidèle de mari ?

Et d'ailleurs, c'est qui cette petite sorcière qui le baise ? Tu connais cette femme ? Oh. Évidemment. ÉVIDEMMENT. Qu'est-ce que tu comptes faire ? »

Jasmine lui pose ouvertement ses questions sans aucune gêne. Elle ne s'abstient pas de donner son avis. Nisha est si décontenancée par ce mode de communication – si différent des conversations codées auxquelles elle s'était habituée parmi les épouses des amis de Carl, avec ces sourires vides de sens et ces coups d'œil en coin – que la colère qui l'animait commence à se dissiper. Elle se surprend à répondre en toute honnêteté, sans se demander chaque fois si elle laisse échapper une information qui sera récoltée ou retournée plus tard contre elle, comme elle le ferait normalement en parlant avec une autre femme.

Elles sont descendues du bus depuis dix minutes et marchent sans avoir cessé de discuter, apparemment inconscientes l'une comme l'autre de la pluie qui s'est mise à tomber. La cité qu'elles traversent à présent – Jasmine appelle ça un lotissement – est une vaste étendue sillonnée d'allées désertes et ponctuée des lueurs orange de lampadaires. Nisha ne s'éloigne pas d'elle, doutant de pouvoir retrouver la sortie si elle perdait Jasmine.

— C'est surréaliste, est en train de déclarer cette dernière en plongeant la main dans son sac. Je veux dire, j'ai déjà entendu des histoires de dingue, mais là, c'est le cran au-dessus.

C'est seulement quand elle ouvre la porte de son appartement que Nisha comprend : cette femme vient de prendre deux bus pour traverser Londres dans le seul but de venir la chercher.

Nisha ne se rappelle pas s'être un jour retrouvée dans un appartement aussi petit que celui-ci, avec chaque mur et surface encombrés de boîtes en plastique ordonnées et pleines à craquer de vêtements, ou de séchoirs chargés de linge. Il y a des habits partout, suspendus aux portes, ou pliés en piles impeccables sur des chaises ou des commodes.

— Grace ?

Jasmine fait signe à Nisha d'entrer dans la petite cuisine et en ressort aussitôt en lançant :

— Est-ce que tu as fait tes devoirs ?

Une voix jaillit d'une autre pièce, par-dessus le bruit de la télévision.

— Fini.

— Juste fini, ou faits avec un peu de réflexion et d'efforts ?

— Y a qui avec toi ?

— Nisha.

Nisha se perche sur l'un des tabourets à côté de la table pliante et ôte sa veste. L'appartement est imprégné d'étouffantes odeurs de cuisine et d'un parfum doux et musqué. Sur la cuisinière, un plat à base de viande mijote doucement, déposant sur la vitre une fine couche de condensation. Elle remarque alors à quel point elle s'est habituée à l'odeur aseptisée de sa chambre d'hôtel. Puis elle se rappelle qu'elle ne pourra plus y séjourner après ce soir. Elle a un plan, impliquant le lit à côté des locaux de buanderie au *Bentley*, mais ne sait pas trop combien de temps elle pourra s'en tirer comme ça.

— Bon, ne sois pas grossière, Grace ! Montre ton visage !

Une fille de treize ou quatorze ans passe la tête à la porte. Elle regarde attentivement Nisha, qui lui adresse un geste hésitant de la main.

— Oh ! Vous êtes plutôt jolie.

Elle entend Jasmine éclater de rire avant de revenir dans la cuisine.

— Elle suit une formation pour devenir diplomate.

— Je disais ça en mode sympa ! Cette femme grecque que tu as ramenée, on aurait cru qu'elle s'était fait écraser.

— Est-ce que je t'ai appris à te montrer aussi grossière envers les gens que j'invite chez moi ?

— Désolée, dit Grace sans le paraître une seule seconde. Vous travaillez avec ma mère ?

— En effet.

— C'est vous, celle qui ne savait pas nettoyer les toilettes ?

Nisha réfléchit un instant.

— Probablement.

— Est-ce que tu as mis le riz à cuire comme je t'ai demandé ? s'enquiert Jasmine en soulevant le couvercle de l'une des casseroles.

— Il est dans le four du bas, et je l'ai couvert.

— Dieu merci. J'ai tellement faim. Grace, débarrasse la table de tes affaires, s'il te plaît.

Jasmine s'active autour d'elle, sort les assiettes des placards et passe avec précipitation pour aller les poser sur la petite table du salon à côté de la télévision. Grace va chercher les couverts en lançant des coups d'œil timides à Nisha, assise au milieu de toute cette agitation, sans trop savoir quoi faire.

— Vous êtes américaine, pas vrai ? demande Grace en passant lentement devant elle. Vous êtes allée à Disneyland ?

— J'y ai emmené mon fils quand il avait ton âge, mais il n'a pas beaucoup aimé.

— Pourquoi ?

— Il n'aime pas les manèges. Il préfère les films et les jeux vidéo.

— Les garçons aiment toujours les jeux vidéo. Ma mère refuse que j'en aie.

— C'est intelligent de sa part. Le psy de mon fils dit qu'y jouer revient à prendre du crack, en gros.

— Son « psy » ?

— Oui, c'est un… psychiatre. Une personne qui t'aide quand tu as un problème avec ton cerveau.

— Votre fils est fou ?

Nisha hésite.

— Hum. Probablement un peu. Comme nous tous, non ?

Elle sourit.

— Non, rétorque Grace avant de prendre un torchon.

Il y a un petit canapé dans la pièce, et un fauteuil sur lequel vacille une grosse pile de draps, ses angles repassés avec une précision experte. Et, à côté, une planche à repasser est appuyée à la verticale. Tandis que Grace apporte des verres et une carafe d'eau, Jasmine met le linge dans des sacs en plastique transparent provenant de l'hôtel et ferme chacun d'eux avec un petit bout de ruban adhésif. Jasmine voit que Nisha a les yeux rivés sur le monogramme Bentley.

— Ils les jettent après une seule utilisation, alors je vois plutôt ça comme du recyclage.

— Je pensais avoir beaucoup de vêtements, dit Nisha.

— Oh, ils ne sont pas à moi, explique Jasmine en lui faisant signe de prendre place à table. Ça, c'est du repassage et des retouches.

— Quoi ?

— C'est ce que je fais quand je ne suis pas à l'hôtel. Du repassage et des retouches.

Nisha la dévisage. Quand elle termine son service au *Bentley*, elle est si épuisée qu'elle peut à peine rentrer à pied et grimper dans la douche. L'idée de se remettre au travail est inimaginable.

Jasmine apporte le ragoût d'agneau à table et le sert. La nourriture, consistante et à l'odeur délicieuse, fume délicatement dans les assiettes à côté d'un riz blanc soyeux accompagné de légumes. C'est le premier plat fait maison que Nisha mange en deux semaines. À une époque, elle aurait peut-être picoré, calculant mentalement le ratio protéines/fibres et délaissant le riz blanc. Mais, aujourd'hui, elle mélange le tout à la fourchette avec avidité, trempant le riz dans la succulente sauce et prenant d'énormes bouchées voraces. Elle mange vite et s'interrompt à peine pour parler. Elle a fini son assiette avant que les deux autres soient même arrivées à la moitié des leurs.

— Aleks n'était pas là aujourd'hui, hein ? lance Jasmine jusqu'à ce que Nisha relève les yeux et marque une pause. Vas-y, sers-toi.

Elle ne s'était pas aperçue à quel point elle avait fini par compter sur les repas qu'il lui préparait au quotidien, ni que

Jasmine l'avait remarqué. Nisha attend juste quelques secondes avant de se resservir. Jasmine discute avec sa fille au sujet de ses devoirs et de ce qu'elle a à faire pour l'école demain, et ensuite, lorsqu'elle est certaine que Nisha a assez mangé (c'est le cas : en vérité, elle a mal au ventre), elle attend que sa fille débarrasse les assiettes et les rapporte à la cuisine. Puis elle se tourne vers Nisha.

— Alors, où est-ce que tu vis ?

— Dans un hôtel. Mais…

Elle ne veut pas l'admettre.

— Mais quoi ?

Nisha soupire. Elle étire les bras au-dessus de sa tête.

— Ils veulent que je rende la chambre. Et je n'ai plus les moyens de dormir là-bas, de toute façon. J'allais te demander… cette petite arrière-salle au *Bentley*… celle où tu es allée quand tu avais mal au ventre l'autre jour…

— Oh non, dit Jasmine en secouant la tête. Oublie. Elle sert aux employés de nuit. Il y a des gens qui vont et viennent du soir au matin. Deux heures, c'est le max.

— Eh bien… tu crois que je pourrais aller dans une chambre ? Juste, tu vois, en douce ? Comme si on vérifiait qu'elle est occupée ce jour-là et… Je veux dire, je m'allongerais par-dessus les couvertures. Rien que je ne puisse pas remettre en ordre en cinq minutes.

Le regard de Jasmine lui révèle ce qu'elle pense de cette idée.

— Sérieusement, qu'est-ce que tu vas faire ?

— Je n'en sais absolument rien.

Jasmine prend appui sur la table pour se lever.

— Eh bien, finit-elle par dire, j'imagine que tu vas devoir rester ici.

Elle l'annonce comme si c'était déjà décidé.

— Quoi ?

— Bah, tu vas où, sinon ?

— Mais tu ne sembles pas avoir… beaucoup de place.

— Non, en effet. Mais tu n'en as pas du tout. Alors voilà. Je ne te propose pas un room service avec massage cinq étoiles, Nisha. Juste un lit. Jusqu'à ce que tu règles ta situation. Tu peux m'aider à garder Grace quand tu n'es pas de service. Préparer des repas. Me payer de cette façon-là. Ha ! À moins que tu me dises que tu avais un chef à domicile et que tu ne sais pas cuisiner.

S'ensuit un court silence. Elles se regardent.

— Oh non. Oh non.

Nisha secoue lentement la tête.

Jasmine hausse les sourcils. Et soudain, l'ambiance change, et Jasmine explose de rire. Nisha vit alors une chose assez étrange. Elle ne sait pas quoi dire. Ni ressentir. Elle est dans ce minuscule appartement, avec une femme qu'elle connaît à peine, et elle éprouve une reconnaissance sans borne pour un lit dans lequel elle n'aurait pas dormi, même sous la menace, il y a encore quelques semaines. Et cette femme se moque d'elle.

— Oh, bon sang. Tu es une extraterrestre, Nisha, dit Jasmine en s'essuyant les yeux. Une *extraterrestre.*

— Je vais régler ça, réplique Nisha sérieusement. Vraiment. Je vais trouver un plan, et je vais faire payer cet homme. Pour tout.

— Oh, je n'en doute pas.

Jasmine se cale dans son fauteuil. Elle rit encore, comme si elle venait d'entendre la meilleure blague de tous les temps.

— Et je serai là avec du pop-corn quand ça arrivera, Nisha. Au premier rang. Une boîte format familial. Oooh oui.

Nisha dormira soixante-quinze centimètres au-dessus de Grace. Sous une couette à housse *Mon petit poney*. On lui attribue la partie supérieure de lits superposés dont la structure bleue et écaillée a été recouverte d'autocollants par son précédent occupant. Elle étudie la chambre exiguë, encombrée par les lits, à côté desquels une armoire et un petit bureau se disputent l'espace sous un mur tapissé de posters de chanteurs qu'elle ne reconnaît pas. Grace se détourne de son bureau pour la regarder.

— Il faut que tu enlèves tes affaires du lit du dessus, bébé, dit Jasmine en le désignant.

Grace se tourne vers sa mère avec une expression de protestation silencieuse.

— Je ne reste pas longtemps, déclare Nisha d'un ton qui se veut rassurant.

Elle imagine la réaction de Ray si elle lui annonçait qu'une inconnue allait séjourner dans sa chambre. Son expression serait une version assez proche de celle de Grace.

— Je ne ronfle pas, promis.

Grace pousse un petit son offusqué.

Jasmine tend une serviette à Nisha.

— Elle n'aime pas être ici toute seule. Donc, l'un dans l'autre, ça ira.

Peu importe Grace. Nisha se demande brièvement si elle pourra tolérer cet arrangement. Carl et elle avaient chacun leur dressing et salle de bains. Elle n'a pas passé une minute dans une telle promiscuité depuis l'école.

— Oh, dit Jasmine. J'ai quelque chose pour toi.

Elle disparaît en laissant Nisha plantée là, avec une petite serviette de plage jaune qui sera la sienne. Puis elle revient et lui tend un sac de supermarché en plastique.

— Un tee-shirt ? demande Nisha.

Elles sont convenues qu'elle dormait là ce soir et retournait chercher ses affaires à la première heure demain matin.

— Ouvre, dit Jasmine.

Nisha hésite, puis regarde dans le sac. Et en sort lentement trois de ses culottes La Perla en soie noire et son soutien-gorge Carine Gilson en dentelle bleu foncé. Elle les contemple, ses doigts lui confirmant qu'elle les connaît, que ce sont ses affaires. Ses sous-vêtements. Elle passe une main sur la soie et relève les yeux vers Jasmine.

— Eh bien, dit celle-ci. Une femme ne peut pas se sentir elle-même dans les petites culottes d'une autre, si ?

Et brusquement, pour la première fois depuis que tout ce chaos insensé a déferlé sur elle, Nisha fond en larmes.

Chapitre 17

— Elle se comporte bizarrement.

— Qu'entendez-vous par bizarrement ?

— Eh bien, elle n'est jamais à la maison. Et, quand elle est là, on dirait qu'elle passe le moins de temps possible avec moi. Elle est toujours en train de sortir le chien ou de trier la lessive.

— Êtes-vous sûr que ce ne sont pas juste des choses qu'elle estime devoir faire… puisque vous ne les faites pas ?

— Eh bien, peut-être. J'imagine. Mais, normalement, quand elle est à la maison, elle me paraît plus… (Phil se gratte la tête) présente ? Et puis, il y a le maquillage. (Le docteur Kovitz attend.) Sam ne se maquille pas. Enfin, un peu de mascara quelquefois, oui. Mais, la plupart du temps, elle ne s'emmerde pas avec ça. Ce n'est pas son truc. Et ça ne m'a jamais dérangé. Je la trouve jolie dans tous les cas. Elle est, vous voyez, du genre agréable à regarder.

— Et maintenant, elle en porte ?

Phil réfléchit.

— Presque tous les jours. Je veux dire, je suis dans la chambre pendant qu'elle se prépare le matin, et elle met du fond de teint, de l'ombre à paupières, cette poudre pour les joues.

— Mais vous ne… lui dites rien à ce sujet ?

— Non, répond Phil en remuant avec gêne dans son fauteuil. En fait… En fait… je trouve que… En général, c'est plus simple si elle pense que je dors.

— Donc elle ne sait pas que vous savez qu'elle se maquille.

— Non. Ça paraît idiot dit comme ça.

— Phil, avez-vous des inquiétudes particulières ? Je veux dire, comprenez-vous pourquoi cela vous préoccupe autant ?

— C'est juste que… ça ne ressemble pas vraiment à Sam.

Un long silence s'installe.

— Puis-je vous demander ce qu'il en est du côté physique de votre mariage ?

— Ça va.

— « Ça va. »

— Je veux dire, ça a toujours été. Mais évidemment, depuis que je suis… Enfin, c'est… Je veux dire, c'est juste normal que les choses…

Un autre silence s'étire.

— Êtes-vous en train de me dire que ça a un peu décliné ?

Les oreilles de Phil ont commencé à s'embraser. Il acquiesce, s'essuie le nez.

— Vous souvenez-vous de la dernière fois que vous avez eu des rapports avec votre femme ?

Phil a envie de mourir. Littéralement. Il regrette sa décision de revenir ici.

— Ça fait un bout de temps. Genre… des mois. Probablement… Enfin, peut-être près d'un an.

— Et vous êtes tous les deux à l'aise avec cette situation ?

Il ne peut pas lui raconter. Cette honte cuisante qu'il a éprouvée quand Sam s'est blottie contre lui l'autre soir, son désir si évident. Et il n'a… simplement pas pu. Il ne pouvait pas lui dire que ce n'était pas faute de vouloir essayer, mais il avait peur, s'il n'y parvenait pas, que ce ne soit la fin de tout. Que c'était plus simple qu'ils n'essaient pas du tout. Juste le temps qu'il surmonte *ça*… quoi que ce soit. Il ne pouvait rien dire de tout cela. Pas à voix haute.

À une lointaine époque, elle l'aurait amené à en parler, peut-être même à en rire. Mais, l'autre soir, elle s'est contentée de se laisser retomber sur le dos en poussant ce gros soupir, comme s'il était décevant et irritant, et il a eu envie de se ratatiner sur lui-même jusqu'à disparaître.

— Je veux dire, je sais qu'elle a probablement l'impression que je la laisse un peu tomber en ce moment. Mais… Mais je ne peux pas… C'est juste que je me sens…

— C'est trop pour vous.

— Oui, dit Phil, soulagé. C'est trop. C'est… je n'arrive pas à affronter…

Un long silence s'installe de nouveau. Le docteur Kovitz est amateur des longs silences.

Il finit par demander :

— À votre avis, que se passerait-il si vous disiez à Sam ce que vous ressentez en ce moment, Phil ?

Phil n'est pas certain d'avoir réellement bougé, mais, à cette idée, il éprouve un affaissement intérieur.

— Je ne peux pas lui parler. Elle est tellement en colère. Enfin, ce n'est pas une gueularde. Elle ne passe pas son temps à me hurler dessus. Mais je le sens. Je la déçois. Elle pense que je la laisse tout faire. Et j'imagine qu'elle a plutôt raison. Mais je n'y arrive pas. Je me sens juste… tellement… fatigué. Comme si j'avais juste envie de m'allonger et de tout laisser partir à la dérive autour de moi. Et si je lui dis ce que je ressens, elle va simplement penser que c'est une chose de plus qu'elle aura à gérer. Un fardeau supplémentaire.

— Donc… votre stratégie est juste d'attendre que tout ça soit passé ?

— Je suppose. (Le docteur Kovitz marque une nouvelle pause.) Je n'ai pas vraiment l'énergie de faire quoi que ce soit d'autre.

— Qu'avez-vous éprouvé à la mort de votre père, Phil ?

Ces mots sonnent mal, énoncés à voix haute, même aujourd'hui.

— Comment ça ?

— Vous avez dit que, lorsqu'il était mourant, vous aviez l'impression de l'avoir déçu.

— Je ne veux pas parler de ça, dit-il avec difficulté.

— OK. Mais je crois que ce qui ressort de nos discussions, c'est que vous avez la sensation de décevoir les gens. Est-ce que ça vous paraît juste ?

— Ce n'est pas une impression. C'est une certitude.

— Est-ce que Sam a employé ces termes ?

— Non. Elle ne dirait pas ça.

— Donc, c'est votre interprétation.

— C'est ma femme. Je la connais.

— Certes. (Un long silence.) Selon vous, que devriez-vous faire pour qu'elle n'éprouve pas cela ?

— Eh bien… Eh bien, c'est évident, non ? Trouver un boulot. Être de nouveau un homme.

— Vous ne pensez pas être un homme ?

— Un vrai homme.

— Qu'est-ce qu'un vrai homme, Phil ?

— Oh, là, ça devient ridicule.

Rien de ce que dit Phil ne dérange le docteur Kovitz. Il continue simplement de l'observer, avec une expression lisse et un demi-sourire aux lèvres.

— Pouvez-vous développer ? Qu'est-ce qu'un vrai homme pour vous ?

— Juste la définition évidente. Quelqu'un qui a un travail. Qui veille sur sa famille. Qui fait des trucs.

— Et vous ne pensez pas être un vrai homme si vous ne faites pas ces choses-là ?

— Oh, là, on joue juste sur les mots, déclare Phil en se levant. Il faut que j'y aille.

Le docteur Kovitz ne proteste pas. Il ne dit rien. Il attend simplement que Phil enfile sa veste, puis, alors que celui-ci se dirige vers la porte, il lui lance :

— À la semaine prochaine, Phil.

Nisha a passé trois nuits chez Jasmine. Pendant deux jours, elle a pris le bus pour aller travailler avec elle, se familiarisant avec les itinéraires. Elles effectuent le trajet du matin en silence, encore somnolentes du réveil à 5 h 30, et s'armant de courage avec des thermos de café pour ce que la journée leur réserve. Le soir, elles bavardent amicalement, assises dans les bus bondés, au sujet de celle qui a reçu les meilleurs pourboires ce jour-là, du dernier comportement bizarre d'un client, de ce qu'elles mangeront au dîner. Nisha n'est pas du genre à échanger des banalités en général, mais elle sait que c'est le prix à payer pour l'hospitalité de Jasmine, et fait de son mieux pour ne pas montrer que ça l'épuise.

Elles vont chercher Grace chez la mère de Jasmine et la ramènent – elle n'aime pas être seule à l'appartement depuis le cambriolage dix-huit mois plus tôt (« Ils ont pris mon bracelet de baptême et l'ordi portable de Grace. Il m'a fallu six mois pour rembourser ce machin »). Alors les soirées où le père de Grace ne peut pas venir la chercher incluent un long détour pour aller la récupérer. Jasmine travaille après le dîner, et l'appartement est rempli du bruissement, des sifflements de son fer à repasser et du ronronnement occasionnel de sa machine à coudre. Nisha fait la vaisselle et nettoie après le repas, pour que Jasmine ait une tâche de moins.

Grace, la plus réticente des hôtesses, adresse la parole à Nisha lorsqu'elle y est contrainte, mais il est clair que la présence de cette intruse dans sa chambre l'exaspère. Elle l'évite du regard, soupire bruyamment quand Nisha descend du lit supérieur et met ostensiblement ses écouteurs dès qu'elle est dans la petite chambre. Nisha ne peut pas lui en vouloir. Elle trouve vite éreintant de vivre dans le minuscule appartement avec Jasmine et Grace. Il n'y a pas la place pour bouger. Ni pour mettre ses affaires, si elle en avait. Nulle part où se réfugier. Elle ne peut même pas rester assise sur la cuvette sans que l'une des deux cogne à la porte en exigeant l'accès immédiat aux produits capillaires, brosses à dents ou toilettes. Il y a du bruit constamment : la télévision, la musique de Grace, la radio dans la cuisine, l'essorage de la machine à laver (ça ne semble jamais s'arrêter), la sonnette qui retentit jour et nuit quand les gens viennent reprendre leur linge ou le déposer. Ce mode de vie – ce train-train implacable, cette agitation permanente – est manifestement normal pour elles.

Et pourtant, elle sait qu'elle doit s'en satisfaire. Cela reste, de quelque manière, bien mieux que son affreuse chambre d'hôtel. Et franchement bien mieux que ce qu'elle pourrait se permettre en attendant d'élaborer son plan. Elle est par ailleurs en admiration devant Jasmine, qui semble capable de sourire à presque n'importe quelle occasion, qui peste contre son infortune en jurant comme un charretier, se dit ensuite que les choses pourraient être pires et trouve une raison d'en rire. Jasmine voudrait monter son propre atelier de couture, mais elle apprécie son travail au *Bentley* et craint de souffrir de la solitude en travaillant seule à plein temps. « En vérité, j'aimerais juste un peu plus de place. Peut-être une petite boutique où je pourrais stocker tout ça (elle désigne l'appartement d'un geste circulaire), pour qu'on ait chacune plus d'espace, Grace et moi. » Oui, elle voudrait avoir un petit ami, mais elle n'a pas une seconde de temps libre, elle est « hyper difficile » et « Gracie et moi, on forme un bloc, tu vois ? Si je plais à quelqu'un, il devra d'abord obtenir le label qualité Gracie ». (Grace a haussé les sourcils comme si ce n'était pas près de se produire.) Il est arrivé que Jasmine commence à plaisanter – généralement au sujet des hommes ou du sexe –, et que Nisha se surprenne à rire avec elle. Un jour, elle en a même pleuré. Pour la première fois de sa vie, elle a un aperçu de la solidarité féminine, et elle aime ça.

Jusqu'à ce qu'elle voie que Charlotte Willis porte son manteau. Son manteau Chloé en peau de mouton beige pâle et crème à six mille sept cents dollars dont il n'existe qu'un exemplaire à sa taille. Nisha voit son manteau venir vers elle dans le couloir principal alors qu'elle pousse le chariot d'entretien, et le reconnaît brusquement avant de remarquer qui le porte. Lorsqu'elle voit Charlotte se tourner, avec ce petit sourire suffisant et vaguement conspirateur, pour dire quelque chose à la jeune femme à ses côtés, elle craint de s'évanouir de rage. Elle s'arrête brutalement, si bien que Jasmine lui rentre dedans, et quand celle-ci comprend ce que Nisha est en train de regarder, elle la saisit par le coude et l'entraîne aussitôt dans l'autre sens, vers la boutique, laissant le chariot échoué là.

— C'est elle ?

— Mon manteau, dit Nisha, au bord de l'hyperventilation. Elle porte mon manteau. Putain de bordel de Dieu. Qu'est-ce que je vois ? Non, mais qu'est-ce que je *vois* ?

Elles s'arrêtent devant l'ascenseur de service et Nisha jette un coup d'œil dans le couloir. Elle se retourne vers Jasmine, se redresse et hausse les épaules, comme s'il n'y avait aucune autre option.

— Bon, eh bien, maintenant, je vais devoir la tuer.

Jasmine éclate bruyamment de rire, puis reprend son sérieux pour lui adresser le genre de regard qu'elle emploie probablement avec Grace.

— Non, Nish. Tu ne vas tuer personne.

— C'est mon *manteau*.

Nisha en a assez. Certaines choses sont trop dures à encaisser. C'est un Chloé, pour l'amour du ciel.

— Laisse-la filer, dit fermement Jasmine.

Et lorsque Nisha proteste, elle répète :

— Laisse. La. Filer. Nish. Écoute-moi. Joue sur le long terme.

— Quoi ? Mais, bon Dieu, qu'est-ce que c'est censé vouloir dire ?

Nisha hausse la voix, et Jasmine la pousse dans un encadrement de porte, s'obligeant à sourire aux clients qui passent, comme si tout cela n'était qu'une blague mémorable entre de joyeuses employées.

— Sur le long terme ? reprend Nisha. Je n'ai pas le temps pour ça.

— Chérie, tu n'as *que ça* pour l'instant.

Nisha regarde Charlotte monter dans l'ascenseur doré avec son amie. Elle se revoit acheter ce manteau dans le magasin à New York, se rappelle la première fois qu'elle l'a passé sur ses épaules dans le salon d'essayage privé, la beauté de sa coupe, la légère et réconfortante odeur de cuir du mouton. Les sourires que lui adressaient les employées tandis qu'elle se regardait dans le miroir. La douceur. Cette magnifique et luxueuse douceur.

— Je te déteste, dit-elle à Jasmine, alors que Charlotte disparaît derrière les portes dorées qui se referment.

— Je sais. Allez. On va te chercher un sandwich.

— Je me sens comme cette putain de Cendrillon. Sauf que l'Affreuse Sœur a ma putain de robe, mes citrouilles, mes souris aveugles et tout le bordel.

Nisha prend une bouchée du sandwich qu'Aleks a préparé, puis repousse l'assiette.

— Je ne suis pas sûre que les souris étaient aveugles. Mais d'accord, dit Jasmine en sirotant son thé. Je te comprends, chérie. Je te comprends. Oh. Attends. (Elle consulte son téléphone.) Sandra veut me voir au bureau. Ça doit être pour cette tache sur la moquette dans la 203. Toi, tu restes ici. Je reviens.

Nisha est tellement enfermée dans sa diatribe contre l'injustice qu'il lui faut plusieurs minutes pour s'apercevoir que Jasmine a disparu. Elle regarde le sandwich – crevettes mangue, délicieux –, mais elle a maintenant des crampes d'estomac, et ne pense pas pouvoir en manger davantage.

Aleks se lève lentement de sa chaise. Il pose son livre – sur la cuisson lente dans les montagnes scandinaves – et prend son paquet de cigarettes dans sa poche. Il le secoue pour lui en offrir une et s'en cale une entre les lèvres d'un geste fluide.

—Je ne fume pas, dit-elle d'un ton irrité.

—Je sais.

Il sort par la porte qui donne sur les poubelles, et, après un instant, elle le suit. Ce n'est pas qu'elle veuille être avec lui, mais elle ne pense pas pouvoir rester seule, sans un témoin de ce qu'elle traverse. Il a allumé sa cigarette et se tient devant le muret. Une vague odeur de chou se dégage des énormes poubelles à déchets alimentaires, mais, comme les autres membres du personnel, elle le remarque à peine.

—Mon mari, dit-elle. Il m'a entubée. Dépouillée de tout ce qui m'appartient. Et je n'ai aucun putain de moyen de retrouver ma vie d'avant.

—Ce n'est pas bon… (Il souffle une longue bouffée d'un air songeur.) Je crois que l'expression ici, c'est : « Il t'a fumée comme un hareng saur. »

Elle en est si désarçonnée qu'elle éclate de rire.

—Tu plaisantes ? Un hareng saur ? Qu'est-ce que ça veut même dire ?

—Aucune idée, répond-il en riant. Les expressions anglaises sont très étranges. Un client m'a dit l'autre jour que je lui courais sur le haricot. Je n'ai clairement jamais touché son haricot.

Il esquisse un sourire un peu trop entendu pour être complètement sérieux.

Il lui tend de nouveau son paquet de cigarettes, et cette fois elle en prend une. Lorsqu'il la lui allume, il veille à ce que ses mains couvertes de cicatrices, en coupe autour de la flamme, ne touchent pas les siennes. Elle inspire avec le plaisir nihiliste coupable qui accompagne chaque cigarette qu'elle a fumée.

— Alors, qu'est-ce que tu vas faire ?

Elle se démonte. Prend une autre bouffée. Puis hausse les épaules, et soudain elle répond, sans trop savoir pourquoi elle estime devoir lui expliquer.

— Je n'en ai aucune idée. Je loge dans le minuscule appartement de Jasmine. Sa gamine me déteste parce que je dors dans sa chambre, qui n'est déjà pas assez grande pour elle. Je nettoie des toilettes. Des toilettes, sans rire. Ce sont en gros tous mes pires cauchemars réunis, et je ne sais absolument pas comment je vais me sortir de là.

— Mais tu n'as pas parlé à ton mari ?

— Pas depuis le jour où c'est arrivé. Il ne prend pas mes appels.

Il acquiesce, comme s'il comprenait. Ils restent assis à fumer en silence un moment.

— Si tu ne peux pas régler la situation, peut-être que tu dois la considérer différemment.

Elle le regarde en sourcillant. Il a les yeux braqués vers l'allée. Deux pigeons se disputent un os de poulet, l'attrapant et le projetant, avant d'aller le rechercher en boitillant sur leurs griffes difformes.

— Peut-être que tu devrais penser à tout ce qui ne te plaisait pas dans ton ancienne vie et dire : OK, voilà l'occasion de recommencer à zéro. La liberté totale. Pas d'attaches. C'est peut-être ça, le rêve. Peut-être que, un jour, tu seras même plus heureuse qu'avant.

— Sans argent, sans maison ni aucune de mes affaires ? Dans le genre conseil de développement personnel qu'on fout sur les cartes de vœux, c'est la plus grosse connerie que j'aie jamais entendue.

Elle inspire avec colère.

— Possible. Mais si tu ne peux rien changer à ta situation, alors tu n'as pas le choix. Tu peux juste changer ta façon de la voir.

— Et toi, tu aimes faire des services de dix-huit heures ici, hein ? Jusqu'à être mort de fatigue ? Que Michel te gueule dessus parce qu'un client a dit que tu n'avais pas cuit le bacon comme il fallait ? Rentrer en bus au petit matin uniquement pour recommencer le lendemain, avec un double service parce qu'ils n'ont pas payé décemment le mec précédent et qu'il a foutu le camp ailleurs ?

Il la regarde alors, les yeux plissés d'amusement.

— Oui. Et je cuis toujours le bacon à la perfection.

Elle étouffe un éclat de rire sarcastique.

— Arrête de dire des conneries.

— Je rends les gens heureux avec mes plats.

— Ces clients ne reconnaîtraient pas le bonheur même s'il les frappait avec un haltère en pleine figure. Les gens qui mangent dans cet hôtel le font pour se nourrir ou pour le standing. Les femmes ont la moitié de leurs neurones qui calculent le nombre de calories à chaque bouchée. La nourriture est autant une agonie qu'un plaisir pour elles. C'est quelque chose qu'elles n'ont jamais le droit d'apprécier pleinement. C'est pourquoi il en reste toujours la moitié dans leurs assiettes.

— Je ne parlais pas des clients.

Il lui sourit et écrase sa cigarette.

Elle le dévisage.

— Je devrais continuer de l'appeler, non ?

— Je pense que c'est ton seul moyen de régler ça.

— Et merde. Je vais le faire.

Elle commence à taper le numéro de Carl.

— Non, l'arrête Aleks. Sers-toi de mon téléphone. Il ne faut pas qu'il connaisse ton numéro.

Elle saisit le bon sens de sa remarque, accepte son téléphone et recommence à composer le numéro.

— Tu veux que je parte ? propose-t-il.

Sans savoir pourquoi, elle l'attrape par la manche.

— Non. Non, s'il te plaît. Reste.

Ça sonne. Elle s'aperçoit qu'elle tremble. Puis Carl répond.

— Enfin, dit-elle, s'efforçant de ne pas avoir la voix chevrotante.

— Nisha ! Comment vas-tu, ma chérie ?

Juste une pointe de surprise dans son intonation. Carl est calme, maîtrise la situation. Comme s'il venait de rentrer d'un court voyage d'affaires.

— Oh, génial. Merveilleusement bien... Putain, à ton avis, je vais comment, Carl ? Tu as bloqué toute ma vie.

— Tu dramatises un peu, mon ange.

— Ça a été assez dramatique, Carl. Qu'est-ce que tu fabriques, putain ? Qu'est-ce qui se passe ?

— Chérie... chérie. Ayons une conversation civilisée.

— Arrête avec tes « chérie ». Tu m'as privée – moi, ta femme – de ma maison, de mes vêtements, de ma vie. Tu m'as coupé les vivres en me laissant sans un sou en poche. Pour autant que tu saches, j'aurais pu dormir dans la rue.

— Où es-tu ? Je vais envoyer Ari te chercher. J'ai essayé de te contacter.

Elle se pétrifie. Aleks la regarde.

— Je me sers... du téléphone d'un ami. Envoie-moi juste de l'argent. OK ? Je prendrai un avocat et on pourra arranger ça.

— Non, non, non. On devrait se voir.

— OK. (Elle inspire.) Où ?

— Je me disais qu'on pourrait se retrouver à l'entrepôt. J'ai un nouveau bâtiment. À Douvres.

— Tu veux que j'aille dans un entrepôt dans le Kent ?!

Aleks secoue la tête.

— Non, dit-elle. À l'hôtel. On se rejoint à l'hôtel. En bas, dans le vestibule.

Il change de ton, de manière presque imperceptible.

— Si tu veux.

— Aujourd'hui, ajoute-t-elle.

— Je vais décaler mes rendez-vous. Je serai là dans une heure.

— Bien.

Il paraît vaguement irrité. Il n'a pas l'habitude qu'elle lui dicte ses conditions.

— Et pas d'Ari, précise-t-elle. Pas de Charlotte. Pas d'avocats. Personne d'autre. Juste toi et moi.

Il raccroche. Alors qu'elle rend son téléphone à Aleks, elle se sent presque étourdie.

— Ça va ? lui demande-t-il d'un air attentif.

— Je crois qu'il me faut une autre cigarette, dit-elle avant de baisser les yeux sur son uniforme. Non. Non. Ce qu'il me faut, c'est quelque chose à me mettre.

Du sol au plafond, les murs de la buanderie disparaissent derrière des tringles chargées de vêtements dans leurs housses en plastique. Côte à côte dans le minuscule espace sombre et saturé d'une odeur chimique, Viktor et Jasmine les passent en revue, examinant les tailles et les dates auxquelles ils doivent être rapportés dans les chambres des clients. Jasmine secoue la tête ou tient des cintres en l'air en attendant l'approbation de Nisha. Elles se décident pour un tailleur Sandro noir et une blouse en soie pâle que Viktor dit pouvoir renettoyer avant que les clients la récupèrent le vendredi. Il n'y a pas de chaussures – apparemment, plus personne ne donne ses chaussures à nettoyer –, elle devra donc porter les horribles ballerines dont elle est accoutrée depuis le début de toute cette histoire. Ça craint. Mais bon, étant donné ce qui se passe dans sa vie, c'est secondaire. Pendant que Viktor demande à l'un des bagagistes de les cirer, elle se coiffe dans les toilettes des dames. Jasmine lui boucle l'extrémité des cheveux avec un fer à friser emprunté dans l'une des chambres « executive », et lui prête du mascara et du rouge à lèvres. Pour la première fois depuis plus de deux semaines, la personne que Nisha voit dans le miroir ressemble vaguement à quelqu'un qu'elle pourrait reconnaître.

— Tu as l'air d'une patronne, dit Jasmine, qui lui a proposé de lui faire gagner du temps en nettoyant l'une de ses chambres. Prête ?

— Prête, dit Nisha.

Mais elle n'en est pas certaine.

Carl se lève alors qu'elle traverse le vestibule de l'hôtel. C'est étrange de le regarder à cette distance ; elle remarque soudain combien ses joues sont devenues flasques, combien son ventre déborde de sa ceinture, telle de la pâte à pain s'échappant de son moule. Tout chez lui, de son costume bien coupé à son faux bronzage, en passant par sa grosse montre et ses chaussures italiennes, hurle qu'il a de l'argent. Elle s'aperçoit en sursaut qu'il a l'air d'un inconnu. Comment dix-huit ans peuvent-ils être aussi facilement balayés ? Il lui adresse un sourire chaleureux, comme s'il était sincèrement content de la voir, et elle est si désarçonnée quand il s'approche pour lui embrasser la joue qu'elle le laisse faire. Il porte une eau de Cologne qu'elle ne reconnaît pas, et elle en éprouve un bref éclair de colère résiduelle. *Qui t'achète une autre eau de Cologne ?*

— Deux cafés, commande-t-il au serveur qui surgit de nulle part quand ils s'asseyent. Double expresso pour moi, et un americano pour madame. Crème ?

Elle secoue la tête.

Elle essaie de ne pas trembler. Elle a tant songé à ce moment ces derniers jours, s'imaginant tout, entre recevoir d'abjectes excuses de sa part et lui défoncer le crâne avec une pioche maculée de sang. Et maintenant le voici, en chair et en os, se comportant étrangement, comme s'il ne s'était rien produit et qu'il s'agissait juste d'un café de plus ensemble.

— Alors… tu arrives de loin ?

— Non, répond-elle.

Elle reste parfaitement immobile, les chevilles soigneusement croisées sous son siège, les yeux braqués sur son visage. *Voici l'homme avec lequel j'ai partagé un lit pendant près de vingt ans,* se dit-elle, *dont j'ai satisfait le moindre besoin ou caprice. Voici l'homme dont j'ai caressé la tête quand il avait la migraine, dont j'ai massé les épaules lorsqu'il se plaignait d'être stressé, dont je connaissais les mensurations par cœur afin de pouvoir lui commander des vêtements chez n'importe quel tailleur du monde. Voici l'homme dont j'ai porté l'enfant chéri, dont j'ai calmé les crises de colère, dont j'ai observé, mouchardé et discrédité les ennemis dans son intérêt, dont j'ai harmonisé et lissé la vie en l'agrémentant d'autant de conforts qu'un être humain le pouvait.*

Voici l'homme qui a coupé les ponts avec moi comme si je n'avais jamais existé. Qui a baisé son assistante et m'a menti pendant tout ce temps.

Et tout cela lui paraît si surréaliste qu'elle se demande un instant si elle n'est pas en train de rêver.

— Alors, comment vas-tu ? s'enquiert-il quand les cafés arrivent.

— C'est une blague ?

— Tu as bonne mine.

Elle remue son café.

— Mais, putain, qu'est-ce qui se passe, Carl ?

Et il se met à rire. Un rire franc accompagné d'un regard chaleureux, comme s'il trouvait sa question amusante.

— Je suis navré, chérie, dit-il enfin. Je... Je ne me suis pas montré aussi diplomate que j'aurais pu l'être, ces dernières semaines.

— Diplomate ? Sérieusement ?

— J'ai été mal conseillé par mes avocats. Je me suis rendu compte que ce n'était pas une façon de faire. Pas la nôtre.

Il tend une main pour la mettre sur la sienne, et elle la laisse brièvement posée là, choquée par la familiarité de son poids, avant de se dégager brutalement. Il la regarde, se recule sur sa chaise.

— Tu es blessée. Et en colère. Je peux le comprendre. Et je suis ici pour... arranger les choses.

— Je ne retournerai pas avec toi, lui lance-t-elle sur un ton de défi.

— Je sais. Je pense que nous sommes probablement arrivés au bout de notre chemin. Mais quel chemin, hein ?

Il sourit affectueusement.

Elle le regarde en sourcillant. Est-ce bien Carl ? Ou Ari a-t-il embauché un acteur pour jouer son rôle ?

— Toutes ces belles années. Ces bons moments. Ces chouettes voyages. Notre fils magnifique. Je pense qu'on s'est bien débrouillés. On devrait pouvoir rester amis, non ?

— Tu as zéro relation avec notre fils. Tu ne lui as pas parlé depuis dix-huit mois, sauf par le biais de ton personnel.

Il se passe une main sur la tête.

— Que veux-tu que je te dise, Nisha ? Je suis un être humain avec ses défauts. Je travaille là-dessus. Nous… Nous avons été en contact ces deux dernières semaines, et…

— Tu lui as dit ce que tu avais fait ?

— Non. Non. J'ai pensé que ce serait peut-être mieux s'il apprenait la nouvelle de sa mère. Tu as toujours mieux su t'y prendre avec lui.

Elle secoue la tête. Évidemment qu'il lui incomberait le sale boulot de ménager les émotions.

Il se penche au-dessus de la table, l'air grave.

— Écoute, Nisha, je suis ici pour te dire que je suis désolé. J'ai géré la situation n'importe comment. Je ne t'ai pas accordé le respect qui t'était dû. Mais j'aimerais y remédier. J'aimerais me dire que nous pouvons clore ce chapitre de nos vies dans la paix et l'harmonie.

Elle ne prononce pas un mot. Elle comprend d'instinct que le plus grand pouvoir qu'elle détient à cet instant est le silence.

— J'aimerais te faire une offre.

— D'accord, lâche-t-elle après quelques secondes.

— Je vais demander à mon avocat de contacter le tien pour rédiger une proposition juste et équitable.

— Je n'ai pas d'avocat, Carl. Tu y as veillé.

— Je vais arranger ça. Ensuite, nos avocats s'entretiendront et nous trouverons un moyen pour que tu poursuives confortablement ta vie.

Elle l'observe avec curiosité. Est-ce que Charlotte est derrière tout ça ? Lui a-t-on conseillé de tenir ces propos ? Il semble sincère. Elle scrute subrepticement la salle, et ne voit ni Ari ni Charlotte ou qui que ce soit aux autres tables. Elle aperçoit Jasmine qui balaie le vestibule et jette un coup d'œil dans sa direction, haussant un sourcil comme pour demander : « Ça va ? » Nisha lui répond alors avec le plus ténu des hochements de tête. Elle se recule dans son siège et croise les jambes.

— Alors je me suis dit qu'on devrait... Mais... c'est quoi ces chaussures ? demande-t-il, les yeux rivés sur ses pieds.

— Oh. Ça. C'est une longue histoire.

— Où sont tes Louboutin ?

— Pourquoi veux-tu savoir où sont mes Louboutin ?

Tu ignores que ses pieds de clown ne rentreraient pas dedans ? a-t-elle envie d'ajouter. Mais elle ne veut pas lui révéler qu'elle est au courant.

Il prend une gorgée de café, évitant son regard.

— Eh bien, c'est juste qu'elles feraient partie de l'arrangement.

Elle le dévisage.

— Tu veux m'enlever ces chaussures des pieds ?

— C'est moi qui les ai achetées, Nisha. Légalement parlant, ce sont... mes chaussures. Comme tout le reste.

— Tu me les as offertes. Ce qui en fait légalement les miennes. Pourquoi voudrais-tu mes chaussures ?

Vas-y, pense-t-elle, *crache le morceau. Tu veux les donner à ta copine aux pieds de clown.*

— Je les ai fait faire sur mesure. Elles... Elles valent de l'argent.

— Tu te comportes bizarrement, Carl. Tu as, genre, des milliards de choses qui valent largement plus que ces chaussures.

— Raisons sentimentales, alors.

— Tu es à peu près aussi sentimental que le mur de Berlin. Arrête de me trimballer.

— Ne sois pas réfractaire, Nisha, dit-il avec une pointe d'avertissement dans la voix. Je me montre très généreux, là.

— Je ne suis pas *réfractaire*, Carl. Et tu ne te montres pas généreux. Pas encore. Pour autant que je sache, tu pourrais être sur le point de m'offrir une valise remplie de putains de lentilles. Bref. Je n'ai pas les chaussures.

— Comment ça, tu ne les as pas ?

— Elles étaient dans mon sac. Et quelqu'un me les a prises.

— « Prises » ? Tu veux dire volées ?

— Je ne pense pas. La personne s'est trompée de sac. Le jour où tu m'as fait remettre les papiers.

— Quoi ? Qui ? Pourquoi ne les as-tu pas récupérées ?

— Tu sais quoi, Carl ? Dans le grand ordre des choses, vu que tu m'as laissée sans argent, sans vêtements et nulle part où passer la nuit, perdre mes putains d'escarpins n'était pas vraiment mon souci principal, sur le moment.

Il a toujours été étrangement possessif concernant ce qu'il lui achetait, comme si, d'une certaine façon, ça lui appartenait toujours. Elle se souvient d'un sac à main Gucci qu'elle avait laissé dans un restaurant au début de leur mariage. Il ne lui avait pas parlé pendant quatre jours.

— Bon, quand est-ce que tu vas les récupérer ?

— Crois-le ou non, j'ai essayé de trouver un moyen de survivre sans argent ni toit au-dessus de ma tête. Tu voulais me montrer le pouvoir que tu avais, bien joué. C'est fait. Tu m'as dépouillée de tout en une fraction de seconde. J'ai bien reçu le message : c'est toi qui as toutes les cartes en main. Désolée si j'ai égaré certaines de tes affaires en chemin.

Il semble atterré. Par son propre comportement, peut-être ?

Elle attend un instant avant de reprendre la parole.

— Tu pensais qu'il allait m'arriver *quoi*, Carl ?

Il hausse les épaules.

— Je n'en sais rien. Je me disais que tu irais dormir chez l'une de tes amies.

— Je n'ai aucune amie dans ce pays.

— Je pensais que quelqu'un te paierait l'avion pour rentrer. Pourquoi voudrais-tu rester ici ?

— Je n'avais pas de passeport, si ? Vu qu'il était au penthouse avec toutes mes autres affaires.

— Oh, dit-il d'un ton distrait. Oh oui.

C'était un peu stupide. Comme s'ils étaient tous deux pris dans un jeu qui, maintenant qu'il était terminé, paraissait étrange, vain, comme un canular qui avait dégénéré.

— Écoute, dit-elle. Tu m'envoies de quoi engager un avocat, on trouve un arrangement, et tu pourras avoir toutes les paires de chaussures que je possède. Laisse-moi juste récupérer mes affaires et passer à autre chose, OK ? Pas d'histoires. Pas de publicité. Je veux juste ce qui me revient.

Mais le visage de Carl se ferme subitement.

— Tu n'auras rien sans les chaussures. Pas un dollar.

— Quoi ?

— Tu ne perds pas mes affaires comme ça, compris ? Tu ne perds pas ce que j'ai payé ! Comme si ce n'était… rien !

— Mais de quoi tu parles ? On me les a volées ! Mais, bon Dieu, comment j'aurais pu…

Il parle maintenant avec le regard froid, la mâchoire crispée.

— Retrouve-moi ces chaussures, et ensuite on pourra parler.

— *Carl?* Mais put… Et mon argent ? hurle-t-elle. L'avocat ? Carl ! J'ai besoin de mes vêtements, mes affaires… Carl !

Mais il est déjà en train de repartir dans le vestibule. Ari surgit de nulle part, et les voilà côte à côte, dos à Nisha, déjà en pleine conversation.

Chapitre 18

Sam est assise dans la salle d'attente et regarde, cachée derrière un *Woman's Weekly* datant de trois ans, l'infirmière tenter d'expliquer pour la quinzième fois à l'homme en fauteuil roulant que sa famille – quatre femmes énervées et un troupeau d'enfants chahuteurs – ne peut pas entrer dans la pièce avec lui. Elle déteste cet endroit. Déteste les aires d'attente désinfectées, imprégnées d'un mélange de peur et de défaite. Déteste les conversations chuchotées, la façon dont le temps s'écoule et se dilue. Dans l'ensemble, elle déteste devoir être là. S'efforçant de se distraire, elle a fait trois parties de Scrabble sur son téléphone avec une inconnue dans l'Ohio, essayé d'appeler deux fois la salle de sport pour rendre les chaussures (personne ne répond) et répondu à quatorze mails professionnels, dont huit provenant de Simon.

—Je suis vraiment désolée, mais c'est le règlement. Beaucoup de nos patients sont immunodéprimés, et nous ne pouvons pas risquer l'infection.

Sam observe les enfants avec leurs nez morveux, et se dit que ce ne sont globalement que de petites fabriques à microbes en baskets.

Mais la plus âgée des femmes, avec les cheveux tirés en queue-de-cheval, n'en démord pas.

— Mon père ne veut pas aller là-dedans tout seul. Il veut sa famille.

— Je veux y aller avec ma famille.

— Je comprends bien, monsieur. Mais ça ne durera pas longtemps.

— Il veut sa famille auprès de lui. Vous devriez respecter ses souhaits.

Un enfant commence à balancer vigoureusement la fontaine à eau. Lorsqu'elle paraît en équilibre précaire, puis prête à basculer, Sam tend une main pour la stabiliser. L'enfant s'arrête et la regarde d'un œil vide. L'une des femmes la dévisage avec hostilité, comme si elle avait commis un effroyable abus en lui interdisant de renverser la fontaine.

L'infirmière parle toujours d'une voix trahissant son épuisement.

— Madame, je n'ai pas le choix. L'hôpital doit protéger tous ses patients, et le règlement dit que personne, ni amis ni membres de la famille, n'est autorisé à être présent durant l'intervention. Vous pourriez éventuellement attendre à la cafétéria, et nous vous préviendrons quand il sera prêt.

— Il n'entrera pas tout seul.

— Je n'entrerai pas tout seul.

Le vieil homme croise les bras sur sa poitrine.

— Dans ce cas, monsieur, je crains que nous ne puissions pas vous administrer votre traitement.

— Il en a besoin ! C'est ce que le médecin a dit !

— Je vous ai expliqué les règles, madame.

— Non. Vous faites juste de la discrimination. Vous êtes censée respecter les souhaits de vos patients, et vous ignorez tout simplement ce qu'il veut. Ce n'est pas un légume, vous savez.

— Je ne suis pas un légume, confirme l'homme.

Sam consulte sa montre. Elle est là depuis une heure quarante, durant laquelle l'infirmière a été confrontée à trois rendez-vous non honorés, une adolescente hystérique et d'innombrables patients outrés que ce service ne puisse répondre à leurs moindres exigences. Elle croise le regard de l'infirmière, brièvement, et tente d'esquisser un sourire, mais abandonne quand la femme à queue-de-cheval lui décoche un coup d'œil.

— Qu'est-ce que vous regardez comme ça ? crache-t-elle à Sam.

— Rien, répond celle-ci en rougissant.

— Mêlez-vous donc de vos affaires.

— Ouais, dit l'autre femme – peut-être sa sœur.

Elle vient se planter à cinquante centimètres de Sam, les épaules redressées et le menton saillant.

— Allez fourrer votre nez ailleurs.

Sam essaie de trouver quelque chose à répondre, mais rien ne lui vient à l'esprit, elle se contente donc de relever son magazine et essaie de cacher ses joues embrasées de honte. À ce moment-là, le petit garçon finit par renverser la fontaine, dont la chute s'accompagne d'un giclement qui trempe les chaussures de Sam. On appelle la sécurité, on hurle et on essaie d'éponger l'eau, quelqu'un commence à pleurer, et on finit par faire sortir le vieil homme et sa famille nombreuse dans le couloir, tandis qu'il continue de jurer. C'est à ce moment qu'Andrea apparaît. Elle est blanche comme un linceul et pince les lèvres. Sam se lève d'un bond et met son masque pour la rejoindre.

— Comment s'est passé le scanner ?

— Un rêve éveillé. Trop hâte d'y retourner.

— Eh bien, merci encore de me faire visiter tous les endroits les plus cool du coin.

— N'en parle pas trop autour de toi. Tout le monde va vouloir venir.

Andrea prend le bras de Sam, et elles marchent lentement vers le parking.

Dans la voiture, Andrea ne parle pas. Sam a fait ce trajet suffisamment de fois – et est son amie depuis assez longtemps – pour savoir quand la laisser tranquille et quand essayer de lui remonter le moral. À mi-chemin, cependant, elle regarde les jointures blanches d'Andrea et tend le bras derrière elle pour prendre la couverture moelleuse sur la banquette. Elle attend d'être au feu rouge pour la lui installer délicatement sur les genoux. Ni l'une ni l'autre ne prononce le moindre mot, mais, quelques minutes plus tard, Andrea prend la main de Sam pour la serrer. Elle la tient jusqu'à ce que Sam doive mettre son clignotant et se retrouve les yeux embués de larmes, ne sachant trop s'il s'agissait juste d'un merci ou d'une main tendue vers un canot de sauvetage.

— Ça va aller, tu sais, dit Andrea. J'ai un bon feeling, cette fois.

En partant, elle donne à Andrea sept cent quarante livres pour couvrir la mensualité de son prêt. Celle-ci ne dit rien, mais contemple le chèque, puis se plaque une main sur la bouche et secoue la tête. Elle le pose soigneusement sur le buffet et serre fort son amie dans ses bras.

Elles savent toutes les deux qu'elle n'a pas l'argent, que la société de crédit refuse depuis des semaines de lui confirmer qu'on acceptera de différer ses remboursements, et que les allocations ne couvriront pas ses maigres dépenses. Seule l'une d'elles sait que c'est presque tout ce qui reste des économies de Sam.

Je n'avais pas le choix, se dit-elle pour tenter de réprimer la peur qui lui monte dans la poitrine alors qu'elle repart. *Elle aurait fait la même chose pour moi.*

Le lendemain matin, elle est au téléphone avec l'entrepreneur, à propos de Phil qui n'a toujours pas déplacé le camping-car, quand Simon vient la trouver. Elle se retourne en plein appel, soudain consciente que quelqu'un l'observe ; il se tient à un mètre d'elle, tapant d'un doigt le cadran de sa montre démesurée, le visage grave.

— Eh bien, pouvez-vous le déplacer ? murmure-t-elle au téléphone. S'il ne vous ouvre pas, c'est qu'il est peut-être sorti. Écoutez, la clé de contact est sous le passage de roue. Il n'est pas fermé. Je sais… Je sais qu'il a un pneu crevé. Mais vous avez juste à le reculer dans la rue…

Simon fait le tour, d'un pas lent et étudié, afin de se planter juste devant elle. Elle relève les yeux, une main sur le micro.

— Je suis navrée. Je suis au travail. Je ne peux rien faire d'ici… S'il vous plaît, ne faites pas ça… Écoutez, je vais essayer de le joindre pour qu'on le déplace. S'il vous plaît, ne partez pas. Je suis certaine qu'il peut réussir à… Allô ?… Allô ?

Simon lui fait signe de venir dans son bureau et ferme la porte derrière elle. Les parois sont vitrées, tout le monde peut donc le voir quand vous prenez un savon. Elle regarde autour d'elle et voit quelques collègues lui lancer des coups d'œil gênés depuis leurs postes. Ils savent. Tous.

Simon s'assied et soupire comme si cette conversation lui était douloureuse.

— Sam, je crains d'avoir atteint un stade où je ne peux plus ignorer ton inaptitude à faire ton boulot correctement.

— Quoi ?

Il ne l'invite pas à s'asseoir.

— Le truc, c'est que tu n'as pas l'esprit d'équipe.

— Quoi ? Mais comment…

— Je t'ai laissé toutes tes chances. Mais tu n'es pas à la hauteur. Tu n'es pas fiable.

— Attends. Je suis aussi bonne que n'importe qui d'autre, ici.

— Eh bien, on ne se plaint pas des autres auprès de moi.

Sans croiser son regard, il commence à faire cliqueter son stylo-bille en acier inoxydable. Elle remarque ses initiales gravées sur le côté. Mais qui fait graver ses initiales sur un stylo-bille ?

— De plus, nous avons besoin de gens énergiques, ici. Dynamiques. Tu dégages une vibe déprimée. Tu dois te reprendre en main.

— Simon… Je viens de rapporter deux cent dix mille livres de contrat.

— C'est ton équipe qui l'a fait. En nous faisant perdre un précieux client au passage.

— Il nous a dit en arrivant là-bas qu'il comptait déjà travailler avec quelqu'un d'autre. Quoi qu'on fasse, ça n'aurait rien changé…

— Ce ne sont pas les excuses qui m'intéressent, Sam. Ce sont les résultats.

Elle est mortifiée de sentir des larmes lui monter aux yeux devant l'injustice de la situation. Elle éprouve la même chose qu'à dix ans, quand une enseignante l'avait injustement accusée d'avoir écrit des graffitis sur les portes des toilettes. Elle ne savait même pas comment on écrivait « couilles ».

— Simon… Ça fait douze ans que je suis ici. Je n'ai jamais reçu la moindre plainte concernant mon travail avant que tu arrives. Jamais.

Il a l'air brièvement attristé et secoue la tête.

— Eh bien, peut-être que, chez Uberprint, nous avons simplement des critères plus exigeants. J'essaie de t'aider, là, Sam. J'essaie de te dire que tu dois t'améliorer.

Elle le dévisage.

— Est-ce qu'il y a un « sinon » dans cette conversation ?

— Eh bien, ça dépend de toi. Mais je dois te prévenir que nous comptons fluidifier l'organisation, effectuer des coupes budgétaires. Et, si ça se produit, nous aurons, évidemment, l'intention de conserver les membres les plus efficaces du personnel.

S'ensuit un silence, court et pesant durant lequel elle le regarde fixement.

— Es-tu en train de me dire que je suis sur le point de perdre mon boulot ?

Il sourit. Ce n'est pas vraiment un sourire. Du tout.

— Je verrais plutôt ça comme un encouragement à arranger les choses. Une incitation à t'améliorer. Et si tu n'y arrives vraiment pas, Sam, alors… (Il passe une main dans ses cheveux disciplinés au gel.) Il sera probablement préférable pour nous deux que tu te tournes vers d'autres horizons.

Il est particulier, ce silence qui vous accueille quand vous sortez du bureau de votre chef et que tout le monde sait qu'on vient de vous dire, en gros, que vous êtes sur la sellette. La plus ténue des pauses, suivie d'un petit bourdonnement d'activité, comme s'ils venaient tous de se rappeler ce qu'ils étaient censés faire. Sam passe devant les dos tournés de ses collègues, se glisse à son poste de travail et s'assied, l'échine droite, consciente de l'attention des trente et quelque personnes qui feignent de ne pas la remarquer.

Elle rive les yeux sur son écran, l'esprit en effervescence, sans rien voir, cliquant vainement sur sa souris. Que vont-ils faire, s'il la vire ? Il la fait clairement passer pour une bonne à rien afin de ne pas devoir lui verser d'indemnités de licenciement. Ils perdront leur maison. Ils perdront tout. Elle lève les yeux, et voit Simon faire signe à Franklin d'entrer dans son bureau. Ils sont assis l'un en face de l'autre, Simon a les pieds posés sur le bureau, et ils se mettent à rire pour des propos qu'elle ne peut distinguer. Pas besoin d'être John le Carré pour deviner qu'il se manigance des choses.

Sa boîte mail retentit, et elle regarde son écran.

Joel : Ça va ?
Sam : Pas vraiment.
Joel : Tu veux sortir manger un sandwich ce midi ?
Sam : Je ne pense pas que je vais oser. Il va sans doute tourner ça en faute lourde aussi.
Joel : Un petit verre après le boulot ?

Elle songe au camping-car qu'elle va probablement devoir déplacer elle-même.

Sam : Je ne pense pas pouvoir.

Sam : Mais merci.

Sam : Désolée.

Joel : L'offre reste valable, poulette. On relève le menton et on sort les nichons, comme dirait Ted.

Joel : Peut-être à tort.

Sam (les yeux de nouveau embués de larmes) : Merci.

Joel : Toujours là pour toi.

Elle ne sait pas trop comment elle arrive au bout de cette journée. Elle fait le point sur les calendriers d'impression et les pages laminées, s'entendant parler comme en sourdine. Elle appelle des clients, consciente de sa voix bizarrement étranglée. Elle a une boule dans la gorge qui ne disparaît jamais vraiment. Elle ne regarde pas vers le bureau de Simon. Lorsqu'elle se rend compte que l'on jette un coup d'œil vers elle, elle veille à afficher une expression parfaitement neutre.

Elle part à 18 h 30 et sort par le service Transports pour éviter de passer devant le bureau de Simon. Joel est là, examinant les tachygraphes de la semaine avec l'un des chauffeurs. Il relève la tête à son passage, et elle tente d'esquisser un sourire, doutant toutefois qu'il atteigne ses yeux. Il pleut. Évidemment. Elle grimpe dans sa voiture et pousse enfin une longue expiration chevrotante. Alors qu'elle se met en route, les larmes ruissellent sans retenue sur ses joues, et elle espère que personne ne peut le voir à travers son pare-brise éclaboussé de pluie. Elle fait les vingt minutes de trajet jusque chez elle, se gare dans la rue et braque les yeux sur le camping-car : Phil a été incapable de le déplacer, les maçons ont donc dû démarrer les travaux en le contournant. Le salon est allumé et la télévision clignote. Elle sait qu'elle doit raconter ce qui s'est produit à Phil, mais ignore si elle pourra encaisser son angoisse en plus de la sienne. Elle est assise dans sa voiture, sans entendre la radio qui babille doucement. Puis elle baisse lentement la tête sur le volant et la laisse posée là un moment, essayant juste de se rappeler comment respirer.

Son téléphone tinte.

Joel : J'espère que ça va. J'en ai encore pour une demi-heure ici à mettre de l'antigel dans les véhicules, si tu changes d'avis.

Elle regarde les trois points scintiller, puis :

On a tous besoin d'une oreille attentive.

Les yeux rivés sur le téléphone, elle hésite un instant, puis, après quelques secondes, se met à taper.

Sam : C'est gentil. Mais ça va aller. Merci.

Elle reste immobile encore un instant. Puis elle prend lourdement son sac sur le siège passager et, avec un soupir las, sort de la voiture et entre chez elle.

Il fait chaud dans la maison. Trop chaud, compte tenu des factures d'électricité. Avant, Phil allait baisser les thermostats, mais il ne semble plus s'en préoccuper. Elle jette un coup d'œil dans le salon en passant. Il est allongé sur le canapé, les yeux vissés à l'écran. Elle attend brièvement sur le seuil, mais, apparemment, il ne remarque pas sa présence.

Elle va dans la cuisine, retire son manteau et le laisse sur le dossier d'une chaise. L'assiette du déjeuner de Phil est dans l'évier, ainsi qu'une casserole maculée de pâtes en conserve. Elle regarde les grosses gouttes de sauce tomate séchées sur la toile cirée, la tasse à thé vide. Il a griffonné une note disant : *Ta mère a appelé elle dit que tu peux venir nettoyer plutôt jeudi.*

Elle est plantée dans la petite cuisine, le message à la main.

Non, se dit-elle soudain. *Non. Non, je ne peux pas. Rien de tout ça.*

Elle retourne dans le couloir étroit, s'attendant plus ou moins à ce que Phil lui lance un bonjour. Mais il est captivé par la télévision. Elle monte prestement l'escalier et, presque sans réfléchir, enfile le pantalon bleu qu'elle a porté pour le deuxième mariage de sa cousine Sandra, un pull propre, puis elle sort les Louboutin de sous son lit. Elle les attache et se met debout, se sentant immédiatement plus grande, plus impressionnante. Elle se maquille dans le miroir – rouge à lèvres rose foncé et mascara –, plisse la bouche, relève le menton. Elle se vaporise les racines de shampoing à sec et arrange un peu ses cheveux. Puis, après un instant, elle ajoute une touche de parfum. Elle redescend, remet son manteau, prend son sac et tape sur son téléphone :

Si tu es encore là, *Coach and Horses* dans 20 minutes.

Elle attend, puis ajoute :

Bise.

Joel est déjà au pub quand elle arrive. Il lui tourne le dos, discutant au bar avec le serveur. Joel semble connaître tout le monde. Lorsqu'ils vont à un rendez-vous professionnel, il y a presque toujours une personne qu'il salue cordialement. Il pivote à cent quatre-vingts degrés quand elle ouvre la porte, comme si une boussole interne lui indiquait sa présence.

— Vin blanc ? propose-t-il en souriant.

— Oui, s'il te plaît.

Elle trouve un fauteuil d'angle, soudain légèrement gênée de son élégante tenue dans ce pub miteux. Pourquoi avait-elle mis les Louboutin ? Elles paraissent déplacées parmi les boots éraflées et les baskets. Elle croise les jambes sous la table, se sentant étrangement exposée. Lorsque Joel la rejoint, il a un verre dans chaque main et les pose avec précaution.

— Tu es ravissante. Tu vas quelque part ?

— Hum… non. Je… J'avais juste… besoin de me remonter le moral, dit-elle en prenant une longue gorgée de vin. Un peu idiot, sans doute.

— Pas du tout. Bonne idée. (Il sourit.) Tu as sorti la grosse artillerie.

Elle regarde les chaussures et ébauche un triste sourire.

— Elles me donnent juste… la sensation d'être une autre version de moi-même, je crois. Je les porterais tous les jours, si je pouvais.

Elle garde les yeux rivés sur les chaussures.

— Simon ? Ce mec…

— Il n'y a pas que Simon. C'est un ensemble, explique-t-elle, honteuse à présent. Oh, mon Dieu. Écoute-moi, déjà en train de gémir. Je parie que tu es super content d'être venu, hein ?

— Gémis autant que tu veux, poulette. Je suis là pour ça.

Tu es là pour quoi ? lui demande-t-elle en silence. Puis elle se ressaisit.

— Je pense que je ferais mieux de juste boire, en fait.

Après un instant, il lève son verre, ils trinquent tous les deux, et les voilà lancés.

C'est la première fois depuis des siècles qu'elle se sent regardée ou écoutée. Ils parlent, et parlent encore, ponctuant les discussions de trajets au bar. Il lui raconte sa dernière rupture. Les incroyables exigences que son ex-petite amie lui imposait.

— J'avais juste l'impression que chaque situation émotionnelle était un piège à la fin – tu vois ce que je veux dire ?

Non, mais elle acquiesce. Elle déteste cette petite amie, même si elle ne l'a jamais rencontrée, et elle la plaint, aussi. Imaginez, avoir un homme aussi adorable que Joel et le perdre.

— Je veux dire, c'était une chouette femme. Mais, bon Dieu, je me sentais broyé. Broyé. Chaque fois que je la voyais. Il me semblait juste qu'elle allait chercher la pire interprétation possible pour tout ce que je faisais. Elle me posait tellement de questions sur les raisons de mon divorce que, à la fin, je me disais qu'elle me cherchait des faiblesses.

— Je connais ce sentiment.

Je ne te ferais jamais ça, se dit-elle, avant de refouler cette pensée.

— Le truc, c'est que j'étais franc avec elle. Je n'aime pas déconner avec les gens. Mais c'est juste épuisant, cette impression de ne pas être vu pour ce que tu es, tu sais ? (Il secoue la tête, puis sourit.) Bien sûr que tu sais. Tu y es confrontée tous les jours. Je ne sais pas pourquoi Simon n'arrive pas à voir combien tu es précieuse.

Juste Simon ? songe-t-elle. Et elle sent sa poitrine se serrer.

Joel est si gentil, si proche et complice. Elle est subjuguée par sa bouche, au point que, parfois, elle entend à peine ce qu'il dit. Après leur troisième tournée, il vient s'asseoir à côté d'elle sur la banquette, et elle peut sentir la chaleur de son épaule contre la sienne, regarder ses mains bronzées et puissantes. Ils parlent de leurs parents et il pleure de rire quand elle lui raconte l'histoire de son père et des petites pilules bleues.

— Mon père n'en a pas besoin, dit-il. Tous les jours à 14 h 30, il tapote sa montre et dit à maman que c'est l'heure de leur « sieste de l'après-midi ». Ça ne le dérange même pas si on est tous là à regarder la télé.

Il lâche un rire qui frôle le gloussement.

— Tu plaisantes, dit Sam, bouche bée.

— Eh non. Quand on était petits, mes sœurs et moi, ça nous gênait à mort. Aujourd'hui, je me dis plutôt : *Mec, si ça fonctionne encore chez toi, tant mieux.* Et l'idée qu'on puisse encore avoir autant quelqu'un dans la peau à soixante-dix ans, c'est cool, non ?

Il lui adresse un regard en coin, et elle sent ses joues s'embraser.

Ils discutent du travail et, quand elle évoque Simon, le regard de Joel s'assombrit, il serre les poings, comme s'il avait du mal à s'empêcher de retourner au bureau pour le cogner, et cette pensée réchauffe le cœur de Sam. Ils parlent de l'horreur qu'est cet homme, combien les choses ont changé dans l'entreprise depuis son arrivée. Elle lui parle de son stylo-bille personnalisé, et éprouve un triomphe silencieux quand Joel éclate de rire.

— Le mec s'est fait graver ses initiales sur un stylo-bille ?

Joel l'encourage vivement à se défendre, à ne pas supporter les conneries de Simon, et, au bout de trois verres, elle se retrouve à dire : « Oui, oui ! », comme si elle allait vraiment le faire, plutôt que se défiler tête baissée en rêvant d'être n'importe où ailleurs sur cette Terre.

— Qu'est-ce que Phil pense de tout ça ? finit-il par demander.

Il regarde droit devant lui et prend une gorgée d'alcool en prononçant son prénom.

— Nous n'en parlons pas vraiment. Les choses... Les choses sont un peu compliquées à la maison.

Elle ressent une pointe de déloyauté en le disant, mais ne peut s'en empêcher.

— On est complètement fauchés. Ma fille est à peu près la seule personne à m'adresser la parole. Phil ne parle pas – il est déprimé –, mais il refuse de faire quoi que ce soit pour que ça change. Il refuse d'aller chez le médecin. Il refuse de demander de l'aide. Il refuse de prendre des médicaments. Mais c'est comme vivre avec un fantôme. Je ne suis même pas certaine qu'il remarque encore ma présence. Normalement, je parlerais de tout ça avec Andrea – ma meilleure amie –, mais elle a un cancer, et je ne veux pas l'accabler du moindre souci de plus. La plupart du temps, je me débrouille tant bien que mal, mais aujourd'hui, avec cette menace de me virer et le reste, j'ai juste eu l'impression de ne plus rien pouvoir... encaisser.

Elle a soudain la voix saturée de larmes et plisse le visage pour tenter de les réprimer.

Elle a les yeux fermés quand Joel met son bras autour d'elle pour l'attirer contre lui. Il dégage un délicieux parfum d'after-shave anisé qu'elle ne connaissait pas, et de peau chaude et propre. Aucun autre homme que Phil ne la prend comme ça dans ses bras, pas depuis qu'ils sont ensemble. Au départ, elle se raidit, mais ensuite, c'est si agréable d'être ainsi serrée, si rassurant, qu'elle se laisse aller lentement et pose la tête sur son épaule. *Est-ce que je peux simplement rester comme ça toute la vie ?* pense-t-elle.

— Je suis là pour toi, poulette, lui chuchote-t-il à l'oreille.

— Désolée, dit-elle en s'essuyant les yeux. C'est stupide, hein ? Je devrais être capable de surmonter tout ça.

— Bah non. Ce n'est pas facile. Tu es mon amie. Je n'aime pas te voir aussi mal.

Elle se tourne face à lui. Leurs lèvres sont à quelques centimètres de distance. Il a les yeux doux, indéchiffrables. *Est-ce qu'on est amis ?* s'interroge-t-elle. Il cherche son regard. Quelque chose cède en elle. Ce moment semble durer des années. Elle se lève brusquement.

— Bon… je rapporte la prochaine tournée ?

Il est calé au fond de son siège quand elle revient. Elle se sent gênée en marchant vers lui, comme si elle s'était trop mise à nu. Mais il sourit alors qu'elle approche.

— J'ai eu une idée, annonce-t-il.

— OK.

— Tu sais de quoi tu as besoin ?

Elle prend une gorgée de son verre. Et s'aperçoit qu'elle est complètement saoule.

— Faire de la boxe.

— Quoi ?

— De la boxe. C'est une question d'énergie, Sam. De force mentale autant que physique. Tu dois avoir l'air plus sûre de toi pour affronter ce connard. Tu dois donner l'impression que personne ne va te chier dans les bottes. Pour l'instant, tu marches tête baissée. Comme s'il t'avait vidée de toute ta substance. Il faut que tu retrouves la niaque. Tu sais envoyer un coup de poing ?

Elle se surprend à rire.

— Aucune idée. Probablement pas.

— Demain soir. Viens à la salle de sport. Ne me regarde pas comme ça – des tas de femmes en font. Elles adorent. Tu peux faire comme si le sac de frappe était la gueule de Simon. Je te le dis, quand j'ai passé une sale journée au boulot, je fonce là-bas, j'enfile des gants, et ouf, ouf, ouf, ouf. (Il envoie des coups de poing dans le vide à toute vitesse.) Une heure plus tard, je me sens hyper bien.

Mais ça impliquerait de porter des tenues de sport moulantes devant toi, pense-t-elle. *Ça impliquerait de transpirer et de ne pas être maquillée. D'être nulle à quelque chose sous tes yeux.* Elle se rappelle subitement ce qu'elle avait ressenti dans cette horrible salle de sport, cette impression d'être grasse et invisible que lui avaient donnée les jeunes mères sexy.

— Je ne cr…

Il pose la main sur la sienne pour la serrer. Il a la paume chaude et ferme.

— Allez. Tu vas aimer. Je te promets.

Quelque chose dans son sourire efface le mot « non » du vocabulaire de Sam. Elle le regarde attentivement.

— Tu me fais confiance ? ajoute-t-il.

Les mots peinent à franchir les lèvres de Sam.

— D'accord, répond-elle lorsqu'elle a retrouvé la parole.

Il se recule dans son siège, boit une gorgée.

— Alors le rendez-vous est pris. Dix-neuf heures. Je t'enverrai les coordonnées par texto.

Chapitre 19

Les deux jours suivants, Nisha pense constamment aux chaussures. Elle se demande si on les a un jour rapportées à la salle de sport désormais fermée. Elle se demande si la femme qui les a prises l'a fait volontairement. Elle se demande si vous pouvez légitimement solliciter la police pour qu'elle enquête sur un vol quand vous portez les affreuses chaussures noires de votre voleuse. Lorsqu'elle ne pense pas aux chaussures, elle s'interroge sur l'étrangeté de Carl et se demande si ce n'est pas l'une de ces facettes que vous ne voyez clairement qu'à distance. Il a toujours été un peu bizarre concernant ce qu'elle portait – les vêtements étaient systématiquement « trop mémère », « trop pute » ou parfois ils la « boudinaient ». Il n'aimait pas la voir en chaussures plates parce qu'elle faisait « courte sur pattes ». Elle avait toujours supposé qu'il voulait juste qu'elle soit la plus belle possible. Mais y avait-il quelque chose dans les vêtements mêmes qui expliquait cette volonté pressante de les récupérer ? Un curieux fétichisme ? Tout semble imaginable, ces jours-ci. Ou les voulait-il simplement pour Charlotte ? Ces chaussures étaient-elles devenues une espèce de symbole ? Elle se rappelle, un peu nauséeuse, combien il avait insisté pour qu'elle les porte le jour où il les lui avait offertes, son excitation inhabituelle en les voyant. Et cette pensée la met si mal à l'aise qu'elle la chasse.

Jasmine est dans l'équipe du soir, Nisha travaille donc la plupart du temps toute seule et s'en trouve soulagée : la situation devient un peu difficile à l'appartement. Certains jours, l'espace semble véritablement rétrécir : elles se gênent toutes les trois en permanence, se disputent pour les créneaux d'accès à la salle de bains ou se contournent à petits pas dans la cuisine pour se faufiler vers le frigo ou la bouilloire. Jasmine a accepté du repassage supplémentaire, et de nouvelles piles de linge dans d'énormes fourre-tout en plastique tissé ont encore étréci le couloir. Sa bonne humeur coutumière commence à s'effriter sous la pression et l'épuisement. Grace, quant à elle, est sans arrêt furieuse contre Nisha pour l'espace qu'elle occupe dans sa chambre. Celle-ci le comprend, mais les regards au plafond et les bruyants soupirs deviennent durs à supporter avec enthousiasme. Au moins, quand elles travaillent à des horaires différents avec Jasmine, il y a une bonne partie de la journée où elle peut simplement être elle-même, où elle n'a pas besoin d'afficher un sourire conciliant et enjoué qui ne reflète pas ce qu'elle éprouve – elle est rarement conciliante et enjouée.

Qu'est-il arrivé à ces foutues chaussures ? La question tourne en boucle dans son esprit au fil des heures. Elle doit les retrouver : plus vite elle les récupérera, plus vite Carl lui donnera son argent et elle pourra quitter le minuscule appartement pour reprendre le cours de sa vie. Elle est persuadée que Ray a compris qu'il se tramait quelque chose. Durant l'appel d'hier, il a très peu parlé et fini par lui dire :

— Je pensais que papa et toi seriez rentrés aux États-Unis, depuis le temps.

Elle a dû inventer un absurde imprévu dans le travail de Carl, et même si elle a paru convaincante, Ray est trop sensible pour qu'on le trompe très longtemps.

— J'ai juste besoin de te voir, maman, a-t-il conclu.

Nisha en a eu une grosse boule dans la gorge, qu'elle a mis plusieurs minutes à avaler.

— Je sais, mon ange. Moi aussi. Ce ne sera plus très long, promis.

À sa pause déjeuner, elle va au coin poubelles et, postée devant la fenêtre où elle est sûre de pouvoir encore capter le wifi de l'hôtel, elle appelle Magda en fumant une cigarette.

— Madame Cantor ! Vous n'avez répondu à aucun de mes messages ! Tout va bien ? Je me suis tellement inquiétée.

En fond, Nisha entend le sifflement d'une clé à choc pneumatique tandis que l'on sépare des roues de leur châssis.

— J'étais occupée. Écoutez, il faut que je vous demande quelque chose. Sauriez-vous pourquoi Carl veut mes chaussures ?

— Vos chaussures ?

— Les Louboutin. Vous pouvez vous renseigner ? Y a-t-il moyen que vous demandiez à votre homme s'il peut décrire la femme qui les portait dans ce bar ? J'en ai besoin pour négocier avec Carl.

— Je lui demanderai, madame Cantor. S'il a toujours le même numéro – parfois, ils en changent, vous savez ? S'il vous plaît… Des nouvelles de mon travail ? Il se trouve que je ne suis pas très douée pour monter des pneus…

— Je dois récupérer ces chaussures pour vous donner un travail, Magda, d'accord ? C'est très important. Pour toutes les deux.

— Je comprends. (Non, nous n'avons pas de Michelin ! Juste des Goodyear de cette dimension !) Vous pouvez compter sur moi, madame Cantor.

Regrettant que cette affirmation ne la rassure pas plus que ça, Nisha met fin à l'appel, écrase son mégot et repart dans la cuisine. C'est le coup de feu du service de midi, et, autour d'elle, des flammes jaillissent des brûleurs à gaz, pendant que jurons et hurlements couvrent les bruits de casseroles et de fouets métalliques. Elle s'engouffre parmi les corps en tenues blanches éclaboussées de nourriture, et aperçoit Aleks penché au-dessus d'une poêle de noix de Saint-Jacques. Il la voit et lui fait signe de venir. Il s'incline vers elle pour lui hurler dans l'oreille afin qu'elle l'entende malgré le vacarme.

— Repasse plus tard. J'ai quelque chose pour toi. (Elle plisse les yeux.) Tu vas aimer.

— Quoi ? crie-t-elle.

Ces dons permanents la mettent mal à l'aise. Comme si elle lui devenait peu à peu redevable, d'une façon qu'elle ne peut guère maîtriser. Elle ne veut plus jamais être redevable envers qui que ce soit.

— Ça se mange.

— C'est quoi ? Et qu'est-ce que tu veux ? Pour la nourriture ?

Comme il ne répond pas, elle ajoute :

— Je veux dire… Qu'est-ce que je vais devoir te donner ?

Il sourcille, comme si elle avait eu des propos déroutants. Puis il secoue la tête, presque irrité, et retourne à ses Saint-Jacques.

C'est un canard. Aleks lui offre un canard. Les fournisseurs en ont trop livré, lui explique-t-il alors qu'elle s'apprête à partir. La direction ne le remarquera pas. Il lui tend l'oiseau étonnamment lourd emballé dans de la mousseline. Il est bio. Très bon goût. Elle pourra préparer un bon repas pour Jasmine et sa fille.

— Tu sais comment cuisiner le canard ?

Devant le regard vide qu'elle lui adresse, il va au cellier et lui fait un petit paquet composé d'anis étoilé, d'arrow-root, de fines herbes et d'un petit pot de liqueur d'orange. Il dispose le tout dans un sac de jute. Il lui écrit des instructions sans la regarder. Il a une belle écriture. Elle ignore pourquoi ça la surprend.

— Ce n'est pas difficile. Le plus important, c'est de laisser reposer la viande au moins dix minutes une fois qu'elle a fini de rôtir, d'accord ? Dix minutes minimum. Comme ça, elle sera très tendre.

Pour une certaine raison, tout cet échange la stresse. Il veut clairement quelque chose. Pourquoi ferait-il tout ça autrement ? Ces délicieux repas quotidiens et ces petits cadeaux alimentaires. Mais elle ne pense pas pouvoir le repousser une fois encore pour ça sans l'insulter. Ce genre de trouble est nouveau pour Nisha, ce qui l'incite à se montrer sèche avec lui en prenant le paquet, ses réponses sont brusques et sommaires. Et, lorsqu'elle retourne au vestiaire, le regard perplexe d'Aleks la rend furieuse contre elle-même.

Nisha fait ce qu'elle fait toujours lorsqu'elle est confrontée à des émotions confuses. Elle n'en tient pas compte. Elle poursuit son travail en nettoyant six chambres, comme un automate, avec acharnement et minutie. Elle s'aperçoit ces jours-ci que le ménage lui procure une distraction étrangement satisfaisante. Faute de courir ou d'aller à la salle de sport, elle découvre que cet effort physique la calme d'une curieuse et indéfinissable manière. Changer les draps mobilise peu l'esprit, traquer la poussière ou la saleté apaise le bourdonnement de son cerveau.

L'éreintement que cela engendre lui paraît nécessaire. Elle finit tout juste sa journée, assise sur le banc du vestiaire avec une tasse de café, quand Jasmine lui envoie un texto :

Mon ex dit qu'il ne peut pas ramener Grace. Pourrais-tu passer la chercher chez ma mère à ton retour ? Je n'aime pas qu'elle voyage seule.

Elle songe à l'oiseau dans son casier, aux instructions à suivre machinalement, à la perspective d'un bon repas ce soir. Elle songe à cette possibilité d'offrir quelque chose à Jasmine, qui lui donnera moins l'impression d'être celle qui reçoit la charité.

Bien sûr, tape-t-elle. Et ne mange pas avant de rentrer ce soir. Je prépare une surprise !

Elle envisage de retourner à la cuisine avant de partir, afin de remercier convenablement Aleks pour le canard. Mais quelque chose l'en empêche : c'est trop gênant, ou peut-être que, d'une certaine façon, elle se sentira encore plus redevable si elle en fait toute une affaire. Ce n'est qu'un canard, bon Dieu. Quelle importance pour elle, dans le grand ordre des choses ?

Le bus cahote. Jasmine lui a envoyé un texto pour lui rappeler quels numéros prendre ; elle pense qu'elle ne saisira jamais le système de transports labyrinthique de Londres, ses immenses arrondissements tentaculaires, qui lui paraissent tous semblables. Désormais, elle maîtrise l'art de se noyer dans ses pensées lorsqu'elle est dans le bus. Elles ont tendance à être assez sombres, mais c'est mieux que d'écouter les quintes de toux et les appels téléphoniques horriblement forts des autres usagers. Elle ne remarque donc pas que la femme lui parle au départ, et ne relève la tête que quand celle-ci est quasiment assise sur ses genoux.

— Excusez-moi ? dit-elle, tandis que le manteau de la femme se retourne sur sa jambe.

— Je vous ai demandé de bouger. Il me faut plus de place.

La femme est grande, vêtue d'un gros manteau de velours en patchwork, et lui parle sans la regarder, comme si Nisha n'était qu'une simple irritation, un obstacle sur son chemin.

— Je me suis décalée le plus possible. Eh. Eh ! Vous êtes *sur* moi.

La femme se contente de lâcher un « pfff » et continue de la pousser. Elle a les cheveux piètrement teints et sent le patchouli.

— Madame ! dit Nisha. Vous dépassez les bornes. Poussez-vous.

— Je vous l'ai demandé poliment. Vous n'avez pas bougé, rétorque la femme.

— Je ne veux pas que votre foutu manteau me touche.

Nisha le prend entre deux doigts et le dégage de sa jambe.

— Eh bien, si vous vous poussiez, je ne vous toucherais pas, si ?

Nisha sent son esprit s'échauffer.

— Eh, ce n'est pas ma faute si vous êtes trop grosse pour cette place. Mais je ne vais certainement pas rester sans rien dire alors que vous êtes assise sur mes genoux avec votre manteau puant.

La femme est véritablement en train de l'écraser dans le siège. Elle est si près que Nisha sent son déodorant, dont l'odeur lui soulève le cœur. *Oh, mon Dieu, je vais respirer ses miasmes.*

— Poussez-vous ! exige-t-elle.

Elles ont attiré l'attention des autres passagers à présent. Nisha a vaguement conscience du léger bourdonnement d'intérêt qui circule parmi les sièges et du coup d'œil méfiant du chauffeur dans le rétroviseur.

— Si ça vous dérange, dit la femme d'un ton imperturbable, *vous*, bougez de là.

— J'étais ici la première.

— Le bus vous appartient, hein ? Retournez dans votre pays si ça ne vous plaît pas ici.

— Mon *pays* ? BOUGE TON CUL.

Nisha n'en revient pas. L'audace de cette femme. C'est un poids mort, et Nisha se rend compte qu'elle ne peut pas la déplacer physiquement. Elle lui donne un violent coup de coude, que la femme lui rend. Comme celle-ci garde les yeux résolument braqués devant elle, Nisha lui prend son sac à main sur ses genoux et le projette à l'avant du bus, où le contenu s'éparpille. Des rouges à lèvres et des bouts de papier partent en tournoyant sous les autres sièges. La femme la dévisage, choquée.

— Ramasse mon sac !

Elles sont toutes les deux debout à présent. Nisha sent la femme la bousculer, mais voit bien que, malgré son poids, elle n'a pas véritablement de force, alors elle la pousse à son tour, brusquement, à l'aide des deux bras. Un « oooh » collectif s'élève dans le bus quand la femme perd l'équilibre et tombe lourdement contre le siège opposé en criant. Elle se remet debout avec précipitation quand le bus s'arrête brutalement. Le chauffeur ouvre la barrière qui sépare son habitacle du couloir et les regarde.

— Eh ! Vous deux ! Dehors !

— Je ne sortirai pas ! dit la femme, rassemblant à tâtons le contenu de son sac. Elle m'a poussée !

— Elle s'est assise sur moi ! Elle m'étouffait littéralement !

— Dehors ! crie le chauffeur. Ou j'appelle la police !

— Je ne bougerai pas d'ici, dit Nisha fermement en se rasseyant. Je reste jusqu'à mon arrêt.

— Vous croyez que j'ai peur de la police ? Vous vous fourrez le doigt dans l'œil. Cette salope aura le crâne explosé avant que je…

Dix minutes plus tard, alors que le bus s'éloigne enfin, Nisha est plantée sur le trottoir, brûlée par les regards radioactifs des passagers retardés toujours à bord. Dans ses oreilles, résonnent encore les avertissements proférés par les policiers, visiblement peu soucieux de savoir qui était la responsable, ennuyés – et peut-être un peu amusés – par le spectacle de deux femmes qui s'écharpent pour savoir qui aura le plus de place pour poser son cul dans le bus. Elle calcule déjà dans combien de temps elle pourra prendre le prochain, et récupérer Grace. Saleté de pays.

C'est seulement vingt-deux minutes plus tard, alors qu'elle monte enfin, furieuse, dans le bus suivant – il est bondé, évidemment, et elle doit rester debout –, qu'elle s'aperçoit que le beau canard bio, avec tous ses accompagnements et assaisonnements soigneusement sélectionnés, est toujours bien rangé sous le siège du bus dont elle a été débarquée.

Durant tout le trajet retour, Grace ne lui adresse pas la parole. Nisha n'essaie même pas. L'adolescente met ses écouteurs et prend les deux bus en silence, de telle sorte qu'elles marchent côte à côte en s'ignorant. Lorsqu'elles arrivent enfin à l'appartement, Grace grommelle qu'elle n'a pas faim, qu'elle a mangé quelque chose chez Nana, et disparaît dans sa chambre en claquant la porte.

Nisha en a assez. Elle se fait un sandwich au fromage avec les tranches de pain qui restent dans la corbeille, et avale ses deux portions caoutchouteuses en s'efforçant de ne pas penser au canard, probablement en route pour un dépôt quelque part. Il n'y a plus d'eau chaude, elle allume donc le chauffe-eau électrique et, vingt minutes plus tard, elle s'enferme dans la salle de bains et verse du shampoing dans la baignoire, faute d'huiles ou de bain moussant convenables.

Elle reste allongée là, immergée jusqu'au menton, durant une heure et demie, ses pensées ballottant entre le canard et les Louboutin égarés, et l'agaçante énigme qu'est Aleks. D'une part, elle tente de réprimer son désir de tuer le monde entier, et de l'autre, elle réfléchit aux diverses manières dont elle pourrait s'y prendre. Elle a presque toujours été en colère dans sa vie, mais, à présent, c'est comme si on lui avait ouvert les yeux sur les multiples situations où être une femme revient à se faire distribuer des cartes infiniment plus pourries – des cartes dont personne d'autre ne tient compte. Elle repense à son adolescence, à l'interminable traînée d'hommes qui essayaient de la toucher ou lui adressaient des regards lubriques, au fait qu'elle ne pouvait rien faire sans attirer une attention qu'elle ne désirait pas. L'homme de l'animalerie qui lui a proposé un dollar quand elle avait douze ans pour qu'elle le laisse mettre la main dans son tee-shirt. Le type du garage qui faisait des gestes obscènes quand elle prenait de l'essence. Les tarés dans le métro, les hommes qui la suivaient quand elle rentrait à sa colocation, les mains plus riches et subtiles sur ses fesses quand elle travaillait à la galerie. Elle songe aux façons dont on a exigé qu'elle se conforme à un idéal requérant d'infinis efforts, juste pour rester mariée : garder la ligne, créer un environnement familial parfait, être intéressante, impeccablement coiffée tous les jours (mais aucun poil ailleurs), porter des chaussures qui vous martyrisent les pieds, des sous-vêtements en dentelle qui vous tranchent le minou en deux, veiller à ce que vos acrobaties en chambre soient dignes d'une star du porno (même si votre époux semble penser que bander est une performance suffisante de sa part). Elle essaie d'imaginer Carl se faisant épiler les poils pubiens au laser afin d'être assez séduisant pour elle, et c'est tellement impensable qu'elle éclate de rire. Et aujourd'hui, parce que c'est une femme et qu'elle a fait tout ce que l'on attendait d'elle, on s'en est débarrassé au profit d'un modèle plus jeune, et censément plus doux.

Et puis, évidemment, il faut prendre toute cette injustice avec le sourire, pour ne pas être considérée comme une sorcière sans humour.

Ces réflexions, qu'elle a réprimées depuis des années (quel intérêt de les admettre, de toute façon ?), remontent à la surface comme les bulles du bain, irrépressibles, implacables.

Elle reste allongée là, la musique incessante de Grace filtrant par les portes fermées, jusqu'à ce qu'elle ait les doigts et les orteils fripés, que le minuscule miroir soit recouvert de buée et que l'eau ait désagréablement refroidi. Elle sort tout juste de la salle de bains quand Jasmine rentre. Elle claque la porte et emprunte l'étroit couloir en déroulant une écharpe de son cou lorsqu'elle aperçoit Nisha. Elle lui passe devant pour aller directement dans la cuisine.

— Mon chou ! Alors elle est où, cette surprise ? J'ai tellement faim que j'ai salivé pendant tout le trajet.

Nisha s'arrête net.

— Oh, dit-elle en esquissant une grimace. Ouais, le truc, c'est que j'ai eu un souci dans le bus. Une abrutie s'est quasiment assise sur mes genoux et…

— Comment ça ? Tu m'as dit de ne pas manger.

Jasmine ouvre la porte du four et soulève les couvercles de casseroles vides posées sur la cuisinière.

Nisha a le cœur serré.

— Désolée. Ça… Cette histoire de repas est tombée à l'eau.

Un court silence s'ensuit.

— Alors… Quoi… Tu n'as rien préparé ?

Elle dévisage Nisha, puis ferme lentement les yeux, comme si elle essayait de toutes ses forces de contenir une éruption imminente.

— J'ai décliné un curry poulet coco pour ça. (Elle inspire profondément.) OK. Bon, j'imagine que je vais juste me faire des toasts aux haricots. Il faut vite que je mange. Je vais être en hypoglycémie.

Nisha sent une pointe de malaise la transpercer.

— Je… Je crois que j'ai mangé tout le pain qui restait.

— Tu plaisantes.

— Je suis navrée.

— Et tu… n'as pas eu l'idée de sortir en racheter ?

— J'avais besoin de prendre un bain. J'ai vraiment passé une sale journée. Écoute, je m'habille vite fait et j'y vais.

Le regard de Jasmine pourrait couper du verre.

— Bon, et Grace, qu'est-ce qu'elle a mangé ?

— Elle a dit qu'elle avait dîné chez ta mère.

—Maman m'a dit qu'elle n'avait rien mangé.

Jasmine ferme les yeux et pousse un soupir. Puis elle passe devant Nisha et ouvre le placard-séchoir pour y glisser une pile de draps fraîchement lavés. Elle se fige.

—Attends. Qui a mis le chauffe-eau en route?

—Moi?

—Il est allumé depuis combien de temps?

—Je ne sais pas. Deux heures? J'ai oublié.

Jasmine appuie brusquement sur l'interrupteur lumineux.

—Bon Dieu. Tu sais combien coûte ce machin? Ma fille, tu ne peux pas simplement oublier ces trucs-là. Oh, mon Dieu. (Elle claque la porte du placard et pivote sur ses talons.) Rien à manger, plus d'eau chaude et une monstrueuse facture d'électricité. Mais tu penses que c'est l'hôtel, ici? Tu te crois encore au *Bentley*? Nish, ce n'est pas parce que l'argent n'a jamais été un problème pour toi que c'est le cas pour nous autres! Tu fous la merde, maintenant! Bon Dieu!

Elle va à la cuisine d'un pas lourd, laissant Nisha plantée là dans sa serviette.

Celle-ci s'habille, feignant de ne pas remarquer les coups d'œil éloquents de Grace pendant qu'elle enfile l'affreux pantalon et un tee-shirt. Elle sort de l'appartement sans tenir compte des portes de placards que l'on claque dans la cuisine et court à la supérette de nuit à dix minutes de là, trop furieuse contre elle-même pour se soucier du froid, des sifflets des jeunes à l'angle ou des types qui traînent devant la salle de billard. Lorsqu'elle revient vingt minutes plus tard, Jasmine est sur le canapé, en train de manger ce qui ressemble à des nouilles instantanées dans un bol.

— Tiens, dit Nisha en lui présentant le sac de courses.

— Quoi ? dit Jasmine en arrachant son attention de la télévision.

— Du pain, du lait, des œufs, du chocolat. Écoute, je… je suis désolée.

Jasmine jette un coup d'œil sur le sac.

— OK, dit-elle avant de reporter les yeux vers l'écran.

— Et tiens.

Jasmine soupire, obligée de la regarder une fois de plus. Elle baisse les yeux sur la liasse de billets que Nisha lui tend.

— Qu'est-ce que c'est que ça ?

— Ce que je te dois. Pour mon séjour ici. Je te donnerais volontiers plus, mais il faut que j'en garde pour récupérer mon fils.

— Tu me dois quoi ?

— Ce que ça t'a coûté, j'ignore combien. Pour ces dernières semaines. Je vais préparer mes affaires et j'aurai débarrassé le plancher dans une demi-heure.

Une boule étrange et inhabituelle s'est formée dans sa gorge.

Jasmine regarde de nouveau sa main, puis son visage.

— T'es cintrée ou quoi ?

— Eh bien… (Nisha a la voix solennelle, le cou raide.) C'est assez évident que tu en as marre que je sois ici.

Jasmine l'étudie encore un instant, puis fait une moue.

— Nish. Je suis vénère. J'avais faim. Oui. Mais tu es ma pote. Je ne vais pas te foutre à la rue pour une histoire d'eau chaude, dit-elle en secouant la tête d'un air irrité. Pose tes fesses, ma fille. Tu me mets mal à l'aise.

Nisha reste debout.

— Mais le pain…

— C'est juste du pain. Personne ne s'était jamais mis en rogne contre toi ? Il est clair que tu n'as jamais eu à partager, OK ? Il faut que tu réfléchisses un peu avant de faire des trucs si tu es dans le même espace que d'autres gens, tu sais ? Mais n'en fais pas tout un drame. Mon Dieu.

Jasmine secoue une nouvelle fois la tête. Elle attend que Nisha s'asseye timidement à l'autre bout du canapé, racle les dernières nouilles dans son bol, puis elles regardent la télévision quelques minutes en silence. Jasmine finit par se pencher en désignant le sac en plastique.

— Quel chocolat tu m'as acheté, d'ailleurs ?

— Green & Black's. Celui qui est amer.

— *Yesss !* Tu me connais bien ! s'exclame Jasmine avec un sourire soudain et contagieux. Oh, pour l'amour du ciel, détends-toi, ma fille. Si je dois marcher sur des œufs chaque fois que je suis de mauvais poil, on ne va pas survivre à ton séjour ici, tu me suis ? Allez, va mettre la bouilloire en route, qu'on mange ça avec une tasse de thé.

Dans son ancienne vie, Nisha allait rarement se coucher avant minuit. Carl veillait tard pour répondre à des appels professionnels et consulter des écrans, et il n'aimait pas qu'elle dorme quand il arrivait dans la chambre. Mais, aujourd'hui, Nisha tombe d'épuisement à 22 heures. Et cette soirée – avec toutes ses émotions intenses – l'a achevée. Elle monte avec lassitude dans le lit supérieur, ses orteils entrent en contact avec le froid des barreaux métalliques, puis elle sent chacun de ses os plonger délicieusement dans l'étreinte du petit matelas miteux.

En dessous d'elle, Grace finit de lire et éteint sa lampe de chevet, et Nisha se réjouit soudain de la proximité d'un autre être humain, des rires en fin de soirée, du visage incrédule de Jasmine et de ses gloussements quand elle lui a parlé de Carl et des chaussures.

« Oh, mon Dieu, ma chérie, comment as-tu survécu à cet homme ?

— J'imagine que c'est comme cette histoire de grenouille dans l'eau bouillante, non ? répond Nisha. Aucun mariage ne démarre mal. Je pense qu'au moment où tu t'aperçois combien c'est bizarre, tu y es déjà jusqu'au cou. »

Jasmine rit. Elle se moque réellement de Carl. Nisha n'a jamais vu de sa vie quelqu'un se moquer de Carl, ni le qualifier de ridicule. C'est comme s'il lui était quasiment impossible de dissuader Jasmine qu'elle, Nisha, est une personne foncièrement correcte. À cet instant, Jasmine est dans le salon pour une heure de repassage supplémentaire. Nisha avait proposé son aide, mais Jasmine l'avait congédiée d'un geste de la main. « Ça va aller, mon chou. Je regarde mes émissions. Je vais juste en faire un petit peu. »

— Nish ?

La voix de Grace tire Nisha de ses pensées.

— Oui ?

Elle entend l'adolescente bouger dans son lit.

— Je suis désolée.

— Désolée pour quoi ?

— Pour avoir été méchante parce que tu étais ici. Ma mère m'a raconté ce qui t'est arrivé. Je ne savais pas. Ça ne me dérange pas de partager ma chambre avec toi. Je suis désolée de ne pas t'avoir bien accueillie.

Nisha sent une boule lui monter dans la gorge.

— C'est… C'est très gentil de ta part, Grace. Merci.

Dans le silence, elles entendent les bruits sourds et sifflants du fer à repasser, le babillage lointain de la télévision. La voix de Grace jaillit dans l'obscurité.

— Ma mère invite toujours des gens à dormir ici. Ça me rend un peu bizarre. Elle est trop gentille avec tout le monde. Parfois, ils… tu sais, ils se foutent de sa g…

— Je sais. Je ne fais pas partie de ces gens-là, Grace.

— C'est ce que dit ma mère.

Le regard de Nisha se perd dans l'obscurité. Elle se demande, mal à l'aise, si c'est bien le cas.

— Comment est ton fils ?

— Ray ? Il est super. Gentil. Intelligent. Drôle.

— Il a quel âge ?

— Hum… Seize ans.

— Il habite où ?

— Eh bien, il est en… en internat. Aux États-Unis.

— Aux États-Unis ? répète Grace d'une voix incrédule. Vous n'êtes pas dans le même pays ?

— Pas en ce moment, non.

— Il ne te manque pas ?

Et la revoilà, cette boule dans la gorge. Nisha sent ses yeux brûler de larmes, soulagée que, dans la pénombre, personne ne puisse les voir.

— Si, énormément.

— Alors pourquoi tu le laisses dans un autre pays ?

Nisha hésite.

— Eh bien… Ray a eu des soucis, il y a quelque temps. Et son père… Enfin, nous pensions que ce n'était pas une bonne idée qu'il déménage en permanence avec nous. Avec le travail du père de Ray, nous devions… Nous avons dû beaucoup voyager.

On s'est dit qu'il aurait une vie plus stable et serait plus heureux en internat.

Puis elle ajoute :

— C'est un très chouette internat. Je veux dire, on s'occupe bien de lui. L'établissement est très bien équipé.

Un long silence s'installe.

— Il y a une piscine. Et on y mange vraiment bien… Il y a un studio de danse. Et Ray a une chambre très agréable – une grande chambre –, avec sa propre télé, et une kitchenette…

Un autre silence.

— Mais est-ce qu'il est plus heureux ?

Nisha braque les yeux au plafond. Dans le salon, Jasmine commence à fredonner. Dans la cuisine, la machine à laver passe à son inexorable cycle d'essorage.

— Oh. (Elle s'essuie l'œil et déglutit.) Ça… Eh bien… tu sais, je crois qu'en fait nous ne lui avons jamais vraiment posé la question.

Chapitre 20

Assise dans la chambre de Colleen, Cat arrache des bouts de vernis à paillettes vert foncé de son ongle de pouce pendant que son amie se frise les cheveux. En bas, la mère de Colleen en est à la moitié de sa vidéo de fitness, et elles entendent des battements rythmés et intermittents, ponctués de jurons.

— Mais tu es sûre que c'était elle ? Ça ne ressemble pas à ta mère.

Colleen enroule un autre long ruban de cheveux autour du fer, fixant son reflet dans le miroir.

— C'était son manteau. Celui avec la capuche à fourrure. Quand j'ai vu ça, j'ai bien regardé, et c'était clairement elle. En train de serrer ce mec dans ses bras. Qu'est-ce qu'elle ferait devant un club de boxe ? À part rejoindre quelqu'un ?

— Cela dit, tu es sûre que c'est une liaison ?

— Eh bah, on va le dire comme ça. Elle serrait ce mec vraiment fort, et il avait la figure, genre, enfouie dans son épaule.

Elle sent encore son estomac se retourner en passant devant, assise à l'étage du bus. Elle avait marqué un temps d'arrêt, avant de se lever brusquement pour mieux voir, même si la femme à côté d'elle l'avait regardée comme une malade mentale.

— Ma mère n'est pas allée faire sa teinture depuis juillet, je voyais ses racines. Et son sac à main. Et le pire, c'est que… C'est qu'elle portait ces chaussures à talons hauts. Genre… chaussures de pétasse.

— Chaussures de pétasse, répète Colleen.

Elle libère une longue mèche de cheveux, qui rebondit délicatement en glissant du fer chaud.

— Tu sais. Le genre de chaussures que tu portes quand tu essaies d'être sexy. Des chaussures rouges à lanières. Au moins dix centimètres de talon. Ma mère ne porterait jamais ça. Même pas en un million d'années. Enfin, normalement, non.

Sa mère s'était plus ou moins hissée sur la pointe des pieds quand l'homme la tenait dans ses bras, comme si elle cherchait à se serrer le plus possible contre lui, de telle sorte que les talons se soulevaient du sol. Et il lui adressait un sourire rayonnant, de ceux que vous échangez quand vous partagez un secret avec quelqu'un. Les chaussures contrastaient vivement sur le gris du parking de la salle de sport. Elle n'avait pas vu ce qui s'était passé ensuite, parce que le bus avait accéléré, la laissant choquée sur son siège, la tête bourdonnant de toute l'horreur de la scène.

Sa mère. Les bras passés autour d'un homme qui n'était pas son père. Avec l'apparence d'une personne qu'elle ne reconnaissait même pas.

Colleen pose son fer à friser et se détourne du miroir.

— Alors qu'est-ce que tu vas faire ? Tu vas en parler à ta mère ?

C'est ça, le pire. Elle n'en sait rien. Sa mère, gentille, loyale, peut-être un peu à bout, a commencé à se transformer en prédatrice sexuelle, et elle ne sait pas comment se l'expliquer, encore moins à son père. Elle l'a toujours vue comme une mauviette, du genre paillasson. Avant, elle était frustrée que sa mère soit de ces femmes qui acceptent sans broncher la merde qu'on leur sert. Son père n'était pas mieux, en vérité. Mais, à présent, ça fait deux soirs qu'elle assemble les éléments ; les retours tardifs du travail, la façon dont maman s'est mise à se maquiller tous les jours, le parfum qu'elle portait la dernière fois que Cat l'a prise dans ses bras. Des accès de fureur et de haine ne cessent de lui remonter dans la gorge comme de la bile. Elle se retrouve à observer sa mère en permanence. Riait-elle plus en regardant la télé ? Se montrait-elle plus gentille avec son père, comme si elle en avait encore quelque chose à faire de lui ? Pourquoi utilisait-elle du lait écrémé plutôt qu'entier ? Essayait-elle de perdre du poids ? *Comment as-tu pu être aussi sournoise ? Comment as-tu pu baiser quelqu'un d'autre, et faire comme si de rien n'était à la maison ?* Elle ne lui a pas parlé depuis qu'elle l'a vue, sortant d'une pièce plus ou moins dès que sa mère y entrait, ou répondant aux questions par de succincts « oui » ou « non ». Elle sentait le regard perplexe de sa mère lui brûler le dos en partant, mais s'en moquait. Pourquoi aurait-elle pris la peine de la traiter avec courtoisie, compte tenu de ce qu'elle avait fait ? Tout va de travers, tout est déséquilibré, comme si le monde que Cat connaissait avait étrangement basculé sur son axe, et elle en est affligée.

Elle retire les dernières lamelles de vernis. En dessous, son ongle de pouce paraît pâle, telle une coquille. Vulnérable.

— Je ne sais pas. J'imagine que je devrais en parler à mon père, mais il est si déprimé. Je me demande si ça n'aggraverait pas encore son état.

—Moi, je le ferais, dit Colleen. Je veux dire, si c'était moi, je voudrais le savoir. (Elle se retourne vers le miroir et reprend le fer à friser.) Bon Dieu. Pourquoi est-ce que les adultes sont aussi compliqués ? On penserait que les gens ont réglé toutes ces histoires, arrivés à la quarantaine.

Phil est assis dans le fauteuil et sirote le verre d'eau que le docteur Kovitz laisse toujours sur la petite table d'appoint. Il n'y a pas touché les trois séances précédentes, mais, à présent, il trouve que c'est un moyen utile de rassembler ses idées après une question à laquelle il ne sait pas trop comment répondre.

—Je veux dire, il se passe clairement quelque chose avec elle. Elle... n'est jamais à la maison. Et il y a deux soirs de ça cette semaine, elle est revenue tard et plutôt... rayonnante.

—Rayonnante ?

— Genre... vraiment heureuse. De l'intérieur.

Ça lui fait même mal de l'énoncer à voix haute.

—Lui avez-vous demandé où elle était ?

Phil prend une gorgée d'eau.

—Hum... non.

—Pourquoi ?... Vous ne voulez pas connaître la réponse ?

Phil secoue la tête. Pas vraiment un « non », plutôt un « je n'en suis pas sûr ».

Un long silence s'installe, durant lequel Phil garde les yeux rivés sur le tapis, puis le docteur Kovitz dit :

—Je suis frappé par le manque de pouvoir d'action que vous ressentez, Phil. On dirait que vous ne vous estimez pas capable de faire grand-chose. Pas seulement vis-à-vis de votre épouse, mais des événements en général. Avez-vous éprouvé cela toute votre vie ?

Phil réfléchit. Il se rappelle s'être senti assez différent de ça, bourré de projets, d'énergie. Il se rappelle l'achat du camping-car, comment il avait imaginé leur avenir ensemble.

— Non.

— À votre avis, pourquoi vous sentez-vous ainsi en ce moment ?

Phil prend une autre gorgée d'eau. Il ne voit pas ce qu'il pourrait répondre, il décide donc de se taire. Un certain temps.

— J'aimerais revenir sur la maladie de votre père, si vous le voulez bien. Cela semble vous avoir profondément affecté.

— Je ne tiens pas vraiment à en parler.

— Eh bien… Je pourrais me contenter de vous poser quelques questions générales, dans ce cas. À son sujet. Est-ce que votre relation était bonne avec lui ?

— Bien sûr !

Phil entend que sa voix est trop forte, trop catégorique. Il sait que le docteur Kovitz le percevra aussi. Rien ne lui échappe.

— Bien sûr. Avez-vous passé beaucoup de temps ensemble quand vous étiez enfant ?

— Quand il était en congé, oui. Mais il travaillait beaucoup. Il travaillait toujours. Mais, vous savez, c'était un bon père.

— Il avait donc une grande conscience professionnelle.

— Oui. Il nous le répétait sans arrêt : qu'on devait s'investir entièrement dans notre travail.

— Et vous l'avez fait ?

— Oui. Enfin, j'étais un peu différent de lui, car je pense que j'étais plus focalisé sur la famille. Ce ne sont pas les mêmes générations. Les hommes n'étaient pas pareils à l'époque, hein ? De plus… il nous a fallu un moment à Sam et moi pour avoir Cat, alors je ne vivais pas les choses de la même façon.

Elle a fait… des fausses couches, vous savez. Ça l'a rendue… (Le docteur Kovitz attend.) Eh bien, elle disait qu'elle se sentait nulle. Je n'ai jamais pensé ça. C'était juste horrible pour elle. Vous vous sentez tellement démuni, vous savez ? Elle poursuivait ces grossesses, et alors, juste au moment où nous pensions que celui-là allait tenir… elle le perdait.

— Et c'est arrivé combien de fois ?

— Quatre. Quatre fois. La dernière à cinq mois.

— Je suis navré. Ça a dû être très dur.

— Eh bien, le plus dur, c'était pour Sam, évidemment. C'était elle qui les portait.

— Mais quand même dur pour vous.

— C'est juste que vous ne savez pas quoi leur dire, vous voyez ? Elle pleurait dans la salle de bains, et elle était tellement triste, au bout d'un moment, vous ne savez plus quoi faire.

— Qu'avez-vous fait ?

— Je lui ai juste dit que tout irait bien. Qu'on y arriverait.

— Et vous y êtes arrivés.

— Oui, dit Phil, en souriant soudainement. Sam a subi une intervention. Cette histoire de suture cervicale. Et alors, quelques mois plus tard, elle est tombée enceinte de Cat. Et quand elle est née, c'était la plus belle chose que j'aie jamais vue…

Ces quelques mois avaient été les plus beaux de sa vie. Tous ses collègues de travail se plaignaient des nuits sans sommeil, d'être ignorés par leur femme au profit du bébé, ou de l'état de la maison, mais Phil était toujours content de se lever aux aurores pour laisser Sam se reposer. Il adorait tenir Cat contre lui, la bercer, humer son parfum de bébé, la regarder dans les yeux. Elle était si précieuse, si vulnérable. Il avait la sensation, pour la première fois de sa vie, d'avoir accompli quelque chose de miraculeux, quelque chose qui dépassait tellement ses attentes envers lui-même que, rien qu'en pensant à elle, il avait les larmes aux yeux. *Son enfant. Leur bébé.* Ils n'ont pas essayé d'en avoir d'autres. Ils ont décidé de laisser la nature faire les choses et, comme il ne s'est rien produit, ils se sont estimés très chanceux d'avoir leur magnifique fille : compte tenu de ce qu'ils avaient traversé, ils trouvaient malvenu d'en attendre davantage. Ou peut-être, si ce n'était pas le cas, avaient-ils décidé de garder leurs réflexions respectives pour eux.

— Eh bien… c'est charmant, Phil. Il était compréhensible que vous soyez un peu plus concentré sur votre famille que ne l'était votre père. Vous aviez enduré tellement plus pour en avoir une.

— Oui, oui, dit Phil en acquiesçant.

— La famille est clairement importante pour vous. Et cruciale pour votre bien-être. Alors, si vous sentez que vous en avez perdu un membre clé, que votre mère a soudain endossé le rôle d'une personne plutôt indépendante et que votre femme ne semble plus tirer son bonheur de votre relation, tout cela va vous paraître assez… déstabilisant ? Est-ce que cette synthèse vous paraît juste ?

C'est étrange de l'entendre ainsi énoncé.

— Eh bien. Ouais. J'imagine.

— Mais j'aimerais quand même comprendre ce que vous trouvez si difficile à aborder concernant votre père.

— Il est mort, non ? Il est mort pendant que j'étais là. Ce n'est pas assez difficile ?

— Ça peut l'être. Mais certains considèrent que c'est un privilège d'être au chevet de la personne qu'ils aiment, de l'aider à entrer… dans le monde suivant.

Phil sent le nœud familier dans son estomac. Il n'arrive pas à parler. Il veut s'en aller. Il jette un coup d'œil autour de lui, se demandant s'il ne va pas simplement se lever et partir.

— Phil ?

— Ce n'était… Ce n'était pas comme ça pour moi.

— Peut-être que si vous étiez très dépendant de la bonne opinion de votre père, vous avez eu le sentiment de ne plus avoir aucun objectif après sa disparition.

— Non… Non ce n'est pas ça.

— Mais il vous aimait. Vous m'avez dit lors de précédentes séances que votre mère et lui étaient très proches, et que, en tant que fils unique, vous étiez l'objet de beaucoup d'attention. Une attention aussi concentrée peut se révéler à la fois bonne et mauvaise.

Phil met la tête dans ses mains. Il reste ainsi un long moment, si long que, brièvement, il oublie la présence du docteur Kovitz. Lorsqu'il prend enfin la parole, il a une toute petite voix, qu'il reconnaît à peine lui-même.

— Il a voulu que j'y mette fin.

— Quoi ?

— Il a voulu que je le tue. Que j'y mette un terme. Vers la fin, jour après jour, il était là dans son lit, à respirer péniblement, mais dès que ma mère quittait la chambre, il me saisissait le poignet et me disait de lui mettre un oreiller sur la tête. Il souffrait trop. Il ne le supportait plus. Il détestait être faible devant ma mère, détestait qu'elle le voie comme ça. Il ne voulait plus être là.

Le docteur Kovitz l'observe. L'intensité avec laquelle il le fait rappelle soudain à Phil le regard inébranlable de son père, la pression de cette main squelettique sur son poignet.

Fais-LE.

FAIS-LE, PHIL.

— Et qu'est-ce qui s'est passé ?

— C'était… affreux. J'avais une peur bleue d'y aller. Une peur bleue, vraiment. Un jour, j'ai même carrément vomi avant d'entrer.

L'odeur de cette petite chambre, de désinfectant et d'autre chose de sucré et pourrissant, de dépérissement imminent, ces heures d'inertie sans aucun autre bruit que les halètements rauques de son père, les pas feutrés du personnel dans le couloir.

— Je poussais maman à faire une pause, à descendre prendre une tasse de thé. Elle était là en permanence, vous comprenez. Elle s'épuisait.

— Donc votre mère vous laissait seuls dans la chambre ?

Phil acquiesce. Se passe une main sur le visage.

— Parfois, il avait des larmes qui coulaient. Et ça le mettait en colère. Vraiment en colère. Je crois que je ne l'avais jamais vu pleurer de ma vie. C'était un homme fort. Un chef de famille. Un roc. Il refusait d'être… faible.

— Combien de fois vous a-t-il demandé de… d'y mettre fin ?

— Les derniers jours, c'était chaque fois que je venais. Alors peut-être tous les jours pendant trois semaines ? Et j'ai perdu mon boulot – ils disaient qu'ils « restructuraient », mais je sais que c'est parce que je devais m'absenter sans arrêt. Il me semblait impossible de laisser ma mère affronter ça toute seule.

Un autre long silence. Dehors, une voiture vrombit bruyamment et de manière répétée, comme si quelqu'un perdait espoir en son moteur.

— Phil… Votre père est-il mort pendant que vous étiez seul avec lui ?

Phil hoche lentement la tête, sans le regarder.

Le docteur Kovitz attend avant de parler. Lorsqu'il le fait, sa voix est douce.

— Phil, si vous vous apprêtez à me raconter que vous avez aidé votre père sur cette voie, je peux vous dire tout de suite que je ne suis pas obligé légalement de le signaler comme un crime, tant que vous n'estimez pas être une menace pour les autres. Ce n'est pas une chose qui doit vous inquiéter. (Phil garde le silence.) Est-ce… Est-ce que c'est ce qui vous pèse ? (Le docteur Kovitz pose son carnet.) Je suis tenu au secret professionnel, Phil. Vous êtes libre de tout me raconter. Si c'est ce que vous êtes en train de me confier, vous avez été accablé d'un énorme fardeau, et ça pourrait vous aider de l'exprimer.

— Non.

Phil relève la tête. À présent, quand les mots lui viennent, ils se déversent, incontrôlables.

— Maman est allée prendre une tasse de thé. Il était 17 h 15. Il m'a dit… Il m'a encore demandé de le faire. Et encore. Et je… Je ne pouvais pas. Je me suis mis à pleurer. J'étais tellement lessivé à ce moment-là, vous comprenez. Venir tous les jours en sachant ce qui allait se passer. Comment il allait me regarder. Les sons qu'il émettait, la manière dont son visage… J'ai pleuré. Et alors, il m'a dit que je n'étais bon à rien. Il m'a dit que je n'étais qu'une petite merde parce que je refusais de le faire. Je ne pouvais pas. Je sais que ça aurait été plus facile pour lui que j'accepte, mais je ne pouvais pas. Je serais incapable de tuer quelqu'un. Je suis trop faible. Il était mourant et me faisait l'inventaire de toutes les façons dont je l'avais déçu. Il me disait qu'il avait toujours su que j'étais nul. Il avait la voix… rauque et si… furieuse. Et sa main m'agrippait le poignet, et elle était si puissante malgré tout, c'était comme si je ne pouvais pas bouger. Je ne pouvais pas bouger. Et il me dévisageait avec ses yeux grands ouverts et remplis de… pure haine, et il me disait que je ne servais à rien et qu'il me méprisait et que je n'étais qu'un gosse stupide et faible et qu'il ne m'avait jamais aimé. J'étais trop faible. Trop faible. (Il sanglote à présent.) Et puis, soudain, les machines se sont affolées et il y a eu tout ce bruit et les infirmières sont arrivées, et il était mort. Il était mort.

Phil ignore combien de temps il pleure. Il n'est pas certain d'avoir un jour pleuré ainsi, avec de gros gémissements qui jaillissent de lui et le secouent intégralement, les paumes mouillées de larmes. Après quelques minutes, il sent la main du docteur Kovitz sur son dos, prend conscience de la boîte de mouchoirs tendue devant lui et s'essuie à maintes reprises le visage, présentant ses excuses pour cette série de mouchoirs qu'il prend avant de les jeter parce qu'ils sont aussitôt trempés.

Et puis, ça se calme, tel un orage qui passe. Et Phil reste assis dans un silence hébété, éreinté, le souffle chevrotant et saccadé dans sa poitrine. Le docteur Kovitz patiente, puis se lève et retourne lentement à son fauteuil de l'autre côté de la pièce.

— Phil. Écoutez-moi. J'ignore si votre père pensait un mot de ce qu'il vous a dit durant ses derniers instants ou si tout cela n'était que l'agitation d'un homme très malade et frustré. Mais j'aimerais que vous réfléchissiez à ceci. Je ne connais pas beaucoup de gens qui auraient pu surmonter ce que vous avez enduré. La force, la véritable force, n'est pas nécessairement de faire ce que l'on vous demande. La force, c'est se présenter tous les jours devant une situation qui est intolérable, insupportable même, dans le seul but de soutenir ceux que vous aimez.

La force, c'est se trouver dans cette effroyable chambre, heure après heure, même si tout votre être vous dit que c'est trop à endurer pour vous.

Phil s'est maintenant remis à pleurer violemment, mais, par-dessus le bruit de ses propres halètements, il arrive juste à distinguer la dernière phrase du docteur Kovitz.

— Selon ces critères-là, Phil, vous vous êtes montré en effet très courageux.

Il arrive une chose étrange à Nisha. Elle ne cesse de penser à Aleks. Elle est devenue hyper consciente de sa présence dès qu'elle va déjeuner, sent ses coups d'œil occasionnels lui brûler le dos. La nuit, elle se surprend à penser au creux de son cou, à sa façon de plisser les yeux lorsqu'il réfléchit à ce qu'elle vient de dire, comme si tout devait être sérieusement pris en considération. C'est la personne la plus constante qu'elle ait jamais rencontrée : pas de crises brutales ni de sautes d'humeur, comme Carl, pas d'éclats de rire ni d'accès de colère. Il sourit de la même manière lorsqu'il la voit, lui tend de la nourriture qu'elle ignorait avoir envie de manger, la laisse repartir avec un petit geste de main ou un hochement de tête. Il est toujours agréable, gentil avec elle, et parfaitement indéchiffrable. Franchement, c'est exaspérant.

Au cours de sa pause déjeuner, elle s'est mise à lui poser des questions sur sa vie, perchée sur le plan de travail près de lui pendant qu'il travaille, ou partageant une cigarette avec lui dans l'allée. Il vient de Pologne, mais considère l'Angleterre comme son pays, y résidant depuis seize ans. Il est séparé, en bons termes avec son ex, il a toujours été chef, et non, il n'a jamais rien voulu faire d'autre. Il trouve que la direction n'est pas géniale dans cet hôtel, mais il a connu pire, et il est à l'aise ici. C'est bien de travailler quelque part où l'on est estimé. Il aimerait avoir son propre restaurant un jour, mais ne voit pas trop comment il réunirait le capital. Il aime Londres, il est propriétaire de son petit appartement, grâce à son défunt père, et le 31 décembre, il arrête de fumer. Il le dit comme s'il s'agissait d'une chose qu'il peut décider, et Nisha ne doute pas que cela arrivera. Il a une fille de onze ans qui dort chez lui quand il est de repos. Son visage s'adoucit lorsqu'il parle d'elle, et son regard se fait lointain, comme s'il existait tout un univers que Nisha n'a pas encore été autorisée à voir. Tout le monde l'apprécie en cuisine, mais il ne raconte pas de blagues, ne traîne pas au vestiaire durant ses temps morts, à se plaindre des doubles services ou des derniers pétages de plombs de Michel, comme les autres. Il reste dans son coin, apparemment content de faire son travail pour ensuite se retirer Dieu sait où. Il lit des livres de cuisine en permanence. Il consulte rarement son téléphone, et il semblerait que le sport et les sorties dans les bars ne l'intéressent pas. Il n'essaie pas de l'impressionner, de l'apaiser, de flirter, ni de lui poser de questions. Elle ne parvient pas à le cerner.

— J'ai laissé ton canard dans le bus, avoue-t-elle un jour, presque pour le provoquer.

— Eh bien, je t'en trouverai un autre.

— Tu ne me demandes jamais rien sur moi, lui dit-elle quand il s'assied en face d'elle alors qu'elle mange un sandwich.

Au moment où elle prononce ces mots, ils sonnent presque comme une plainte, et c'est irritant. Il marque une pause avant de répondre.

— Je me dis que tu me raconteras probablement ce que tu veux que je sache.

— Mais pourquoi tu ne me dragues jamais ? l'interroge-t-elle un soir quand ils sortent.

Elle vient de finir son service. Il est resté tard pour nettoyer son poste en profondeur, et il fait nuit. Le flot des voitures s'écoule à côté d'eux en rugissant le long de l'Embankment.

— Tu veux que je te drague ? demande-t-il, inclinant la tête vers elle.

— Non.

— Eh bah, voilà.

— Qu'est-ce que ça veut dire ?

Elle s'arrête et le regarde en sourcillant.

— Ça veut dire que si tu es un homme avec un peu de bon sens, tu peux deviner si une femme a envie que tu lui fasses des avances.

— La plupart des hommes m'en font quand même.

— Ça ne m'étonne pas. Tu es très belle.

Elle l'observe attentivement.

— Tu me dragues, maintenant ?

— Non. J'énonce juste un fait.

Il est extrêmement agaçant. Elle arrive à déchiffrer presque n'importe quel homme de la planète, mais pas lui. Ça la déstabilise et l'énerve en sa présence, si bien qu'elle adopte un ton étrangement provocateur quand elle s'adresse à lui – parfois, elle l'évite complètement.

Et le problème, le voici : Nisha est en manque de sexe. Ce n'est pas précisément Carl qui lui manque. Certains jours, elle gémissait intérieurement en apercevant cet air dans ses yeux. Mais elle se sent privée de contact physique. Être serrée, touchée, désirée lui manque. La sensation de pouvoir qu'elle éprouvait quand elle suscitait un émoi physique chez un homme lui manque. Elle ne peut même pas s'atteler au problème, étant donné qu'elle dort dans un lit superposé avec une gamine de quatorze ans en dessous d'elle.

— Tu l'aimes bien, dit Jasmine, qui la surprend en train de le regarder tandis qu'elles mangent leurs sandwichs.

— Non.

Jasmine hausse un sourcil.

— OK.

— C'est un cuisinier de casse-croûte sans argent ni perspectives. Pourquoi je l'apprécierais ?

Jasmine finit sa bouchée et se tamponne les lèvres avec un mouchoir avant de parler.

— Ma fille, à ta place, je lui grimperais dessus comme un arbre.

Depuis presque cinq mois, en rentrant chez elle, Cat joue à un jeu toute seule sur les derniers mètres. Quand elle ferme le portail derrière elle et parcourt la petite allée jusqu'à la porte d'entrée, elle se lance des paris sur la position dans laquelle elle retrouvera son père. La plupart du temps, c'est allongé sur le canapé, la tête côté table basse. Il lui arrive d'être dans l'autre sens, les pieds près de la table et la tête posée sur deux coussins. Les rares fois où elle a deviné, Cat s'est décerné le Bingo de la Flemme. À présent, elle passe devant le camping-car croupissant avec son gigantesque tournesol de hippie, qui, franchement, est à la fois une honte et un désastre écologique. Puis elle glisse la clé dans la serrure et décide que ce sera une journée classique. Son père aura la tête côté table basse. C'est ce que les bookmakers appellent un coup sûr. Elle ouvre la porte, ferme derrière elle, et regarde dans le salon. Mais la télévision est éteinte et il n'est pas là.

Elle suspend son manteau à la patère et va dans la cuisine. Il est 19 h 15, mais, une fois de plus, sa mère n'est pas rentrée du travail. Cat éprouve un pincement de détresse en songeant à ce que la vie était ici seulement un an et demi plus tôt : elle pouvait arriver à la maison et savoir avec une quasi-certitude que sa mère serait en train de cuisiner quelque chose, son père appuyé contre un plan de travail, à bavarder sans cesse, la radio gargouillant dans le coin. Elle n'avait pas mesuré la profonde sensation de sécurité que cela lui procurait. Et, aujourd'hui, il n'y a personne, rien que ce silence pesant.

Elle mange deux galettes de riz qu'elle prend dans le placard (presque vide), puis monte dans sa chambre. Et c'est alors qu'elle le voit : son père, allongé simplement sur le lit, les yeux au plafond.

Elle s'arrête devant la porte ouverte.

— … Papa ?

Il tourne la tête vers ellc. Il a l'air éreinté. Comme toujours, ces temps-ci.

— Oh, salut, chérie.

Il ébauche un petit sourire.

— Qu'est-ce que tu fais ?

— Je suis juste monté me reposer. Un peu… fatigué aujourd'hui.

— Où est maman ?

Il cligne les yeux, comme si ça lui venait seulement à l'esprit.

— Je n'en sais rien. Sans doute au travail ?

— Tu l'as appelée ?

— Heu… Pas aujourd'hui. Pas tout de suite.

— Mais il est 19 h 15.

Cat braque son regard sur lui. Sur sa passivité, son refus d'agir, alors que tout s'effondre autour de lui. Et soudain, elle n'en peut plus.

— Bon Dieu, papa. Réveille-toi !

Il paraît surpris, et c'est bizarrement gratifiant.

— Où est maman, à ton avis ?

Il secoue la tête.

— Je… Aucune idée.

— Elle est avec un *homme*. Et toi… tu es juste avachi là comme une putain de… patate. Tu la laisses partir. Tu crois qu'il va se passer quoi, papa ? Que si tu restes tranquille sur ton canapé, tout va se remettre en place ? Il faut que tu *fasses* quelque chose. Que tu bouges tes fesses pour voir ce qui se passe sous ton nez !

— Un homme ?

— J'ai vu maman.

Cat sent les larmes lui monter aux yeux, elle sent son visage s'enflammer, mais elle s'en moque.

— Je l'ai vue du bus. En train de le serrer dans ses bras. Et tous les jours elle se maquille et elle rentre tard, et tu fais comme si de rien n'était.

Il paraît bouleversé. Peu importe. Elle veut qu'il soit choqué. Elle veut le secouer.

— Ce n'est pas… Ce n'est pas…

Elle ouvre brusquement leur penderie et commence à fouiller par terre jusqu'à ce qu'elle en sorte un sac.

— Tu vois ça ?

— Un sac ? dit-il d'un air perplexe.

Elle l'ouvre. Et elles sont là, exactement où elle les a trouvées deux jours plus tôt. Un rappel brutal de tout ce qui dérape.

Elle brandit l'une des chaussures.

—Elles sont à maman. À ta *femme*. C'est ce qu'elle porte pour aller rejoindre son amant. Et si tu prêtais la moindre attention à quoi que ce soit au lieu de rester bloqué dans ton… ton *trou*, tu te rendrais compte que tu dois faire quelque chose!

—Elles appartiennent à ta mère?

Il braque des yeux incrédules sur les chaussures.

—Oh, mon Dieu. Est-ce que je dois te l'épeler? Argh. Normalement, c'est vous, les adultes, ici! Et je dois littéralement te montrer du doigt ce qui déconne dans votre mariage! Papa! Merde! Réveille-toi! Mais réveille-toi, putain! Je déteste vivre ici! Je déteste!

Cat ne supporte plus de le regarder. Elle fond en larmes, projette la chaussure à l'autre bout de la chambre et sort d'un pas raide en claquant la porte derrière elle.

Sam passe la porte d'entrée, encore réchauffée par le trajet qu'elle a parcouru en vitesse à pied. Elle semble marcher plus vite partout en ce moment, arrivant à destination rayonnante d'effort, comme si elle était soudain plus déterminée.

Elle sort d'une séance fabuleuse à la salle de sport. Simon était d'une humeur massacrante aujourd'hui, trouvant à redire sur son travail et lui adressant des coups d'œil dédaigneux dès qu'elle l'apercevait. Elle en avait été si angoissée et accablée qu'elle avait presque décidé de ne pas y aller. Mais Joel, comme s'il l'avait deviné, lui avait envoyé un texto disant: C'est ce genre de soirs que tu DOIS y aller. Ils s'y étaient donc rendus à pied ensemble à 18 heures, et, à présent, presque deux heures plus tard, elle a l'impression de pouvoir conquérir le monde. L'entraîneur, Sid, lui avait enseigné les différentes manières de frapper quelqu'un, montré comment elle devait contracter l'abdomen et effectuer un coup direct ou balancé, comment elle pouvait créer un impact, plutôt que donner faiblement un coup de poing mou et inefficace du poignet. À la fin, il criait : « *Yes*, ma grande ! *Yes !* » Et même si le moindre de ses muscles hurlait, elle sentait la connexion de ses gants avec les boucliers de frappe de Sid – un, deux, un, deux –, elle avait le contrôle, toutes ses émotions se canalisaient dans les gants rouges. Elle avait les jointures agréablement meurtries en fin de séance, et la sensation d'être beaucoup plus résistante qu'en réalité.

« Tu as chopé le truc ! », avait dit Joel, alors qu'ils se rejoignaient dehors après sa première fois à la salle. Elle ne pouvait plus s'arrêter de sourire. Elle portait les chaussures, parce qu'elles semblaient simplement ajouter à cette euphorie, même si elle savait qu'elle remettrait ses baskets dès que Joel aurait tourné le dos. Elle lui avait dit qu'elle se sentait merveilleusement bien, et il l'avait prise dans ses bras en déclarant qu'elle était inarrêtable.

Elle y est allée quatre fois à présent, et, à chaque séance, même si ses muscles se plaignent de ces efforts inattendus, elle a l'impression qu'une part d'elle se réunifie. Elle s'aperçoit qu'elle se moque du côté peu glamour, de finir chaque fois avec la sueur qui lui goutte dans les yeux, les cheveux tirés en une queue-de-cheval grasse, le visage rouge et sans maquillage. Elle regarde les autres femmes, de la minuscule et musclée Fatima à Annette, dont l'énorme bas de survêtement contient à peine les fesses : elles se moquent de son apparence, d'où elle va en vacances, ou de savoir si son corps a la masse musculaire prescrite. Elles échangent des sourires en coin durant l'éprouvant échauffement, quand l'une ou l'autre envoie un crochet ou un direct, elles lui crient des encouragements quand elle effectue un bon coup. Sid les traite tous comme de sérieux athlètes, exigeant des résultats, proférant de fausses menaces s'ils ne repoussent pas assez leurs limites. Et puis, si elle regarde dans le coin, elle verra Joel martelant le sac de frappe dans un mouvement fluide et lui souriant en essuyant la sueur de son front avec l'avant-bras.

Et il se produit un changement. Au bout de quatre séances, elle s'aperçoit qu'elle se tient déjà un peu plus droite au travail, marche comme si son abdomen était curieusement plus puissant. Quand Simon commence à s'en prendre à elle pour quelque erreur qu'elle aurait commise, elle l'accepte en acquiesçant, mais imagine intérieurement qu'elle lui envoie une série de crochets et d'uppercuts au menton – trois, quatre, cinq, six ! –, et elle n'en est pas certaine, mais elle aime penser que cela l'irrite et le déstabilise légèrement de voir qu'elle ne s'effondre pas.

— Coucou ?

Elle ouvre la porte d'entrée et ôte son manteau. La télévision est éteinte et elle se demande brièvement si Phil est même là, avant de se dire que, évidemment, il est là. Où d'autre se trouverait-il, ces temps-ci ? Elle éprouve une pointe de résignation, mais la réprime et se dit de s'accrocher à ce bien-être qu'elle conserve quelques heures après chaque séance. *Un, deux, trois, quatre. Reste forte. Ancre tes pieds au sol.*

Phil et Cat sont dans la cuisine. Assis à table, ils mangent des lasagnes en silence. Elle s'arrête sur le seuil.

— Salut ! lance-t-elle, surprise, car ils ne cuisinent presque jamais sans elle. Vous ne m'avez pas attendue !

— On ne savait pas à quelle heure tu rentrerais, dit Cat sans relever la tête.

— Oh. Désolée. Je… J'ai voulu appeler, mais j'ai été retenue. Qui a acheté les lasagnes ?

— Moi, dit Cat en coupant un petit morceau avant de le mettre dans sa bouche.

Il lui faut un instant pour remarquer une drôle d'ambiance. Phil n'a pas levé le nez de son assiette. Il en pique sans entrain le contenu de sa fourchette, comme s'il avait juste besoin d'alimenter son corps.

— C'est gentil de ta part, ma chérie. Merci. (Elle pose son sac sur le plan de travail.) Il y a une assiette pour moi ?

— Dans le placard, répond platement Cat.

Sam lui adresse un regard aiguisé, mais ne décèle rien.

Elle prend une assiette et s'assied, puis se sert une part de lasagnes. Elle meurt de faim. Elle se réjouit de penser à toutes les calories qu'elle doit brûler. Elle prend des légumes dans le plat et commence à manger. Phil ne la regarde pas. Il continue juste de mettre lentement la nourriture dans sa bouche. Sam balaie la table du regard.

— Alors, comment allez-vous ? Bonne journée ?

— Pas mal, dit Cat.

— Qu'est-ce que tu as fait ?

— Pas grand-chose.

— Phil ?

— Pas mal.

Sam prend une bouchée. C'est délicieux. Elle va se concentrer là-dessus, décide-t-elle, plutôt que sur cette étrange ambiance.

— Eh bien, c'est bon. (Elle attend, mais personne ne dit rien.) Délicieux, même.

— C'est juste du *Tesco*, dit Cat.

Puis elle se lève brusquement et va glisser son assiette vide dans le lave-vaisselle avant de se diriger vers la porte.

— Je vais chez Colleen. Je ne rentre pas tard.

Sam s'apprête à parler, mais sa fille est déjà partie.

Elle se tourne vers Phil.

— Qu'est-ce qui se passe avec Cat ? (Phil continue de mâcher.) Elle est bizarre, ces jours-ci. Tu ne trouves pas ?

Phil secoue la tête, mastiquant comme si ça l'empêchait de parler.

Elle se dit en réprimant un soupir qu'il n'a sans doute même pas remarqué.

— J'ai eu de bonnes nouvelles, aujourd'hui, annonce-t-elle vaillamment. Enfin, je ne sais pas si ce sont vraiment de bonnes nouvelles, mais Miriam Price, la femme avec qui j'ai décroché un gros contrat, m'a proposé que nous déjeunions ensemble plus tard dans la semaine. Elle n'a aucune raison de me voir, étant donné que nous avons fini le boulot et qu'elle était contente. Elle souhaite discuter de quelque chose. Bon, ce n'est peut-être rien. Elle a peut-être juste besoin d'un conseil sur je ne sais quoi. Mais c'est chouette, parce que c'est… ce genre de personnes vraiment impressionnantes, tu sais ? Ça fait du bien que quelqu'un comme elle ait envie de t'emmener déjeuner.

Phil acquiesce, prend une autre bouchée.

— Je me demande vaguement si… Eh bien, je sais que Harlon & Lewis cherche d'autres gestionnaires de comptes. Alors je me disais que je devrais peut-être franchir le pas et lui demander s'il y a des postes disponibles. J'en finirais avec Simon, tu vois ?

— Ouaip.

— Je gagnerais peut-être plus.

Elle ne lui a pas encore parlé de la menace qui pèse sur son travail. Encore une conversation pour laquelle, pense-t-elle, il n'est sans doute pas d'attaque.

Il ne dit rien.

— Enfin, j'apprécie vraiment mes collègues. (Sentant ses joues rosir, elle espère que ce n'est pas trop visible.) Mais si Simon ne change pas d'attitude à mon égard, alors peut-être que je devrais. Ça vaut le coup de le tenter, de toute façon, non ?

Il la regarde un instant, arborant une expression neutre, indéchiffrable. Puis il retourne à son assiette.

— Phil... Est-ce que tout va bien ? s'enquiert-elle après quelques instants.

— Ça va.

Il finit son assiette et, alors que Sam est toujours assise, se lève péniblement de table, va mettre ses couverts dans le lave-vaisselle et se dirige vers le salon. Sam se retrouve seule avec ses lasagnes.

Depuis un certain temps maintenant, quand Sam le croit endormi, Phil est éveillé, les yeux fermés, aux prises avec son père à des heures indues. Il sent sa main squelettique lui agripper le poignet, incapable de détourner le regard de celui intense et furieux de son père. Parfois, il est paralysé, perdu dans la boucle sans fin de ses pensées : *Tu es un homme faible, inutile. Fais-le ! FAIS-LE !* Aujourd'hui, c'est la première nuit depuis des mois que son père le laisse tranquille, mais ça ne l'a nullement soulagé. À la place, il est désormais hanté par l'image de cette femme allongée à côté de lui, les mains sur le corps d'un autre homme, le visage illuminé par sa présence. Depuis quand cela dure-t-il ? Quels mensonges a-t-elle racontés afin de le retrouver en douce ? Ces deux dernières semaines, elle est souvent rentrée le rouge aux joues et légèrement hors d'haleine, et l'idée de ce qu'elle a pu faire avec cet amant inconnu lui déclenche une douleur dans l'estomac qui l'incite à replier les genoux sur le torse. Sa Sam. La femme avec qui il rit, se couche depuis plus de vingt ans, et qui se soucie maintenant si peu de lui qu'il pourrait aussi bien être un meuble au rebut. Soudain, elle lui est comme inconnue. Et comment a-t-il pu ne pas remarquer ce qui se produisait ? Une part de lui avait senti que quelque chose avait changé, que l'ambiance était bizarre entre eux. Mais il lui avait paru simplement impossible d'y faire face, et il avait détourné la tête jusqu'à ce que la fureur de sa fille le force à regarder.

La seule question que Phil ne se pose pas, c'est pourquoi. Parce que la raison est évidente. Qu'a-t-il eu à offrir à Sam, ces derniers temps ? Il n'est qu'une coquille vide depuis des mois, incapable de fonctionner. Incapable de lui donner quoi que ce soit. Un nul. Il aurait dû se douter qu'elle finirait par aller voir ailleurs.

Ces pensées tourbillonnent et se pourchassent toute la nuit, si bien que, à l'aube, il est bouleversé. Les yeux irrités, il se sent nauséeux, agité et épuisé en même temps. Il l'entend se lever, se doucher et s'habiller près de lui – pense-t-elle à ce qu'elle va porter pour lui ? De la lingerie spéciale, ou une tenue que cet homme lui a dit apprécier particulièrement ? –, puis elle descend sans bruit l'escalier. Elle ne se penche plus au-dessus du lit pour l'embrasser avant de partir. Avant, il croyait qu'elle ne voulait pas le déranger ; maintenant, il suppose qu'elle veut probablement éviter tout contact avec lui. Sans doute le méprise-t-elle. Il entend la porte d'entrée se fermer, la voiture démarrer et presse ses poings contre ses yeux, souhaitant que tout cela cesse. Qu'on l'extirpe de ce corps, de cette vie, pour le mettre quelque part où il n'aura pas à affronter cette débâcle.

Il est allongé là depuis un certain temps – une demi-heure ? Deux heures ? Avec une drôle de sensation dans les mains, les bras, le corps curieusement déconnecté de son esprit. Lorsqu'il ne le supporte plus, il se lève et déambule dans la chambre. Par la fenêtre, il regarde la rue, toujours la même, mais désormais différente. Puis il se tourne vers la penderie, l'ouvre et baisse les yeux sur le sac de sport noir que sa fille lui a brandi la veille. Il l'examine, le souffle court, comme s'il s'agissait d'un déchet radioactif. Et puis, lentement, il s'accroupit et l'ouvre. Elles sont là, dépassant de la fermeture, les chaussures sexy rouges à talons hauts. C'est comme si elles appartenaient à quelqu'un qu'il ne connaît pas. Il en prend une, l'étudie. Poussé par une étrange impulsion, il l'appuie sur son nez, plisse le visage dans une grimace, puis un hurlement, silencieux, jaillit de lui. Elle porte ces chaussures pour cet homme. Ces chaussures sont un secret partagé entre Sam et son amant. Il la baise probablement avec. Ce mot s'insinue violemment dans l'esprit de Phil, même s'il ne l'emploie presque jamais à haute voix. Ses mains ont commencé à trembler, et il range brusquement la chaussure dans le sac noir. Il fait les cent pas, gémissant doucement de désespoir. Puis il se rassied, la tête dans les mains. Il finit par se lever pour aller prendre les chaussures et les fourrer dans le sac en plastique vide qui traîne par terre au fond de sa penderie. Il ignore complètement pourquoi ce sac se trouve là. D'aussi loin qu'il s'en souvienne, ce sac est là sans aucune raison, comme tant de choses dans cette maison. Le tenant à bout de bras, il descend prestement l'escalier en grimaçant, comme quelqu'un qui se débarrasserait d'une couche pleine ou d'une crotte de chien. Puis il s'immobilise dans l'entrée, sans trop savoir qu'en faire. Il sait juste que ces chaussures ne peuvent pas rester dans cette maison. Elles ne peuvent pas être là, leur présence contaminant tout ce qu'il a connu et aimé. Presque machinalement, il franchit la porte d'entrée, va ouvrir d'un coup sec la portière du camping-car (ils ne le verrouillent plus depuis des mois, quand Sam a commencé à souhaiter secrètement qu'on le leur vole) et grimpe à l'intérieur, humant l'odeur moisie d'abandon, de lent dépérissement. Il ouvre l'un des placards en mélaminé au-dessus de la petite banquette rembourrée, y fourre brutalement les chaussures et claque la porte. Puis il s'assied sur la banquette et respire péniblement, s'efforçant de dissiper la brume rouge qui lui voile les yeux.

Même s'il était le genre d'homme à l'aise pour discuter de ses émotions, il n'y a pas un ami au monde auquel Phil peut parler de tout ça, ni demander conseil. Il pense au docteur Kovitz : que dirait-il ? Il ne serait probablement pas surpris, compte tenu de tout ce que Phil lui a raconté. Lui conseillerait-il d'affronter sa femme ? De se mettre en colère contre elle ? Serait-ce plus *viril* ? De lui dire qu'il est au courant et qu'elle doit faire un choix ? Mais Phil a peur. S'il l'affronte, il devra décider ce qu'il veut, et il l'ignore pour l'instant. Mais ce n'est pas ça, le pire : s'il aborde le sujet, elle va peut-être simplement remballer les chaussures et toutes ses affaires pour partir vivre avec cet homme, qui qu'il soit.

Phil reste assis, pétrifié, les yeux rivés sur ses mains qui tremblent par intermittence, jusqu'à ce qu'il s'aperçoive qu'il a froid en pantalon de pyjama et tee-shirt. Il est debout et se frotte les bras lorsqu'il remarque une pile de vieux magazines que quelqu'un a dû laisser là en attendant le jour de recyclage. Peut-être les poubelles étaient-elles pleines. Il ne se rappelle pas. Il contemple un moment la pile, puis finit par aller en prendre la première moitié. Il cale le poids des magazines contre sa poitrine, ouvre la porte en la poussant avec l'épaule, descend les marches avec précaution, puis emprunte la courte allée qui mène à la poubelle de recyclage, où il les jette. Il revient chercher la seconde moitié, observant l'espace poussiéreux libéré. Puis il regarde dans le sac-poubelle qui se trouvait derrière, et dans lequel ils avaient conservé un bric-à-brac provenant de la remise de son père, des objets que sa mère ne pouvait se résoudre à jeter, mais dont personne ne voulait vraiment : des outils émoussés, de vieux manuels de voiture, des ampoules et des clés pour des serrures disparues depuis longtemps. Il avait pris le sac pour préserver les sentiments de sa mère. Mais dans quelle intention ? Que ferait-il de tout ce bazar ? Il sort le sac et le pose à côté de la benne à ordures noire. Puis il remonte dans le camping-car et continue d'en parcourir le contenu sans réfléchir, sur un coup de tête, explorant méthodiquement l'intérieur négligé, sortant tout ce qui avait été fourré là temporairement pour aller l'entasser à côté ou dans les poubelles. Deux heures plus tard, quand il a débarrassé l'intérieur, il est en sueur, et son bas de pyjama est taché de poussière et de crasse.

La mâchoire crispée, les lèvres pincées, Phil retourne dans la maison et monte dans leur chambre, qu'il balaie du regard jusqu'à ce qu'il aperçoive son sweat-shirt à capuche sous une pile de ses vêtements. Il l'enfile, lentement, met des chaussettes, des bottes, et ressort. Il sera là, à s'acharner sur les entrailles du moteur, quand Sam rentrera, et il ne remettra pas les pieds dans la maison avant qu'elle dorme.

Chapitre 21

Nisha n'a jamais subi de violence physique grave, mais chaque fois qu'elle voit Charlotte dans l'hôtel arborant l'un de ses vêtements, elle éprouve une sensation qu'elle imagine semblable à un coup de poignard. Charlotte a porté le manteau Chloé en peau de mouton deux fois en public : la première, c'était dans ce couloir, la seconde, c'était le samedi suivant, quand elle a traversé le vestibule avec décontraction comme s'il lui appartenait. Deux jours plus tard, elle a mis sa robe argentée Alexander McQueen, fendue sur le côté, pour une soirée – Jasmine et elle l'avaient aperçue alors qu'elles terminaient leur service ; elles sortaient de la ruelle tandis que Charlotte montait dans la voiture qui l'attendait, et Nisha avait eu beaucoup de mal à se retenir de hurler de douleur.

Mais, manifestement, l'insulte n'était pas encore assez cinglante. Le mardi midi, alors que Nisha se dirige avec lassitude vers le plateau de sandwichs, elle jette un coup d'œil par les portes de la cuisine ouvertes et voit Charlotte s'apprêtant à prendre place au restaurant. Elle porte son tailleur Yves Saint Laurent d'un blanc immaculé.

— Non ! s'exclame-t-elle.

Elle s'arrête brusquement, de telle sorte qu'un serveur manque de la percuter et pousse un juron.

Aleks apparaît près d'elle. Le service de midi est presque terminé, et il s'essuie les mains sur un torchon, suivant son regard.

— C'est la maîtresse ?

— Elle va renverser quelque chose dessus, dit Nisha, la respiration hachée. Jamais, jamais je ne mangerais dans ce tailleur.

Aleks regarde par la porte un instant, puis soupire. Elle sent qu'il lui pose la main sur l'épaule pour l'éloigner gentiment.

— Non non non, dit-elle en se dégageant. Tu ne comprends pas. On ne mange pas dans ce tailleur. Ce serait comme… comme manger des spaghettis à côté de la *Joconde*. C'est un Yves. Saint. Laurent. Blanc. 1971. Probablement le dernier exemplaire de ce modèle au monde. Je l'ai acheté à une collectionneuse qui l'a eu à une vente de biens exclusive en Floride. La femme le conservait dans une armoire scellée à température contrôlée, et il avait encore les étiquettes du magasin. Les *étiquettes* d'origine. Il n'avait jamais été porté ! Tu comprends ? Ce tailleur est vintage et immaculé. Parfaitement immaculé. Elle ne devrait pas le toucher, pour l'amour du ciel. Même pas le toucher. Mais elle ne peut pas… elle ne peut pas *manger* avec.

Elle parle d'une voix angoissée. Alors que les portes se ferment, elle aperçoit Carl qui s'assied lourdement à table en face de Charlotte, le téléphone collé à l'oreille.

— Non, dit-elle. Je ne peux pas le permettre. Je ne peux pas…

— Le garde du corps ne sera pas loin, murmure Aleks. Tu ne peux pas t'approcher d'elle. Tu le sais.

Elle se tourne pour le regarder. Il arbore une expression compatissante, mais qui dit aussi, sans équivoque : « Il est temps de t'éloigner. »

— Ce n'est pas injuste, ça, Aleks ? dit-elle alors qu'il la conduit à l'autre bout des cuisines. Comment est-ce qu'ils peuvent s'en tirer aussi facilement ?

Tandis qu'Aleks lui offre une cigarette et attend que sa respiration se calme, elle prend conscience qu'il lui a mis le bras autour de l'épaule. Mais avant qu'elle ne puisse se demander ce qu'elle en pense, il s'en va après lui avoir dit qu'il allait chercher Jasmine, qu'elle ne devait pas bouger de là.

Quand Jasmine arrive, elle la prend dans ses bras et murmure :

— Oh, bébé. Oh, mon pauvre bébé.

Et ça ne dérange même pas Nisha.

Ce soir-là, elle appelle Carl depuis l'appartement. Elle n'a été qu'une boule de rage à peine contenue toute la journée.

— Carl. Je…

— Tu les as ?

— Quoi ?

— Les chaussures ! s'exclame-t-il avec impatience.

— Les chaussures…, avait dit Jasmine un peu plus tôt en ricanant. Tu sais que les chaussures ne sont qu'un moyen pour lui de te trimballer, pas vrai ? Il sait probablement que c'est la seule monnaie d'échange que tu n'as pas, alors il donne l'impression que c'est toi qui ne remplis pas ta part du marché. Quel homme est attaché à ce point à une paire de pompes pour femme ?

Nisha y a songé, et c'était sensé. Il y a sans doute une clause légale bizarre stipulant que les deux parties devraient se conformer aux demandes, ou quelque chose du genre. Elle serait en mesure de le savoir, si elle avait l'argent pour prendre un avocat, bordel.

— Arrête ton petit jeu, Carl, dit-elle. Donne-moi juste mes vêtements et la pension qui m'est due, espèce de petite merde.

— Ah. Le langage du caniveau. Je me demandais combien de temps il te faudrait pour retrouver ta vraie nature.

Elle en reste brièvement sans voix. Jasmine l'observe depuis l'autre bout de la pièce en repassant, une expression attentive et inquiète sur le visage. Elle a dit à Nisha de ne pas appeler Carl, d'attendre, de le faire transpirer un peu, mais Nisha a passé la soirée à écumer d'une rage qu'elle ne peut plus contenir.

— C'est toi qui te vautres dans le caniveau, Carl ! hurle-t-elle. Je sais que tu joues à un jeu stupide avec ces chaussures pour éviter de me payer ce qui me revient. Mais ça ne marchera pas. Aucun juge au monde ne va te laisser me traiter comme ça.

— Bon courage pour le trouver, chérie, rétorque-t-il froidement.

Puis il éclate de rire. D'un véritable rire.

— Donne-moi juste ce qui me revient ! Carl, tu ne peux pas faire ça ! Je suis ta femme !

— Donne-moi les chaussures et on pourra discuter.

— Tu sais parfaitement qu'on me les a volées ! Mon Dieu, tu les as probablement prises toi-même, juste pour me laisser sans rien ! Mais c'est quoi, ce jeu puéril et idiot ?

— Bon, tu commences à m'ennuyer, dit-il d'un ton glacial. Pas de chaussures, pas d'argent.

Et il lui raccroche au nez. Elle regarde son téléphone, bouche bée.

Jasmine apparaît devant elle et lui tend un coussin sans un mot.

Nisha y jette un coup d'œil, puis lance :

— Quoi ? C'est pour quoi, ça ?

— Crie dedans, ma belle. Si tu fais trop de bruit, je vais encore recevoir des plaintes du syndic.

Parfois, elle pense à la femme qui lui a pris ses chaussures, tout comme elle pense au canard qu'Aleks lui a donné, parcourant peut-être en ce moment même une boucle sans fin autour de Battersea et Peckham, encore enveloppé dans sa mousseline sous un siège. Ses chaussures sont sans doute quelque part dans la nature, fourrées dans la penderie d'une fêtarde maquillée à la truelle, ou peut-être emballées dans du papier de soie par une entreprise de revente, prêtes à partir chez une influenceuse à Dubaï. Il va sûrement adorer qu'elle ne puisse pas les récupérer. Parfois, elle le déteste tellement que c'en est douloureux.

— C'était plus ou moins une plaisanterie quand je disais que tes fringues te manquaient plus que ton mec, dit Jasmine.

Elle est en train d'ôter à Nisha ses dernières extensions devant la télévision. Elles avaient commencé à tomber, formant de gros nœuds aux endroits où elles étaient fixées à son crâne. Nisha a l'impression d'avoir la tête étrangement légère, voire inexistante, sans elles.

— Mais c'est vrai ? Non ? Je suis sérieuse. Pas de cris, pas de larmes, pas de haine pour cette autre femme parce qu'elle t'a piqué ton homme, mais, bon sang, tu es vraiment furax pour ces vêtements.

D'abord, sa remarque la surprend. Elle regarde Jasmine, réfléchit un instant, prend un nacho dans le bol, puis attend de l'avoir mâché et avalé pour répondre.

— J'imagine qu'ils représentent quelque chose pour moi. Ils me renvoient à la version de moi-même pour laquelle je me suis battue.

— Une version de toi-même ?

— Tu ne sais pas d'où je viens.

— Et d'où est-ce que tu viens ?

Nisha garde les yeux braqués sur la télévision un moment. Puis elle prend enfin la parole.

— Une petite ville du Midwest, où on achetait nos habits au *DollarSave*. Et on avait de la chance s'ils étaient neufs.

— Au quoi ?

— C'est un genre de magasin discount. Comme votre *Primark*, ou je ne sais quoi. Mais pas aussi classe.

Jasmine explose de rire.

— Tu te fous de moi.

Nisha secoue la tête. Elle n'a jamais raconté cette histoire à personne. Pas depuis qu'elle est montée dans le car à dix-neuf ans en laissant Anita derrière elle.

— Ma mère est partie quand j'avais deux ans. J'ai grandi avec mon père et ma grand-mère, qui estimaient que les vêtements, c'était de la vanité, et que la vanité était l'œuvre du diable. Du moins c'est ce qu'ils disaient. Aujourd'hui, je pense que c'était plutôt parce qu'ils préféraient dépenser le moindre sou qu'on arrivait à gagner dans du bourbon premier prix. Alors je devais implorer pour avoir de quoi m'habiller, et tout ce que j'avais venait du *DollarSave*, où ça puait le bas de gamme. Ils m'achetaient toujours tout avec deux tailles de plus, pour que je grandisse dedans. Ils étaient mauvais, tous les deux, et radins. S'ils ne trouvaient rien là-bas, ils m'achetaient des vêtements de seconde ou troisième main dans les friperies *Goodwill.* (Jasmine écoute attentivement.) Celles près de chez nous étaient tellement dégueus que même les voisins miséreux étaient trop fiers pour y aller. Et tout le monde à l'école savait que tu portais du *Goodwill.* Ils le repéraient à des kilomètres et y voyaient une bonne raison pour te cogner. Je détestais mon apparence. J'ai toujours détesté tout ce que je portais. Quand j'ai été assez grande, j'ai commencé à mettre les tee-shirts de travail de mon père, ça me gênait moins que ces fringues merdiques pour fille. Au moins, ils étaient faits pour durer. C'était du résistant. Et si tu ressemblais à un garçon, là-bas, tu avais moins de risques de t'attirer des problèmes.

Nisha allume une cigarette, et bien que Jasmine lui interdise de fumer dans l'appartement d'habitude, voyant sa main trembler, elle ne l'en empêche pas.

Elle observe Nisha à présent, les yeux écarquillés.

— Mais comment tu as fini mariée à un millionnaire ?

Nisha tire une bouffée, souffle un long panache de fumée et soupire.

— J'ai fait comme tout le monde. J'ai travaillé dans les bars du coin jusqu'à ce que j'aie un peu d'argent de côté. J'étais assez jolie. Enfin, j'avais un truc qui incitait les mecs à me laisser de gros pourboires, en tout cas. Je me suis aperçue que je pouvais en tirer profit. J'ai pris un Greyhound pour New York, fait tous les petits boulots que je pouvais, entretien, ménage, service en bar, quelques petites combines, je suis devenue Nisha. J'ai vu ce prénom dans un magazine, je l'ai trouvé sophistiqué. J'ai bossé pour un type qui connaissait quelqu'un dans une galerie, et puis je suis passée à une autre, d'un niveau supérieur, et en deux, trois ans je me suis transformée. J'ai appris à parler sans nasiller. J'ai laissé tomber les décolletés, et j'ai plutôt fréquenté des mecs qui avaient des tas de bouquins sur leurs étagères. Je me suis construit un personnage qu'on ne pouvait pas emmerder. J'ai rencontré Carl quand il est venu acheter une peinture – un Kandinsky surcoté, si tu veux tout savoir –, et j'ai aimé son assurance. J'ai aimé la façon dont il est entré comme si l'endroit lui appartenait déjà. Il était charmant. Il sentait le fric. Et la sécurité. Et j'ai aimé la façon dont il m'a regardée. Comme si je faisais déjà partie de son monde.

—Il ne connaissait pas ton passé ?

—Oh, je lui en ai raconté une partie. Au début, il ne m'a pas crue, et ensuite, il a trouvé ça marrant. Quelquefois, je me disais que ça le rendait même un peu fier de moi – Carl aime les battants –, mais de temps à autre, s'il était énervé, il le retournait contre moi. Il me traitait de bouseuse, de plouc, me rabaissait. Mais, honnêtement, je pensais qu'il ne déconnerait jamais avec moi comme avec les autres, parce qu'il savait que j'avais déjà vécu bien pire que tout ce qu'il pouvait me balancer. Il savait que je n'avais peur de rien.

Elle tire une dernière bouffée sur sa cigarette et l'écrase sauvagement sur le bord de son assiette.

—À l'évidence, je me suis plantée sur ce coup-là.

—Attends, dit Jasmine. Donc, tu avais *déjà* nettoyé des chiottes avant !

Nisha la regarde.

—C'est *ça* que tu as retenu de mon histoire ? demande-t-elle en riant jaune. Pas depuis mes vingt-deux ans. Anita nettoyait les chiottes. Nisha n'avait même pas touché une brosse jusqu'à ce que j'arrive ici.

— Seigneur. Pas étonnant que tu détestes ce type.

— Plus que tu ne pourrais l'imaginer.

Elle se souvient soudain de Juliana et elle, assises sur une marche de l'escalier de secours durant une chaude soirée à New York, des mois avant qu'elle rencontre Carl, partageant une cigarette en riant, critiquant leur patron, sifflant les ouvriers qui finissaient leur service. Elle se souvient du gloussement guttural de Juliana dans cette chaleur suffocante quand les ouvriers leur répondaient, de ses cheveux bruns bouclés rebondissant sur ses épaules quand elle renversait la tête en arrière. Elle se dit que Juliana aurait apprécié Jasmine.

Un autre souvenir surgit, datant du dernier jour où elle l'a vue. Le menton relevé de Juliana, sa voix étranglée alors que Nisha lui explique, dans l'immense appartement de Carl somptueusement décoré, les consignes qu'il lui a données, les problèmes que ça lui causerait si elles restaient proches. « Donc tu choisis *ça* ? C'est ça qui est vraiment important pour toi ? Je suis ta meilleure amie ! La marraine de ton fils, putain ! (Juliana s'est écartée d'elle, le visage grimaçant.) D'ailleurs, qui es-tu, Nisha ? Parce que, permets-moi de te le dire, je préférais largement Anita. »

La voix de Jasmine la ramène au présent.

— Nish, je savais que tu étais une battante, mais maintenant je le vois. Tu vas récupérer tes affaires, et bien plus. Je n'ai aucun doute là-dessus. Il faut juste que nous trouvions une solution.

— « Nous » ?

Jasmine écarquille les yeux.

— Ce Carl est une insulte aux femmes ! Tu ne croyais quand même pas que j'allais te laisser régler ça toute seule ? On est frangines, maintenant. Tu le sais. Bref. J'ai quelque chose à te raconter.

— Quoi ?

— Eh bien, dit Jasmine avant de sourire, je me débarrassais des vieux jouets de Grace – tu sais qu'on n'a jamais assez de place, ici. Et j'ai trouvé sa mallette de farces et attrapes. Elle adorait ça quand elle était petite. Les coussins péteurs, le faux chewing-gum claque-doigts, tu connais ce truc ? Bref. Il contenait deux vieux paquets de poil à gratter. Alors… (Elle joint les doigts.) Les deux derniers jours où j'ai fait le ménage au penthouse, j'ai laissé un petit cadeau à Carl, dans ses sous-vêtements…

Nisha la dévisage.

— Nish, je marchais derrière lui dans le couloir ce matin. Oh, mon chou, je me suis presque pissé dessus. Il n'était pas content *là-dedans*.

Elle se lève pour imiter une démarche inconfortable, ses fesses frottant l'une contre l'autre. Elle commence à rire en se le remémorant, les yeux fermés, les mains appuyées de chaque côté de son nez. Lorsqu'elle parvient à se maîtriser, elle regarde de nouveau Nisha.

— Je suis là, mon chou. On est ensemble dans cette histoire.

Nisha cligne les yeux. Si elle était un autre genre de femme, ce serait le moment où elle prendrait Jasmine dans ses bras, pleurerait, la remercierait, lui dirait qu'elle l'aime et qu'elles sont BFF pour la vie. Mais Nisha n'est pas constituée ainsi. Plus aujourd'hui. Elle étudie le visage de Jasmine un instant, puis hoche la tête.

— Je te revaudrai ça, dit-elle. *Tout* ça.

— Je sais.

— Par ailleurs : je crois bien que tu es un génie.

— Je me demandais combien de temps tu mettrais à t'en rendre compte, lance Jasmine avant de quitter la pièce en fredonnant.

Chapitre 22

Ce soir-là, quand Grace est couchée avec ses écouteurs antibruit, Nisha monte sur le lit supérieur, s'allonge (le plafond est trop bas pour qu'elle se tienne assise), et compose le numéro de Ray.

— Maman ?

— Coucou, chéri.

Elle l'encourage à lui raconter sa journée.

Il ne dort pas et ça le rend dingue. Le responsable de dortoir qu'il aimait bien, Big Mike, s'est disputé avec l'administrateur et est parti en claquant la porte. Maintenant, sans lui ni Sacha, il a l'impression de ne plus avoir personne à qui parler. Une nouvelle fille au rez-de-chaussée se fait vomir en secret après chaque repas, et le personnel l'ignore, mais les toilettes du bas sentent toujours le vomi et il n'arrive pas à croire qu'ils aient tous le nez bouché à ce point.

— Maman ? Tu viens quand ?

Nisha ferme les yeux et inspire.

— Bientôt.

— Mais quand ? Je ne comprends pas pourquoi tu es toujours en Angleterre.

— Il faut que je te parle de quelque chose, mon ange. Et je préférerais pouvoir le faire en personne, mais c'est plutôt compliqué, en ce moment.

Il garde alors le silence, et elle grimace, submergée de peur à cause de ce qu'elle s'apprête à laisser déferler sur lui.

— Hum… Eh bien, papa et moi… nous… Eh bien, la vérité, c'est que nous… Enfin, tu sais que les choses ne sont pas simples entre nous depuis un bout de temps, et…

— Tu le quittes ?

Nisha déglutit.

— Plus ou moins. Enfin, pas exactement. Il… a décidé qu'il serait plus heureux avec quelqu'un d'autre, et je… J'ai pensé que c'était probablement le mieux pour nous deux, et… enfin… nous essayons de trouver une solution qui soit la moins difficile pour toi.

Ray garde le silence.

Elle porte une main à sa joue, baisse la voix.

— Je suis tellement désolée, Ray. Je ne voulais vraiment pas que tu aies à endurer tout ça. Mais ça va aller. Je te le promets. Nous resterons une famille, seulement, d'une autre sorte.

Il ne dit toujours rien. Seul le son de sa respiration lui confirme qu'il est toujours là.

— Ray… ? Mon ange ? Ça va ?

— Je m'en fous qu'il s'en aille.

— … Ah bon ?

S'ensuit une pause.

— Ce n'est pas comme s'il avait voulu passer du temps avec moi ces dernières années.

— Oh, mais si. Vraiment, bébé. Il était simplement très occupé.

— Maman, on sait toi et moi que c'est un mensonge. Honnêtement. Mon thérapeute me parle d'honnêteté, de voir les choses telles qu'elles sont. Et si papa veut se barrer, ça ne me dérange pas. Tant pis pour lui. (Une nouvelle pause.) En fait, je lui ai parlé il y a deux jours. Je lui ai dit que je voulais rentrer chez nous, et il m'a dit que, si c'était le cas, je n'aurais pas dû me montrer aussi stupide, et que j'étais… Il a dit que j'étais un boulet. Qu'on ne pouvait pas me faire confiance.

— Un « boulet » ?!

— Ce n'est pas grave. Je lui ai dit d'aller se faire foutre.

À sa voix dénuée de toute émotion, Nisha a l'estomac noué. Il a été extrêmement courageux pendant des années, mais elle sait que le rejet de Carl l'a meurtri à jamais.

— Chéri, est-ce que ça va ?

Un long silence s'installe.

— Ray ?

— Pas hyper bien.

— À quel point ? (Il ne répond pas.) OK. Dis-moi ton niveau de tristesse, sur une échelle de un à dix.

C'est ce que le dernier psychiatre avait conseillé, pour les moments où aborder les sentiments est trop difficile.

Il hésite quelques secondes, puis dit :

— Genre… huit ?

Elle en a l'estomac retourné.

— Je ne voulais pas t'en parler, poursuit-il, parce que je me doutais qu'il se passait un truc entre papa et toi, et… je ne voulais pas te déranger.

— Ray ? Ray. Je vais parfaitement bien, je te le promets. Et je vais te faire sortir de cette école dès que je peux, d'accord ?

Je vais nous trouver un petit endroit, et il n'y aura que toi et moi. Où tu veux.

— Sérieux ?

— Si tu veux.

— Et je n'aurai plus à vivre ici ?

— Non. J'ai mis de l'argent de côté pour qu'on soit réunis. Le problème, chéri, c'est que je n'ai nulle part où t'installer pour l'instant. Je vis chez une amie, et on est plutôt à l'étroit, alors il faut que je règle ces histoires financières avec papa, et ensuite, on sera ensemble.

— Oui, s'il te plaît, maman. Mais fais vite. Je déteste être ici. Je déteste. Cet endroit me donne l'impression qu'il y a un truc qui débloque chez moi.

— Tu n'as rien qui débloque, dit-elle, les larmes aux yeux. Tu es absolument parfait tel que tu es. Tu l'as toujours été. (Elle s'essuie la joue avec la paume.) Donc, tu n'es vraiment pas perturbé au sujet de papa ?

— Pourquoi je le serais ? C'est un connard. Il est ignoble avec toi, et il fait comme si je n'existais pas. Tu marches toujours sur la pointe des pieds quand il est là, comme si c'était Dieu ou quoi. S'il va imposer ça à quelqu'un d'autre, eh bien, franchement, tant mieux pour nous. Nous serons bien plus heureux seuls.

La douleur d'entendre décrire aussi brutalement ses relations conjugales lui donne la nausée.

— Oh, Seigneur, Ray. Je suis tellement navrée que tu n'aies pas eu un meilleur père.

— Je m'en fous, dit-il en reniflant. Comme je disais, tant pis pour lui… Alors, quand est-ce que tu viens ?

Voilà le problème. Elle lui raconte qu'elle est coincée en Angleterre le temps qu'ils règlent un problème financier, estimant qu'il y a une limite à ce que son fils peut encaisser en une conversation.

— Je suis en train de m'en occuper, mais il va falloir être patient. Tu sais qu'il peut être un peu fourbe.

— C'est quoi, le problème financier ?

Le thérapeute de Ray a clairement bien travaillé.

— Heu… hum… Eh bien, il… veut que je lui donne quelque chose avant d'accepter un arrangement. C'est juste un petit jeu auquel il joue. J'y travaille.

— Quoi ? Qu'est-ce qu'il veut ?

— Une chose que je n'ai plus en ma possession pour l'instant.

— Maman.

— C'est une paire de chaussures.

— Une paire de chaussures ?

— Oui, je sais.

— Pourquoi est-ce qu'il veut tes chaussures ?

— Eh bien, mon amie Jasmine pense que c'est une sorte de jeu. Parce qu'il sait qu'on me les a volées à la salle de sport. Il cherche à gagner du temps pendant qu'il jongle avec son fric ou je ne sais quoi.

— Quelles chaussures ?

Typique de Ray.

— Les Christian Louboutin sur mesure. Les rouges en croco.

Elle attend son cri de protestation. Mais il garde le silence.

— Je vais trouver une solution, bébé. Je te le promets. Je ferai fabriquer des imitations, s'il le faut. Il est juste un peu chiant avec tout ça.

— Mais ce sont *déjà* des imitations.

— Quoi ?

— Ces chaussures. Si ce sont celles auxquelles je pense… Je ne crois pas que ce soient de vraies Louboutin.

— Il les a fait faire spécialement pour moi, mon ange. Bien sûr que ce sont des vraies.

— Quand j'étais à la maison en mars dernier, je me rappelle que j'étais dans le petit salon à côté de son bureau, et il était au téléphone. Je l'ai entendu dire : « Christian refuse de les faire. Tu vas devoir faire fabriquer quelque chose. » Et puis, deux semaines plus tard, il t'a offert les chaussures. Je m'en souviens parce qu'il ne t'avait rien acheté depuis des siècles. J'y ai jeté un coup d'œil après, elles avaient bien l'air authentiques, mais une chose m'a paru anormale. La signature sur la semelle n'était pas comme d'habitude. Et je trouvais que ce n'était pas exactement la nuance de rouge Louboutin sur la semelle. Ça faisait un peu… *criard*.

— Quoi ? C'est démentiel. Mais pourquoi papa m'aurait acheté des contrefaçons ?

— Je n'en sais rien. Je me rappelle avoir trouvé ça bizarre. Mais tu les adorais, et il aimait que tu les portes en permanence, et je n'avais pas envie de gâcher ton plaisir, alors j'ai juste rangé ça dans un coin de ma tête.

Soudain, elle se souvient d'un détail étrange : quand Carl lui avait offert les chaussures, elles n'étaient pas dans une boîte tapissée de papier de soie. Elles n'étaient pas dans le sac en tissu doux comme ses autres Louboutin. Elles étaient présentées dans un sac de soie noire – sans marque. Elle avait supposé que c'était parce qu'elles avaient été faites sur mesure pour elle.

— Rien de tout cela n'a de sens, mon ange. Pourquoi ton père m'achèterait-il de fausses Louboutin ? Il pourrait en acheter toute une boutique, s'il voulait, bon sang. Et pourquoi voudrait-il les récupérer ?

— Je ne sais pas, maman. Mais est-ce que tu peux juste trouver une solution et venir me chercher ? (Il baisse la voix.) S'il te plaît. Tu me manques vraiment.

— Toi aussi, tu me manques, mon ange. Je vais régler ça. Promis. S'il te plaît… prends soin de toi. Je t'aime tant.

— Maman…

— Oui ?

Une pause.

— Et toi, ça va ?

Elle lâche un sanglot étouffé, se plaque une main sur la bouche. Elle attend quelques instants, jusqu'à être sûre d'avoir la voix posée.

— Bébé, je vais parfaitement bien.

Le *DollarSave*. La moitié du magasin consacrée aux aliments pour animaux de ferme et au matériel d'entretien, les allées bordées de tuyaux d'arrosage, de tubes au néon, de revêtements en caoutchouc. L'autre moitié approvisionnée en produits de première nécessité : des paquets de riz et de soupe en vrac, des briques de lait stérilisé, de l'essuie-tout empilé jusqu'au plafond. Ça sentait le pétrochimique et le désespoir. Elle avait sept ans. C'était la première fois que son père l'obligeait à le faire. Elle y est entrée vêtue de la doudoune vert sauge taille neuf-onze ans dans laquelle elle nageait, et en est ressortie dans cette même doudoune, mais avec plusieurs pulls et une bouteille de Jim Beam en dessous. Personne ne suspectait jamais une adorable gamine de transporter des marchandises volées. C'est la seule fois de sa vie que son père lui a dit qu'elle était bonne à quelque chose.

Ils alternaient leurs virées entre les trois *DollarSave* du comté – une ou deux par semaine pour chacun –, et la seule fois qu'elle s'est fait prendre – en lâchant accidentellement sa cargaison au rayon céréales –, elle a éclaté en sanglots et déclaré qu'elle voulait juste faire un cadeau d'anniversaire surprise à son papa. L'agent de sécurité a pouffé en écoutant les explications de la fillette et dit : « Il aime le bourbon, hein ? », avant de la laisser repartir avec un paquet de Twinkies en lui faisant promettre de ne rien prendre sans passer par la dame de la caisse à l'avenir. Son père, qui l'attendait dans le pick-up, a ri. Surtout lorsqu'elle a sorti l'autre bouteille de bourbon, plus petite, coincée dans sa ceinture élastique derrière son dos. « Tu vois, Anita ? a-t-il dit en la débouchant pour en prendre une gorgée. Les gens ne voient que ce qu'ils veulent voir. Si tu restes suffisamment mignonne, les gens ne te soupçonneront jamais de faire des crasses. »

Allongée dans le petit lit, Nisha écoute le rythme nasillard qui filtre des écouteurs de Grace, et bien qu'elle ait effectué quatre services et enchaîné deux autres depuis dimanche, elle songe aux chaussures et se retrouve soudain complètement réveillée.

Le *White Horse* paraît encore plus minable – si c'est possible – en plein jour, avec ses frondes de plantes chétives et moribondes débordant de corbeilles suspendues, et son enseigne craquelée qui s'écaille. Elle a échangé ses horaires avec Jasmine afin de pouvoir s'y rendre dès l'ouverture à 11 heures (mais qui commence à boire de l'alcool à onze heures du matin ? C'est quoi, leur problème, à ces Anglais ?). Elle entre brusquement alors que le barman déverrouille la porte, et demande immédiatement à voir la vidéosurveillance.

— Deux secondes. Je n'ai même pas encore mis la caisse en route.

— Est-ce que j'ai l'air d'avoir besoin d'un verre ?

— Bah, pourquoi venir dans un pub, sinon ?

Il est du genre jeune hipster, ses cheveux bruns tirés en queue-de-cheval et son irritation déjà lisible sur son visage.

Elle change aussitôt de tactique.

— Je suis sincèrement désolée de vous déranger, dit-elle en souriant. J'espérais que vous pourriez m'aider. On m'a volé un objet il y a quelques semaines, et je me demandais s'il y aurait moyen que je jette un coup d'œil à votre vidéosurveillance.

— Vous voulez quoi ?

Elle lève les yeux vers le plafond. Et remarque les caméras dômes.

— Vous êtes équipés de vidéosurveillance, pas vrai ?

Elle pointe du doigt en l'air.

— Ouais, répond-il en regardant l'endroit qu'elle désigne. Mais je ne pense pas pouvoir laisser quelqu'un visionner les…

— Ça vous prendra cinq minutes, pas une de plus.

Elle lui pose une main sur le bras. Le serre légèrement.

— Vous me sauveriez la vie, je ne plaisante pas.

Il l'observe, brièvement déstabilisé, et elle lui adresse un sourire aimable et optimiste.

— Écoutez, je vais vous expliquer. Je suis un peu dans le pétrin. C'est vraiment dur. Je suis une femme seule dans ce pays, j'ai des ennuis pour des raisons que je ne pourrais pas vous détailler, et j'ai besoin d'aide. Je sais que j'abuse de votre temps et, croyez-moi, dans d'autres circonstances, je n'interromprais pas votre journée. Je vois bien que vous êtes occupé. Mais j'ai vraiment besoin d'aide.

C'est un gentil garçon. Elle lit l'incertitude sur son visage.

—Je ne pense pas que…

—Je peux vous donner la date et l'heure, tout. Ça vous prendra cinq minutes.

—Ouais, mais il y a la protection des données et tout le bazar…

—Je ne vous demande pas de noms ni d'adresses. Je veux juste voir si quelque chose se trouve là.

—Nous ne gardons les enregistrements que six semaines.

—C'est parfait.

Il fronce les sourcils, baisse les yeux sur ses chaussures. Lorsqu'il les relève, son expression est suspicieuse.

—Vous êtes qui, déjà ? Vous n'êtes pas de la police ?

Elle pousse un petit rire coquet.

—Oh, mon Dieu, non. Est-ce que j'ai l'air d'une policière ? Je m'appelle Anita. Je suis juste… une maman.

—Ce n'est pas, genre, votre mec qui vous trompe, et vous allez déclencher une espèce de guerre des gangs ici ?

—Mon chou, si mon homme avait été infidèle, je n'aurais pas besoin de vidéosurveillance pour régler ça.

Il jette un coup d'œil derrière lui, bien que, apparemment, ils soient seuls dans le bar.

—Il faudrait que je vous montre ça ici. Dans le bar. Aucun client n'a le droit d'entrer dans le bureau.

—Je comprends. Prudence oblige.

Comme il hésite une nouvelle fois, elle regarde son badge.

—Milo. C'est Milo, exact ? Honnêtement, vous me sauveriez la vie. J'ai juste besoin de localiser un objet personnel. Et il se pourrait que quelqu'un apparaisse sur vos vidéos en train de le porter.

Il jette un autre coup d'œil derrière lui.

— Et vous me dites que vous savez précisément quand.

— Vendredi 7. J'aimerais juste voir peut-être une heure d'enregistrement de ce soir-là. Disons… entre 20 et 21 heures ?

— Ne bougez pas. Je vais allumer l'iPad et le rapporter ici.

— Vous êtes un dieu parmi les hommes ! s'exclame-t-elle en lui touchant encore le bras. Merci, merci infiniment.

Voyant son expression se radoucir, elle songe avec satisfaction : *Ouaip, j'ai toujours le truc.*

Dix minutes plus tard, elle est assise au bar avec un cappuccino pendant que Milo passe en revue les images de vidéosurveillance avec un doigt expert de génération Y, regardant plus près de temps à autre.

— Toutes les images sont en noir et blanc ? demande-t-elle.

— Ouais. Mais on peut zoomer si vous voyez quelque chose. C'est assez net. Des chaussures, vous disiez ?

— D'environ quinze centimètres de haut, avec des lanières. Ce sont des Louboutin. Probablement de meilleure qualité que toutes les chaussures que vous verrez ici.

— Et vous dites que quelqu'un les a piquées ?

— Et les a portées ici. Apparemment.

Il scrute l'écran.

— Des chaussures sont des chaussures. Il y a des tas de femmes en talons hauts. Comment vous saurez lesquelles sont les vôtres ?

— Oh, je le saurai.

Elle prend une petite gorgée du cappuccino qu'il lui a préparé. Tant de paires de chaussures merdiques, massives et bas de gamme. Tant de filles titubantes et d'hommes à tête d'ampoule.

Elle sent une soudaine pointe d'angoisse. Ce pub est le dernier *White Horse*. Si ceci ne donne rien, elle n'a plus aucune trace à suivre. C'est alors qu'elle la voit.

— Là ! s'exclame-t-elle brusquement en tapant l'écran du doigt. Arrêtez ! Vous pouvez zoomer ? Cette femme, là ?

Vingt et une heures dix-sept, le vendredi soir. Une femme aux cheveux mal coupés quitte la piste de danse, les jambes et les pieds visibles quelques secondes tandis qu'elle chancelle, ivre, bras dessus bras dessous avec une autre femme, vers une table recouverte de bouteilles. Milo revient quelques images en arrière, puis zoome du bout des doigts sur l'écran jusqu'à ce que les pieds de la femme deviennent nets. Nisha lui demande de le faire au maximum, et l'image commence à devenir floue, mais ce sont ses chaussures. Ce ne pourrait être plus clair. Elle a un petit sursaut en les reconnaissant.

— Ce sont mes chaussures ! Sans aucun doute ! Vous pouvez scroller vers le haut ? Me montrer son visage ?

La voilà, la voleuse de chaussures, banale, la quarantaine passée, avec les yeux mi-clos et des mèches de cheveux trempés de sueur autour de la figure. Au fil des images, elle traverse l'écran en flageolant vers son siège, se tord légèrement la cheville à un moment.

— C'est elle. C'est la femme qui a volé mes chaussures.

Elle souffle, les yeux rivés sur l'image pixélisée.

— C'est trop bizarre, dit Milo en secouant la tête.

Elle le regarde.

— Je suppose que vous n'avez aucune idée de qui il s'agit ?

Il scrute l'image en fronçant les sourcils, se déplace afin de voir les autres personnes autour de la femme. Balaie l'écran de tous les côtés.

— Heu… Je crois que c'est la bande d'Uberprint.

— La quoi ?

— La boîte d'imprimerie plus loin. Ouais. Regardez… Je vois Joel, là, derrière elle. C'est celui avec les dreadlocks. Et Ted. Ils sont toujours ici le vendredi.

— Uberprint, répète-t-elle. Vous pouvez me l'écrire ?

Puis, tandis qu'il lui tend le bout de papier, elle lui adresse un sourire, brusque, sincère, rayonnant de joie et de gratitude, le genre de sourire que Nisha accorde rarement d'ordinaire. Et Milo, satisfait, le lui rend aussitôt. Ils se regardent un instant.

— J'imagine que vous ne…

— N'y songez même pas, dit-elle en quittant d'un bond le tabouret de bar.

Il est seul dans la cuisine quand elle arrive, nettoyant son poste afin d'être prêt pour le service du soir. Penché, il frotte une tache sur la cuisinière.

— Eh ! Aleks !

Il se retourne en entendant son prénom, et elle le rejoint en courant.

— J'ai trouvé qui a volé mes chaussures ! annonce-t-elle, hors d'haleine.

Elle ne peut pas s'en empêcher. Elle a le sourire jusqu'aux oreilles et mime un petit coup de poing.

— Sans blague ! Maintenant tu vas pouvoir reprendre ta vie !

Il sourit, radieux, lâche son chiffon, la soulève par la taille et la fait tourner, de telle sorte qu'elle pousse un cri en décollant du sol. Soudain, presque sans en avoir conscience, elle prend le visage d'Aleks entre ses mains et pose les lèvres sur les siennes. Il hésite, juste un instant, puis ses bras s'emparent d'elle, l'attirent contre lui, et il baisse la bouche pour lui rendre son baiser. Ses lèvres sont chaudes et douces, leurs peaux se touchent. Elle se perd dans ce baiser, consumée par cet empressement sur ses lèvres, ces mains puissantes qui la serrent. Il sent le pain chaud, le savon et le shampoing. Il a si bon goût, elle pourrait avoir réellement envie de le manger. Elle lui mord la lèvre inférieure, il gémit à voix basse, et c'est peut-être bien la chose la plus sexy qu'elle ait jamais entendue. Elle lui agrippe la nuque d'une main, appuyée de tout son corps contre lui. Le temps s'arrête, tourbillonne. Puis ils entendent la porte battante de la cuisine à pâtisserie et s'écartent brusquement l'un de l'autre. Elle porte une main à ses cheveux, qu'elle lisse d'un geste brouillon en reculant.

Chargée de deux plateaux en aluminium de pâte levée, Minette pousse la porte avec ses fesses et la passe en fredonnant. Aleks suit son regard, puis se retourne vers Nisha. Il expire longuement, comme s'il avait retenu sa respiration.

— Bien, dit-elle tandis que Minette disparaît dans la cuisine à pâtisserie.

— Bien, répète-t-il.

Il baisse les yeux sur ses pieds, légèrement troublé. Elle en éprouve une certaine satisfaction. Lorsqu'il relève les yeux, il croise son regard, et elle se soupçonne d'avoir un léger rouge aux joues.

— Tu n'es… clairement pas une femme à contrarier.

Elle lui rend un sourire empreint d'une pointe de malice.

— Je ne te le fais pas dire.

Puis elle lisse le devant de son pantalon, jette un nouveau coup d'œil à Aleks et, ne voyant pas quoi faire d'autre, tourne les talons et sort de la cuisine.

Chapitre 23

La voiture est morte. Évidemment. Simon l'avait prévenue quatre fois hier qu'elle ne pouvait absolument pas être en retard aujourd'hui. Qu'il y avait une réunion stratégie à 9 heures, une réunion commerciale à 10 heures, planning à 11 heures, et la direction assisterait à tout. Il l'avait annoncé comme un avertissement, comme si c'était une mauvaise nouvelle pour elle.

—Phil… Phil ?

Cat est dans la cuisine en train de manger une tartine, les yeux vissés sur son téléphone.

—Où est papa ? demande Sam. Il n'est pas là-haut.

Cat hausse les épaules.

—Cat ? Où est ton père ? Tu l'as forcément vu.

— Probablement dans le camping-car.

Elle n'a pas le temps d'analyser la froideur de sa fille, la façon dont celle-ci ne la regarde plus dans les yeux lorsqu'elle lui parle, même si ça l'a fait pleurer la veille au soir. Elle prend son sac et sort en courant. Le capot du camping-car est soulevé et cache la partie supérieure de Phil, penché en dessous.

—La voiture ne démarre pas.

— Sans doute la batterie. Il faut la changer.

Sam attend qu'il émerge du moteur, mais il y reste plongé.

— Phil ?

— Quoi ?

— Eh bien, est-ce que tu peux m'aider ? On a des câbles de démarrage ? Je dois être au boulot pour 9 heures ou je vais avoir des ennuis.

— Mieux vaut prendre un taxi, alors.

Elle reste plantée à regarder les jambes de son mari. Il est là à toute heure depuis des jours. Au début, elle s'en est réjouie silencieusement : que Phil fasse quoi que ce soit à distance de la télévision était miraculeux. Mais il y a maintenant quelque chose de résolument hostile dans le temps qu'il passe ici, comme s'il préférait faire n'importe quoi d'autre qu'être avec elle.

— Tu ne vas même pas m'aider ?

Il se glisse enfin hors du capot et se redresse. Lorsqu'il pose les yeux sur elle, il arbore un visage curieusement neutre.

— Je ne peux pas faire apparaître une nouvelle batterie par magie, si ?

Ils se regardent droit dans les yeux un instant, et elle éprouve un léger frisson devant son expression si dénuée de chaleur.

— Eh bien, merci, finit-elle par dire. Merci infiniment.

Sans un mot, il prend un chiffon graisseux sur le côté du véhicule et se replonge dans le moteur.

Elle est dans le taxi quand sa mère appelle. Elle a dix-huit minutes pour arriver au bureau, d'après ses estimations, et elle fait quelques calculs rapides. Si elle invoque son problème de voiture, Simon trouvera une raison de critiquer son manque d'organisation, comme si l'on pouvait savoir quand une batterie est sur le point de rendre l'âme. Devrait-elle dire qu'il y avait un accident de la route ? Il serait du genre à aller vérifier, juste pour lui donner tort. Mieux vaut ne pas mentir. Peut-être qu'elle pourrait passer prendre un dossier en arrivant, prétexter qu'elle était retournée chercher des chiffres supplémentaires.

— Tu n'es pas venue faire le ménage la semaine dernière. Et j'ai besoin que tu me trouves des hymnes socialistes.

— Quoi ?

— Des hymnes socialistes, répète sa mère d'un ton impatient. Ton père fait cette conférence sur l'histoire de « Jérusalem » à St Mary's, et j'ai fait remarquer que l'évêque de Durham avait dit qu'en réalité les « moulins du diable » désignaient les églises, pas de vrais moulins à farine, ce serait donc incongru. Tu sais combien Mme Palfrey s'offusque facilement. Elle est copain comme cochons avec le pasteur, et a traité cette pauvre vieille Tess Villiers de maoïste pour avoir déposé des fleurs impies sur l'autel la semaine dernière.

— Des fleurs impies ?

— Des langues de feu. Terriblement phalliques. On était tous bouche bée. Bref, ton père a trifouillé la box wifi ou je ne sais quoi, et on ne peut pas se connecter. On aurait donc besoin que tu nous trouves des hymnes socialistes plus appropriés dont il puisse parler. D'ici cet après-midi, de préférence. Il a son rendez-vous chez l'ophtalmo à l'heure du thé.

Sam cherche de quoi se maquiller dans son sac. Comme Cat monopolisait la salle de bains, elle n'a pas eu le temps de le faire.

— Oh, et nous avons décidé d'accueillir un réfugié. Mais ça demande beaucoup de paperasse et on a besoin que tu nous aides à remplir tout ça. On doit sortir ce qui encombre la chambre d'amis pour y mettre un lit. En fait, je crois qu'il y a déjà un lit. Je n'en suis pas sûre, à cause de tous ces cartons.

— Un réfugié ?

Sam n'arrive pas à suivre.

— C'est important de penser à d'autres gens que nos petites personnes, Samantha. Tu sais que papa et moi aimons faire notre part pour la communauté. Et, apparemment, certains d'entre eux sont très gentils. Mme Rogers a pris un Afghan, et il ôte toujours ses chaussures avant d'entrer chez elle.

— Maman. Je ne peux pas faire ça tout de suite. Je suis très occupée.

Sa mère parvient à employer un ton mêlant à la perfection l'affront et la peine.

— Oh. Eh bien, ce serait agréable que tu penses à nous, à l'occasion.

Sam cale son téléphone entre l'oreille et l'épaule, faisant de son mieux pour appliquer un soin hydratant teinté.

— Mais je pense à vous, maman. Et plus qu'à l'occasion. Écoute, si vous voulez accueillir un réfugié, c'est charmant. Mais je n'ai pas le temps de débarrasser votre chambre d'amis pour l'instant, ni de vous trouver des hymnes socialistes. J'ai un tas de choses à gérer. Je vous ai programmé une livraison de supermarché pour mardi, et je viendrai vous aider quand je pourrai.

— Une livraison de supermarché, dit sa mère d'un ton affligé. Eh bien, j'imagine que nous devrons annoncer aux pauvres Afghans en souffrance que notre fille a trop à faire pour leur trouver un lit.

— Maman, personne n'a vu le lit de votre chambre d'amis depuis 2002, quand papa a commencé à empiler sa collection de trains électriques eBay dessus. Je ne suis même pas certaine qu'il y ait un lit. Écoute, je viens quand je peux. J'ai juste beaucoup à faire.

— Comme nous tous, Samantha. Tu n'es pas la seule personne débordée de cette famille, tu sais. Doux Jésus, j'espère que tu ne parles pas comme ça à Phil. Pas étonnant qu'il se sente délaissé.

Elle a quatre minutes et demie de retard. Étant donné le regard que Simon lui adresse quand elle se précipite en salle de réunion, ce pourrait aussi bien être quatre heures.

— C'est gentil de ta part de te joindre à nous, siffle-t-il en jetant un coup d'œil à sa montre et haussant les sourcils.

Puis il regarde ses collègues, pour être sûr qu'ils n'ont rien raté.

Elle songe à reporter le déjeuner avec Miriam Price durant toute la deuxième réunion. Simon est impitoyable, remet ses chiffres en question, prend un air distrait ou ennuyé, ou tape le bout de son stylo gravé sur son carnet dès qu'elle prend la parole. Parfois, il marmonne même pour lui-même pendant qu'elle parle. Elle voit la manière dont les dirigeants d'Uberprint – qui ressemblent tous à Simon, s'habillent comme lui, s'expriment comme lui – regardent ce petit numéro et constatent son impuissance vis-à-vis de lui, la cataloguent comme un maillon faible. Lorsque la réunion commerciale s'achève, elle va aux toilettes des dames et enfouit vigoureusement son visage dans ses mains afin que personne ne l'entende pleurer dans la cabine.

Assise sur la cuvette, elle envoie un texto à Phil, qui n'y réagit pas. Il ne répond qu'à un tiers de ses messages, en ce moment, et elle n'est plus certaine de pouvoir mettre ça sur le compte de la dépression. Elle en envoie un à Cat, qui répond simplement : Il va bien. Pas de bisou à la fin. Pas de question sur sa journée.

Parfois, c'est dur d'avoir le sentiment que personne ne se soucie qu'elle existe encore.

Elle s'apprête à envoyer un texto à Joel, mais cela lui paraît étrangement exagéré, comme un besoin qu'elle n'est pas à l'aise d'admettre. Ses doigts planent au-dessus du clavier de son téléphone, puis elle entend quelqu'un entrer dans la cabine voisine et le remet dans sa poche.

Lorsqu'elle ressort, il est déjà midi moins le quart : trop tard pour annuler. Elle s'asperge donc le visage d'eau, se remaquille et part déjeuner, sans tenir compte du regard insistant dont Simon la gratifie à travers sa vitre quand elle s'en va.

— Sam ! Comment allez-vous ?

Miriam est déjà au restaurant. Elle est assise à une table devant la fenêtre. Lorsque le serveur y conduit Sam, Miriam se lève brièvement et adresse à celle-ci un chaleureux sourire.

Le travail d'impression s'est déroulé avec fluidité, et Miriam, satisfaite en tout point, l'a appelée personnellement par la suite pour la remercier de son souci du détail. À une autre époque, elle aurait fait remonter ce retour à son supérieur, mais elle a estimé cela inutile avec Simon : il lui aurait cherché des poux et demandé pourquoi elle n'avait pas facturé plus cher.

— Ravie de vous revoir, dit Sam en lui serrant la main sans grande assurance.

Miriam porte un pull à rayures arc-en-ciel et une jupe crayon, avec des bottines à talons. Sam ne se serait jamais imaginé pouvoir porter une telle tenue au travail, et pourtant, sur Miriam, l'ensemble dégage juste une autorité excentrique. Elle a mis – avec une légère culpabilité – la veste Chanel, étant donné qu'il s'agit de Miriam Price et qu'elle avait besoin de se sentir confiante, plutôt que le pantalon noir et le pull gris qu'elle porte d'habitude au travail.

— J'ai mis mes Louboutin en votre honneur ! lance Miriam en inclinant le pied afin que Sam puisse voir.

Elle jette un coup d'œil aux chaussures de Sam, qui croit déceler chez elle une pointe de déception en voyant ses ballerines noires unies. Sam regrette aussitôt de ne pas avoir également porté les Louboutin.

— Elles sont magnifiques, dit-elle.

Elles discutent brièvement du temps et de leurs filles, puis comparent leurs préférences sur le menu. Miriam se décide pour une salade en entrée et du poisson, et Sam prend la même salade et une tarte végétarienne, qui se révèle être le plat principal le moins cher. Elle s'inquiète un peu de devoir payer ce déjeuner, puisque Simon fait la chasse aux notes de frais de restaurant. Elle calcule déjà combien ça pourrait lui coûter.

— Alors, parlez-moi de vous, Sam, dit Miriam, et racontez-moi comment vous avez atterri chez Grayside. Mais je devrais dire Uberprint, maintenant, non ?

Elle s'exprime avec tant d'assurance, comme si elle savait que, naturellement, tout ce qu'elle dit est juste.

— Je ne suis pas certaine qu'il y ait grand-chose à raconter, répond Sam en butant sur les mots.

Puis, comme Miriam attend en souriant, elle poursuit :

— Je veux dire, je n'avais pas l'intention de travailler dans l'impression. Mais j'ai été secrétaire en CDD là-bas quand ma fille était petite, et il y avait un patron adorable, Henry – il est à la retraite aujourd'hui –, et il semblait me trouver douée. (Elle pousse alors un petit rire nerveux, au cas où elle aurait l'air d'avoir la grosse tête.) Au bout de quelques années, il a décidé de me mettre à la gestion de projets. Et nous avons en quelque sorte élaboré mon rôle à partir de là. C'était… un homme très gentil. Un homme bon.

— Oh, j'ai rencontré Henry plusieurs fois. Je l'appréciais énormément. Et votre famille ?

— Un mari. Une fille ado – comme vous le savez. Et c'est tout, en fait. Juste nous. Plus deux parents dépendants.

— Oh, on en est à cet âge-là, hein ? dit Miriam. Les miens sont en maison de retraite à Solihull. J'ai l'impression de passer ma vie sur l'autoroute, ou à essayer de calmer des soignants qui en ont ras le bol.

— Vraiment ? Je suis navrée. Je veux dire, je suis navrée que ce ne soit pas marrant pour eux. Ni vous. (Sam s'empresse de revenir sur ses propos.) Mais je n'en sais rien, évidemment. Peut-être que c'est un endroit très agréable. Je suis certaine que vous ne les placeriez que dans un endroit agréable.

— C'est assez sympa. Mais je pense que personne n'est vraiment partant pour finir ses jours en maison de retraite, si ?

Sam marque une pause tandis que le serveur pose l'eau devant elles.

— Mes parents disent qu'ils préfèrent mourir plutôt que finir en établissement. Ce qui induit en gros que je m'occupe de toutes leurs tâches ménagères, du ménage et des courses.

Miriam hoche la tête avec ironie. Sam s'aperçoit qu'il y a un certain laconisme chez les femmes de cet âge. Il n'y a plus l'agressivité propre à la vingtaine ou trentaine, pas la moindre trace de compétition. Au bout de la quarantaine et de la cinquantaine, ce sont toutes des survivantes, de la mort, du divorce, de la maladie, d'un traumatisme, de *quelque chose*.

— C'est dur pour vous, commence à dire Miriam.

Le téléphone de Sam se met à sonner.

— Je suis vraiment désolée, dit-elle en cherchant dans son sac, les joues enflammées.

Miriam esquisse un geste de la main exprimant que cela n'a aucune importance.

Sam a un pincement au cœur en voyant son nom.

— Simon ? dit-elle en essayant de sourire.

— Tu es où ? demande-t-il sèchement.

— Je suis avec Miriam Price. C'est dans l'agenda. J'en ai parlé deux fois à Genevieve.

— Le boulot pour les Néerlandais doit être avancé de quatre jours. Ils ont dit qu'ils t'avaient envoyé un mail mais que tu n'avais pas répondu.

— Quoi ? Attends une seconde.

Elle articule silencieusement un autre « Excusez-moi » à l'intention de Miriam et met Simon sur haut-parleur pendant qu'elle ouvre ses mails. Le voilà, envoyé il y a un quart d'heure. Un mail d'un éditeur de manuels scolaires néerlandais demandant que le travail soit expédié plus rapidement.

— Simon... Je l'ai reçu il y a seulement un quart d'heure.

— Et ?

Sam s'empresse de désactiver le haut-parleur et porte le téléphone à son oreille.

— Alors je ne l'avais pas vu. Je vais évidemment m'y atteler. Dès mon retour.

— Tu dois surveiller tes mails, Sam. Je te l'ai dit. Chez Uberprint, nous sommes réputés pour notre réactivité. Ce n'est pas assez efficace.

— Je... Je suis sûre qu'ils comprennent que quelqu'un puisse être en train de déjeuner à 13 h 15...

— On n'est pas une foutue colonie de vacances, Sam. Je ne sais pas ce qu'il faut pour que tu prennes ce job au sérieux. Tu vas devoir revenir. En fait, non, tu ne peux pas, si ? Pas sans manquer de professionnalisme aux yeux de Miriam Price. Et nous avons besoin de ce projet. Je vais mettre Franklin dessus.

— Mais c'est mon projet. C'est moi qui ai apporté l'affaire.

— Hors de propos, la coupe Simon. Ça ne suffit pas d'apporter des contrats. J'ai besoin d'une personne qui puisse accomplir ce qu'on attend d'elle d'un bout à l'autre du job. Viens me voir à ton retour. Après ton charmant déjeuner.

Lorsqu'il prononce ces paroles, elle sait qu'il n'est pas seul dans son bureau, l'imagine rouler les yeux en regardant le téléphone. Il raccroche en la laissant hébétée à table.

— Tout va bien ? s'enquiert Miriam, qui étudiait le menu.

— Ça va. Ça va, répond Sam en se ressaisissant. Juste des histoires de travail. Vous… savez ce que c'est.

— Je sais comment est Simon, dit Miriam en relevant les yeux du menu. Il s'agit bien de Simon Stockwell ? (Sam la dévisage.) Un odieux petit personnage. Il a travaillé pour nous il y a quelques années, vous savez. À ses débuts. J'ai tout de suite vu clair dans son jeu. Est-ce qu'il vous donne du fil à retordre ?

Sam est pétrifiée. Elle ignore comment répondre.

— Non ! Non. Tout va bien. Pas de problème. C'est juste qu'il se passe beaucoup de choses. Je… Enfin, je… Ça a été…

De manière soudaine et brutale, elle éclate en sanglots, et de grosses larmes incontrôlables ruissellent sur son visage. Elle presse ses paumes sur ses yeux, les épaules secouées d'énormes hoquets.

— Je… Je suis tellement désolée, dit-elle en s'essuyant le visage avec sa serviette, mortifiée. Je ne sais pas ce qui m'arrive.

Oh, Seigneur. Et maintenant, elle a fichu en l'air le déjeuner. Et Miriam Price va penser – va savoir – qu'elle est la nulle pour laquelle Simon l'a toujours fait passer. Elle regarde désespérément autour d'elle pour tenter de repérer les toilettes des dames afin de s'y réfugier. Mais elle ne veut pas se trouver dans l'obligation de demander, et elle craint de se lever et partir dans la mauvaise direction. Lorsqu'elle se retourne, Miriam l'observe posément.

— Je… Je suis tellement désolée, répète-t-elle en s'essuyant les yeux. (Miriam affiche un air sérieux.) Je suis terriblement confuse. D'habitude, je ne…

Miriam plonge la main dans son sac et en ressort un paquet de mouchoirs. Elle les lui glisse sur la table.

— Un incontournable des sacs de maman, dit-elle. Vous ne voulez même pas savoir ce que j'ai d'autre là-dedans. Deux jeux de clés de voiture, le spray nasal de ma femme, une ordonnance pour ma fille pour des médicaments qu'elle ne veut pas aller chercher elle-même, mon THM, des friandises pour chiens… C'est sans fin, hein ?

Elle sourit, continuant de babiller afin de laisser le temps à Sam de se sécher le visage. Celle-ci fouille dans son sac à la recherche d'un miroir, mais Miriam l'interrompt.

— Ne vous inquiétez pas, la rassure-t-elle. Pas de bavures.

— Vraiment ?

Les sanglots se sont réduits à des hoquets intermittents. Sam sent qu'elle se voûte de honte.

— Vous savez, dit Miriam en lui resservant de l'eau, j'espère que ce n'est pas affreusement déplacé de ma part, mais quand vous êtes arrivée, je me suis dit qu'on vous avait vidée de votre substance. Vous n'aviez plus rien à voir avec la femme que j'avais rencontrée. (Elle tend son verre à Sam, attend qu'elle prenne une gorgée.) Et je devine que la raison en est au moins à cinquante pour cent Simon Stockwell. (Elle se penche en avant.) Vous savez, le plus gros avantage de la ménopause – au cas où vous n'en seriez pas encore là –, c'est que vous n'en avez plus rien à foutre quand vous avez affaire à des hommes comme lui. Et ils le savent. Et quand ils savent qu'ils ne vous intimident plus, ils perdent étrangement tout leur pouvoir.

Sam ébauche un faible sourire.

— Sauf quand vous dépendez d'eux pour votre travail.

— Vous le faites très bien. Pourquoi cela devrait-il dépendre de Simon ?

— Je… Je…

Sam a envie de parler, de lui raconter les innombrables façons dont Simon lui donne l'impression d'être nulle, inutile, combien de fois dans la journée elle se sent ignorée ou discréditée. Mais ça ne semble guère professionnel de confier à une cliente quelle est la situation depuis qu'Uberprint a repris la société. Et quelle femme black et gay veut entendre une quadra blanche se plaindre qu'elle trouve ses conditions de travail pénibles ?

Elle s'efforce d'esquisser un petit sourire.

— Oh, ce n'est pas que lui. Vraiment. La semaine a été compliquée.

Miriam la regarde.

— Vous êtes d'une discrétion admirable.

— Il se passe beaucoup de choses.

— C'est toujours le cas, à cet âge-là. Oh, bien, voici nos plats. Vous vous sentirez mieux après avoir mangé.

Tout le temps du repas, Miriam poursuit une conversation légèrement unilatérale, incitant Sam à échanger sur le caractère capricieux des adolescentes, l'épuisement que provoquent des parents âgés, la nécessité de se faire plaisir (à ce moment-là, Sam acquiesce, bien qu'elle ne se rappelle pas la dernière fois qu'elle s'est offert quoi que ce soit). Sam mène mentalement une conversation parallèle, dans laquelle elle essaie d'analyser la gravité des conséquences de son effondrement : Miriam Price va-t-elle révéler que cette femme ridicule a éclaté en sanglots en plein déjeuner avec une cliente ? Simon va-t-il lui passer un savon devant tout le monde dans son affreux bureau vitré quand elle reviendra ? Ce qui la rend le plus triste, c'est que son souvenir de leur premier rendez-vous avec Miriam est maintenant gâché : la femme qu'elle avait été en veste Chanel et hauts talons s'est évaporée, cédant la place à la véritable Sam, écrasée, vaincue, pathétique. Elle n'ose pas regarder son téléphone, elle sait qu'elle y verra un chapelet de textos furieux de Simon lui reprochant ses ratés dans le contrat néerlandais. Elle sourit donc poliment, essaie de ne pas paraître trop stupide et picore sa nourriture, observant distraitement que, curieusement, elle n'a plus du tout d'appétit.

— Dessert ?

— Oh, non, répond-elle, tirée de ses pensées. C'était charmant, mais je crois que je devrais probablement retourner au bureau pour voir ce qui se passe avec ce contrat, explique-t-elle en déclinant le menu. Et encore désolée pour…

Elle agite vaguement une main devant son visage, tentant de balayer l'incident.

S'ensuit un long silence.

— Sam. Ce n'est pas une manière de travailler.

— Je sais, dit-elle en rougissant. Je vais régler mes histoires. Vraiment. Je vous promets que normalement, je ne suis pas cette…

— Vous ne m'avez pas comprise. Je parlais de travailler pour un patron qui vous harcèle aussi ouvertement. Vous êtes douée pour votre travail. J'ai parlé de vous à Ivan, chez Drakes, et il a dit que vous aviez toujours été incroyablement rigoureuse. Et que c'était un plaisir d'avoir affaire à vous, d'ailleurs. (Sam lève lentement la tête.) Nous sommes toujours à la recherche de collaborateurs, et j'ai été très impressionnée par ce que vous avez accompli pour nous. Je pense que vous devriez venir rencontrer notre équipe.

— … Rencontrer votre équipe ?

— Vous devriez bosser dans un environnement où vous retrouveriez votre énergie. Où que ça puisse être.

Miriam fait signe au serveur et tend une carte bancaire avant que Sam n'ait le temps de dire un mot.

— Est-ce que cela pourrait vous intéresser d'en parler avec nous ?

Sam est si stupéfiée qu'elle peut à peine parler.

— … Euh, oui. Oui… ce serait formidable.

— Bien. Je vous envoie une date par mail.

Miriam se lève. Elle appose sa carte sur le lecteur que lui présente une serveuse, pendant que Sam reste assise, assimilant ses propos. Puis elle range son portefeuille dans son sac et se penche en avant.

— D'ici là, mettez cette veste, des chaussures absolument fabuleuses, un rouge à lèvres incendiaire, et montrez à Simon Stockwell qu'on ne vous chie pas dans les bottes.

Chapitre 24

Le café offre une vue dégagée sur l'arrière de l'imprimerie. Il s'agit d'une petite cour jonchée de détritus côtoyant une supérette coopérative, le *White Horse* et un immeuble de bureaux qui semble vacant depuis plusieurs années, à en juger par les fenêtres crasseuses et les murs couverts de graffitis. Nisha, qui a été rayée du planning à la dernière minute cet après-midi (« Ces contrats zéro heure… », avait soupiré Jasmine), sirote un cappuccino tiède en regardant les vans blancs défoncés faire demi-tour sous l'enseigne Uberprint, les groupes d'hommes rassemblés à l'entrée de service, bavardant ou buvant des tasses de thé entre les chargements, et dont les rires envoient de petits nuages de vapeur dans l'air froid. Elle est crispée, concentrée, attend plus ou moins que la femme sorte avec ses chaussures, même si elle sait que c'est peu probable.

Elle est assise là depuis bientôt une heure, imaginant une dizaine de dénouements différents : elle suit la voleuse jusque chez elle, l'affronte, lui arrache les chaussures des pieds (mais cela implique que la femme les porte, et ça la dégoûte de toucher les pieds de quelqu'un). Elle appelle les flics, quoique, s'ils sont comme aux États-Unis, elle peut toujours courir. Elle entre par effraction chez cette femme quand elle dort, retrouve les chaussures et s'enfuit. Peut-être affublée d'un masque. Il faut reconnaître que cette stratégie est risquée, étant donné surtout qu'elle ignore qui d'autre pourrait se trouver dans la maison. De plus, un masque risquerait de lui démanger le visage. Il y a toujours le joker : elle pourrait en parler à Carl, et il enverrait Ari les récupérer. Mais elle n'est pas sûre de pouvoir compter sur ce dernier pour dire en toute sincérité s'il a les chaussures : il pourrait parfaitement les subtiliser et la laisser dans une position pire qu'avant. Et quelque chose cloche concernant Ari et ces chaussures.

Nisha médite tous ces scénarios, et son fond de café refroidit. Finalement, lorsque la serveuse vient pour la troisième fois lui demander avec insistance si elle en veut un autre, elle prend son manteau et son sac, puis s'en va.

Simon bavarde avec des collègues quand Sam revient. Elle emprunte l'entrée latérale afin de passer par les toilettes des dames et vérifier l'état de son visage avant que qui que ce soit ne l'aperçoive. Elle voit à présent un groupe de jeunes hommes rassemblés autour du bureau de Simon ; ils regardent attentivement quelque chose sur son téléphone, puis éclatent simultanément de rire. Elle s'imagine un meme vulgaire, impliquant sans doute une jeune femme à la poitrine démesurée. Elle est soulagée qu'il ne l'attende pas à son poste, une fesse posée sur le coin de son bureau, la tête inclinée, affichant une expression faussement inquiète. Elle reste debout un instant à les observer, puis lâche son sac à main et pose la veste Chanel crème sur le dossier de son fauteuil. Elle sort, passe par la compta, devant l'accueil et remonte l'étroit couloir qui mène à la zone de chargement.

Les vans sont tous sortis, et il est assis seul dans le petit bureau à côté de la porte à volets roulants. Quand elle arrive, il a le dos tourné, les mains croisées derrière la tête, et contemple la cour par la fenêtre, apparemment plongé dans ses pensées, ses épaules trop larges pour son sweat-shirt d'entreprise bleu marine. Elle s'arrête un instant et l'observe. Derrière le bureau, suspendu aux chevrons, pend un gros sac de frappe jaune et noir. Elle se revoit soudain dansant avec lui : il a la main sur sa taille, les sourcils haussés avec une satisfaction amusée tandis qu'elle se pavane dans ces chaussures.

Dans le bureau des chauffeurs, il règne une chaleur et une odeur de renfermé dues à une vieille barre de chauffage dans l'angle, et les murs sont recouverts de tachygraphes et de tableaux blancs détaillant les missions de la journée, de cartes d'anniversaire défraîchis et de nouveaux mémos Uberprint. Elle ne pense être venue dans ce local qu'un petit nombre de fois depuis toutes ces années qu'elle travaille ici, et il lui paraît plus exigu que dans ses souvenirs. Ou peut-être est-ce juste Joel qui est plus imposant. Il se tourne dans son fauteuil.

— Sam. Je ne savais pas que tu étais…

— Tu as des gants ?

Il cligne les yeux.

— Quoi ?

— Des gants. Des gants de boxe. Tu en as ici ?

Il suit son regard vers le sac de frappe.

— Heu… J'ai les miens. Mais ils seront trop grands pour toi.

— Fais voir.

Il sort de sous son bureau un sac de sport contenant deux gants noirs éraflés qu'il lui tend. Elle les examine brièvement avant de les enfiler, fixant les velcros avec ses dents jusqu'à les serrer le plus possible autour de ses poignets. Ensuite, elle sort et se dirige vers le sac de frappe. Elle se tient devant un instant, prend une inspiration, contracte l'abdomen, laisse reposer les pensées qui se bousculent dans sa tête. Puis elle se met en garde, recule le bras droit et met tout ce qu'elle a dans un direct. L'impact envoie le sac tournoyer en arrière. Elle l'accueille avec l'autre poing, les pieds ancrés dans le sol, toute sa force partant de son épaule gauche, et renvoie le sac tournoyer. Elle le frappe, encore et encore, martèle le cuir, sa queue-de-cheval se défait, sa respiration est courte et saccadée, de petits cris lui échappent à chaque coup. Elle frappe, et frappe, sans se soucier de qui peut la voir, sans se demander si elle a l'air d'une folle à attaquer ainsi un sac de frappe dans son beau pantalon et sa blouse Next.

Joel, qui s'était écarté au départ, surpris, va de l'autre côté pour stabiliser le sac avec ses bras afin qu'elle puisse frapper plus fort, et elle remarque avec satisfaction que, progressivement, il recule à chaque impact, le corps penché en avant, le pied gauche avancé pour davantage de stabilité. Sam continue de frapper, jusqu'à sentir que quelque chose cède enfin en elle. Alors, brusquement, elle s'arrête, laisse retomber ses mains, soudain consciente que son cœur bat la chamade, qu'un filet de sueur coule le long de son dos et dans sa ceinture. Un silence s'installe, uniquement rompu par le grincement du sac qui se balance doucement sur sa chaîne. Elle relève les yeux vers Joel, qui la regarde ; il a toujours les mains sur le sac, ne sachant pas si elle s'apprête à recommencer.

— Ça va ? s'enquiert-il.

—Miriam Price veut un entretien avec moi, répond-elle, haletante.

Joel a l'air stupéfait.

—Pour un boulot, ajoute-t-elle.

Ils s'observent sans ciller. Sam sent la sueur lui goutter dans l'œil et tente de l'essuyer avec son bras.

Aucun des deux ne prend la parole.

—Je n'ai pas envie que tu t'en ailles, finit par dire Joel en lâchant le sac.

—Je n'ai pas envie de partir.

Ils se regardent. Puis, sans réfléchir, elle s'avance, lui prend le visage entre ses gants de boxe et l'embrasse.

Dès qu'elle est en contact avec la bouche de Joel, son corps subit comme un choc. Elle n'a embrassé personne d'autre que Phil en plus de vingt-cinq ans, et elle n'est même pas certaine qu'ils se soient déjà embrassés ainsi. Tout chez Joel lui est inconnu et délicieux. Il sent différemment, il a les lèvres plus douces, le corps plus ferme, les mains qu'il lui pose sur les cheveux suggèrent une force irrésistible. Il glisse les bras autour d'elle, et elle fond contre lui, les baisers deviennent plus intenses, plus empressés, ses mains gantées lui prennent le cou, sa respiration s'accélère. Le temps s'arrête, tout disparaît autour d'elle, de telle sorte qu'il ne reste plus que les lèvres de Joel, sa peau, la chaleur de son corps contre le sien. Elle a l'impression d'avoir fondu de tout son être, fusionné avec celui de Joel, des synapses depuis longtemps endormis revenant soudain à la vie. Elle a envie d'ôter les gants. De sentir sa peau contre celle de Joel, douce et chaude. De s'enrouler entièrement autour de lui. De mettre la main dans son pantalon, et… et… Elle se dégage et plaque les gants sur ses joues, la respiration saccadée.

Puis elle voit Ted. Il se tient devant les portes de chargement, la bouche légèrement entrouverte en les voyant. Son gentil visage charnu arbore une expression qu'elle ne pourrait qualifier que de déception horrifiée.

— Joel, je… je…, bégaie-t-elle.

Elle repart en courant vers le bureau, s'arrachant les gants pour les jeter violemment derrière elle.

Sam traverse en hâte l'open space jusqu'à son poste, empourprée, les yeux braqués droit devant elle, persuadée que tout le monde ici doit être au courant de ce qui vient de se produire. Elle a l'impression que son corps a pris feu, qu'elle irradie de chaleur, et ses pensées tourbillonnent.

Elle s'assied dans son fauteuil, un peu tremblante, regarde fixement son écran sans le voir. *Elle vient d'embrasser Joel. Elle vient d'embrasser Joel. Elle avait envie de faire bien plus qu'embrasser Joel.* Elle sent encore sa bouche sur la sienne, l'étreinte de son corps ferme et musclé. Elle repense à l'expression effarée de Ted, puis lâche brusquement un petit rire, un étrange petit cri perçant, et se plaque les deux mains sur la figure, aussitôt mortifiée. Mais qu'a-t-elle fait ? Qui est-elle devenue ? Elle jette des coups d'œil coupables derrière elle, mais personne ne semble avoir remarqué. Les têtes sont baissées. Marina passe avec une tasse de café. La photocopieuse à côté de la sortie de secours est manifestement en panne une fois de plus. Elle sursaute légèrement quand son téléphone vibre. Joel.

Ça va ?

Elle rive les yeux dessus.

Je crois, oui, répond-elle avec des doigts tremblants. Ted a dit quelque chose ?

Juste que ce n'était pas ses affaires. Il est ressorti direct.

Tu penses que je devrais aller le voir ?

Non. Non. Je ne sais pas. Peut-être que moi, je devrais. J'ignore ce qui vient de se passer.

Elle relève la tête pour vérifier si quelqu'un a remarqué, si quelqu'un peut sentir que c'est elle, Sam Kemp, qui va rouler des pelles en douce à un collègue. Est-ce que ça se rapprochait d'une liaison ? Est-ce que sa vie prenait cette direction ? Ted la considérait-il comme une ignoble personne ? *Aidez-moi*, pense-t-elle, sans trop savoir à qui elle s'adresse. Puis elle sursaute violemment parce qu'une femme brune se tient à l'entrée de son compartiment, la dévisage d'un œil noir, et lui dit d'une voix forte à l'accent américain :

— OÙ SONT MES CHAUSSURES, SALOPE ?

Chapitre 25

Nisha est entrée sans que personne s'y oppose dans les bureaux d'Uberprint. Les hommes rassemblés devant les camionnettes l'ont furtivement reluquée, mais aucun n'a paru estimer anormal qu'elle emprunte directement l'entrée arrière. Après un coup d'œil rapide sur ses jambes, ils sont retournés à leur discussion. Les locaux sont tristes, le genre d'endroit où on pourrait vendre des assurances pour animaux domestiques ou des systèmes d'évacuation. Elle a emprunté un couloir paraissant mener au bureau principal, l'odeur de vieille moquette et de café de distributeur lui piquant le nez. Une jeune femme au téléphone a levé la tête à l'accueil, mais n'a pas arrêté Nisha, qui a donc poussé la double porte pour se retrouver dans un grand open space divisé en compartiments gris.

Dans l'angle de la salle, se trouve un vaste bureau vitré où de jeunes hommes en costumes bas de gamme sont rassemblés. Autour d'elle, un bourdonnement de travail morose monte des postes individuels : les gens pianotent sur leurs claviers, murmurent au téléphone ou sirotent du thé en bavardant à la photocopieuse. Elle a scruté la salle, son sac serré contre son flanc. Puis elle a repéré une femme voûtée dans l'un des compartiments du fond, en train de s'asseoir, ses cheveux piètrement teints visibles au-dessus des cloisons en composite. Nisha s'est arrêtée pour la regarder.

Elle n'avait pas su ce qu'elle ferait lorsqu'elle se retrouverait enfin face à la femme à l'origine de tant d'ennuis, une voleuse qui s'avère aussi détenir la clé de son avenir. Mais quelque chose dans son aspect minable, l'affaissement déprimé de ses épaules l'a tout de suite exaspérée.

Je me suis fait rouler par ça ? s'est-elle dit en traversant résolument l'open space. Son cœur s'est mis à palpiter dans ses oreilles. Et soudain, elle est dans le compartiment, et la femme pivote brusquement face à elle dans son fauteuil, tenant son téléphone dans une main molle, les traits figés par le choc.

— Qu-quoi ? bredouille la femme. Qu'est-ce que vous racontez ?

Nisha remarque, avec une vague satisfaction, qu'elle est véritablement terrifiée.

— Vous avez volé mes chaussures ! À la salle de sport. Vous avez volé mes chaussures et vous les avez portées. Je vous ai vue sur une vidéo de surveillance et… et… Oh, mon Dieu… ma veste Chanel ?!

La femme rougit jusqu'à la racine de ses cheveux et regarde d'un air coupable la veste Chanel en fil bouclé couleur crème étalée sur le dossier de son fauteuil.

— Mais sans déc…, commence Nisha en saisissant brusquement la veste pour examiner l'étiquette. Où sont mes chaussures ? Où est mon sac ? Qu'est-ce que vous avez fait de mes affaires ? Je vais appeler les flics.

— Je n'ai rien volé ! C'était un accident !

— Oh, un accident ! Et au lieu de rapporter mes affaires, vous avez décidé de porter mes chaussures pour aller dans un bar ? Et de venir avec ma veste au travail ? Mais bien sûr ! C'est clairement un accident.

Un petit attroupement s'est formé autour du compartiment. La femme la dévisage en agitant les mains, paumes levées, devant elle.

— Écoutez… Je peux tout expliquer… La salle de sport était…

— Vous n'avez pas idée du bordel que vous avez déclenché. Vous pensiez que je ne vous retrouverais jamais, je parie, hein ? Eh bien, vous ne savez pas à qui vous avez affaire.

Un homme apparaît à l'entrée du compartiment : cheveux coiffés au gel, costume bon marché, il arrive en dégageant une autorité légèrement affectée.

— Qu'est-ce qui se passe, ici ?

— Qu'est-ce qui se passe ? Demandez-le donc à cette voleuse de chaussures.

— Je vous l'ai dit ! Je ne savais pas à qui elles appartenaient ! J'ai dû me tromper de sac et quand je suis revenue pour les rendre, c'était…

— Je veux mes chaussures.

L'homme se tourne vers la femme.

— Sam ? C'est quoi, cette histoire ?

Elle le regarde.

— Simon… Je peux tout t'expliquer. Quand je suis allée à la salle de sport – le jour où tu m'as vue en claquettes –, il y a eu un cafouillage avec les sacs et…

— Et vous les avez volées !

— Ça suffit, dit-il.

— Quoi ?

— Tu es virée.

Le silence s'abat sur la pièce.

— Quoi ?!

— Tu es virée, répète-t-il d'une voix légèrement plus forte, comme pour s'assurer que tout le monde a pu entendre tomber le verdict. Avec effet immédiat. Nous ne pouvons tolérer une voleuse dans ce bureau. Tu ne cesses de discréditer Uberprint. Tu as reçu assez d'avertissements, et là, c'est bon. Prends tes affaires et va-t'en.

Il se rengorge visiblement, jette un coup d'œil sur le côté, comme s'il attendait des signes d'assentiment de la part des spectateurs. Nisha éprouve un vague désarroi – elle déteste les types de son espèce –, mais cette femme l'a bien cherché.

— Simon. Mec.

Un homme avec des dreadlocks s'est avancé.

— Tu ne peux pas virer Sam pour une simple méprise. Elle nous a dit dans le van quand on est passés la prendre ce jour-là qu'elle avait pris le mauvais sac, mais on lui…

— Ça ne m'intéresse pas, rétorque Simon, les lèvres pincées avec réprobation et un plaisir à peine dissimulé. Pas. Du. Tout. Madame ici présente a été assez claire sur ce qui s'est réellement produit. Et ce n'est pas le genre de comportement que je suis disposé à tolérer. J'ai eu assez de problèmes avec Sam ces dernières semaines, et ça, c'est la goutte de trop.

— Mais…

— Le débat est clos. Tout le monde retourne à son poste. Fin du spectacle. Sam, rassemble tes affaires, je demanderai à la sécurité de te raccompagner à la sortie. La RH t'établira ton solde de tout compte.

Même Nisha est un peu désarçonnée. Un murmure d'embarras circule parmi les autres employés. Ils hésitent, échangent des regards, mais personne ne semble disposé à défier l'autorité de cet homme, et ils finissent par se disperser, mal à l'aise. L'homme aux dreadlocks est le dernier à partir. Il chuchote quelque chose à l'oreille de la femme, mais elle y réagit à peine. Blême, sous le choc, elle commence à rassembler ses affaires sans un mot. Nisha ne va pas laisser sa gêne fausser ce qui vient de se produire. Elle est dans son droit ! Ce n'est pas elle qui a volé les biens d'une autre. Tout ce qu'elle a essayé de faire, c'est récupérer ce qui lui appartient.

— J'attendrai dehors, indique-t-elle quand l'homme finit par partir, flanqué de ses laquais en costumes miteux. J'aurai besoin de mes chaussures et de mon sac. *Sam.*

Sam ramasse ses photos encadrées et les met dans un carton que Marina lui apporte. L'une d'elles lui glisse des doigts et tombe par terre dans un fracas qui semble résonner dans tout le bureau. Marina marmonne un « Sincèrement désolée » en posant le carton, mais l'accusation de « voleuse » a clairement altéré l'ambiance, et Marina lui adresse un regard confus et légèrement méfiant en partant. Le silence s'est abattu sur les compartiments de ses collègues. Sam ne peut se résoudre à lever les yeux : elle sait que Simon et ses mignons l'observent depuis son bureau, échangeant des commentaires… Elle imagine les conversations chuchotées entre ses collègues. Elle est mortifiée, ses oreilles bourdonnent des propos de cette femme. Elle rassemble ses dernières affaires, et Lewis, l'agent de sécurité du rez-de-chaussée, apparaît. Il se frotte la nuque, danse d'un pied sur l'autre, comme s'il ne savait pas trop quoi faire. Elle le regarde, et il affiche une moue hésitante et légèrement embarrassée, puis lui désigne le couloir.

Ce n'est que lorsque les portes s'ouvrent, qu'elle sent l'air froid sur son visage et qu'elle voit l'Américaine postée là, écrasant une cigarette qu'elle percute : *J'ai perdu mon boulot. J'ai réellement perdu mon boulot.* Elle pose le carton par terre et prend son téléphone pour appeler la seule personne qu'elle imagine capable de l'aider à traverser tout ça.

— Andrea ?

Sam n'a pas de voiture et refuse de se retrouver coincée dans un taxi avec cette cinglée, qui dégage des ondes effrayantes et agressives. Elle commence donc à marcher, la femme sur les talons, exactement deux pas derrière elle. Elle a enfilé sa veste Chanel, vérifiant ostensiblement si les manches ont été salies ou abîmées.

— Je ne bougerai pas de là, ma petite dame. Sachez-le.

— Je n'en doute pas, dit Sam, regardant droit devant elle. Je rentre juste chez moi.

Sam met un pied devant l'autre, l'esprit toujours assailli par les paroles de Simon et les visages de ses collègues tandis que tout ce qu'ils pensaient savoir d'elle commençait à s'évanouir. Elle aurait dû s'acharner à rendre les chaussures. Elle aurait dû en faire une priorité. Et maintenant, elle a tout perdu.

— Et il vaudrait mieux que mes affaires soient chez vous.

— Elles sont chez moi. Écoutez, j'ai vraiment essayé de rendre votre sac. La salle était fermée jusqu'à nouvel ordre.

— Pas mon problème.

— OK. Eh bien, juste, je vous le dis. Je ne suis pas une voleuse.

— Dit la femme avec ma veste Chanel étalée sur son dossier de fauteuil.

Sam fait volte-face, les larmes aux yeux.

— J'avais un rendez-vous important aujourd'hui, OK ? Un rendez-vous avec quelqu'un que j'essayais d'impressionner et je me suis dit que ça ne ferait pas de mal si je la portais juste une fois. Je suis désolée.

— Ouais, d'accord. Donc vous êtes mère Theresa. Bref.

— Quoi ?

— Allez juste me chercher mes chaussures. Je me fous de ce que vous êtes. Je me fie simplement aux preuves.

Les preuves. Sam ne cesse de voir le visage de Simon, sa façon de sourire avec une certaine satisfaction en la traitant de voleuse. Elle a perdu son travail. Elle a vraiment perdu son travail. Elle se dit que, évidemment, il ne sera pas obligé de lui rédiger une lettre de recommandation, et elle commence à avoir mal au ventre. Elle ne retrouvera jamais d'emploi. Phil et Cat seront à la rue avec elle. Ils finiront dans une minuscule chambre de bed & breakfast, le genre d'endroit où le gouvernement parque les réfugiés, avec une seule plaque électrique pour cuisiner et des toilettes communes. Ou bien ils devront aller vivre chez ses parents. Et tout le monde le lui reprochera. Et ils en auront tous les droits. Comment a-t-elle fini au milieu d'un tel chaos ?

Elles parcourent en silence encore deux rues, jusqu'à ce que Sam se retourne, puis s'arrête.

— Est-ce que vous pourriez au moins ne pas marcher deux pas derrière moi comme une espèce d'agent de sécurité ? Ça me dérange. Vous croyez vraiment que je vais détaler ? Chargée de ce foutu carton ?

— Je ne sais pas, ma chère. Vous pourriez tenter n'importe quoi. Vous pourriez être championne de course, pour ce que j'en sais.

— J'ai l'air d'une championne de course ?

— Vous n'avez pas l'air de voler les autres. Pourtant, c'est arrivé.

— Oh, pour l'amour du ciel.

Sam pose le carton et presse ses paumes sur ses yeux un instant, essayant de contenir la crise d'angoisse qui menace de lui écraser la poitrine. Lorsqu'elle les rouvre, la femme la dévisage.

Mais, après quelques minutes, elle commence à marcher à ses côtés.

Elles poursuivent ainsi pendant un certain temps. Sam est contente de porter ses robustes chaussures, bien que le carton pèse lourd, avec toutes ses photos de famille encadrées, ce qui la contraint à marquer des pauses régulières pour en ajuster le poids. Elle a mal aux bras, puis aux reins. L'Américaine marche sans effort à pas vifs à côté d'elle, chaussée, à sa grande surprise, de ses propres ballerines noires. Cette demi-heure de marche n'en finit pas. Elle a besoin d'Andrea. Elle a juste besoin de voir le visage d'Andrea, de sentir ses bras autour d'elle, de savoir qu'il y a dans ce monde quelque chose de bon et stable. Quelqu'un qui sait qu'elle n'est pas une mauvaise personne. Elles tournent enfin dans sa rue, et Sam remarque que la petite Nissan Micra bleue d'Andrea est garée devant chez elle. Le soulagement qu'elle en éprouve lui suscite un énorme hoquet sanglotant, au point que l'Américaine lui adresse un regard perplexe et acéré.

— Voilà. Nous y sommes, grommelle Sam.

Elle passe devant le camping-car. Phil est en train de poncer bruyamment un pare-chocs au bord de l'allée, affublé de lunettes en plastique. Il ne relève pas la tête.

Elle ouvre péniblement la porte, lâche le carton dans l'entrée et monte aussitôt à l'étage, sans tenir compte de l'accueil ravi du chien. Elle refuse que cette femme reste ici une minute de plus que le strict nécessaire. Elle va dans sa chambre, se dirige vers la penderie et en sort le sac noir Marc Jacobs. Elle hisse d'un mouvement brusque les poignées sur son épaule et redescend. La femme se tient devant la porte d'entrée et regarde Phil, les bras croisés sur la poitrine. Elle lève les yeux lorsque Sam apparaît, puis les braque immédiatement sur le sac.

— Enfin, dit-elle, le tirant du bras de Sam. Est-ce que tout est dedans ?

— Évidemment.

La femme l'observe un instant.

— Je vais vérifier.

— Très bien.

Sam repart dans le couloir pour se rendre à la cuisine. Andrea est là, assise à table, la tête enveloppée dans un nouveau foulard à motif cachemire rose vif. Elle se met péniblement debout en voyant Sam.

— Qu'est-ce qui se passe, ma belle ?

Et soudain, Sam est dans ses bras, la tête enfouie dans son cou, et sanglote. Et, tandis qu'elle sanglote, elle sent combien Andrea est encore fragile, combien ses épaules sont décharnées, et elle n'en est que plus accablée de chagrin.

— J'ai perdu mon boulot, dit-elle.

Andrea se recule pour la regarder.

— Tu plaisantes.

— Il m'a virée. Il a enfin réussi à me virer. Tout ça à cause d'un stupide malentendu. Mais je ne sais pas ce que je vais faire… Phil ne me parle plus, et j'ignore ce qu'il va dire quand il le saura.

Andrea esquisse une moue compatissante. Elle lui caresse les cheveux.

— On va trouver une solution. Ne t'inquiète pas, Sam. On va trouver. Tu vas t'en sortir.

Puis Andrea tressaille lorsque l'Américaine fait irruption dans la cuisine, crépitante de rage.

— Où sont mes putains de chaussures ?

Sam se tourne pour la regarder.

— Quoi ?

— Où sont mes chaussures ?

— Dans le sac. Je vous l'ai dit.

— Qui êtes-vous ? demande Andrea, l'air soudain beaucoup moins fragile.

— Je suis la personne dont cette salope a piqué les chaussures.

— Ne vous avisez pas de parler comme ça dans la cuisine de mon amie. Mesurez votre langage.

La voix d'Andrea fend l'air comme de la glace, et Sam voit une lueur traverser furtivement le visage de l'Américaine.

— Elles sont forcément là-dedans, dit-elle en s'essuyant les yeux.

La femme tend le sac béant, ouvert sur toute sa longueur.

— Ah ouais ? Vous voulez me montrer ?

Sam cligne les yeux. Les chaussures ont disparu. Elle s'avance, retire timidement le tee-shirt au fond. Elle a raison. Les chaussures n'y sont pas.

Son esprit s'agite.

— Je ne comprends pas. Elles sont restées là en permanence.

Phil arrive en retirant ses lunettes. Il regarde Sam, et ne sourit pas. Puis il voit l'Américaine, et Andrea, et perçoit peut-être une étrange ambiance.

— Bonjour, dit-il.

Il regarde l'Américaine, attendant une explication.

— Phil ? Aurais-tu vu une paire de chaussures rouges ? Elles étaient dans ce sac.

Le visage de Phil se ferme.

— Tes nouvelles à talons hauts ? Les vulgaires ?

— Vulgaires ?! Ce sont des Christian Louboutin, lance l'Américaine, outrée. Et elles sont à moi.

Phil regarde Sam.

— Ce n'étaient pas tes chaussures ?

— Non. Attends… Comment tu étais au courant pour les chaussures ?

— Cat t'a vue les porter, répond-il en la regardant droit dans les yeux, le menton relevé. En compagnie de ton amant.

Sam soutient son regard. L'air se fige dans la cuisine. Et soudain la froideur de Phil et sa détermination à éviter sa compagnie deviennent logiques. Elle se sent rougir.

— Je… je n'ai pas d'amant.

— Elle n'a pas d'amant. Elle est malheureuse depuis des mois parce que tu refuses de communiquer avec elle. Ne sois pas ridicule, Phil.

Andrea regarde Sam et remarque son bref silence, son cou qui s'empourpre lentement. Elle les observe l'un après l'autre.

— Oh. Eh bien, voilà qui est intéressant.

— Je n'ai pas touché aux chaussures, affirme Phil. Enfin, si. Je les ai mises dans le camping-car, parce que je n'en voulais pas dans la maison. Mais, ensuite, Cat a demandé où elles étaient. Je pense qu'elle voulait peut-être les emprunter.

—Super, dit l'Américaine. Donc, maintenant, mes chaussures passent d'un pied crasseux à l'autre. Parfait.

Sam a toujours les yeux rivés sur son mari.

—Je n'ai pas de liaison.

—Ah non ?

—Non ! Pourquoi penses-tu une chose pareille ?

—Eh bien, déjà, tu as changé. Tu n'as plus de temps pour moi.

—Phil, ça fait des mois que tu es soudé au canapé. La plupart du temps, tu ne remarques pas si je suis vivante ou morte.

—Et tu rentres à la maison rayonnante et en sueur.

—Je fais de la boxe ! Je vais faire de la boxe trois fois par semaine.

—De la boxe ? En escarpins ? Bien tenté.

—Quoi ?

—Allô ? Est-ce qu'on pourrait ne pas s'éparpiller, s'il vous plaît ? Je me fous de savoir avec qui elle fricote. Je veux mes chaussures, bon Dieu.

Sam se tourne vers l'Américaine.

—Je vous rembourserai les chaussures. Je suis navrée.

—Je ne veux pas de votre argent ! Vous ne comprenez pas ? J'ai besoin de ces chaussures !

Andrea sort son téléphone.

—On ne ferait pas mieux d'appeler Cat, tout simplement ?

Sam reste pétrifiée pendant qu'Andrea appelle sa fille. Elle ne peut s'empêcher de garder les yeux rivés sur Phil, qui ne cesse de la regarder puis de détourner les yeux. Elle voit qu'il essaie de savoir si elle dit la vérité, et cette incertitude la percute comme un coup de poing.

— Coucou, chérie. Comment ça va ?... Bien, bien... Écoute, on a un petit problème à la maison, et je voulais te demander... Où sont les chaussures rouges qui se trouvaient dans la penderie de ta mère ?

Le silence emplit la pièce pendant qu'Andrea, le ton calme et rassurant, écoute la voix inaudible à l'autre bout de la ligne.

— Je sais, ma belle. Il y a eu un petit quiproquo. Alors où est-ce que tu les as apportées ?... Je sais... Je sais... Ah oui ? Attends, je note... OK.

Elle termine l'appel avec d'autres paroles réconfortantes.

— Moi aussi, je t'embrasse... À bientôt.

Puis elle souffle et relève les yeux vers les visages impatients.

— Elle... Elle pensait que tu avais une liaison, et ça ne lui plaisait pas que tu portes les chaussures. Par ailleurs, elle estime qu'elles sont le symbole répugnant de l'oppression patriarcale, et elle n'en voulait pas dans la maison.

— Et donc ? lance l'Américaine d'une voix sèche.

— Donc elle les a apportées dans une boutique solidaire. Près de sa fac.

— Elle a apporté mes chaussures dans un magasin de charité ?! s'exclame l'Américaine en jetant les mains en l'air. Oh, de mieux en mieux.

— Quand ? demande faiblement Sam.

— Hier après-midi. Écoute, ne panique pas. Si on y fonce maintenant, on pourra peut-être les récupérer.

Chapitre 26

Tandis qu'elles roulent dans Londres, coincée à l'arrière de la minuscule voiture, Nisha observe Sam et son amie assises à l'avant en silence. L'amie en question, prénommée Andrea, arbore le genre de turban doux et de pâleur grisâtre dénotant une maladie grave, mais elle est curieusement enjouée, comme provisoirement extirpée du quelconque malaise dans lequel elle se trouve.

— Et quand comptes-tu me parler de cette « liaison » ? demande Andrea à Sam.

Sam jette un coup d'œil à Nisha et répond :

— Une autre fois.

— Donc tu as une liaison ? Mais qu'est-ce que…

— Je n'ai pas de liaison, réplique Sam en rosissant. Il se peut que j'aie embrassé quelqu'un. C'est tout.

— Mais putain, Sam ? Tu avais dit : pas de bêtises.

— C'était avant que tout ça arrive.

— Ne vous gênez pas pour moi, lance Nisha depuis la banquette arrière. Vous pourriez vous frotter à la moitié de Londres, pour ce que j'en ai à faire.

Mais elle voit Sam avancer la main pour serrer celle d'Andrea aux feux rouges, et quelque chose cède légèrement en elle à la vue de cette tendresse. Elle faisait de même avec Ray quand ils le reconduisaient à l'internat, une petite pression sur sa main, exprimant tellement plus que les mots ne le pourraient jamais.

Nisha est furieuse pour les chaussures. Furieuse que cette Sam ait clairement pensé pouvoir les emprunter, furieuse que la fille de cette femme les ait apportées à la boutique solidaire. Mais, à mesure que la voiture progresse dans les embouteillages de Londres, il lui est difficile de maintenir le même degré de colère aveugle et légitime. Cette Sam n'a pas l'air d'une voleuse – elle n'a pas cet instinct animal de conservation, cette aptitude à mentir par réflexe sans la moindre hésitation. Nisha se dit, gênée, qu'elle a juste l'air triste.

Peut-être était-ce bien une erreur. Elle repense à ce jour-là dans le vestiaire et se rappelle vaguement avoir jeté un autre sac par terre. Il est tout à fait possible que cette histoire soit un accident. Puis elle revoit l'image granuleuse de vidéosurveillance montrant cette femme au pub avec ses chaussures aux pieds. Elle repense aussi à sa veste Chanel suspendue nonchalamment au dossier de ce fauteuil de bureau, et son cœur se durcit de nouveau. Les gens sont capables d'être toutes sortes de choses, malgré les apparences. Elle le sait mieux que quiconque.

— Je crois que c'est là.

Andrea s'est engagée sur une grande rue ; elle consulte son téléphone, puis regarde par sa vitre en levant les yeux.

Sam lit l'enseigne à voix haute :

— Fondation mondiale des chats.

— C'est une blague, dit Nisha, qui vient de comprendre où elle est.

— Non, c'est ce qu'elle a dit. Voilà, juste à côté de sa fac.

Nisha soupire. De tous les magasins de charité de cette foutue ville, il fallait évidemment que ce soit celui-là.

— Je vais y aller, annonce Sam en sortant de la voiture avec lassitude.

— Oooh non, dit Nisha en poussant violemment le siège avant afin de se glisser dehors. Vous n'irez nulle part toute seule. Je viens aussi.

L'odeur de vieux et de renfermé dans le magasin surchauffé saisit Nisha dès que Sam ouvre la porte, et elle ferme les yeux une seconde, s'efforçant de ne pas se laisser submerger par l'irrépressible envie de tourner les talons. Elle inspire, s'arme de courage, et suit Sam vers le fond, où un pitoyable étalage de bottes ratatinées est disposé sur des rayons poussiéreux, à côté de chaussures dont la marque a été effacée par Dieu sait combien de pieds moites inconnus. Sam parcourt chaque rayon du regard, puis secoue la tête.

— Peut-être qu'elles ne sont pas encore en vente, dit-elle. Mon amie travaille au magasin de la Recherche contre le cancer à Woking, et elle m'a dit qu'ils gardaient des sacs remplis d'affaires en réserve pendant des semaines avant de les mettre en boutique. Nous pourrions examiner celles-là.

— Cette journée ne fait que s'illuminer à chaque seconde, grommelle Nisha.

Elles font le tour du magasin, et Nisha inspecte les étalages en vitrine – peut-on les qualifier d'étalages ? Des tenues de mère de mariée disparates et de la vaisselle qu'elle ne jetterait pas à son pire ennemi. Des chats en porcelaine. Des duos d'huilier-vinaigrier ternis. Les chaussures sont introuvables. Lorsqu'elle se tourne, Sam se tient devant le comptoir. La femme aux cheveux bleus regarde derrière celle-ci pour adresser à Nisha un regard appuyé.

— Bonjour… Je me demandais si vous pourriez m'aider ? dit Sam.

Sa voix prend une petite inflexion hésitante en fin de phrase, comme si elle n'était pas certaine de devoir même parler.

— C'est un peu gênant ? Je suis sûre que vous devez être confrontée à ça en permanence ? Ma fille vient d'apporter une paire de chaussures, et, en fait, elle n'avait aucun droit de les donner, et nous avons besoin de les récupérer, alors ça nous arrangerait infiniment si vous pouviez éventuellement…

Nisha passe devant elle.

— Oh, pour l'amour du ciel. Il faut que nous voyions toutes les chaussures que vous avez rentrées hier.

— Vous voulez reprendre votre peignoir, tant que vous y êtes ?

La femme aux cheveux bleus ébauche un petit sourire.

Nisha se redresse un peu.

— Juste les chaussures. Où est-ce qu'elles sont ?

La femme renifle.

— Tout ce qu'on a rentré hier a déjà été mis en rayon.

Sam et Nisha échangent un coup d'œil.

— En rayon ? Où ça ? Ce sont des Christian Louboutin rouges. Quinze centimètres de talon. Une paire unique.

— Vous allez devoir regarder sur les présentoirs.

— Nous avons regardé sur les présentoirs.

La femme baisse les yeux sur son registre.

— Alors c'est qu'elles sont parties.

Elle remonte une page en arrière, promène son doigt sur la liste écrite à la main.

—Ah. Chaussures Christian Bolton rouges. Nous les avons vendues ce matin.

Elle se recule sur son tabouret, implacable.

Nisha la dévisage, le cœur serré.

—Vous ne pouvez pas les avoir déjà vendues.

—Vous êtes sûre ? demande Sam.

—Vous n'aviez pas le droit de les vendre, madame. J'ai besoin de mes chaussures.

—Nous ne sommes pas responsables des articles vendus. Tout ce qui est déposé ici est censé l'être avec les autorisations appropriées, rétorque-t-elle en soutenant impassiblement le regard de Nisha. C'est pour une bonne cause, ajoute-t-elle en esquissant un lent sourire. S'il vous faut une autre paire de chaussures, nous en avons une belle sélection au…

—Oh, bon Dieu ! s'exclame Nisha, avant de sortir d'un pas lourd.

Sam apparaît un instant plus tard, renouvelant ses excuses.

—Je suis sûre que nous allons trouver une solution, ne cesse-t-elle de dire, mais elle a l'énergie d'un sachet de thé usagé et Nisha a perdu le peu de patience qu'elle avait au départ.

—Eh bien, ça y est, déclare-t-elle, allumant une cigarette dont elle tire furieusement une bouffée. Vous venez de me faire perdre plusieurs millions de dollars.

—Nous pouvons peut-être encore les retrouver, dit faiblement Sam.

—Comment ? Vous voulez mettre la main sur les vidéo-surveillances de toutes les boutiques du coin pour découvrir qui est entré et sorti de ce magasin ? Vous voulez faire une clé de tête à Betty Mèche bleue là-bas jusqu'à ce qu'elle vous dise quelle anonyme est entrée acheter une paire de pompes ?

— Écoutez. Je… Je vous achèterai une autre paire, propose Sam en s'asseyant sur le trottoir. Ou je paierai. Elles coûtaient combien ?

— Je ne veux pas d'autres chaussures ! hurle Nisha. C'était là toute la question. J'ai besoin de ces chaussures-*là*. Combien de fois vais-je devoir vous l'expliquer ?

— Eh !

C'est quelque chose de se faire rabrouer aussi vivement par quelqu'un qui semble avoir un pied dans la tombe, songe Nisha par la suite. Andrea, du haut de son mètre cinquante, s'est élancée du siège conducteur et la pousse maintenant d'une paume décharnée, l'écartant de son amie. Elle le fait avec une telle rage que son foulard glisse sur sa tête, révélant le vague duvet qui lui recouvre le crâne.

— Je vous interdis de parler comme ça à Sam, ma petite dame. Elle vous a dit que c'était un accident, et c'était un accident. Elle essaie de vous aider, et vous n'avez aucun droit de vous adresser aux gens sur ce ton.

Nisha recule d'un pas. Le regard d'Andrea brûle d'une intensité bleu ciel légèrement intimidante. Tandis qu'elle ajuste son foulard, sans quitter Nisha des yeux, celle-ci décide de baisser d'un ton.

— J'ai juste besoin de ces chaussures, OK ? Elles sont très importantes. Mon mari – futur ex-mari – joue à un jeu stupide, et, sans elles, je ne peux pas obtenir de convention de divorce.

— Eh bien, ce n'est pas la faute de Sam, si ? Ce n'est qu'une paire de chaussures. Ce n'est pas comme si on avait pu s'en douter.

— Formulaire de don, lance soudain Sam.

Les deux femmes la regardent se mettre debout, comme quelqu'un sortant d'un long sommeil.

— La femme qui a acheté les chaussures, poursuit-elle. Elle doit avoir rempli un formulaire de don. La plupart des gens le font, non ?

— Du pur génie, s'exclame Andrea dont le visage s'illumine soudain. Allez, on y retourne !

Nisha ne sait pas trop ce qui se passe, mais elle les suit dans le magasin et s'affaire dans le fond, écoutant Sam expliquer à l'employée – désormais suspicieuse – qu'elles doivent absolument récupérer ces chaussures et que, puisqu'ils prennent manifestement les noms de tous les clients, elle pourrait lui dire qui les a achetées.

— Elle a peut-être rempli un formulaire de don, ajoute Sam d'un ton plein d'espoir.

— Et ?

— Et ça signifie que vous avez ses coordonnées. Je ne vous le demanderais pas si ce n'était pas important. Nous avons vraiment besoin de ces chaussures. Valeur sentimentale. C'est crucial.

S'ensuit un court silence. Nisha se rapproche légèrement du comptoir. La femme les regarde toutes les deux à tour de rôle, puis croise de nouveau les bras.

— Je ne peux pas vous fournir cette information, indique-t-elle. Protection des données. (Elle regarde Nisha.) Par ailleurs, vous pourriez être n'importe qui. Une meurtrière, pour ce que j'en sais.

— Est-ce que j'ai l'air sur le point de tuer quelqu'un ?

— Vous tenez vraiment à ce que je réponde à cette question ?

Il y a quelques autres clients dans le magasin à présent, et Nisha les voit jeter des coups d'œil dans leur direction.

— Donnez-moi juste l'information, OK ? Et après on vous laisse tranquille. Très… joli bleu. Au fait. Ça va bien avec votre teint britannique.

Sam ferme les yeux.

— Non, réplique la femme. Et si vous refusez d'être polie, je vous suggère de…

Nisha ouvre la bouche pour répondre, lorsqu'elles sont distraites par une série de bruits sourds et d'exclamations au fond du magasin. Nisha jette un coup d'œil entre les présentoirs et voit qu'Andrea s'est effondrée, entraînant un portant de pantalons pour hommes dans sa chute. Nisha distingue juste son foulard rose vif, la pile de puzzles éparpillée, et les visages angoissés des clients à proximité.

— Oh, mon Dieu. Andrea.

Horrifiée, Nisha voit Sam foncer vers son amie. L'espace d'un court instant, tandis qu'on l'aide à se relever délicatement, Andrea croise son regard et lui adresse un clin d'œil.

— Attendez ! crie Betty Mèche bleue en quittant son poste en hâte. Reculez, s'il vous plaît. Reculez. Je suis secouriste qualifiée.

Elle se précipite vers une boîte en plastique rouge sous le comptoir, puis se fraie un chemin jusqu'au bout du magasin, où les autres clients sont regroupés en cercle.

— Mettez-la en PLS !

Sans traîner, Nisha se jette de tout son buste par-dessus le guichet, et fait pivoter le registre vers elle. Elle voit la liste d'articles de la veille et les parcourt en vitesse jusqu'à ce qu'elle tombe dessus : « Sandales Christian Bolton en croco rouge ». Et là, écrit au stylo-bille bleu juste à côté : « Formulaire de don : Liz Frobisher, 14 Alleyne Road, SE1 ».

Elle arrache la page du registre et la fourre dans sa poche, juste à temps pour entendre Andrea dire :

— Ça va, je vous assure. Je suis juste affaiblie par toute cette chimio. Non, non, vous n'avez pas besoin de prendre ma température. Trouvez-moi juste un petit verre d'eau et je me porterai comme un charme. Merci infiniment…

Les trois femmes n'ouvrent pas la bouche avant qu'Andrea ait démarré la voiture et se soit engagée sur la chaussée. Elles parcourent deux rues et passent un feu. Puis Nisha se penche en avant entre les deux sièges.

— Eh, Miss Foulard. Ça va, en vrai ?

— Bien sûr. (Elle met son clignotant à gauche au rond-point et s'autorise un petit sourire.) Pour tout dire, je ne m'étais pas autant amusée depuis neuf mois. J'espère que vous avez toutes les deux admiré mes talents d'actrice.

— Vous méritez un Oscar, déclare Nisha. Vous m'avez foutu une de ces trouilles.

— Sérieusement. La fille essayait de me mettre un sparadrap sur le genou ! Comme si c'était ce dont je devais m'inquiéter.

— « Vous devez rester en PLS, dit Sam en imitant l'employée du magasin. Pendant au moins une demi-heure. Ma cousine était mariée à un urgentiste. »

— Parce qu'être allongée entre des caleçons longs de papi, une photo encadrée du Brighton Pier et une théière automatique est exactement la façon dont je veux passer la moitié de ma journée.

Nisha ne peut s'empêcher de rire.

— Alors, où est-ce qu'on va ? demande-t-elle en reprenant son sérieux. Où se trouve Alleyne Road ?

— Pas la moindre idée, répond Andrea. Mais c'est parti.

Le 14 Alleyne Road est situé au beau milieu d'une rangée de maisons clonées, construites vers le début des années 1970, et visiblement guère modernisées depuis. La brève euphorie d'avoir mis la main sur l'adresse s'est peu à peu dissipée durant le trajet en voiture, et Sam s'est retrouvée préoccupée par ce qui se déroulait à quelques kilomètres de là, chez elle. Ce qu'elle avait fait avec Joel devait-il être considéré comme une liaison ? C'était une forme de trahison, sans aucun doute. Échanger des textos secrets ? Rester assise avec quelqu'un en voiture ? Embrasser un homme qui n'est pas votre mari ? Elle pense aux lèvres de Joel et se sent rougir, de plaisir ou de honte, elle l'ignore. Et n'a pas envie de savoir. Sa fille l'avait vue : Cat, qui la déteste désormais, et la voit comme une espèce de femme adultère. Elle ne cesse de songer à la froideur de Phil, à sa façon de la regarder. Même au plus profond de sa dépression, il n'a jamais été aussi glacial à son égard. Elle pense aux conversations qui l'attendent chez elle, et son estomac se noue. Elle est incapable de dissimuler quoi que ce soit. Même si elle n'a eu aucune liaison, Phil et Cat pourront voir le mot « culpabilité » clignoter sur son front quand ils en discuteront.

— Alors, qu'est-ce qu'on fait, maintenant ? demande Andrea en coupant le contact.

— On se glisse à l'intérieur, bien sûr, répond Nisha.

— On ne peut pas entrer par effraction comme ça chez quelqu'un, réplique Sam.

Nisha réfléchit. Elle a probablement raison. Qui sait sur qui d'autre se trouve dans la maison ? Ou si la femme est même chez elle ?

—Nous pourrions simplement frapper à la porte et lui parler ? Lui demander de les lui racheter ? propose Sam.

—Et si elle refuse ? Alors elle saura qu'il se trame quelque chose. Vous y connaissez quelque chose en affaires ?

—J'en connais un rayon sur la négociation. C'est mon métier.

—Eh bien, si vous étiez douée, vous sauriez que vous ne laissez jamais votre adversaire deviner que ce qu'il détient a de la valeur pour vous. Et, par ailleurs, aucune de nous n'a d'argent. Sans vouloir vous vexer, ajoute-t-elle tandis que les deux femmes la dévisagent, vous n'avez pas l'air spécialement friquée, l'une ou l'autre. Moi, je dis qu'on s'introduit dans la maison.

Nisha se penche et examine l'avant du bâtiment, à la recherche d'un point d'accès.

—Et on la frappe jusqu'à ce qu'elle nous dise où sont mes chaussures.

Nisha est redevenue la petite Anita, qui arpente les allées du *DollarSave*, essaie de déterminer quelle bouteille de bourbon elle peut emporter en douce sous son manteau. Ses chaussures sont dans cette maison, elles l'appellent. Elle tente de se souvenir de ce qu'elle ressentait, évaluant les risques, échafaudant déjà ses explications pour s'en tirer. Tandis qu'elle observe les lieux, un chat roux déambule le long du mur de la maison et s'assied, les dévisageant avec des yeux jaunes et avides.

—La fenêtre sur la gauche a l'air pourrie. On pourrait sans doute la forcer.

Sam pivote dans son siège pour regarder Nisha.

— Mais qu'est-ce qui débloque chez vous ?

— Comment ça, qu'est-ce qui débloque chez moi ?

— Pour ce qu'on en sait, c'est peut-être une femme adorable à qui une œuvre de bienfaisance pour chats tient à cœur, qui est ravie d'avoir acheté une jolie paire de chaussures – légalement, je précise –, et vous parlez d'entrer pour la cambrioler ou la traumatiser à vie ? Sérieusement ? Mais quel genre de personne êtes-vous ?

Nisha baisse la vitre et se recule afin de ne pas être obligée de regarder le visage angoissé et irritant de Sam.

— Une personne qui a besoin de récupérer ses putains de chaussures.

À ce moment-là, la porte d'entrée s'ouvre, et une femme émerge de la maison. Elles se taisent subitement, observant par le pare-brise la silhouette en blouse turquoise et jean. Elle a autour de trente-cinq ans, des cheveux roux bouclés au fer à friser et coiffés comme si elle allait passer la journée à l'extérieur. Elle porte un sac-poubelle noir à bout de bras.

Nisha les repère.

— Elle porte mes chaussures pour sortir ses *ordures* ? Je vais la décapiter.

— Est-ce que vous pourriez être un tout petit peu moins horrible ? s'exclame Sam en se prenant la tête dans les mains.

Andrea lève aussitôt son téléphone et commence à la filmer.

— Qu'est-ce que tu fabriques ? demande Sam.

— Je sais pas. On aura peut-être besoin de… preuves ?

Le premier réflexe en toutes circonstances ces temps-ci : si vous n'êtes pas sûr, filmez.

Le cœur de Nisha s'est mis à marteler dans sa poitrine à la vue des Louboutin. Sam murmure à côté d'elle :

—Écoutez, nous… nous allons discuter gentiment avec elle et lui expliquer la situation, je suis sûre qu'elle…

Tandis qu'elles l'observent, la femme ouvre la poubelle noire et y lâche le sac. *Elle est si près*, songe Nisha. Six, sept enjambées, et elle pourrait être sur elle avant que la femme ne se rende compte de ce qui se passe. Elle pourrait l'envoyer par terre d'une prise de krav-maga, lui arracher les chaussures et être revenue dans la voiture en quelques secondes. Elle approche la main de la poignée, et retient sa respiration. À cet instant précis, la femme hésite, puis se dirige vers le chat. Elle feint de vouloir le caresser, puis, après un coup d'œil furtif dans la rue, elle le prend par la peau du cou et le jette dans la poubelle marron. Elle referme le couvercle en le claquant et regarde autour d'elle. Puis elle se frotte les mains, rentre chez elle et ferme la porte.

Les trois femmes gardent les yeux rivés sur la maison depuis la petite voiture, bouche bée.

—Mais bon Dieu… ? lâche Nisha après quelques secondes.

—Est-ce qu'elle vient juste de… mettre ce chat dans la poubelle ? demande Andrea en regardant par le pare-brise.

—Oui, chuchote Sam, presque pour elle-même. Elle a jeté un chat à la poubelle.

Et avant que Nisha ne puisse prononcer un mot, Sam sort de la voiture. Elle fait quelques pas résolus vers la maison, puis se tourne face au véhicule. Elle a le visage enflammé.

—Vous voyez ? Voilà à quoi nous sommes confrontés. C'était juste un chat, qui faisait sa vie de chat, probablement comme il fallait. Qui menait juste une vie de chat tranquille. Et puis une connasse apparaît et, sans aucune raison, décide de tout foutre en l'air en le jetant sans raison dans une poubelle.

Une vraie poubelle avec tous les déchets, comme si ça n'avait aucune importance.

Elle ne semble pas consciente de crier, indifférente au fait que tout le monde pourrait l'entendre. Elle arbore une expression angoissée, clairement au bord des larmes.

— Ce chat ne faisait même pas de bêtise ! Il n'a rien fait à cette femme ! Rien ! Il ne faisait que vivre sa vie de chat ! Et elle a essayé de lui gâcher l'existence ! Pourquoi est-ce que les gens sont obligés d'être aussi affreux ? Pourquoi les gens ne peuvent pas juste être moins affreux ?

Nisha se tourne vers Andrea.

— Heu... Elle va bien ?

— *Non, je ne vais pas bien !*

Sam se retourne et franchit encourant les quelques mètres qui la séparent de la poubelle. Sous les yeux de Nisha et Andrea, effarées, elle plonge les deux bras à l'intérieur, s'acharne pour les enfoncer un peu plus, ses pieds décollant brièvement du sol, puis en ressort le chat. Il a l'air un peu en rogne, et il est légèrement couvert de nouilles, mais, à part ça, il ne semble pas très perturbé. Sam approche l'animal de son visage, le débarrasse des nouilles, le caresse, lui murmure des propos qu'elles ne peuvent pas entendre. Elle ferme les yeux et prend une longue et profonde inspiration chevrotante. Après quelques instants, elle les rouvre et pose le chat avec précaution sur le trottoir. Il se secoue, se nettoie brièvement une patte, puis s'éloigne lentement dans la rue sans un regard en arrière.

— Elle est en train de dire que le chat, c'est elle, non ? murmure Nisha.

— Quelque chose comme ça, je pense, répond Andrea.

Sam lève les yeux au ciel, puis s'essuie les mains sur son pantalon. Elle retourne dans la voiture, les yeux irrités. Il y a un court silence avant qu'elle prenne la parole.

— On l'emmerde, cette conne. Faites comme vous voulez. On récupère ces chaussures.

Lorsqu'elles arrivent, Jasmine est en pleine séance de repassage. Elle pose le fer sur son pied sans un commentaire et prépare du thé, écoutant attentivement Nisha exposer les derniers événements dans les grandes lignes. Sam se tient dans l'angle de la cuisine de l'inconnue, contemplant les piles de linge, les plans de travail rigoureusement nettoyés et jette des coups d'œil à Andrea à côté d'elle, qui semble plus enthousiaste et énergique qu'elle ne l'est depuis des mois. Jasmine, après avoir disposé quatre tasses pleines sur un plateau, les chasse gentiment vers le salon, où elles s'asseyent.

— Donc, que je comprenne bien. Tu dois récupérer tes chaussures sur cette femme. Qui les a achetées dans un magasin solidaire. Et qui n'a rien fait de mal, en vérité.

— Elle a jeté un chat à la poubelle, intervient Sam d'un air buté.

L'adolescente écarquille les yeux. Décelant peut-être un changement d'ambiance, elle est venue rôder près de la porte à leur arrivée.

— Elle a jeté un chat à la poubelle ?

Andrea lève le téléphone, lui montre la vidéo. Le visage de Jasmine passe par plusieurs expressions en quelques secondes, pour s'arrêter sur la perplexité.

Elle secoue la tête.

— Gracie, va faire tes devoirs.

La fille émet un petit claquement de langue grincheux et sort à contrecœur de la pièce. Jasmine se tourne vers Sam et Andrea.

— Et vous deux, vous êtes qui, dans cette histoire ?

— Je suis Sam. Celle qui a pris les chaussures. Accidentellement.

Elle jette un coup d'œil furtif à Nisha, mais, pour la première fois, celle-ci ne roule pas les yeux, n'a plus l'air sceptique.

— Andrea. L'amie de Sam. Aucune idée de ce que je fabrique ici, mais, pour être honnête, c'est bien plus intéressant que de végéter chez moi.

Jasmine semble estimer ces explications parfaitement valables.

— En gros, dit Sam, nous essayons de trouver une solution pour récupérer les chaussures sans devoir cambrioler ni tabasser quelqu'un.

— Enfin, ça, on ne l'a pas encore exclu, modère Nisha.

— Et vous ne pouvez pas juste lui réclamer les chaussures ?

— Elle a mis un chat dans une poubelle, articule Sam, comme si elle donnait une explication à une personne pas très fine.

Jasmine hoche la tête, légèrement circonspecte.

— D'accoooord.

— Si nous les lui demandons et qu'elle refuse, nous sommes à court d'options, déclare Nisha en se penchant en avant. Jas ? Je me suis rappelé ta réaction quand j'ai pris mes vêtements au penthouse. La vitesse avec laquelle tu as trouvé un moyen de les rapporter là-bas. Et j'ai pensé que tu pourrais peut-être...

Jasmine la regarde. Elle repousse les cheveux de son visage avec un doigt bagué. Un sourire tressaute aux commissures de ses lèvres.

— Quoi ? dit Nisha.

— Nisha Cantor, me demanderiez-vous de l'aide ?

C'est la première fois que les traits de Nisha perdent leur dureté. Elle regarde Jasmine droit dans les yeux un instant, et son expression s'anime curieusement, comme si un million de pensées tumultueuses bataillaient sous la surface.

— Tu vas en faire tout un plat ? finit-elle par demander.

Jasmine arbore un air incrédule.

— Heu… *oui* ?

Et Andrea, qui observait la scène, repose sa tasse sur la petite table basse et se frotte les mains.

— C'est parti.

Les quatre femmes restent assises dans le salon exigu jusqu'à près de 22 heures ce soir-là, à parler, rire, élaborer des plans – qui bifurquent fréquemment sur des anecdotes, des gloussements hystériques ou des sourires en coin complices. À un moment donné, vers 19 heures, elles conviennent de passer du thé au vin, et Nisha court à l'épicerie du quartier pour acheter de quoi grignoter et deux bouteilles d'un vin que, un mois plus tôt, elle n'aurait pas servi à son pire ennemi. Enhardie par l'alcool bon marché, elle raconte quelques histoires sur Carl – comme la fois où il a fait une crise parce qu'il s'était trompé de chaussettes –, et les trois autres femmes en plaisantent et compatissent d'une manière qui l'aurait immédiatement mise sur la défensive dans son ancienne vie. Mais, à présent, elle s'aperçoit à sa grande surprise qu'elle apprécie la main qui vient lui frotter le bras par solidarité, les blagues sur les façons dont elle devrait se venger.

Lorsque Jasmine leur raconte qu'elle a mis du poil à gratter dans son caleçon, Andrea, la malade, recrache son vin sur ses genoux. Elle semble être la plus requinquée par cette soirée : elle devient chahuteuse et grossière, elle amuse en évoquant les gens et leurs motivations, en décalage avec l'apparente fragilité de son corps. Nisha prend conscience que ce sentiment inhabituel qu'elle éprouve, c'est de l'admiration. Andrea explique sa maladie avec une forme d'humour détaché typique des Anglais lorsqu'ils traversent un champ de mines émotionnel. Jasmine rompt le bref silence en quittant son siège pour aller serrer vigoureusement Andrea dans ses bras. Elle lui dit juste :

— Poulette…

Et Andrea tapote les bras qui l'enveloppent, comme si ce seul terme exprimait une multitude.

Même Sam le Cocker semble sortir un peu de sa coquille, elle a cessé d'avoir l'air en permanence au bord des larmes. Elle se sent clairement responsable de toute la situation, et c'est elle qui s'efforce de maintenir le fil de la conversation – et des plans. À 21 heures, Jasmine annonce avec horreur qu'elle a oublié son repassage, et quand elle explique son boulot d'appoint aux autres, Andrea lui dit qu'elles vont toutes s'en charger, que ce sera fait en un rien de temps si elles s'y attellent ensemble. Le reste de la discussion se déroule donc avec Jasmine qui repasse, Sam et Nisha qui plient et emballent dans un angle du salon, et Andrea, sur le canapé, qui fait un ourlet soigné sur un pantalon de femme à l'aide du nécessaire à couture de Jasmine. Cette dernière, angoissée de déléguer cette mission au début, l'étreint en la qualifiant de ninja après avoir examiné le travail accompli.

Lorsque Sam et Andrea finissent par partir, Nisha et Jasmine les regardent s'éloigner en leur faisant signe par la fenêtre. Les deux femmes parcourent l'allée bras dessus bras dessous, baignées de la lumière orange du lampadaire. Au moment où elles atteignent la voiture, Andrea paraît lasse et pose la tête sur l'épaule de Sam, qui la serre contre elle.

Aucune des deux n'a évoqué les histoires de Sam, son triste époux et son travail : parfois, on sait quand quelqu'un a besoin de mettre entre parenthèses ce qui vampirise sa vie.

— Je les aime bien. On devrait se refaire ça ! s'exclame Jasmine.

Nisha la regarde.

— Tu plaisantes ?

C'était plus ou moins une blague de la part de Jasmine. Mais elle lui met la main sur le bras en disant :

— Nisha. Ma chérie. Parfois, tu peux laisser tomber l'armure, tu sais ?

Elle sourit, sans animosité, et part se coucher.

Phil dort lorsque Sam finit par monter. Elle se déplace sur la pointe des pieds dans la chambre sombre, pose ses vêtements sur le fauteuil dans l'angle et se glisse au lit de manière, espère-t-elle, à ne pas le réveiller. Elle ignore totalement quoi dire. Elle est juste contente qu'il ne soit pas encore planqué dans le camping-car.

Allongée sous la couette, elle écoute les voitures passer dans la rue étroite, un chien qui aboie au loin, l'esprit bourdonnant toujours de cette étrange soirée, de ce nouveau monde inconnu dans lequel elle s'est retrouvée.

— Je ne suis pas prêt à parler de ça, lâche la voix de Phil dans le noir.

Elle cligne les yeux.

— OK.

Elle tend une main pour le toucher, hésite, puis la retire et se met sur le dos, les yeux perdus dans l'obscurité, attendant un sommeil qu'elle doute de voir venir.

Chapitre 27

Sam se dirige vers la porte d'entrée avec Nisha. Elle est vêtue de sa plus belle tenue de travail, celle qu'elle commence juste à pouvoir remettre, et Nisha porte la veste Chanel, dont elle ôte des peluches imaginaires sur les bras, avec une légère possessivité dès qu'elle surprend Sam à la regarder. De l'autre côté de la rue, trois voitures plus loin, Jasmine et Andrea sont assises dans la Nissan Micra, et Sam sent leurs yeux braqués sur elle, même à cette distance. Elle prend une profonde inspiration et tente de réprimer la peur qui germe dans son estomac, doutant de pouvoir mener ce plan à bien. Elle n'a jamais été douée pour mentir. Mais elle jette ensuite un coup d'œil à la poubelle, ouverte à présent, son couvercle battant doucement sur le côté, et sa résolution se raffermit.

Elle regarde Nisha, qui hoche la tête. Et elle frappe à la porte.

Elles attendent de longues secondes avant qu'un homme leur ouvre. Il a le cou aussi large que la tête, et porte un sweat-shirt à capuche zippé avec un bas de survêtement, comme s'il s'apprêtait à partir courir, ce qu'il n'a clairement pas fait depuis longtemps. Il observe les deux femmes, le porte-bloc que tient Sam.

— Nous ne sommes pas croyants, dit-il en commençant à refermer la porte.

— Nous cherchons… (Sam consulte son porte-bloc) une certaine Liz Frobisher ? Est-ce qu'elle est là, s'il vous plaît ?

— Vous êtes qui ?

— Nous sommes du Fonds international pour la protection des chats, annonce Nisha d'un ton suave.

— Nous donnons déjà aux bonnes œuvres, déclare-t-il en tentant une nouvelle fois de refermer la porte.

Mais le pied de Nisha entrave déjà le passage.

— Nous ne voulons rien, monsieur. En fait, nous sommes ici pour annoncer à votre femme – vous êtes bien M. Frobisher ? – qu'elle a gagné un prix.

Il leur adresse un regard méfiant.

— Quel genre de prix ?

— Votre femme a effectué un achat auprès de notre organisation récemment, et il s'avère qu'elle était notre millionième cliente. Nous aimerions donc lui décerner un prix !

— Ça nous oblige à payer quelque chose ?

— Pas un sou, répond Sam en souriant. Elle a juste droit à un prix absolument charmant.

— Qu'est-ce que c'est ?

— Votre femme est-elle là, s'il vous plaît, monsieur ? Nous devons vraiment en discuter avec la personne qui a acheté l'article… les chaussures. Voilà, c'était ça.

Il les étudie encore un instant, puis se tourne à l'intérieur.

— Liz ?

Il appelle une seconde fois, et une voix émerge du fond du couloir :

— Quoi ?

— Quelqu'un à la porte pour toi. Qui dit que tu as gagné un prix.

S'ensuit un court silence, durant lequel Sam et Nisha sourient à l'homme. Un sourire peut-être bizarrement radieux, se dit ensuite Sam, remarquant qu'il semble de moins en moins à l'aise. Ils attendent encore quelques instants gênants le temps que Liz Frobisher arrive dans l'entrée. Elle porte un jean moulant, un sweat-shirt et des chaussons en peluche. Voyant Nisha river les yeux sur ses pieds, Sam se dit que ce n'est peut-être pas plus mal. La femme vient à la porte et se place juste derrière son mari.

— Liz Frobisher ? lance Sam d'un ton enjoué.

— Oui ?

— Nous sommes ravies de vous annoncer que, en tant que millionième cliente du Fonds international pour la protection des chats, vous avez gagné une nuit pour deux au prestigieux *Bentley Hotel* à Londres.

Liz Frobisher sourcille, les regarde à tour de rôle.

— Quoi ? Vraiment ?

— Elles disent qu'on n'a rien à payer, précise le mari.

— Redites-moi quel est le prix ?

Sam leur explique, un sourire plaqué sur la figure : ce dimanche, Liz et un invité – ce charmant monsieur, suppose-t-elle, ha, ha, ha, ha – bénéficieront d'un séjour dans une chambre executive de l'hôtel, offert par l'organisation. Il s'agit d'un cinq étoiles, réputé dans les sphères des célébrités pour son service d'exception et son grand souci du détail.

— Vous avez acheté une paire de chaussures au Fonds international pour la protection des chats cette semaine, madame Frobisher ?

— Ouais, en effet.

— Tu ne m'en as pas parlé, intervient son mari.

— Je n'ai pas à t'informer de tous mes achats.

— Tu n'aimes même pas les chats.

— C'était pour la bonne cause. (Elle baisse les yeux vers le porte-bloc.) Alors, qu'est-ce que je dois faire ?

— Absolument rien, répond Nisha en souriant. À part vous présenter à l'hôtel ! Oh, attendez… Il est requis que vous apportiez les chaussures que vous avez achetées au magasin, et que vous les portiez pour une photo de publicité. Elle apparaîtrait sur notre fil Instagram et d'autres réseaux sociaux. Serait-ce envisageable ?

— Une photo de publicité.

À la suggestion d'une gloire imminente, le visage de Liz Frobisher s'illumine.

— Est-ce que je peux voir le fil Insta ? demande-t-elle.

— En fait, il est fermé aujourd'hui pour maintenance. On est en train d'y faire les derniers raccords pour le prix du millionième client, s'empresse de dire Nisha. Mais je crois que… oui… Voici une capture d'écran.

Nisha lève son téléphone pour montrer la fausse page Instagram qu'Andrea a créée la veille au soir.

Le couple l'examine.

— Je… Je pense pouvoir faire ça. On peut, non, Darren ?

— On devait aller chez ma mère, dimanche.

— Eh bien, on ira à l'hôtel après être allés chez ta mère.

— On lui a dit qu'on irait chez elle pour le dîner.

— Eh bien, dis-lui qu'on ira pour le déjeuner. (Elle braque son sourire sur Sam.) Est-ce que ça doit forcément être ce dimanche ?

— Je le crains, oui, répond Sam. Cet hôtel est très fréquenté, et dimanche soir est le seul créneau où l'organisation pouvait obtenir une chambre de ce standing… (Elle marque une pause pour l'effet et consulte son porte-bloc.) Malheureusement, dans le cas où vous ne seriez pas disponible, nous devrons l'offrir au prochain client sur la liste.

— Oh, non, nous pouvons, dit Liz Frobisher en lançant des coups de coude à son mari lorsqu'il se met à protester.

— Fantastique ! Donc, si vous voulez bien arriver à partir de 15 heures et vous enregistrer, un membre du personnel s'entretiendra avec vous pour savoir quand vous serez prête pour votre fameuse photo.

— La coiffure et le maquillage sont prévus ?

Voyant que Nisha commence à rouler les yeux, Sam intervient aussitôt.

— Je n'en suis pas sûre, mais je peux vérifier. Dans tous les cas, il vaut probablement mieux arriver prête pour l'objectif. C'est le genre d'endroit où on ne sait jamais qui peut traîner dans le vestibule, déclare-t-elle d'un ton conspirateur. Les paparazzi ! Vous savez quels chacals ils sont.

Des chacals, s'accordent-ils tous à dire. Des chacals.

— Parfait ! s'exclame Sam. Alors à dimanche ! Voici une carte de l'hôtel. Demandez cette personne à la réception, nous serons ravis de vous accueillir. Félicitations !

— Et n'oubliez pas les chaussures ! lance Nisha.

— OK ! dit Liz Frobisher, les yeux encore rivés sur la carte quand son mari ferme la porte.

Les deux femmes commencent à repartir dans l'allée. Sam, qui ne s'est pas rendu compte qu'elle retenait sa respiration, expire lentement.

Nisha jette un coup d'œil derrière elles, puis glisse à voix basse :

— Bien joué.

Sam est si désarçonnée qu'elle en oublie de répondre. Il leur paraît deux fois plus long de redescendre l'allée que de la monter. Derrière le pare-brise de la Nissan, elles distinguent les expressions pleines d'espoir de Jasmine et Andrea. Soudain, Sam recule de deux pas et ouvre la poubelle en vitesse pour regarder à l'intérieur. Elle la referme, lève les yeux et voit que les trois femmes la dévisagent.

— Quoi ? dit-elle. Je vérifiais, c'est tout.

Nisha et Aleks marchent jusqu'à l'arrêt de bus ensemble, comme ils le font plusieurs fois par semaine, désormais. Par un curieux hasard, ils finissent leur service en même temps, ou se croisent devant la salle de pause. Ils se sont mis à aller un arrêt plus loin, puis deux, puis trois, un accord tacite qui leur permet de poursuivre leurs conversations, indifférents à la pluie grisâtre, aux interminables embouteillages le long du fleuve boueux et bouillonnant. À l'occasion, il lui montre des choses : l'ancien bâtiment du MI5, des gargouilles à motif de poisson que l'on ne remarque pas sur des lampadaires ornés, et un phoque, un jour, dont la tête émergeait juste au-dessus de l'eau, une scène qu'elle a trouvée étrangement magique. Cette ville atroce ne lui semble plus aussi effroyable vue à travers les yeux d'Aleks. Elle se surprend à attendre cette promenade toute la journée.

— On dirait que tu n'avais pas beaucoup d'amis, dans ton ancienne vie.

D'ordinaire, Nisha le prendrait comme une critique, mais elle réfléchit un instant, puis répond :

— Non. J'imagine que je n'appréciais pas trop les autres femmes. Mais cette bande, là… Elles sont cool.

Elle secoue la tête, comme si elle n'en revenait pas d'ajouter :

— Même celle qui a pris mes chaussures.

Il a écouté son récit des deux derniers jours, riant aux éclats du malaise qu'a feint Andrea dans le magasin solidaire, de la vanité de Liz Frobisher.

— Jasmine est une bonne personne. Elle a connu des moments difficiles. Mais elle a un grand cœur. Elle est toujours en train d'aider quelqu'un.

— Ouais. Moi, dit Nisha.

Son intonation incite Aleks à lui adresser un regard en coin. Il a remonté son col et porte un bonnet qui lui couvre les oreilles et scintille de minuscules gouttes de pluie. Loin des néons de la cuisine, il a la peau moins pâle, et l'étrange boucle que forment ses cheveux couleur caramel est repoussée sur son front.

— Pourquoi ça te gêne autant ? Que quelqu'un t'aide ?

— Je ne sais pas, dit-elle en se frottant le nez. Je n'aime pas la charité. Et c'est un peu dur que quelqu'un fasse des trucs pour toi quand tu ne peux pas lui rendre la pareille. (Elle fait un pas de côté pour éviter soigneusement un cycliste sur le trottoir.) Je suppose que la plupart de mes autres amitiés étaient… transactionnelles. Je te fais entrer à cette soirée. Tu me mets sur cette liste. Je mets ton mari en contact avec le mien. Nous partons en vacances ensemble dans votre fabuleuse maison au bord du lac de Côme, à Calabasas ou autre. Je t'achète des fringues hors de prix. Tu me donnes l'air divine et tu lâches tout pour m'accompagner à des événements auxquels mon mari ne peut pas venir.

— Ce ne sont pas des amitiés.

— Mais est-ce que tout n'est pas une question de transactions, quand on y pense ? se demande-t-elle à voix haute. La plupart des mariages le sont, même s'il s'agit juste de : « Je m'occupe de toi, je te donne des enfants et, en échange, tu me prends en charge financièrement. » Ou : « J'entretiens mon physique et je te rassasie en sexe pour que tu ne regardes pas ailleurs. »

Il se tourne et s'arrête.

— C'est comme ça que tu vois le mariage ?

Elle balbutie légèrement.

— Eh bien... tout est une variation autour de ça, non ? Toutes les relations humaines sont transactionnelles, dans un sens.

Elle songe alors à Juliana. Qui n'avait rien de transactionnel. Aleks hausse les sourcils, mais ne fait aucun commentaire, et après un instant, elle s'aperçoit qu'elle comble le silence.

— Je veux dire, regarde, même en amitié. Tu écoutes mes problèmes, j'écoute les tiens. Tu es loyal et tu me fais du bien, je suis loyale et je te fais du bien en retour. C'est une forme de transaction, même si c'est plus gracieux, non ?

Il ne semble pas convaincu.

— Et la véritable chaleur, alors ? L'amour ? Le désir de faire quelque chose parce qu'une personne compte pour toi ?

— Oui, bon, ça, aussi. Évidemment. Enfin... je me suis probablement mal exprimée.

Elle est gênée, déstabilisée, comme si elle venait de lui faire une confidence malgré elle.

Il s'arrête à un passage piéton. Sentant qu'il l'observe, elle veille à regarder droit devant elle. Elle le croit sur le point de la critiquer, de faire une autre remarque sur sa façon de voir les relations, mais quand le feu est vert, il dit :

— Tu es différente aujourd'hui.

Elle porte la main à sa tête.

— Oh. Je sais. Il faut que je me fasse couper les cheveux, et je n'ai mis que du mascara...

— Non. Tu n'as pas besoin d'une tonne de maquillage. Tu es… belle. Tu as l'air plus heureuse.

Elle a la chair de poule sous sa veste.

— Je ne vois pas pourquoi. Je ne possède absolument plus rien.

— Tu as ton amour-propre. Tu as des amis. Tu as la satisfaction au quotidien d'un travail bien fait. Tu as le pouvoir d'agir sur ta vie. Tout ça, ce n'est pas rien.

— Tu ne te lasses jamais de ces phrases prémâchées de cartes de vœux ?

Son visage se fend d'un large sourire.

— Non.

Elle fait quelques pas en silence. Puis dit d'une petite voix :

— Je n'ai pas mon fils. (Il s'arrête.) Sincèrement… Je suis heureuse environ un quart d'heure, et puis je me rappelle que je n'ai pas mon fils avec moi. Il est seul depuis si longtemps. Son père… Son père pense qu'il… (Elle déglutit et prend une inspiration.) Le truc, c'est que Ray – mon fils – a eu des problèmes émotionnels… Sans doute parce qu'il a passé tellement de temps sans ses parents auprès de lui.

Elle détourne les yeux. Aleks a la tête baissée, concentré.

— Ray est juste… C'est le meilleur des gamins. Vraiment. Si tu le rencontrais, tu t'entendrais bien avec lui, je le sais. Il est intelligent, drôle, beau, et gentil… Il sait plein de choses – toutes sortes de choses que je n'ai jamais sues. Il fait vraiment du bien aux gens. Il les comprend. Mais son père semble estimer que sa sensibilité et… je ne sais pas… son orientation sexuelle renvoient une espèce d'image négative de lui. Carl est un genre d'homme des cavernes. De ceux qui croient que les hommes ne peuvent être qu'hétéros, coriaces et machos. Il n'a pas autorisé

Ray à voyager avec nous depuis des siècles, pas depuis plusieurs années. Il y a eu… un incident. Ray a connu une rupture douloureuse – premier amour, tu vois ? –, et il s'est fait harceler dans sa dernière école, et en plus des problèmes avec son père, tout ça a atteint un point critique. C'est déjà assez difficile d'avoir quinze ans en temps normal, hein ? Mais Ray, il… il a plus ou moins touché le fond. Et pour Carl, ça a été… Eh bien, ça a été la goutte de trop. Il a vu ça comme de la faiblesse. Il ne tolère pas ce qu'il considère comme de la faiblesse.

Elle ne parvient même pas encore à nommer la chose, l'« incident », comme ils l'ont appelé par la suite pendant des mois, jusqu'à ce que Carl interdise complètement qu'on l'évoque. Le trajet en ambulance, le lavage d'estomac, les avertissements chuchotés concernant les objets tranchants et les médicaments à conserver sous clé jusqu'à nouvel ordre. Elle n'arrive pas à regarder Aleks dans les yeux en parlant. Les mots se déversent à présent, en dépit de l'énorme boule logée dans sa gorge, et ne cessent d'affluer. Elle est indifférente à la pluie, au froid, aux voitures immobiles polluant l'air à côté du terre-plein. Pour la première fois de sa vie, elle n'arrive pas à se taire. Elle s'aperçoit qu'Aleks lui a pris la main.

— C'était effrayant. Vraiment effrayant. Et Ray est allé dans un établissement résidentiel – une école pour les mômes qui ont des problèmes, tu sais ? C'est très bien. Avec des tas de psychiatres, de spécialistes et d'activités pour aider les gamins à traverser tout ça. Je veux dire, il est hautement recommandé, cet endroit. Super cher. La moitié des enfants de la 5e Avenue en ont franchi le portail, le genre de particularité que les familles n'avouent pas, mais dont on parle tout bas. Et je ne voulais pas le laisser. Vraiment pas. J'ai accepté parce que je me suis dit que ce serait ce qu'il y aurait de mieux pour lui. Qu'est-ce que j'y connais en bonne éducation ? Je suis issue d'une longue lignée de ratés. Je ne suis même pas douée en amitiés. Je pensais que, là-bas, il n'aurait pas à supporter le rejet de Carl au quotidien, ni ses humeurs. Je pensais que je pourrais radoucir Carl peu à peu, l'amadouer, l'amener à voir combien son fils est formidable. Mais il ne voulait même pas parler de lui après son départ. Il refusait purement et simplement de parler de lui. Quand il a pris conscience que son fils serait « inévitablement » gay, c'est comme si Ray était mort à ses yeux. Et puis la vie est devenue vraiment compliquée, et j'imagine que j'ai baissé ma garde. J'étais tellement occupée, à voyager autant, à m'efforcer de maintenir le cap de notre couple. Je pensais que nous traversions une mauvaise passe… Peut-être une crise de la quarantaine ou autre. J'ai vu tant de mariages se déliter, et je me suis dit que je devais restée soudée avec lui, surmonter la situation. Je me disais que ça apporterait de la stabilité à Ray. Je me suis dit que ça apporterait… de la stabilité… à Ray.

Elle s'interrompt, tandis qu'une file d'écoliers gazouillants serpentent devant eux, leur enseignant brandissant un bâton rouge en l'air. Elle les regarde traverser la rue, puis secoue légèrement la tête.

— Tu sais quoi ? Ça n'a pas été le cas. C'était seulement ce que je croyais. Je vais te dire une chose horrible. Tellement horrible. Tu ne voudras sans doute plus me fréquenter quand tu l'auras entendue.

Il lui tient toujours la main, mais l'enveloppe des siennes à présent.

— Si je suis tout à fait honnête, je n'avais pas envie que ma vie telle qu'elle était s'arrête. Je voulais juste que les problèmes de Ray disparaissent. J'avais l'impression de ne pas pouvoir affronter tout ça. Je voulais vivre la vie que je m'étais bâtie, tu vois ? Ça m'avait déjà tellement coûté. Je craignais qu'en perdant Carl, je finisse où j'avais commencé. Je redeviendrais cette pauvre petite personne impuissante. Alors j'ai continué d'espérer qu'on pourrait résoudre les problèmes de notre famille. Résoudre le problème de Ray. Je l'ai appelé tous les jours. Enfin, je veux dire, je le fais toujours. Mais j'y vois clair, maintenant… C'est Carl qui a un problème à résoudre. Et ce dont Ray avait vraiment besoin… c'était juste moi. Je me sens trop mal, parce qu'il avait juste besoin de moi. Et aujourd'hui, à cause de tout ça, je… je ne peux même pas être à ses côtés. (Elle le voit l'observer avec des yeux doux.) Plutôt merdique, comme maman, hein ?

Il secoue la tête.

Ne t'avise pas de me prendre dans tes bras, pense-t-elle. *Ne t'avise pas de me sortir un truc dégoulinant de compassion, ni l'une de tes phrases de cartes de vœux.* Comme chaque fois qu'elle se montre vulnérable, elle sent déjà la gêne s'emparer d'elle, et le besoin pressant de fuir Aleks.

Mais il ne la prend pas dans ses bras. Ne dit rien de mielleux ni d'édulcoré. Il garde la main de Nisha dans la sienne et se remet à marcher.

Puis il dit simplement :

— Tu retrouveras ton fils. Très bientôt.

— Tu crois ?

— Je le sais. Je pense… (Il sourcille en parlant, comme s'il pesait soigneusement ses mots.) Je pense que je n'ai jamais rencontré une femme qui ait moins peur des obstacles que toi. Je pense que tu retrouveras ton fils sous peu. Et je pense qu'il a probablement beaucoup de chance de t'avoir comme mère.

Cette dernière phrase lui laisse les yeux brûlants de larmes.

— Pourquoi est-ce que tu es aussi gentil avec moi ? demande-t-elle en s'arrêtant sur le terre-plein au milieu de la route. Je ne vais pas t'embrasser.

— Pourquoi je dirais des choses gentilles juste pour t'embrasser ? Je ne suis pas… comment tu dis, déjà ? « Transactionnel. » (Il hausse les épaules, incline la tête d'un côté.) Si je voulais t'embrasser, je le ferais, tout simplement.

Il lui lâche la main. Elle reste sur le terre-plein plusieurs minutes, la circulation déferlant autour d'elle, avant de s'apercevoir qu'elle est totalement à court de mots.

Chapitre 28

Comme prévu, le sommeil n'est pas venu, alors, à 6 heures, les yeux irrités, vaguement nauséeuse de fatigue, Sam laisse son – peut-être futur ex – mari, ignore la tenue destinée à un travail qu'elle n'a plus, enfile ses baskets et va à la salle de boxe. L'endroit est tranquille à cette heure-ci, uniquement fréquenté par des addicts du sport, eux-mêmes reclus dans leurs combats personnels. Leurs coups et grognements résonnent dans la salle presque vide, et une radio babille dans le coin, sans que personne y prête attention. Sam s'échauffe sur le vieux tapis de course, et sent que ses jambes commencent à protester, qu'elle a le souffle de plus en plus court. Puis elle tente de soulever quelques poids, suivant les instructions que lui a données Sid – des répétitions qui activent seulement ses muscles et font circuler l'acide lactique –, sans se laisser intimider par la taille inadéquate de ses haltères. Elle quitte ensuite la machine, se bande les mains, enfile les gants de boxe usés à l'odeur vaguement âcre, serre les velcros avec les dents, puis se dirige vers le sac de frappe.

Le sac est lesté au sol, pour éviter qu'il ne se balance trop loin, et elle se met à frapper – *un, deux, un, deux*. Elle sent ses muscles chauffer, son abdomen se contracter à chaque impact. Elle voit l'un des hommes lui jeter un coup d'œil, avant de se détourner. Elle connaît cet air : c'est le regard dédaigneux d'un homme estimant qu'elle n'a pas vraiment sa place ici, le regard vide d'un homme méprisant une femme qu'il ne juge plus sexuellement désirable. Elle braque les yeux sur sa nuque un instant, puis frappe violemment le sac, au point de sentir l'impact lui remonter dans l'omoplate. Ça fait du bien. Elle frappe de nouveau, avec force et résolution, et soudain elle voit le visage de Simon, son torse, tandis qu'elle martèle le cuir rouge et éraflé. Elle perçoit l'accroissement de la violence de ses coups, de la poussée de son épaule et de ses pieds – *un, deux*. Elle envoie des directs du bras, droit et gauche, grimace sous l'effort, halète bruyamment, et doit essuyer avec le haut du bras la sueur qui lui goutte dans les yeux. Elle ne s'inquiète plus qu'on la voie ni que l'on critique la nullité de sa technique. Elle frappe tous ceux qui ont profité de sa gentillesse, tous ceux qui l'ont prise de haut, se sont moqués d'elle, l'ont ignorée. Elle frappe le destin qui l'a laissée sans travail, le mépris de sa fille, la perte potentielle de son mariage, et les coups s'intensifient. Elle frappe les trois messages de plus en plus passifs-agressifs que sa mère a laissés sur sa boîte vocale ; dans le dernier, elle déclarait que son père tentait de débarrasser la seconde chambre d'amis lui-même pour les Afghans, et exigeait de savoir ce qu'elle était censée faire s'il tombait et étouffait, écrasé sous toutes les affaires. « Tu as manifestement décidé de piétiner nos sentiments, tout comme tu piétines ceux de Phil. »

Elle frappe le spectre de Miriam Price, la honte d'être devenue quelqu'un qui s'est fait virer, et le futur poste qu'elle ne peut plus espérer occuper. Même si Miriam a cerné Simon, son entreprise tiendra forcément compte des raisons du départ de Sam et de son absence de recommandation. Elle frappe ses propres échecs et faiblesses, son épuisement et sa tristesse, accepte volontiers que ses épaules hurlent, que son cœur palpite, que chaque muscle de son corps la supplie d'arrêter. Et enfin, lorsqu'elle sent sa force la quitter, son tee-shirt et sa brassière foncés de sueur, elle retire brutalement les gants, défait ses bandages, et jette le tout dans le panier. Puis, contemplant ses articulations empourprées avec une certaine satisfaction, elle se dirige vers les douches.

Sam emmène Andrea à son rendez-vous le vendredi. Son amie ne proteste pas quand elle lui annonce qu'elle l'accompagne, cette fois. Elle prend le camping-car, puisque sa voiture est toujours en panne, contrairement au véhicule qui a eu droit à toute l'attention de Phil pendant des jours. Elle n'a pas envie de lui demander de changer la batterie de la voiture. Elle n'a pas envie de lui demander quoi que ce soit pour l'instant. Elle n'est pas prête à subir son regard glacial, son haussement d'épaules désinvolte suggérant que ce qui la concerne n'est plus son problème.

Les deux femmes roulent dans un silence presque total, pour diverses raisons : Sam doit se concentrer davantage pour conduire le camping-car volumineux et peu maniable dans les rues étroites, et éprouve une certaine fébrilité dès qu'elle tente de le garer sur une place de parking. En outre, elle ne veut pas être celle qui soutient que tout va bien se passer, que, évidemment, Andrea va guérir. « Tu es une battante ! Tu peux vaincre ça ! » Elle a appris assez tôt que ce n'était pas la façon de parler à quelqu'un atteint d'une maladie grave. Plus que jamais, elle sait qu'il n'y a aucune garantie.

Andrea est plus pâle que d'habitude, ses doigts tremblent un peu quand elle défait péniblement sa ceinture, et Sam espère que ce n'est pas de mauvais augure. Pendant des mois, elle a scruté le visage d'Andrea dès qu'elle la voyait, cherchant à déceler la moindre perte de poids, une plus grande faiblesse dans ses mouvements, n'importe quel signe indiquant que « la chose » pourrait bien la vaincre.

Elle sirote un café noir dans la salle d'attente de l'hôpital, regardant sans les voir les pages d'un magazine, quand on appelle Andrea. Lorsque son amie lui fait signe de l'accompagner, une part d'elle est effrayée, l'autre soulagée de ne pas avoir à rester là, seule avec ses pensées.

Elles s'asseyent dans la petite pièce sans même tenter de sourire, et Andrea procède aux présentations, puis prend la main de Sam. Celle-ci agrippe fermement la sienne, pour essayer de lui transmettre tout l'amour qu'elle éprouve, ne pas penser à ce qui va se produire les quelques minutes suivantes, ni à l'impact que ce moment va avoir dans leurs vies. Le spécialiste, M. Singh, est le chirurgien qui a traité Andrea. Il la suit depuis qu'elle a été diagnostiquée, et son attitude autoritaire, ainsi que son charme bienveillant et légèrement distant sont ceux d'un homme qui a déterminé le sort de milliers de gens et dû expliquer les issues probables de chacun d'eux. Il arbore une moustache extravagante, porte une chemise impeccablement amidonnée et un rubis monté sur un gros anneau qui lui entame la chair du petit doigt. Sam le dévisage, essayant de déduire ce qu'il s'apprête à annoncer de la façon dont il se penche en avant dans son fauteuil pour étudier attentivement les scanners devant lui.

— Comment vous sentez-vous intérieurement ? s'enquiert-il.

Il ferme le dossier et se recule dans son fauteuil.

— Pas mal, un peu fatiguée.

Sam lui jette un regard en coin. Andrea dirait : « Pas mal, un peu fatiguée » si un requin lui avait arraché les deux jambes.

— De nouvelles douleurs ? (Andrea secoue la tête.) C'est bien. C'est bien.

Crache juste le morceau, le presse Sam silencieusement. Elle ne peut détourner les yeux de son visage. Elle est si tendue qu'elle pourrait vomir.

Il baisse légèrement le menton.

— Eh bien, le scanner semble normal. L'intervention s'est bien passée, comme vous le savez. Et, apparemment, rien ne s'est propagé aux ganglions lymphatiques, ce qui était, bien entendu, notre inquiétude.

— Qu'êtes-vous en train de dire ?

— Je ne veux pas m'avancer trop vite. Mais ce sont d'excellents indicateurs. En combinant la chirurgie et une chimio appropriée, nous semblons avoir obtenu un résultat encourageant.

— Encourageant ? répète Sam.

Il lui adresse une expression aimable.

— Ce n'est pas une science exacte. Nous n'aimons pas parler d'issue incontestable. Mais il apparaît que la tumeur a été retirée avec succès, et qu'il n'en reste plus aucune autre trace. Nous allons continuer à vous surveiller pour être sûrs, mais ce résultat est aussi satisfaisant que nous pouvions l'espérer à ce stade.

La voix d'Andrea est hésitante.

— Donc… il est vraiment parti ?

M. Singh joint les mains. Le solitaire scintille dans le soleil qui filtre soudain à travers les stores vénitiens.

— Je l'espère très sincèrement.

— Est-ce que… Est-ce que je dois faire quelque chose ?

— Pour l'instant, non. Votre traitement est terminé. Vous aurez des contrôles régulièrement, comme je vous le disais. Et vous voudrez peut-être envisager une chirurgie réparatrice. Mais, pour le moment, je vous conseillerais surtout de reprendre des forces, et le cours d'une vie la plus normale possible.

Personne ne reprend la parole. Puis Andrea se tourne vers Sam, et soudain, elle semble à vif, le visage profondément marqué par le choc et le soulagement. Des larmes ruissellent sur ses joues. Les deux femmes se lèvent, sans presque savoir ce qu'elles font, puis Sam serre vigoureusement Andrea dans ses bras, comme si elle s'autorisait seulement maintenant à saisir toute l'horreur de ce qu'elle pensait peut-être devoir affronter.

— Oh, mon Dieu, disent-elles en même temps, oh mon Dieu, oh, merci mon Dieu merci mon Dieu merci mon Dieu.

— J'ai eu tellement peur de te perdre, sanglote-t-elle dans l'épaule décharnée d'Andrea. Je ne savais pas comment je surmonterais tout le reste sans toi. Je ne sais même pas qui je serais sans toi. Et je sais que c'est stupide et égoïste de ma part de penser comme ça, vu que c'est toi qui étais dans la merde.

— Sans moi, tu serais dans une rivière de merde jusqu'au cou. Sans rames.

Andrea rit et pleure, serre Sam contre elle. Sam sent les larmes chaudes de son amie sur sa peau.

— Absolument bonne à rien, ajoute Andrea.

— C'est clair. En tout cas, je veux que tu saches que tu es une saleté de m'avoir fait ça, dit Sam. Une vraie saleté.

Andrea rit. Elle a les yeux brillants et les essuie d'une main pâle.

— Si égoïste. Je t'en ai tellement fait baver.

— Honnêtement. Je ne sais même pas pourquoi on est amies.

Elles se reprennent dans les bras, entre rire et larmes, puis s'écartent et regardent M. Singh, assis à moins de deux mètres d'elles. Il sourit toujours, mais avec l'expression légèrement méfiante et craintive de quelqu'un qui ne sait pas trop ce qui se déroule.

— Je vous aime, monsieur Singh ! s'exclame Andrea.

L'instant suivant, elles l'étreignent toutes les deux, le remercient, rient à ses protestations étouffées quand elles refusent de le lâcher.

Sam est tellement plongée dans ses pensées sur le trajet du retour qu'elle ne voit pas le feu passer au rouge. Andrea et elle s'étaient offert un café dans le quartier, assises à une table bancale en extérieur. Pour la première fois depuis un an, Sam avait observé son amie sans éprouver une vague panique à la possibilité qu'elle attrape froid, que son manque d'appétit suggère un développement sinistre, qu'elle inspire une bactérie quelconque qui profiterait de sa fragilité neutropénique pour l'abattre. Elles avaient mangé un beignet dans un joyeux silence, savourant la chaleur du soleil précoce sur leurs visages.

Elles étaient tacitement convenues de mettre de côté toutes les discussions délicates, au sujet du mariage de Sam, des finances d'Andrea, de la récupération prochaine des chaussures, et de parler plutôt, par salves, de leurs délicieux beignets, de la force fabuleuse du café, de la douceur divine et inattendue de cette journée. Aujourd'hui, Andrea va bien, et tout le reste est devenu minime et insignifiant. C'était le meilleur café dont Sam puisse se souvenir.

Et alors elle passe au rouge. Elle s'en aperçoit seulement lorsqu'elle entend un klaxon indigné retentir, le bruit du long dérapage tandis que l'autre conducteur est obligé de freiner.

— Mon Dieu, dit Andrea en agrippant sa ceinture. Ce n'est pas le moment de me tuer, Sammy.

Sam traverse le carrefour, le cœur battant la chamade, une main levée pour présenter ses excuses à l'autre conducteur.

— Je suis sincèrement navrée, dit-elle, choquée et parcourue de sueurs froides. J'ai juste… J'avais l'esprit…

— Enfin, tu pourrais m'accorder une journée où je vais bien et je reste en vie.

Elles rient, de la terreur dans les yeux.

Puis Sam regarde dans son rétroviseur et voit la lumière bleue.

— Oh, génial.

Elle stationne le camping-car sur l'emplacement le plus proche, s'efforçant d'y insérer prudemment sa masse, puis rectifie la manœuvre de trente centimètres, au cas où l'agent lui dirait qu'elle ne s'est pas non plus garée prudemment. Elle regarde dans son rétroviseur et voit la voiture de police se ranger derrière elle, le gyrophare toujours allumé. Une policière en sort. L'autre agent, que l'éclat aveuglant sur le pare-brise empêche Sam de voir clairement, reste sur le siège passager.

Elle baisse sa vitre tandis que la femme approche. La cinquantaine, trapue, elle marche d'un pas lent et résolu, avec l'expression de quelqu'un qui a déjà vu dix-sept genres de conneries ce matin et n'est absolument pas prête pour la vôtre.

— Je suis vraiment désolée, lance Sam avant qu'elle ne puisse parler. C'était entièrement ma faute.

— Vous venez de griller un feu rouge. Vous avez failli provoquer un sacré carambolage, là-bas.

— Je sais. Vraiment désolée.

La policière regarde Andrea. Elle se retourne vers Sam, scrute l'intérieur du camping-car d'un œil aiguisé, puis recule sur son talon pour contempler le tournesol géant ornant la paroi latérale. Elle plisse les yeux.

— C'est votre véhicule, madame ?

— Oui. Enfin, celui de mon mari et moi-même.

— Et il est assuré ? En état de rouler ?

— Il a passé le contrôle technique la semaine dernière.

Phil ne le lui avait pas dit. Elle ne l'avait découvert qu'en voyant le certificat qu'il avait laissé dans la cuisine.

— Les freins fonctionnent, hein ?

— Oui.

— Et votre vue est bonne ?

— Oui... Ça va.

— Alors vous pourriez m'expliquer pourquoi vous venez de passer tout droit au feu rouge ?

— Aucune excuse, répond Sam en secouant la tête. Mais mon amie ici vient d'apprendre que son traitement contre le cancer l'avait tirée d'affaire et je... je n'ai pas dormi la nuit dernière parce que ce rendez-vous m'inquiétait et j'imagine que j'étais juste tellement contente et peut-être fatiguée, je ne sais pas, que... je me suis déconcentrée un instant.

La femme dévisage Andrea, remarque sa tête enveloppée d'un foulard, la pâleur de sa peau.

— C'est sans doute ma faute aussi, intervient Andrea. Je parlais trop. Je parle toujours trop.

— Vous savez quoi ? dit Sam. Donnez-moi juste l'amende. C'est normal. J'aurais dû être plus attentive. Finissons-en avec ça.

La policière la regarde en sourcillant.

— Vous me *demandez* de vous mettre une amende ?

Sam ignore quelle mouche l'a piquée. Elle lève les paumes et soutient le regard de l'agente.

— Oui.

Puis, comme personne ne dit rien, elle ajoute :

— Vous savez quoi ? Je viens de perdre mon boulot parce que mon patron ne me trouve bonne à rien. Ma fille ne m'adresse plus la parole. Mon mari me quitte parce qu'il croit que j'ai un amant. La plupart du temps, je regrette que ce ne soit pas le cas, bon sang. Et je suis probablement ménopausée. Et si ce n'est pas la ménopause, j'ai un gros problème, parce que je pleure quasiment tous les jours. J'ai deux mois de retard et, le matin, je me réveille presque systématiquement avec l'impression d'avoir un poids lourd sur la poitrine. Mais, à cet instant, je m'en fiche presque, parce que ma meilleure amie a vaincu le cancer. Tout le reste, ce ne sont que mes stupides emmerdes. Alors donnez-moi l'amende. Qu'on passe à autre chose.

La policière les regarde tour à tour. Elle baisse les yeux vers ses pieds quelques secondes, réfléchit, puis les relève.

— La ménopause, hein ?

— Je n'en reste pas moins une conductrice prudente, s'empresse de préciser Sam. Enfin, la plupart du temps. Vous pouvez vérifier mes antécédents. J'ai juste… Ces derniers jours ont été vraiment bizarres.

La policière continue de l'observer sans ciller.

— Désolée, répète Sam.

La femme se penche par la vitre.

— Attendez d'avoir ces sueurs nocturnes, dit-elle un ton plus bas. Quelle saloperie.

Sam cligne les yeux.

— Et ces enfoirés n'aident pas.

Elle montre la voiture de patrouille derrière elle d'un signe de tête. Elle se redresse sur le bord du trottoir. Puis remet son carnet dans sa poche.

— Je vous laisse partir. Pour cette fois. Gardez juste les yeux sur la route et faites attention, OK?

— Vraiment? s'étonne Sam.

La policière est déjà en train de s'éloigner. Elle s'arrête, se retourne un instant, puis se voûte afin de saluer Andrea.

— Et bravo. Pour toute cette… histoire de cancer, lance-t-elle.

Elle marque une pause avant d'ajouter:

— La prochaine fois, rentrez donc en taxi.

Puis elle repart lentement vers son véhicule, tout en marmonnant dans sa radio.

Kevin a chié sur le tapis de l'entrée. La tête baissée, la démarche chancelante et le blanc des yeux visible, comme pour s'excuser, il se faufile vers elle alors qu'elle ouvre la porte. Phil n'est pas là, Cat non plus, et Sam n'a pas le courage de se fâcher contre lui. On l'a peut-être laissé seul pendant des heures.

— Ne t'inquiète pas, mon vieux. Ce n'est pas ta faute, dit-elle.

Elle remplit un récipient d'eau chaude avec du détergent et enfile ses gants en caoutchouc.

Lorsque Cat arrive, Sam est toujours à quatre pattes. Sa fille reste sur le seuil, comme si elle hésitait entre entrer ou repartir, mais il est peut-être délicat d'abandonner une mère qui frotte des excréments de chien sur un tapis beige. Elle la salue donc d'un hochement de tête et passe devant la zone touchée sur la pointe des pieds, comme si cela allait changer quelque chose à ce que fait Sam.

— Papa est là ?

— Non, répond Sam, les dents serrées.

Elle est à court de ce shampoing pour moquettes hyper efficace, et utilise à présent du liquide vaisselle. Elle recule sur les talons, et détourne la tête en réprimant un haut-le-cœur. La tâche des accidents canins lui revient systématiquement, et c'est toujours aussi difficile à nettoyer. Elle se demande à quel moment elle lui a été attribuée. Peut-être qu'elle était occupée ce jour-là et qu'elle a raté la réunion.

Puis elle prend conscience que Cat est derrière elle. Elle se tortille pour la voir. Sa fille a le visage grave.

— Ça va ? s'enquiert Sam, même si elle pense connaître la réponse.

— Je suis désolée pour les chaussures.

Sam pose son éponge.

— Il ne faut pas. Tu ne pouvais pas savoir.

— Je croyais que tu avais une liaison.

— Vraiment ?

— Papa et toi aviez l'air si malheureux. Comme si vous ne faisiez plus jamais rien ensemble. Comme si… vous n'aimiez plus être en compagnie l'un de l'autre.

Ses mots jaillissent par saccades. Elle se frotte le nez. Prononce la phrase suivante sans regarder Sam dans les yeux.

— Et puis je t'ai vue avec cet homme.

— Joel est juste un ami.

— Mais les chauss…

— Je portais ces chaussures parce que… Eh bien, parce que, parfois, tu as besoin de te sentir comme une autre version de toi-même.

Cat la regarde alors, et Sam ne sait pas vraiment si c'est de la compréhension ou de la suspicion qu'elle lit sur le visage de sa fille.

— Je ne suis plus heureuse, Cat. Tu as raison. Depuis longtemps. Ton père ne me voit plus. La plupart du temps, je n'ai même plus la sensation d'exister. C'est difficile pour toi d'imaginer ça, alors que tu es jeune, belle et que tout le monde remarque le moindre de tes mouvements. Mais je semble être invisible, ces temps-ci, et quand même l'homme que tu aimes ne te voit plus, c'est… Eh bien, c'est assez démoralisant. J'avais besoin d'être une autre version de moi-même – et les chaussures y ont contribué, je suppose. Ce n'est pas facile à expliquer. Je ne suis pas certaine de pouvoir me l'expliquer moi-même. Mais je suis désolée que tu te sois retrouvée mêlée à tout ça.

— Pourquoi est-ce que tu as besoin qu'un homme te dise qui tu es ?

— Quoi ?

Cat contourne prudemment la tache sombre sur le tapis.

— Pourquoi avoir besoin d'être validée par quelqu'un d'autre ? Papa est au fond du trou, OK, mais ça ne veut pas dire que tu dois t'effondrer. Tu restes toi. Je ne laisserai aucun homme me dicter la façon dont je me vois.

— Ouais. Il faut dire que tu as toujours compris tout ça. Je crois que tu savais déjà qui tu étais à trois ans.

Elle observe sa fille, dont la génération semble avoir résolu ce point, avec son discours sur l'autonomie, la « stigmatisation des salopes », l'alliance inclusive et l'acceptation du corps.

Elle éprouve par réflexe cette tristesse qui a commencé à s'emparer d'elle à l'idée que, bientôt, sa fille partira pour aller vivre fougueusement sa propre vie, sans plus jamais passer la porte d'un pas massif dans ses grosses chaussures de chantier.

Cat s'assied lourdement sur la dernière marche. Elle refait les lacets de l'une de ses bottines et attend un instant avant de parler.

— La mère de Colleen a quitté son père, le mois dernier. Elle a dit qu'ils avaient « pris des chemins différents ».

Sam ne sait pas vraiment quoi répliquer, elle se façonne donc une expression neutre.

Cat a soudain l'air vulnérable, telle une enfant.

— Est-ce que vous allez vous séparer, avec papa ?

« Est-ce que tu as des sentiments pour Joel ? », lui a-t-il demandé hier soir, alors qu'elle se lavait les dents. Peinant à trouver une réponse honnête, elle avait continué de se brosser les dents encore quelques secondes avant de recracher le dentifrice. « Pas les mêmes que ceux que j'ai pour toi », avait-elle répondu. Il l'avait observée dans le miroir un instant avant de partir se coucher.

— Je ne pense pas.

Puis elle prend sa fille dans ses bras, savoure cette brève proximité. Elle espère avoir paru plus convaincue qu'elle ne l'est.

Joel lui a envoyé deux textos. Dans un long message décousu, il l'a informée qu'il avait raconté à tout le monde au bureau ce qui s'était passé, et qu'ils essayaient de trouver une solution pour arranger les choses. Marina se sentait terriblement mal. Franklin avait déjà merdé sur la commande des Néerlandais. Il ne fallait pas qu'elle s'inquiète. Elle ne devait pas hésiter à l'appeler si elle avait besoin de quoi que ce soit. Il espérait qu'elle reviendrait bientôt à la salle de boxe. Elle s'en sortait hyper bien ! Le second, envoyé vingt-quatre heures plus tard, dit simplement : Tu me manques. Elle le relit plusieurs fois par jour, quand elle est seule, et son cœur sursaute systématiquement, comme un moteur que l'on tente de démarrer avec des câbles.

Chapitre 29

Phil n'arrive pas à rester assis. Chaque fois qu'il se retrouve sur le petit canapé, il en bondit aussitôt, comme électrifié, comme s'il y avait trop d'émotions en lui pour qu'un simple meuble puisse tout contenir. Il va et vient dans la pièce, ses propos jaillissant en rafales explosives.

— Je veux dire, elle l'a plus ou moins admis ! Même si ce n'était pas une liaison, elle avait des *sentiments* pour lui. Qu'est-ce que je suis censé faire de cette information ? Vous pouvez me dire ? Parce que je n'ai pas de réponse. Ça tourne sans arrêt dans ma tête, et je n'ai pas de réponse.

Le docteur Kovitz est assis avec son carnet sur le genou, arborant son éternelle expression de patience. Qui donne envie à Phil de lui envoyer un coup de poing dans le nez.

— Elle ne l'a même pas nié. Elle a juste dit que ses sentiments pour lui n'étaient pas les mêmes que ceux qu'elle éprouve pour moi.

— Qu'en avez-vous déduit ?

Phil le regarde d'un air incrédule.

— Vous pensez que j'en ai déduit quoi ? Ma femme a des sentiments pour un autre homme !

— J'ai des sentiments pour un tas de gens. Ça ne signifie pas que je vais m'enfuir avec eux.

— Épargnez-moi les jeux de mots aujourd'hui, s'il vous plaît.

— Je ne joue pas sur les mots, Phil. Elle vous a assuré qu'elle n'avait pas de liaison. Et, puisque, selon vous, c'est une femme honnête, nous devons supposer qu'elle dit la vérité. Elle a eu des sentiments pour une autre personne. Vous m'avez dit lors d'une précédente séance que, en vérité, vous comprendriez qu'elle parte avec quelqu'un d'autre.

— Mais ça, c'était avant que ce soit vrai !

Phil appuie les talons de ses mains sur ses yeux, si fort que de minuscules éclats noirs apparaissent derrière ses paupières. Il veut que ses pensées s'apaisent, que tout cela prenne fin.

— Que vous a-t-elle dit, Phil ? Sur ses intentions ?

Celui-ci s'assied lourdement.

— Nous n'en avons pas parlé. (Le docteur Kovitz hausse les sourcils.) Enfin, pas comme ça. C'est juste que… je ne sais pas quoi lui dire. J'ai l'impression de ne plus la connaître.

— Eh bien, il est possible que vous ne la connaissiez plus. Nous changeons tous. Tout le temps. Vous avez avoué vous-même avoir laissé votre femme tout gérer seule durant une longue période. Ce genre de chose va avoir une incidence sur une personne. Sur un couple.

Phil croise les bras autour de lui et se penche en avant, la poitrine posée sur ses genoux. Certains jours, il y éprouve une pression telle qu'il voudrait pouvoir se l'arracher à deux mains.

— Un mariage évolue au fil des années, Phil. Vous avez été mariés longtemps. Vous le savez. C'est organique. Il change à mesure que les deux parties changent. Peut-être que, parfois, nous avons juste besoin de…

— Elle me cache encore des choses, lâche Phil.

Le docteur Kovitz se recule dans son fauteuil.

— D'accord.

— J'ai appelé son entreprise il y a deux jours, parce que l'entrepreneur voulait un renseignement sur le paiement de l'assurance, et on m'a dit… On m'a dit qu'elle ne travaillait plus là-bas. (Un long silence s'installe.) Elle ne veut rien partager avec moi, si ? dit-il en poussant un gros soupir de défaite. Je ne compte plus dans sa vie.

À une époque, l'existence avec Sam était fiable, l'épine dorsale de tout ce qui pouvait le concerner. Aujourd'hui, il semble que vivre avec elle ne consiste qu'en une série de petites explosions, comme s'il ne savait jamais ce qui allait suivre.

— Phil, dit gentiment le docteur Kovitz, lorsque nous n'avons pas le moral, il peut s'avérer très facile de tout voir par un prisme de négativité. Les êtres humains sont remarquablement mauvais pour ce qui est de comprendre les motivations des autres, même s'ils les connaissent extrêmement bien. Nous nous écrivons toutes sortes d'histoires inexactes dans nos têtes, déclare-t-il en joignant les doigts. Puis-je vous soumettre une autre version ? (Phil attend.) D'après ce que vous m'avez raconté précédemment, il se pourrait que votre femme ait quitté son travail – un travail qu'elle détestait, d'après vous. Ou elle s'est peut-être fait licencier. Nous l'ignorons. Et si sa raison de garder l'information pour elle, c'était simplement l'inquiétude de vous l'annoncer ? Et si elle essayait de se protéger de cette affreuse conversation, avec toutes ses conséquences pour chacun de vous ? (Il marque une pause.) Vous m'avez dit que Sam était très attentive à votre état psychologique depuis un bon moment. Avez-vous envisagé la possibilité que, en vous le cachant, elle essayait de vous protéger ?

Phil se rappelle que, lorsque le téléphone de Sam sonnait, il pouvait toujours deviner s'il s'agissait de son patron, à sa façon de flancher en voyant le nom affiché à l'écran.

— Donc, en gros, vous pensez que je ne devrais pas tenir compte de tout ça. Juste faire comme s'il ne s'était absolument rien passé.

— Pas du tout. Je pense qu'il serait temps que vous lui parliez.

Chapitre 30

Nisha est tellement plongée dans ses pensées qu'elle sursaute quand Jasmine approche. Elle se tient sur le petit balcon, contemplant la ville obscure et scintillante, fermement enroulée dans la deuxième robe de chambre de Jasmine pour se protéger du froid. Elle a entre les lèvres une cigarette dont elle n'a même pas envie, comme si s'adonner à une chose aussi horrible que fumer aux aurores allait conforter l'horreur de tout le reste. Certains matins, elle se sent affreusement loin de son fils. C'est comme si un fil, tendu entre leurs deux cœurs, lui provoquait une douleur constante et à peine supportable. Il a encore paru si démoralisé hier soir, si sceptique quand elle a dit qu'elle allait récupérer les chaussures – « Je les récupérerai, Ray, vraiment » – et qu'elle pourrait ensuite venir le chercher. Il l'a interrompue lorsqu'elle a tenté de lui décrire leur plan. Il a raté un examen de maths, papa lui coupait toujours les vivres, et son amie Zoë s'affichait sur Instagram en soirée avec des filles dont elle savait qu'il ne les supportait pas. Il semblait si seul et apathique. Oui, il prenait toujours ses médocs. Non, il n'avait pas faim. Non, il ne dormait pas. Oui, il savait que tout irait bien. Peu importe.

— Quand est-ce que tu viens me chercher ?

— Bientôt, bébé. Je dois juste rapporter ces chaussures à ton père et ensuite il sera obligé de me verser l'argent.

— Je le déteste, a-t-il dit avec véhémence.

Et lorsqu'elle a essayé, sans enthousiasme, de lui assurer qu'il ne devait pas penser ça, vraiment pas, il a demandé pourquoi. Dans quelle mesure son père l'aimait-il, même ? En quoi Ray lui devait-il quoi que ce soit ? Et elle n'est pas parvenue à trouver de bonne réponse.

Ils sont tous deux restés silencieux de longues et angoissantes secondes, puis il a dit, doucement :

— Maman ? Tu te rappelles cette chanson que tu me chantais ? Tu veux bien me la chanter maintenant ?

Ce qu'elle a fait, d'une voix chevrotante :

You are my sunshine, my only sunshine…

You make me happy, when skies are grey…

— Tu n'arrivais pas à dormir non plus, hein ? dit Jasmine en lui tendant un café.

Un hélicoptère de police tournoie depuis des heures, ses vibrations envoyant des ondes de choc dans le ciel sombre et laissant planer une vague impression de menace. Nisha prend la tasse et secoue la tête.

Jasmine s'assied sur la petite chaise pliante qu'elle garde sur le balcon et ramène les pans de sa robe de chambre sur ses genoux.

— Moi non plus. Je n'arrête pas de me demander si on est dingues d'essayer de faire ça.

Nisha sait que ce que Jasmine veut vraiment dire, c'est qu'elle pourrait perdre son travail. La moindre partie de leur plan constitue une faute lourde. Lorsque Jasmine en a exposé les grandes lignes aux autres, Nisha a vu leurs mâchoires se décrocher, littéralement, comme dans un dessin animé. Des heures durant, elle a essayé de trouver un moyen de protéger Jasmine : elle utilisera elle-même la carte d'accès, c'est elle aussi qui prendra les chaussures, et qui, dans le pire des cas, lèvera les mains en l'air en déclarant qu'elle est entièrement responsable, qu'elle a harcelé Jasmine jusqu'à ce qu'elle collabore, qu'elle est coupable de tout. Mais cela paraît quand même risqué.

— Tu n'es pas obligée d'y participer, dit Nisha pour la cinquième fois. Tu as tant fait pour moi. Je ne veux pas te mettre en…

— Nish. Est-ce que j'ai l'air de quelqu'un qui fait des choses contre son gré ? Non. J'y ai réfléchi, encore et encore. Notre action est légitime. Nous récupérons ce qui te revient. Nous allons t'aider. Je suis ton amie, et je vais t'aider. (Elle lui lance un regard en coin.) Par ailleurs, si je ne te sors pas bientôt du lit de ma fille pour te renvoyer chez toi, Gracie va me botter les fesses.

Elles sourient. Puis le sourire de Jasmine s'efface, et elle reprend une gorgée de café.

— Le truc qui m'inquiète, c'est le moment où tu rendras les chaussures. Je me demande si ton mec va respecter sa part du marché.

— Ouais. J'y ai pensé aussi.

Carl fera tout pour gagner. Si ce n'est qu'un jeu pour lui – et il est entièrement possible que ce soit le cas –, il trouvera simplement un autre obstacle pour entraver la convention de divorce. C'est la plus grande crainte de Nisha : qu'il la fasse tourner en rond éternellement dans cette ville étrangère, fauchée et impuissante, pendant que son garçon reste seul dans cette école, plus triste de jour en jour, à des milliers de kilomètres d'elle.

Elle croyait que sa position la protégeait. Elle croyait que la loi la protégeait. Et elle a découvert que l'on pouvait vous dépouiller de tout, et qu'elle n'avait que ses propres ressources pour tenir, quelles qu'elles soient.

Elles boivent leur café en silence, devant les lumières de la ville qui s'anime lentement, les feux arrière des véhicules progressant dans une obscurité à couper au couteau.

You'll never know, dear, how much I love you

Please don't take my sunshine away.

Nisha ferme les yeux. Le fil lui tire sur le cœur plus que jamais.

— Eh bien, tu sais ce qu'on dit ? Chaque chose en son temps.

Jasmine finit d'un trait son café et tapote le foulard qui maintient ses cheveux en place quand elle dort.

— Allez, mon chou, reprend-elle. On va bosser. Ensuite on va récupérer tes chaussures. On se souciera du reste plus tard. Première étape, je vais mettre du pain à griller.

Elle disparaît à l'intérieur. Nisha demeure assise, les yeux rivés vers le ciel. Puis elle sort son téléphone et tape un message.

JULIANA ? Est-ce que c'est toujours ton numéro ?

Elle hésite, puis ajoute : C'est Anita.

Elle attend encore un instant, puis l'envoie, regardant le petit message s'évaporer dans le vide.

Sam promène le chien dans la pénombre, oubliant pour une fois de s'inquiéter des silhouettes ténébreuses dans la rue éclairée au sodium. Elle songe à la journée qui se profile, à l'étrange plan auquel elle a accepté de participer. Elle n'a jamais rien fait de tel dans sa vie. Samantha Kemp : quadragénaire, responsable d'impression, mariée, un enfant, le même code postal que celui de son enfance. Elle s'apprête à faire quelque chose de parfaitement ridicule pour rendre des chaussures à une femme qui ne l'apprécie même pas. Ces éléments tournent en boucle dans sa tête. Mais, en vérité, tout dans sa vie lui paraît si détraqué, si surréaliste en ce moment que cette journée ne semble pas si décalée. De plus, le pire s'est déjà produit : elle a perdu, plus ou moins, tout ce qui comptait pour elle, à part Andrea.

Tandis que Kevin renifle avec intérêt le pied de tous les arbres et lampadaires, elle songe à Jasmine et Andrea, et à la façon dont elles ont tout de suite sympathisé. Andrea peut avoir cet effet sur les gens : elle semble dotée d'une espèce d'amabilité directe et sans ambages qui met aussitôt à l'aise, et laisse les autres baignés de cette chaleur dont elle rayonne. Lorsqu'elles étaient jeunes, elle ne comprenait pas pourquoi Andrea était amie avec quelqu'un comme elle. Sam n'a jamais eu ce charisme, cette étrange aura indéfinissable incitant toujours les gens à vouloir être dans son entourage. Toutefois, Andrea ne vient pas aujourd'hui – « Trop identifiable » –, a décrété Jasmine, et Nisha a dit : « Mince. Miss Foulard sait exploiter ses atouts quand il le faut. »

Sam a tressailli, mais Andrea s'est contentée de rire en disant qu'elle avait probablement raison. « Ouais, vous ne voudriez pas de Gollum dans un tapissage de police. Attendez un peu que mes sourcils repoussent, et je serai comme Tom Cruise dans *Mission : Impossible*.

Nisha et Sam continuent de s'observer avec méfiance. Il y a un côté sans limites chez Nisha, une intrépidité sous-jacente qui rend Sam nerveuse. Elle a toujours été plus à l'aise en compagnie de gens qui suivent les règles comme elle. Elle sent qu'elle aussi suscite une gêne chez Nisha. Elles se montrent parfaitement polies l'une envers l'autre, mais les circonstances de leur rencontre sont peut-être trop bizarres et chargées pour qu'elles puissent être tout à fait chaleureuses.

Cela n'a aucune importance. Sam a perdu les chaussures de Nisha : par conséquent, elle doit l'aider à les récupérer. C'est ce qui s'impose, à un moment où rien d'autre n'est clair. C'est la seule chose qu'elle puisse faire. Une fois qu'elle sera débarrassée de cette histoire, elle fera place nette et commencera à s'inquiéter de trouver un nouveau travail.

Les rues s'encombrent lentement d'un flot de véhicules, les éventuels acheteurs du dimanche sont déjà dehors, et la porte n'est pas verrouillée lorsqu'elle arrive à la maison avec Kevin. Elle entre dans la cuisine et découvre avec un petit sursaut que Phil est debout, dos à elle, en train de préparer une tasse de café, déjà vêtu d'un sweat à capuche et de son vieux bas de jogging. Il se tourne très légèrement et hoche la tête lorsqu'elle entre : il ne peut se résoudre à faire plus pour la saluer, ces temps-ci. Afin de masquer le désarroi accablant qu'elle en éprouve, elle marmonne vaguement qu'elle doit prendre une douche avant qu'il ne puisse dire quoi que ce soit, et le laisse nourrir Kevin.

Elle fait sa toilette et se sèche les cheveux, consciente, tandis qu'elle s'hydrate le visage, que ses commissures semblent désormais creusées et tombantes. Elle est assez sûre que ces rides sont récentes. Elle interrompt l'examen de son reflet dans le miroir grossissant – honnêtement, ils devraient être interdits à toutes les femmes de plus de trente ans –, et enfile un jean et un tee-shirt noirs, selon les consignes de Jasmine, puis met un pull gris et sa parka bleu marine par-dessus.

Elle descend tout juste les deux dernières marches lorsqu'il apparaît dans le couloir.

— Est-ce qu'on peut… parler ?

Elle le regarde en clignant les yeux.

— Maintenant ?

— Oui. Maintenant.

Elle jette un coup d'œil à sa montre.

— Je… Ce n'est pas le meilleur moment, Phil. Je… je dois aller bosser.

— Bosser, répète-t-il, le regard vide. Un dimanche.

— C'est… un boulot particulier. Je ne peux pas vraiment… Écoute, est-ce qu'on peut parler à mon retour ? Je rentrerai un peu tard, ce soir, mais on peut parfaitement…

Il la dévisage comme s'il avait affaire à une parfaite inconnue. À cet instant précis, le téléphone de Sam sonne. Elle baisse les yeux, s'attendant à ce que ce soit Nisha ou Jasmine, mais il s'agit de Joel. Son nom surgit avec éclat, telle une explosion de grenade. Elle rive les yeux dessus en s'empourprant, le suppliant intérieurement de disparaître.

— Prends-le, dit Phil, qui a tout vu.

— Vraiment, je…

— Prends-le.

Elle décroche, se détourne de Phil, bien qu'elle sente son regard lui brûler la nuque. Sa voix, lorsqu'elle parle, est trop aiguë, trop affectée.

— Joel !

Il parle d'un ton bas et conspirateur.

— Désolé de te déranger le week-end, Sam. Écoute, c'est un peu bizarre, mais un Israélien est passé au bureau vendredi. Pour poser des questions sur toi.

—Quoi ?… Un Israélien ?

—Ouais, je n'ai pas trop pigé. Il a parlé à Martin, qui a dit que tu étais partie, et puis il s'est barré. J'ignore quelles questions il a posées, mais… Il m'a laissé une sale impression. Martin vient tout juste de me le dire – je ne veux pas te faire flipper –, mais selon lui il y avait un truc pas clair, chez ce type. Je me disais qu'il fallait te mettre au courant.

—C'est étrange. OK. Merci.

S'ensuit un court silence.

—Et je me demandais si…

—Il faut que j'y aille, dit-elle d'un ton enjoué. Je… te vois au boulot ! Merci de m'avoir passé l'info !

Elle raccroche avant que Joel ne puisse ajouter quoi que ce soit. Elle fourre son téléphone dans sa poche et tente d'afficher une expression dénuée de culpabilité ou de la moindre nervosité.

—Donc… on se parle plus tard ?

Phil la regarde, et sa posture entière suggère qu'un poids presque insupportable l'accable.

—Oui, Phil. On parle quand je rentre. Je dois… J'ai juste quelque chose à faire.

—Je m'en vais, annonce-t-il en se tournant pour repartir dans la cuisine.

Sam se pétrifie.

—Quoi ?

—Je m'en vais. Je ne… je ne peux plus encaisser tout ça. Il faut que je me remette les idées en place.

Elle va dans le couloir afin de le voir. Il se tient adossé au plan de travail.

—Qu'est-ce que tu… Où est-ce que tu vas ?

—Je ne sais pas.

— Phil, c'est ridicule ! Tu ne peux pas partir comme ça. S'il te plaît, ne fais pas ça. Nous devons… Écoute, parlons-en à mon retour, d'accord ? Laisse-moi aller au bout de cette journée, et on réglera ça.

Il secoue la tête. Et lorsqu'il prend la parole, il semble sincèrement dérouté.

— Vingt-trois ans, Sam. De quoi tu veux qu'on parle ?

Michelle de la réception a toujours apprécié Jasmine, alors quand celle-ci lui propose de la remplacer à son poste dix minutes, le temps qu'elle fasse une pause cigarette, elle y voit clairement une nouvelle manifestation de gentillesse, de générosité vis-à-vis des autres employés du *Bentley*. De plus, en général, Michelle laisse volontiers l'accueil vide quand elle va fumer une Marlboro Light en douce, alors elle risque ainsi moins d'ennuis avec Frederik. La réception est l'une des rares zones du vestibule qui échappent à la vidéosurveillance.

Nisha se trouve à quelques pas de là avec Sam, faisant le guet, pendant que Jasmine parcourt la liste des réservations, jusqu'à ce qu'elle trouve ce qu'elle cherchait. Elle bloque une chambre, effectue quelques changements à l'écran et prend furtivement une carte magnétique dans le tiroir correspondant derrière elle. Quand Michelle revient avec une vague odeur de cigarette, elle se tient en retrait du bureau de réception, un sourire mielleux aux lèvres. Michelle vérifie son rouge à lèvres dans un petit miroir de poche qu'elle referme en le faisant claquer, puis se glisse à son poste.

— Tu me sauves la vie, Jas. Je n'en reviens pas que Lena ne se soit encore pas pointée pour son service. Honnêtement, si on me demande une fois de plus d'en enchaîner deux, je me casse.

— Quand tu veux, ma chérie, dit Jasmine. Quand tu veux.

Elle s'écarte de l'accueil. Michelle la regarde d'un air perplexe.

— C'est marrant, je ne pensais pas que tu bossais aujourd…

— Parfum. Frederik va sentir que tu as fumé.

Jasmine sort un flacon de parfum non identifiable de son sac et en asperge Michelle de deux giclées. Celle-ci, distraite, marmonne un faible « merci » en toussant, tandis que Jasmine remet le flacon dans son sac avant de disparaître.

Nisha et Jasmine conduisent Sam à l'escalier de service par la porte latérale pour descendre au vestiaire du personnel, où elles mettent leurs uniformes sombres. Sam n'a pas dit un mot depuis qu'elle est arrivée, elle a le visage pâle et tiré, et Nisha se demande si elle a le trac. Elle va devoir se ressaisir si elle doit accomplir cette mission. Elle est le genre de femme qui pourrait bien se dérober, annoncer subitement qu'elle se sent incapable de mentir ou éclater en sanglots. *Je vous en prie, faites qu'elle ne fasse pas tout foirer*, implore-t-elle une divinité inconnue. *J'ai besoin de mes chaussures.*

— Ça va ? demande-t-elle laconiquement à Sam en boutonnant son pantalon.

— Ça va, répond Sam.

Elle est assise sur le banc, les mains fermement jointes sur ses genoux, les articulations blanches.

— Vous n'allez pas nous lâcher.

— Je ne vais pas vous lâcher.

— Pourquoi ne pas vous maquiller un brin, ma chérie ? Vous êtes un peu blafarde.

Jasmine, qui a clairement besoin de faire quelque chose, guide Sam vers le miroir. Elle sort son énorme trousse à maquillage, puis commence à lui appliquer du blush et du mascara.

Sam est complètement dénuée d'expression, zombifiée par quelque drame intime. Nisha se demande quel est son problème. C'est elle qui va porter ce plan sur ses épaules, après tout. C'est elle qui a le plus à perdre.

— Voilà, finit par dire Jasmine. Revenue d'entre les morts !

Elle rit gentiment en tapotant la joue de Sam, qui se regarde dans le miroir.

— Merci, dit-elle sans conviction.

Le contour de ses yeux est tracé, sa peau illuminée de poudre bronzante. Elle porte si peu de maquillage d'habitude que la transformation est presque choquante.

— Quelle heure il est ? demande Nisha en jetant un coup d'œil à sa montre. Est-ce qu'on doit aller à la réception maintenant ?

— L'enregistrement est à partir de 15 heures, répond Jasmine. Allons grignoter un peu. On ne part pas au combat l'estomac vide, hein ?

Les trois femmes se tiennent dans l'angle de la cuisine. Jasmine a mangé ses pancakes, mais Sam ne touche pas à sa nourriture, et Nisha sait que cela va rendre Aleks nerveux. Il est pris d'une véritable angoisse s'il pense qu'une personne n'apprécie pas le repas qu'il lui a préparé. Parfois, elle le voit regarder par les portes battantes vitrées, surveillant en silence qui a mangé quelle quantité de son omelette ou de ses œufs Bénédicte, et son dos va se hérisser de contrariété s'il en reste plus de la moitié.

— Vous n'aimez pas ? s'enquiert-il en désignant l'assiette à peine entamée de Sam. Vous voulez que je vous prépare autre chose ?

— Oh non. C'est très bon, dit Sam en ébauchant un demi-sourire. C'est juste que je n'ai pas très faim.

— Vous devriez manger la nourriture d'Aleks. C'est le meilleur des chefs.

Nisha se sent vaguement irritée par le refus de Sam.

— J'ai dit que je n'avais pas faim.

Elles se sont parlé sèchement toute la matinée. La tension fait remonter à la surface les étranges rancœurs que chacune a tenté de réprimer.

Nisha est affamée. Elle a oublié de prendre un petit déjeuner, réfléchissant à tous les angles qu'elle pourrait avoir besoin de couvrir, et distraite par son téléphone. Quand Aleks a posé devant elle une assiette de pancakes nappés de sirop d'érable et entourés de myrtilles, elle a dû lutter contre l'envie presque irrépressible de l'embrasser. Elle les a finis en quelques minutes, lâchant de petits gémissements de plaisir pour leur moelleux parfait, leur épais sirop et leurs lamelles croustillantes de bacon.

— Tu es prête ? lui demande-t-il en glissant son torchon blanc dans sa ceinture.

— Prête comme jamais. (Elle lui rend l'assiette.) Merci pour les pancakes.

— Je finis mon service à 16 heures. Mais je vais rester. Au cas où vous auriez besoin de moi.

— On n'a pas besoin de ton aide.

Puis, comme cela ne paraissait guère aimable :

— Je veux dire, j'espère qu'on n'aura pas besoin de ton aide. Mais c'est gentil à toi.

Il ne bronche pas. Comme d'habitude.

— Je reste ici quand même.

Il vérifie que Sam ne veut vraiment, vraiment pas des pancakes, et, avec un soupir à peine contenu, remporte les assiettes.

À 14 h 45, Sam attend à la réception de l'hôtel. Elle est assise depuis presque une demi-heure, mal à l'aise. Elle ne se sent pas à sa place dans cette forteresse en marbre de sérénité imposée. Des clients passent, suivis de porteurs en uniforme poussant d'énormes chariots en cuivre chargés de bagages, ou tirant de petits sacs de voyage à roulettes. D'immenses coupes d'orchidées pâles jalonnent les luxueux canapés. Une odeur raffinée de vétiver flotte dans l'air. Sam ne se rappelle pas la dernière fois qu'elle s'est retrouvée dans un hôtel, encore moins un hôtel aussi prestigieux. Peut-être cette nuit à Formby, à l'époque où elle travaillait pour Henry et qu'ils sont allés pitcher un tirage colossal de programmes de foot. Elle a de vagues souvenirs d'une carte d'accès Travelodge qui ne fonctionnait pas et d'une odeur pénétrante de poisson.

Elle lève les yeux vers l'horloge décorée, puis vers la porte derrière laquelle elle sait que Nisha attend, avec la même expression tendue et déterminée que toute la matinée. Elle sait que Nisha la croit susceptible de flancher, ce qui l'irrite au plus haut point, tout comme l'éventualité sournoise qu'elle ait raison. Chaque cellule de son corps lui dit de partir. Cependant, elle prend conscience que rien ne l'attend chez elle. Que va-t-elle faire d'autre ? Puis les portes de verre donnant sur la rue s'ouvrent, et Sam les voit : Liz et Darren Frobisher, regardant partout autour d'eux, comme le font les gens lorsqu'ils arrivent dans un endroit où ils n'ont jamais mis les pieds. Elle tape LÀ sur son téléphone, prend une inspiration et se met debout pour se diriger d'un pas résolu vers eux avant qu'ils n'atteignent la réception.

— Bonjour, monsieur et madame Frobisher ! C'est un plaisir de vous voir.

Elles avaient tout passé en revue à de multiples reprises au préalable. Michelle à l'accueil ne relèverait pas qu'un couple soit salué par une autre cliente dans le vestibule, Sam serait donc libre de les guider vers l'étage pour les amener à la chambre désignée. De nombreuses personnes se servent du vestibule comme d'un point de rendez-vous non officiel, même s'ils ne séjournaient pas à l'hôtel : il est glamour, calme, en plein centre-ville, et idéal pour les selfies Instagram que prennent les gens souhaitant suggérer qu'ils fréquentent les hôtels de luxe. Les interminables bavardages de Liz Frobisher sont brièvement mis en sourdine par le somptueux intérieur en marbre, et le couple suit docilement Sam jusqu'aux ascenseurs, où elle leur parle sans réfléchir, les questionne sur leur séjour, et quelle belle journée ils ont finalement eue, et comme ils sont élégants. Liz Frobisher ne porte pas les chaussures, mais son mari tire un bagage cabine à roulettes, et elle y sent leur présence comme un élément radioactif.

La porte est déverrouillée lorsqu'ils arrivent chambre 232 : Jasmine s'y trouve déjà, feignant de regonfler les oreillers.

— Seraient-ce nos gagnants ? lance-t-elle avec un large sourire.

Liz Frobisher lui tend une main, paume vers le bas, comme une reine saluant un sujet. Jasmine parvient à se contenir en n'esquissant que le plus ténu des haussements de sourcils. La chambre est une executive confort milieu de gamme, quarante-deux mètres carrés avec un lit queen-size et un petit canapé sous la fenêtre.

— Alors, dit Sam. Voici la chambre. L'une des meilleures de l'hôtel. Nous espérons que vous y serez parfaitement à votre aise.

Liz Frobisher fait lentement le tour du lit, promenant les doigts sur le couvre-pied et les rideaux, comme pour tester leur qualité. Elle lève les yeux vers la magnifique décoration, son expression altérée par une vague déception. Il est possible que son statut de gagnante lui soit monté à la tête.

— Alors, quand est-ce qu'on prend des photos de moi ? demande-t-elle en se tournant vers Sam.

— Ce serait bien qu'on puisse les faire assez rapidement. Vous savez, pendant que la lumière est bonne.

— Est-ce que cette tenue convient ?

Liz Frobisher porte un faux tailleur Chanel deux pièces rouge, avec des ourlets volontairement effilochés, et une écharpe nouée avec désinvolture autour du cou. Ses cheveux roux – une teinture, Sam le voit maintenant – ont été ondulés et laqués, et son maquillage suggère plus d'une heure assise à une coiffeuse.

— Ravissant, approuvent Jasmine et Sam à l'unisson.

Liz se pavane un peu, comme si l'on ne pouvait s'attendre à une autre réponse.

— Alors, on a de l'alcool gratos ? demande Darren.

— Darren, tu sais que nous ne buvons pas, dit Liz d'un ton vif. (Elle marque une courte pause.) On se demandait… vous savez… s'il y a d'autres trucs inclus dans la soirée à part juste la chambre.

Son « juste » reste suspendu dans l'air comme une vague menace.

— Je suis sûre que nous pouvons préparer quelque chose en vitesse pour nos gagnants, dit Jasmine d'un ton suave. (Puis elle écrit son numéro sur le carnet à côté du lit et le leur tend.) En cas de besoin, quel qu'il soit, vous appelez ce numéro. Je suis votre gouvernante principale. Appelez-moi directement. Je ne serai que trop heureuse de vous aider.

Nisha arrive en frappant brièvement, munie d'un appareil photo laissé aux objets trouvés et pas encore disparu, probablement parce qu'aucun membre du personnel n'a été capable de le faire fonctionner. Elle salue le couple avec ce genre de chaleur exercée qui semble venir facilement aux Américains, puis attend tandis que Liz ouvre la valise. Sam voit Nisha écarquiller les yeux en repérant ses Christian Louboutin rouges soigneusement posées sur un pull pâle, et regarde Liz les sortir avec précaution pour les mettre. *Les voilà,* se dit Sam, *à moins d'un mètre de nous.* Puis elle jette un coup d'œil circonspect à Nisha, au cas où celle-ci perdrait les pédales à ce moment-là et les arracherait des pieds de Liz. Mais elle semble garder son calme, et si son sourire est soudain un peu plus crispé, Sam pense être la seule à s'en rendre compte.

Darren, Jasmine et Sam attendent d'un air gêné pendant que Nisha indique à Liz de poser devant la fenêtre, assise à la petite table, puis avec Darren devant la porte, jusqu'à ce que Liz soutienne que son mari ne devrait pas figurer sur celle-là, puisqu'il ne s'est pas rasé ce matin, « et ce n'est pas lui qui a acheté les chaussures, de toute façon ».

Darren, dispensé de toute obligation, s'intéresse à la télécommande de la télévision.

— Alors, que faites-vous ce soir ? s'enquiert Sam, tandis que Nisha prend des rafales de photos à vide. Vous dînez au restaurant de l'hôtel ?

— Oh, Darren a jeté un œil au menu et il n'est pas fan. Il veut aller ailleurs.

Liz lève le menton et esquisse une petite moue boudeuse.

— Rien ? Même pas un bon burger ? demande Sam.

— On va se faire un chinois. J'aime bien les galettes de canard laqué, répond-il.

— J'imagine que vous n'allez pas porter ces chaussures, lance Sam d'un ton désinvolte. Les talons sont très hauts, non ?

Liz baisse les yeux sur ses pieds.

— Oh, j'ai l'habitude des hauts talons.

— Mieux vaut ne pas marcher avec jusqu'à Leicester Square.

Liz hausse les épaules.

— Je ne sais pas. Ça dépend s'il pleut, en fait, pas vrai, Darren ?

— Celles-ci sont très jolies, déclare Sam en montrant une autre paire. Celles que vous portiez en arrivant. Je serais vous, je mettrais celles-là.

Sans un mot, Nisha observe les Louboutin. Si un regard pouvait brûler, elles seraient déjà tombées des pieds de Liz, les lanières encore fumantes.

— Oh, ce sont des Russell & Bromley, précise Liz. Mais je ne suis pas certaine qu'elles aillent vraiment avec ce tailleur.

— Mais si ! Absolument. Elles sont ravissantes, insiste Sam.

— La chaussée est très irrégulière vers Leicester Square, intervient Jasmine en gonflant un autre coussin. Prenez garde à ne pas vous tordre la cheville si vous portez des talons. Nous avons une cliente qui s'est vraiment fait mal la semaine dernière. (Elle hoche la tête pour elle-même d'un air sombre.) Vraiment fait mal.

Liz s'assied au bord du lit.

— Non. Je vais sans doute porter celles-ci. Ce sont mes chaussures porte-bonheur maintenant, hein, Darren ?

Elle fait pivoter une cheville pour admirer son pied.

Jasmine et Sam échangent un regard de désarroi silencieux.

—Bon, dit Sam en reculant vers la porte. Très bien, alors. Nous allons vous laisser.

—N'oubliez pas, lance Jasmine. Appelez-moi si vous avez besoin de quoi que ce soit. Ce sera bien plus rapide qu'en passant par le standard.

—Est-ce que je peux voir les photos ? demande Liz.

Nisha, qui se dirigeait vers la porte, met prestement l'appareil derrière elle.

—Lorsqu'elles seront développées. Je vous enverrai une planche-contact.

Le terme « planche-contact » semble plaire à Liz. Les trois femmes se tiennent devant la porte un instant.

—Bon ! s'exclame Jasmine. Eh bien, passez un merveilleux moment !

—C'est fabuleux, dit soudain Sam, que vous soyez arrivés ici. Juste pour votre gentillesse envers les chats.

Elle ne peut s'en empêcher. Elle réprime un petit cri quand Nisha lui enfonce un doigt dans les reins. Quelques secondes plus tard, elles sont dans le couloir, et Jasmine ferme la porte derrière elles.

—Personne ne met de chaussures à bout ouvert par ce temps, dit Jasmine avec optimisme. Même pas elle.

— C'est vrai qu'il fait assez froid, concède Sam.

—Elle mettra ses chaussures porte-bonheur, crache Nisha, même s'il neige.

—Je n'en reviens pas qu'ils ne boivent pas d'alcool. (Jasmine passe une main autour du goulot de la bouteille de champagne superflue.) Quel genre de personne ne boit pas ? Ça aurait été tellement plus simple s'ils étaient saouls.

Il est 17 h 15, et la théorie de Jasmine est que les Frobisher mangent tôt. Darren est clairement un homme qui a de l'appétit. Elles avaient initialement prévu d'attendre que le couple sorte dîner, Nisha se serait alors précipitée dans la chambre pour récupérer les chaussures. À présent, elles sont dans le vestiaire du personnel, et regardent dehors par la petite fenêtre en se demandant si le choix de chaussures que fera Liz Frobisher va tout bouleverser.

— Qu'il pleuve, bordel, profère Nisha, les yeux braqués vers le ciel gris. Il pleut tous les jours, dans ce foutu pays. Est-ce qu'on ne pourrait pas nous lâcher quelques gouttes aujourd'hui ?

Le texto qu'elle a envoyé à Juliana a été marqué comme « Lu ». Mais elle n'a reçu aucune réponse.

Chapitre 31

Les Frobisher finissent par quitter la chambre 232 à 18 h 15, environ une heure après que les femmes, abattues, sont tacitement convenues que le plan ne fonctionnerait pas. Jasmine « range » le bureau derrière l'accueil pour surveiller le moindre mouvement dans le vestibule, tout en répondant de vagues platitudes aux bavardages incessants de Michelle sur l'injustice du système de roulement. Sam et Nisha attendent dans le petit vestiaire étouffant, sans tenir compte des regards indifférents des employés qui viennent chercher des affaires dans leurs casiers ou se changer pour rentrer chez eux. Elles ne sont que des membres anonymes du personnel pour quiconque passe devant elles, ne valant pas qu'on leur adresse la parole ni qu'on relève leur présence. Elles sont assises en silence, chacune plongée dans ses pensées. Nisha se trouve irritée par Sam et sa tête de cocker, de personne vaincue par la vie. Et puis son téléphone retentit, interrompant le cours de ses réflexions. Elle rive les yeux sur l'écran, soudain alerte.

— Ils bougent, annonce-t-elle alors qu'un autre texto arrive. Oh, mon Dieu, dit-elle, croyant à peine ce qu'elle lit. Elle ne porte pas les chaussures.

— Vraiment ? s'étonne Sam, d'un ton empli d'espoir.

— Il pleut, dit Nisha. Il *pleut*. MERCI, MON DIEU. (Elle est déjà debout.) OK. Rappelez-vous ce qu'on a prévu. Vous les suivez dehors pour veiller à ce qu'ils soient partis, et je cours chercher les chaussures.

Nisha porte un pantalon et une chemise sombres, afin de passer pour une employée de l'hôtel si elle porte son badge autour du cou, ou pour une cliente au style particulièrement fade si elle le range dans sa poche. Jasmine lui a donné une carte d'accès client fraîchement programmée. Elle a le cœur qui bat la chamade. Ça y est. Elle va récupérer les chaussures. Enfin.

Sam et elle marchent sans un mot dans le couloir jusqu'à l'entrée latérale. Sam sort, son téléphone collé à l'oreille tandis que Jasmine lui indique quelle direction ils ont prise. « Prends à droite vers Regent Street. Elle porte toujours le tailleur rouge. Pas de manteau. Cette abrutie doit se les geler. »

Nisha va à l'ascenseur et appuie sur le bouton pour se rendre au deuxième étage. Elle rive les yeux sur ses pieds chaussés des ballerines noires de Sam pendant que la cabine monte lentement, et fait tourner la carte d'accès dans sa main. Ça y est. L'ascenseur arrive au deuxième, les portes s'ouvrent et elle sort. Elle a l'esprit en ébullition, une poussée de triomphe anticipé palpite dans ses veines. Encore vingt pas, dix pas, et elles seront en sa possession.

Mais, à mi-chemin dans le couloir, en train de parler à deux hommes en costume : Ari.

Elle pivote sur son talon, bat en retraite dans l'ascenseur et reste le doigt posé sur le bouton d'ouverture des portes, cherchant quoi faire. Elle avance timidement la tête, pour vérifier que c'est bien lui, puis la recule en vitesse. Il montre quelque chose sur une feuille à l'un des hommes. Il se tient juste là, à parler nonchalamment, comme si on ne l'attendait nulle part ailleurs. Elle ne peut pas atteindre la chambre sans passer devant lui, et n'est pas persuadée de pouvoir être invisible une seconde fois.

Elle sort de l'ascenseur et marche en crabe jusqu'au placard de service, que l'une des femmes de ménage a laissé ouvert. Plantée devant les étagères de serviettes et de draps, elle envoie un texto à Jasmine.

Peux pas entrer dans chambre. Ari est là.

La réponse de Jasmine est immédiate.

Ne panique pas. Je vais aller les chercher.

Un autre message suit.

On gère. RESPIRE.

Zigzaguant dans la foule qui déambule sur Regent Street, Sam se dit que prendre une personne en filature dans les rues de Londres a quelque chose d'étonnamment apaisant. Elle mobilise toute son attention pour suivre la trace des Frobisher : le rouge du tailleur de Liz est d'un vif éclat, elle a le pas mesuré, s'arrêtant toutes les dix secondes pour désigner des vitrines de magasin. Sam reste dix mètres derrière, la capuche de son anorak sur la tête pour se protéger de la fine pluie, son souffle formant des bouffées de vapeur dans le froid. Elle éprouve une curieuse reconnaissance d'avoir une mission à accomplir : la pure concentration qu'elle requiert ne laisse place à rien d'autre dans sa tête.

Et Liz Frobisher prend clairement du bon temps. Elle a une démarche légèrement arrogante, comme si elle s'attendait à ce qu'on l'admire, elle, la gagnante du prix du Fonds international pour la protection des chats. À l'occasion, elle se lisse les cheveux d'une main, vérifie son maquillage dans une vitrine. Darren Frobisher, à l'inverse, affiche un air maussade et las, il consulte furtivement son portable et soupire ostensiblement chaque fois qu'elle s'arrête.

Le téléphone de Sam sonne. Elle répond aussitôt.

— Eh bien, c'est agréable de savoir que tu es toujours vivante.

Sam regarde les Frobisher tandis qu'ils poursuivent sur Regent Street, se perdent brièvement parmi un large groupe d'adolescents, puis réapparaissent.

— Qu'est-ce qu'il y a, maman ?

— Qu'est-ce qu'il y a ? Charmant accueil, je dois dire. Tu n'as pas trouvé les hymnes !

— Quoi ?

— Ton père se penche à présent sur celui de la marine. Il dit que tous les autres sont trop religieux. Je lui ai dit que c'était affreusement morose. J'ai le mal de mer rien que d'y penser.

— Je suis assez occupée, là. Je peux te rappeler ?

— Et c'est si patriarcal. Comme tous les hymnes ! (Sa mère se met à chanter.) *Eternal Father, strong to save, Whose arm has bound the restless wave*… Enfin, franchement. Autant invoquer l'Incroyable Hulk. Mais il s'est mis à faire la gueule quand j'ai dit ça.

Le couple s'arrête, au milieu d'une espèce de conversation, face à face. Darren pointe l'est du doigt, peut-être Chinatown, et fait la moue. Liz lève une main, comme si elle s'apercevait qu'il pleut.

— Bref. Il est évident que tu vas nous laisser patauger avec les hymnes. Alors je veux simplement savoir quand tu viendras nous aider à nous occuper de la maison. Elle est vraiment dans un état déplorable. Les toilettes du bas sont bouchées depuis des jours. Ton père se sent assez abandonné. Je ne sais pas ce qui se passe avec toi, mais…

— Je ne peux pas m'occuper de ça maintenant, maman.

— Et moi je n'aime pas qu'il utilise les toilettes du haut parce qu'il va probablement les boucher aussi. Tu sais bien ce qui s'est produit la fois où il a mangé ces pruneaux.

— Maman… je te rappelle.

— Mais quand…

Sam raccroche et s'engouffre dans l'entrée d'un magasin, craignant que le couple ne la repère. Quel qu'en soit le sujet, il est clair que leur discussion ravit encore moins Darren. Ils continuent de parler quelques instants, parmi les flots d'acheteurs et d'usagers des transports, puis leurs voix s'élèvent, si bien que Sam en saisit quelques bribes portées par la brise, malgré la circulation grondante.

— Eh bien, comment j'aurais pu savoir qu'il ferait si froid ?

— Je crève de faim, Liz. Et il pleut. Je ne veux pas me retaper tout le trajet jusqu'à…

Sam ne distingue pas le reste, mais elle voit Liz gesticuler et Darren lever les bras avec exaspération. Alors qu'elle les observe, Liz se tourne et commence à marcher vers elle. Sam pivote dans l'entrée et s'aperçoit qu'ils se dirigent à présent vers l'hôtel en poursuivant leur dispute. Elle baisse les yeux sur son téléphone et commence à composer le numéro de Nisha… au moment précis où l'écran s'éteint. Son cœur manque un battement. Elle regarde fixement l'appareil, incrédule. Plus de batterie.

Avec tous ces événements, elle a oublié de charger ce foutu portable.

Elle lève les yeux. Ils sont déjà à environ vingt mètres devant elle, regagnant le *Bentley Hotel* d'un pas vif, et Darren réagit aux propos de Liz en secouant la tête.

Oh, Seigneur, oh, Seigneur.

Elles n'avaient pas prévu ça. Il n'y a pas d'autre solution. Sam remet sa capuche et commence à courir.

Jasmine marche vers l'ascenseur lorsque, dans son dos, elle entend Frederik, le responsable de l'hôtel, élever la voix par-dessus le léger bourdonnement du vestibule.

— Ah, Jasmine. Vous tombez bien.

Il se tient au bureau de la réception et lui fait signe de le rejoindre. Jasmine jure à voix basse et se retourne, un sourire déjà plaqué sur le visage.

— Du vin renversé dans la 217. On a besoin de remplacer les draps. Vous pouvez vous y mettre immédiatement ? Ils attendent dans la chambre.

Elle ouvre la bouche pour expliquer qu'elle n'est pas de service, mais prend conscience qu'elle ne peut pas le faire sans devoir justifier sa présence. À la place, elle acquiesce en disant :

— Oui, bien sûr.

Puis elle file au deuxième étage. Elle envoie un texto à Nisha en marchant.

Désolée. Diversion. Laisse-moi 5 min.

Il faut sept minutes à Sam pour regagner l'hôtel ; elle bouscule les gens dans la rue bondée, esquive les baleines de parapluie, lance des excuses à ceux qui pestent contre elle, haletante de cet exercice inattendu. Elle emprunte l'entrée latérale en courant, puis le couloir étroit, pour pénétrer dans le petit vestiaire en dérapant. Assis sur le banc, un homme cire une paire de chaussures à lacets noires et brillantes.

— Jasmine ? lance-t-elle à bout de souffle.

Il secoue la tête.

Elle court dans le couloir et appelle Jasmine en criant, deux femmes de ménage se tournent alors pour la regarder, mais personne ne répond. Jurant pour elle-même, Sam s'arrête et essaie de réfléchir calmement. Jasmine pourrait être n'importe où dans cet hôtel. C'est un vrai labyrinthe. Le vestibule. Jasmine sera dans le vestibule. Évidemment. Elle reprend le couloir dans l'autre sens, s'efforçant de se rappeler où est l'ascenseur de service. Elle le repère tout au fond et appuie sur le bouton, frissonnant d'angoisse tandis qu'il descend tranquillement du quatrième étage. Les portes s'ouvrent, avec une insoutenable lenteur. Elle appuie d'un coup sec sur le bouton du RDC, une fois, deux fois, trois fois.

— Oh, allez, dit-elle à voix haute.

L'ascenseur vacillant délibère, finit par consentir à contrecœur comme un vieil oncle grincheux, puis monte en vibrant.

Nisha attend dans le placard à linge en écoutant Ari, qui discute toujours dans le couloir, sa voix morne et grave s'élevant de temps à autre pour débattre d'un sujet qu'elle ne parvient pas à saisir. Oh, mais elle est si près du but. Tout son corps est tendu, chaque muscle prêt à réagir au moindre mouvement d'Ari. *Ça va aller,* se dit-elle. *Jasmine sera là dans une minute. Respire.* Et enfin, après un siècle ou deux, elle perçoit des pas feutrés sur la moquette. Ils se dirigent vers elle, alors elle se fige, recroquevillée contre les étagères, dos à la porte, une part d'elle s'attendant toujours à ce qu'on l'ouvre brusquement – et qu'il la découvre. Et puis les pas s'éloignent. Retenant son souffle, elle se retourne avec précaution pour ouvrir la porte du cagibi et regarder à l'extérieur. Elle voit le dos d'Ari, large et robuste dans son costume sombre, disparaître dans le couloir. Il est visiblement en pleine conversation avec la personne qui lui parle dans l'oreillette. Elle regarde dans l'autre sens : les deux hommes avec qui il discutait s'éloignent vers l'ascenseur.

Nisha ferme les yeux et inspire en essayant d'oublier le tremblement de ses doigts, puis, une fois certaine que le silence règne, elle carre les épaules, sort du placard et emprunte sans traîner le couloir jusqu'à la 232, arborant l'air d'une femme qui a tous les droits d'être là. Elle presse la carte d'accès contre la porte, qui émet un clic satisfaisant. Elle est enfin à l'intérieur.

Sam arrive dans le vestibule juste à temps pour voir le dos de Jasmine disparaître par les portes du fond. Elle réduit son pas à une marche rapide pour traverser le sol en marbre sans se faire remarquer, puis se remet à courir une fois de l'autre côté des portes.

— Jasmine ! hurle-t-elle. (Celle-ci se retourne, la main sur la poitrine.) Elle a récupéré les chaussures ?

— Aucune idée. Un des gorilles de son mari était dans le couloir. J'étais censée aller les chercher pour elle, mais je dois changer des draps.

C'est alors que son téléphone retentit.

Elle relève la tête vers Sam d'un air rayonnant.

— *Yesss !* Elle est à l'intérieur.

— Non, non, non ! Ils rentrent !

— Quoi ?

— Les Frobisher. Ils se sont engueulés et ils rentrent chercher le manteau de Liz. Dites-lui de décamper.

— Bon sang. Quelle idiote. C'était évident qu'elle aurait trop froid dans ce tailleur, grommelle Jasmine, avant d'envoyer un texto à Nisha.

SORS ! ILS REVIENNENT !

Le souffle court et saccadé, Nisha scrute la chambre. Le parfum pénétrant et excessivement sucré de Liz Frobisher y flotte encore. Les chaussures sont ici, bon Dieu. Forcément. Elle repère la valise sur le portant et en ouvre brusquement le rabat pour y fouiller avec précaution du bout des doigts, s'appliquant à ignorer la répugnance qu'elle éprouve à toucher les sous-vêtements d'inconnus. Rien. Elle ouvre la penderie. Elles n'y sont pas non plus. Elle reste plantée là à réfléchir. Liz Frobisher ne portait pas les chaussures. Jasmine était catégorique. Et Sam leur aurait envoyé un message – elle suivait le couple, après tout. Nisha soulève le cache-sommier pour regarder sous le lit, au cas où elles y auraient été balancées. Elle envisage la possibilité que Liz Frobisher les ait emportées pour les mettre une fois arrivée à destination et pousse un juron. Est-ce que quelqu'un prendrait une paire d'escarpins pour aller manger chinois ? Finalement, elle passe la tête par la porte de la salle de bains et pousse un petit cri de soulagement : elles sont là, sur le carrelage, leurs semelles rouges formant un contraste éclatant avec le marbre. Les voir lui envoie une décharge d'électricité dans le corps, comme si toutes ses terminaisons nerveuses s'animaient subitement.

Elle se baisse pour prendre les chaussures et expire, s'apercevant alors qu'elle retenait son souffle. *Yes!* Soudain, son téléphone vibre. Elle baisse les yeux.

SORS! ILS REVIENNENT!

Nisha balaie la chambre des yeux pour vérifier que tout est en place et se précipite vers la porte. Elle a la main sur la poignée lorsqu'elle entend des voix dans le couloir.

— C'est parce que je ne sors pas début décembre habillé comme si j'allais à un barbecue d'été. Bon Dieu.

— Pourquoi il faut que tu sois aussi méchant? Tu veux vraiment que j'attrape un rhume?

— Non, Liz, je veux juste dîner. Tu sais comment je suis si je ne mange pas. Et tu aurais pu prendre le manteau avec toi pour nous éviter de refaire tout le trajet.

Les voix s'interrompent devant la porte. Nisha rive les yeux dessus avec horreur. Elle regarde autour d'elle, puis, dans un cliquetis, la porte commence à s'ouvrir.

— Elle ne répond pas.

— Peut-être qu'elle est dans l'ascenseur pour redescendre. On ne capte pas à l'intérieur, marmonne Sam.

Jasmine acquiesce. Elles se tiennent dans le coin du vestibule, deux personnes qui, selon toute apparence, ne se connaissent pas, avec les yeux bêtement braqués sur l'ascenseur. Chaque fois qu'il s'ouvre, une poignée de clients s'en déverse, mais pas de Nisha en vue. Puis son téléphone vibre.

Je suis dans la chambre. Ils sont revenus. Fais-moi sortir.

Jasmine pianote furieusement, et Sam lit par-dessus son épaule.

Comment ça, ils sont dans la chambre ? Tu es où ?

Sous le lit. Ils s'engueulent.

— Oh, c'est pas vrai, murmure Jasmine en regardant l'écran, horrifiée.

— Qu'est-ce qu'on fait ? demande Sam.

— On reste calmes. S'ils reviennent prendre son manteau, ils seront repartis dans une minute. Tout ira bien.

Elle le répète, comme pour se rassurer :

— Ils reviennent juste prendre son manteau, pas vrai ?

— Oui. Oui, vous avez raison. Tout ira bien.

Nisha est allongée sous le lit queen-size, le corps crispé d'effroi. Avec Jasmine, elles poussent toujours les lits pour passer l'aspirateur en dessous, mais celles qui se chargent du deuxième étage ne se donnent manifestement pas cette peine. Il y a des moutons de poussière de part et d'autre, des mèches de cheveux, des cellules mortes : c'est un véritable nid à miasmes, et elle est allongée au beau milieu. Rien que d'y penser, elle a envie de sangloter bruyamment. Elle ne peut regarder ni à sa gauche ni à sa droite, parce qu'elle voit alors ce qui l'entoure, et ça lui donne envie de vomir. Elle reste donc parfaitement immobile, les yeux vigoureusement fermés, les mains croisées sur le ventre afin d'avoir le moins de peau possible en contact avec le sol.

— Nous ne sommes pas en retard pour dîner. Nous n'avions pas réservé, bon Dieu, Darren ! Parce que ça te saoulait de le faire – comme d'habitude. Nous sommes juste en retard pour que tu ailles te goinfrer comme un porc ! Une fois de plus !

Quelqu'un marche autour du lit.

— C'est parce que tu voulais aller chez ta mère ? Seigneur.

— J'aime aller chez ma mère le dimanche ! Pourquoi ça te pose un tel problème ?

— Tu y vas uniquement parce qu'elle te chouchoute et ne te laisse pas lever le petit doigt ! Pas étonnant que tu ne foutes rien à la maison.

Barrez-vous, pense Nisha. *Barrez-vous et ayez cette engueulade consternante dans un restaurant. Par pitié, quittez cette chambre.*

— Tu sais quoi ? Je n'ai plus envie de sortir. Je commande au room service.

— Quoi ? demande Liz Frobisher d'une voix incrédule.

— Tu m'as bien entendu.

Nisha tressaille quand un poids se pose sur le lit au-dessus d'elle. La base du sommier est maintenant à moins de deux centimètres de son nez. Elle entend Darren – ce doit être lui – prendre la télécommande et allumer la télévision. Les commentaires d'un match de foot retentissent dans la chambre.

— Donc tu vas juste rester ici ? Et me laisser aller manger toute seule ?

— Tu peux faire ce que tu veux. C'est ton prix, ton idée de venir ici, tu te débrouilles.

— Ma sœur avait raison à ton sujet.

— Oh, ta sœur. Génial. On va donc la mêler à tout ça.

Quelque chose chatouille le nez de Nisha. Peut-être une poussière déplacée par la masse de Darren en mouvement.

Elle porte la main à son nez et le pince vivement. Elle va éternuer. Oh, Seigneur. Elle ne peut l'éviter. Elle se demande si elle ne va pas exploser. C'est incontrôlable…

Au moment précis où elle éternue bruyamment, un hurlement retentit.

« *But!* Un fabuleux but de Kane ! Le gardien n'avait vraiment aucune chance ! », braille le commentateur sportif.

Puis le volume sonore diminue. Nisha a les larmes aux yeux. Elle pourrait bien hurler. Au-dessus d'elle, Darren décale son poids, et elle entend que l'on décroche le téléphone de l'hôtel sur la table de chevet.

— Tu vas vraiment rester ici ?

— Ouais, dit Darren. Il fait trop froid dehors. On n'a qu'à manger un truc sur place.

— Je veux sortir. On ne va jamais dans des endroits sympas.

— On est sortis samedi dernier.

— Oui, mais avec ton frère.

Nisha essaie de séparer son esprit de son corps, comme elle en a entendu parler. Elle se concentre sur sa respiration, puis prend conscience que lorsqu'elle inspire profondément, elle risque d'inhaler davantage de cochonneries. Elle ferme les yeux et se plaque une main sur la bouche.

Elle perçoit des pas, puis plus rien, à part le public du match à l'écran.

Nisha rouvre les yeux et entend un sanglotement étouffé en provenance du fauteuil dans l'angle de la chambre. Le lit bouge légèrement au-dessus d'elle, et elle voit les pieds de Darren se poser sur la moquette à côté de sa tête. Il a un trou dans sa chaussette droite, qui révèle un cercle de talon pâle.

— Tu pleures ?

— Va-t'en.

S'ensuivent un long silence, puis d'autres sanglots étouffés.

— Je voulais juste que ce soit ma super journée. J'ai gagné un prix, Darren ! J'étais tout excitée, et maintenant tu as tout gâché.

Un soupir.

— Rien n'est gâché. Allez. Viens là. J'ai juste faim.

Soudain, le téléphone de Nisha s'illumine.

Tu es sortie ?

Non !

Ils sortent ?

Je ne sais pas. Je vais mourir sous ce lit. AU SECOURS !

Trois points palpitent, mais rien ne suit. Elle imagine Jasmine et Sam en bas, essayant de trouver une solution. Jasmine aura une idée. Il le faut.

— OK, chérie. On sort. Mets ton manteau.

Elle entend Darren enfiler sa veste, le bruissement d'un bras qui glisse dans une manche, puis des clés qui s'entrechoquent.

— Où j'ai mis mon portefeuille ? demande-t-il.

Partez. Partez manger, point barre. Pour l'amour du ciel.

Puis la voix chagrinée de Liz annonce :

— Je ne veux plus sortir.

Nisha écarquille les yeux. *Tu plaisantes, connasse ?*

— Tu as tout gâché.

L'intonation conciliante de Darren est celle d'un homme qui a subi maints et maints échanges de ce genre.

—Ah, ne pleure pas, chérie. Tu sais que je ne supporte pas que tu pleures.

Elle ne distingue pas les propos étouffés qui suivent.

—Viens là. Viens t'asseoir sur le lit avec moi. On va faire un câlin.

Nisha retient son souffle, puis grimace quand le lit grince sous le poids, vraisemblablement, de deux personnes.

—Viens là, mon bébé. Viens.

Les reniflements cessent. Serait-ce… Oh, mon Dieu. Les poils de sa nuque se hérissent. Elle entend qu'on s'embrasse.

—Tu ne m'appelles plus jamais « mon bébé ».

—Mon bébé. Tu es ravissante dans ce tailleur. Vraiment ravissante.

—Tu dis ça comme ça.

—Tu es bien plus appétissante qu'une assiette de canard laqué.

On pousse un petit rire hésitant.

Oh, mon Dieu, par pitié, non. NON NON NON.

—Oooh ! Mon soutif préféré ! Tu sais comme je l'aime, celui-là.

On continue de s'embrasser, de glousser. Puis on lâche un doux gémissement. Puis un autre, plus fort, masculin.

Nisha tape un nouveau message, ses doigts pianotant avec une urgence silencieuse.

BON DIEU SORS-MOI DE LÀ TOUT DE SUITE

Nisha a vécu de nombreuses situations de détresse au cours de ce dernier mois, mais ce n'étaient que de simples hors-d'œuvre. Elle vient d'atteindre son nadir personnel. C'est comme si tous ses pires cauchemars s'étaient faits chair, sous la forme du couple se frottant maladroitement à quelques centimètres au-dessus de sa figure. Elle est entrée dans une nouvelle dimension mentale, où il lui faut toute sa concentration pour seulement respirer sans hurler, et se retenir de détaler, hystérique, en rampant sur l'immonde moquette. Elle ferme les yeux et essaie de penser à Ray, mais introduire son adorable visage dans ce fatras est malsain, elle reste donc allongée, une main sur la bouche, et tente plutôt de faire abstraction des bruits au-dessus d'elle. *Voilà*, se dit-elle. *C'est comme ça que je vais mourir. Ils vont s'écrouler dans un coma post-coïtal, je vais être coincée ici toute la nuit, et on retrouvera mon corps desséché la prochaine fois que l'une des femmes de chambre du deuxième daignera bouger ce lit pour aspirer en dessous.*

Chaque fois qu'elle pense ne pas pouvoir tenir un instant de plus, elle le surmonte. Une seconde cauchemardesque après l'autre. Alors Darren décide de s'y mettre pour de bon. Le lit commence à bouger, les lattes se déforment, si bien qu'elles viennent constamment toucher le visage de Nisha. Les cris et halètements de plaisir sont plus sonores. Peu à peu, Nisha perd le contrôle. Elle tremble. Son esprit s'est vidé. C'en est trop. C'est insupportable. C'est…

Sam et Jasmine sont au bout du couloir au deuxième étage. Elles se tiennent à près d'un mètre l'une de l'autre. Sam a sa capuche sur la tête, Jasmine est à côté du chariot d'entretien, et elle lui transmet à voix basse les textos qui lui parviennent sur son téléphone, posé sur une pile de serviettes.

Elle prend son portable et tape timidement :

ÇA VA ?

NON ÇA VA PAS ILS BAISENT CARRÉMENT AU-DESSUS DE MA TÊTE

Jasmine écarquille les yeux d'horreur. Elle transmet à Sam et lâche un rire nerveux. Elles se penchent vers la porte de la chambre 232. Et, dans le silence, elles distinguent juste les sons, qui, au mieux, feraient frémir quiconque à proximité.

— Elle va mourir, déclare Jasmine en se redressant et hochant la tête. Pour de vrai, elle va mourir.

Le téléphone bipe de nouveau.

TOUTE CETTE POUSSIÈRE JE VAIS ÉTERNUER

— Non, mon chou, marmonne Jasmine en tapant un message.

N'éternue pas. N'ÉTERNUE PAS.

JE FAIS UNE CRISE D'ANGOISSE

Une autre notification.

IMPOSSIBLE DE RESPIRER AU SECOURS

— Qu'est-ce qu'on va faire ? siffle Jasmine, paniquée.

À bout de nerfs, Sam bat des mains, essayant de réfléchir. Elle ferme les yeux, puis retourne dans le couloir jusqu'à ce qu'elle repère ce qu'elle cherchait. Elle jette un coup d'œil à Jasmine derrière elle, ôte son escarpin bleu marine Marks & Spencer et en frappe violemment le boîtier d'alarme incendie – deux fois, trois fois – jusqu'à ce que le verre explose. Puis elle claque le bouton du talon de la main. Le bruit est immédiat et assourdissant.

— Mais qu'est-ce que vous foutez ? hurle Jasmine.

— Courez ! crie Sam en détalant vers l'issue de secours.

Chapitre 32

Le message enregistré résonne dans chacune des trois cent dix chambres du *Bentley Hotel.* « Gardez votre calme. L'alarme incendie vient d'être déclenchée. Veuillez vous diriger vers l'issue de secours la plus proche. »

Darren, interrompu au pire moment, met une seconde de plus que Liz à comprendre ce qui se passe. Elle a déjà sauté du lit, pieds nus sur la moquette.

— Un incendie ? Darren, il y a un incendie ! Un incendie !

Il réplique, le souffle court :

— Sans doute une fausse alerte.

— J'entends des gens dans le couloir. Darren, lève-toi ! On doit y aller !

— Je n'y crois pas.

Les pieds de Darren, toujours en chaussettes, se posent par terre à côté de la tête de Nisha. Tétanisée, assourdie par le bruit, elle cherche à tâtons les chaussures près de sa cuisse droite et enroule ses doigts autour des lanières. Elle entend les Frobisher enfiler en hâte leurs vêtements et rassembler leurs affaires en se chamaillant, ainsi que des voix et des pas pressés dans le couloir en partie couverts par la sonnerie intermittente et perçante de l'alarme.

— Sac ! Où est mon sac ?

— Une fois qu'on sera en bas, ça va s'arrêter, chérie.

— Où sont les chaussures ?

— Ne t'occupe pas de ces foutues chaussures. Prends juste ton…

— Darren, tout le monde quitte l'hôtel. ALLEZ.

Nisha perçoit la panique dans la voix de Liz Frobisher. Elle se demande si ce feu est réel, si elle pourra sortir d'ici à temps ou si elle brûlera là, sous le lit. Si on la retrouvera par la suite, telle une relique humaine de Pompéi.

Elle entend le cliquetis de la porte qui s'ouvre, le vacarme d'une centaine de clients qui quittent leurs chambres, vaseux et confus, un bébé qui pleure. Puis la porte se referme, et le bruit est de nouveau étouffé. Une brève pause s'ensuit. Nisha attend un instant, puis se tortille hors de sa cachette, toussant et frottant la poussière de ses vêtements, prise d'un haut-le-cœur qui lui embue les yeux. La photo. Elle ne doit pas oublier la photo. Elle s'empresse de sortir de sa poche la capture d'écran imprimée, la place sur la table de chevet, puis se dirige sur la pointe des pieds vers la porte. Elle jette un œil dans le couloir et, les chaussures serrées contre elle, se retrouve instantanément entraînée par le torrent de clients angoissés qui foncent vers l'escalier de secours. Elle va peut-être finir consumée par les flammes, mais ne s'en inquiète même plus.

C'est forcément un destin moins tragique que celui qui l'attendait dans cette chambre.

Sam et Jasmine se tapissent près de l'entrée de service, dont le personnel émerge par petits groupes, hésitant encore à quitter leur poste. Certains ont allumé des cigarettes – l'ironie leur échappe complètement. Des chefs en veste blanche forment une mêlée frissonnante et se lamentent des soufflés perdus, des portions de poisson brûlées et de la colère du maître d'hôtel.

— Elle ne répond à aucun texto, dit Jasmine. Vous croyez qu'on devrait appeler ?

— Attendez encore cinq minutes. Au cas où.

— Je vais appeler Aleks. Peut-être qu'il a l'info.

Le cœur de Sam bat violemment dans sa poitrine. Elle est folle de joie, quoique terrifiée. Elle l'a fait. Elle a créé cet immense chaos. Elle entend l'alarme résonner, les voix des responsables de l'hôtel tentant de localiser l'incendie. L'établissement se vide, déversant des centaines de personnes par son entrée sur le trottoir, des parents qui s'efforcent de rassurer des enfants en pleurs, des touristes en jet lag qui clignent les yeux dans la lumière au sodium. Sa vie a tourné au chaos, et, à présent, elle le crée elle-même. Elle a arrêté cette énorme machine d'une main. Par-dessus le bruit strident, elle voit Jasmine parler urgemment au téléphone, la main appuyée sur son autre oreille. Autour d'elle, la rue s'immobilise tandis que des clients, certains en robe de chambre, d'autres en manteaux attrapés en vitesse, commencent à se disperser sur la chaussée et se déplacent dans le noir parmi les taxis qui klaxonnent.

Sam observe l'ensemble d'un œil incrédule, et prend conscience d'une chose étrange. Une bulle qui ne lui est pas familière monte dans sa poitrine, incoercible. Elle se met à rire. Elle appuie la tête contre le mur, sent le froid de la brique sur son crâne, la texture rugueuse sous ses mains, et se met à rire devant tout cet absurde chaos. Elle rit aux larmes, à s'en tenir les côtes. Et elle voit Jasmine la dévisager en sourcillant de perplexité, ce qui la fait rire de plus belle.

— Vous avez perdu l'esprit ? lui demande-t-elle en fourrant le téléphone dans sa poche.

Sam s'essuie les yeux et acquiesce, encore hilare.

— Peut-être. Oui. Oui, je crois que c'est peut-être bien ça.

Nisha se fraie un chemin dans le couloir parmi la foule compacte, ralentie à l'entrée de l'escalier de secours devant laquelle se sont massés les gens. Un groupe de jeunes rient et plaisantent, et, derrière elle, un couple de personnes âgées se plaint du bruit en portant des mains parcheminées à leurs oreilles. Elle serre les chaussures contre elle, ne parvenant pas à croire qu'elle a réussi. Elle les a enfin récupérées. Elle regarde les gens s'engouffrer lentement dans la cage d'escalier étroite et jette un coup d'œil derrière elle, pour voir si Sam et Jasmine sont par là. Et c'est alors qu'elle l'aperçoit : Ari.

Il braque les yeux sur les chaussures qu'elle tient devant elle, puis les relève. Son expression trahit furtivement sa surprise quand il comprend qui il regarde. Presque aussitôt, il avance vers elle en bousculant les clients qui protestent. Le cœur de Nisha s'arrête. Elle se précipite dans la cage d'escalier, se faufile parmi les clients qui descendent lentement, sachant qu'il sera juste derrière elle.

— Attention ! Vous avez failli me faire tomber !

Nisha n'a pas le souffle pour lancer des excuses. Il est coincé dans sa poitrine. Elle poursuit en hâte, saute trois marches en chancelant, entend les exclamations derrière elle lui indiquant qu'Ari fait de même. Elle réfléchit en vitesse – et s'esquive par l'issue de secours au premier étage, grimaçant quand quelqu'un lui donne un violent coup de coude dans les côtes. Tout le monde est si agglutiné qu'elle sent l'odeur des gens, perçoit leur panique. Elle se faufile entre deux hommes imposants en costume, puis détale à contre-courant de la foule qui se bouscule vers la sortie de secours, et court enfin vers l'ascenseur de service.

La première consigne de réglementation incendie est de ne pas utiliser l'ascenseur, mais Nisha s'y glisse et claque le bouton du rez-de-chaussée, juste à temps pour voir le visage d'Ari repérer le sien tandis que les portes se referment. Elle hurle, sans savoir quoi, et soudain la cabine s'anime dans un soubresaut, pour descendre lentement. Il va parler à ses hommes. Combien seront-ils ? Où va-t-il se rendre ? Une fois au rez-de-chaussée, elle traverse le vestibule bondé en courant jusqu'à ce qu'elle voie la porte du restaurant. Elle y entre, longe en vitesse le côté de la salle où ne restent que quelques clients agités qui se disputent avec les serveurs pour récupérer leurs manteaux, puis arrive aux cuisines.

Le dimanche soir, comme la majorité du temps, les cuisines du *Bentley* sont un univers de vacarme, de fracas de casseroles, de vapeur et de friture à des températures impensables, d'hommes en tenue blanche aux expressions éreintées qui se hurlent des consignes, essuient des coulures sur des assiettes avec des torchons pendant que des serveurs vont et viennent par la porte battante, chargés d'assiettes. À présent, il n'y a que quelques employés de cuisine qui rassemblent des affaires et se dirigent vers la porte de service dans l'odeur de nourriture qui brûle. Elle le voit.

— Aleks !

Il se tourne, relève peut-être quelque chose dans son expression, car il se met tout de suite à courir vers elle.

— Il est après moi ! Aide-moi ! hurle-t-elle en regardant derrière elle.

Sans hésitation, il l'attrape par le coude, la guide au-delà du poste de préparation.

— Là-dedans.

Il tape un code sur le pavé à côté de la lourde porte métallique, et ils se retrouvent dans la chambre froide. Il referme derrière eux et la guide vers le fond en passant derrière le rideau en plastique. Là, les lumières s'activent automatiquement, et elle regarde autour d'elle les énormes plateaux de viande, les carcasses suspendues le long des murs carrelés, les étagères de légumes et de briques de lait en format industriel.

— Là-bas, lui montre-t-il. Au bout des rayonnages.

Elle plonge à l'endroit indiqué, derrière une immense pile d'œufs, et ils vont se cacher derrière une étagère de grandes boîtes en inox.

Le silence règne, à part le bourdonnement régulier du groupe frigorifique. Hors d'haleine, Nisha sent son cœur palpiter dans ses oreilles tandis que le tapage se dissipe à l'extérieur. Chaque fois qu'elle ferme les yeux, elle voit Ari, son expression sidérée, puis déterminée pendant qu'il la poursuit.

— Tu les as, dit Aleks.

Elle baisse les yeux, voit qu'elle tient toujours les Louboutin, hoche silencieusement la tête, puis les serre contre elle, prenant soudain conscience qu'elle les a réellement en sa possession. L'alarme hurle toujours dehors, mais ici, le son leur parvient étouffé, et Nisha s'apaise peu à peu. Aleks lui sourit, le visage à quelques centimètres du sien, et elle lui rend son sourire, nerveuse. Une part d'elle croit toujours qu'Ari va faire irruption pour lui arracher les chaussures.

— Il n'entrera pas, dit Aleks comme s'il lisait dans ses pensées. Il lui faudrait le code d'accès.

— Il y a vraiment le feu ?

— Non. Ton amie Sam a déclenché l'alarme incendie. C'est Jasmine qui me l'a dit.

— Sam ?

Elle peine à y croire. Elle baisse les yeux sur son téléphone, voit la série d'appels manqués et de textos.

— Jasmine a dit que tu faisais une crise d'angoisse et Sam a pris les choses en main. (Il lui écarte une mèche du visage.) Ça va ? Qu'est-ce qui s'est passé ?

— Tu ne me croirais pas si je te racontais.

Il sourit. Il a la paume posée sur le mur, l'avant-bras à côté de la tête de Nisha, et elle en voit les tendons, les minuscules poils blonds qui se hérissent dans le froid. Maintenant qu'elle ne bouge plus, elle est subitement consciente de la température.

— Tu crois qu'on va devoir rester ici combien de temps ?

— Jusqu'à ce que tout le monde revienne.

— Tu ne penses pas qu'on devrait sortir en douce tout de suite ? Pendant qu'ils sont tous dehors ?

Il fait la moue.

— Ce serait un peu compliqué. Cette porte ne s'ouvre pas de l'intérieur.

— Quoi ?

— Mécanisme défaillant. On ne répare jamais rien dans les coulisses, ici. Ça va aller. Tout le monde sera revenu dans vingt minutes max. On ne va pas mourir de froid.

— Moi, si, peut-être.

Nisha regrette déjà de ne porter que son pantalon et sa blouse. Il n'y a absolument rien pour se protéger du froid, ici. Elle commence à frissonner et enroule ses bras autour d'elle.

Remarquant l'inconfort de Nisha, Aleks retire sa veste de chef, qu'il lui met autour des épaules et lui boutonne sous le menton.

— C'est mieux ?

— Un peu.

Il est si près. Elle sent son odeur, un soupçon citronné de savon sous un vague arôme de bonnes choses qui cuisent. Soudain, elle se souvient de leur baiser, de cette envie qu'elle avait eue de se fondre en lui et de tout oublier autour d'elle.

— Viens, dit-il.

Il passe ses bras autour d'elle, l'attire contre son torse. Elle sent la chaleur de son corps à travers son tee-shirt et, en posant la tête contre lui, entend le battement de son cœur. Elle ferme les yeux, écoute le bruit lointain de portes qu'on ouvre et qu'on claque, le hurlement interminable de l'alarme. Il est la personne la plus calme qu'elle ait jamais rencontrée… et ça l'apaise. Tout ira bien. Elle est en sécurité, ici. Ari ne la trouvera pas. Elle a les chaussures.

Mais…

Dans le silence presque total, par-dessus le bourdonnement du réfrigérateur, elle se rend compte que les battements du cœur d'Aleks s'accélèrent. Elle a froid aux mains et il lui en prend une entre les siennes, la porte à ses lèvres, souffle dessus et replie les doigts autour pour la réchauffer. Les battements augmentent encore un peu. Nisha glisse son autre main sous son tee-shirt.

— Pour la chaleur, murmure-t-elle.

Le cœur d'Aleks s'emballe. Et un changement se produit en elle. Elle lève le visage, voit qu'il la regarde droit dans les yeux, et il y a comme un léger flou entre eux.

— Il fait si froid, ici, souffle-t-elle.

Une pause. La seconde suivante, elle a les lèvres sur les siennes, il lui passe la main dans les cheveux, ils se retrouvent contre les rayonnages, et leurs baisers sont fougueux et sans fin. Il la serre contre lui, et elle en oublie complètement la température.

Vingt-huit minutes plus tard, la porte est déverrouillée, l'alarme s'est tue, et le personnel finit par rentrer en file indienne, marmonnant et blaguant, pour reprendre son poste. Nisha et Aleks attendent à côté de la porte ; elle a toujours la veste de chef sur les épaules, et ils arborent tous deux des expressions d'une neutralité suspecte. André ouvre et dévisage les deux individus dans l'embrasure. Comme il garde les yeux vissés sur eux, Aleks finit par lui dire :

— Je la réchauffais.

— Bien sûr, dit André.

Ils ont parcouru la moitié de l'allée latérale lorsqu'ils s'aperçoivent qu'Aleks a oublié sa ceinture et que les restes de deux œufs cassés dégoulinent le long du dos de Nisha.

Ils quittent l'hôtel par la sortie de service d'une grande salle où sont entreposées les chaises et tables de banquet, et débouchent dans une ruelle de l'autre côté de l'établissement, loin de la foule et du chaos. Ils parcourent les derniers cinq cents mètres jusqu'à l'appartement de Jasmine en se tenant par le bras, parlant à peine, mais Nisha n'est ni gênée ni stressée par ces longs silences. Elle éprouve, peut-être pour la première fois de sa vie, une profonde paix, un calme presque inconnu qui pourrait s'apparenter à l'effet d'une drogue. Son corps entier est électrisé, hyper conscient de l'homme qui marche à ses côtés, mais en même temps cotonneux et complètement détendu. Aleks a mis les chaussures en sécurité dans son sac à dos, qu'il porte sur une épaule ; il marche dans la pénombre des rues d'un pas vif et réglé sur celui de Nisha, et celle-ci ne prend la parole que pour lui indiquer la direction. « On tourne là » ou « C'est juste au coin ». De temps à autre, il la serre légèrement contre lui.

Ce contact est agréable, dépourvu de possessivité, juste réconfortant, un rappel de sa présence. Il fait aussi écho par intermittence à leur demi-heure dans la chambre froide, et, lorsqu'elle y pense, elle sent quelque chose fondre, se liquéfier dans son abdomen. *Alors c'est ça que l'on ressent.* Il y a une certaine tristesse dans la révélation de ce qu'elle a banalisé ces vingt dernières années, dans son illusion d'avoir eu un rapport d'égalité, de respect, alors que le moindre acte de Carl a en réalité renforcé son mépris fondamental. Il l'a admirée, oui, désirée, souvent. Mais aimée ? Non. Elle doute d'ailleurs qu'il soit capable de cette émotion. « Reste avec moi », a murmuré Aleks, les yeux à quelques centimètres des siens, et en cet instant brut, elle a su qu'elle avait passé la moitié de sa vie auprès d'un homme qui n'était absolument pas parvenu à créer un lien avec elle. Ce n'était même pas dans son vocabulaire. Elle se dit qu'il l'a possédée. Qu'elle a été un objet. Un trophée, un accessoire, puis un inconvénient. Elle ferme les yeux, s'efforçant de chasser la honte et la tristesse qui accompagnent cette prise de conscience.

— La voilà !

Jasmine ouvre grand la porte, et une chaude bouffée d'air parfumé s'échappe de l'appartement. En entrant, Nisha voit que Sam, Andrea et Grace attendent dans la cuisine, affichant des mines joyeuses et impatientes.

— Tu as réussi ! s'exclame Jasmine. (Elle rit et la serre dans ses bras, si bien qu'Aleks se pousse obligeamment sur le côté.) Tu as réussi, putain ! Quelle rock star ! Oh, mon Dieu, je ne sais pas comment on a survécu à cette dernière demi-heure. Mon cœur ! Tu avais une idée de ce que tu nous faisais subir ? J'ai cru tomber dans les pommes cinquante fois.

Elle les pousse vers la cuisine tandis qu'elle ferme la porte et met le verrou.

— Honnêtement, Nish, poursuit-elle, quand tu m'envoyais ces textos, je ne savais pas si je devais rire ou avoir une crise d'angoisse avec toi.

Nisha était si confinée dans le plaisir silencieux de sa marche avec Aleks qu'il lui faut un instant pour passer sur leur fréquence.

— On boit du champagne, annonce Andrea en débouchant une bouteille. Enfin, du prosecco – je n'avais pas le budget pour du champagne –, mais, en gros, c'est la même chose.

On pousse des acclamations, et Jasmine va prendre des verres dans un placard, pendant que Gracie vide un énorme paquet de chips dans un saladier.

— Prépare un autre bol, bébé. De ces tortillas. Celles au fromage. Je vais chercher des sauces ? Quelqu'un veut des sauces ?

Aleks et Andrea se présentent en levant la voix par-dessus la musique qu'a mise Jasmine. Grace fait passer le saladier de chips, se servant en douce chaque fois qu'elle en propose. Jasmine serre Aleks deux, trois fois dans ses bras, le questionne sur l'endroit où ils ont fini et glisse un regard entendu vers Nisha lorsqu'il lui répond. La petite pièce est pleine de bruit, de soulagement et de rires. Nisha prend une gorgée de prosecco. Il est bon marché, trop sucré et absolument délicieux. Elle aperçoit Sam, à sa place habituelle – dans un coin, quelle que soit la pièce. Elle les regarde tous avec un vague sourire, mais ses yeux recèlent de la tristesse et de la méfiance.

Nisha se faufile parmi les autres en contournant la table pour la rejoindre. Le silence s'abat brusquement. Elle voit Sam se raidir un peu, comme si elle s'armait de courage pour le prochain projectile verbal que l'on s'apprête à lui lancer. Elles se regardent droit dans les yeux.

— Merci, dit Nisha. Merci pour ce que vous avez fait.

Sous les regards légèrement incrédules des autres, Nisha prend Sam dans ses bras, la serre vigoureusement, et reste ainsi jusqu'à ce qu'elle sente l'autre femme se détendre et, avec hésitation, mais aussi une force surprenante, lui rendre son étreinte.

Comme les meilleures soirées improvisées, celle-ci se déroule avec un minimum d'efforts. Une fois le prosecco bu, Aleks sort en vitesse chercher du vin. À 21 h 30, le petit appartement vibrant de musique et de conversations est devenu un havre de chaleur et de rire. Andrea, dont la guérison semble avoir pris de l'élan depuis son rendez-vous à l'hôpital, insiste pour que Nisha leur raconte chaque seconde de son séjour chambre 232. Elle en pleure de rire et essuie ses larmes à l'aide de son foulard.

Jasmine livre un récit détaillé de ce qu'elle a ressenti à chaque étape, et imite les responsables de l'hôtel tentant de déterminer qui avait déclenché l'alarme. On avait attribué ça à un fauteur de troubles extérieur, le genre d'incidents qui se produisent parfois dans les hôtels du centre-ville. Elle félicite Sam d'avoir porté sa capuche dans l'hôtel, et cette dernière n'a pas le cœur de lui avouer qu'elle avait simplement oublié qu'elle l'avait sur la tête. Ils songent aux Frobisher, tirés brutalement de leur interlude torride (« Ne raconte pas cette histoire une seconde fois, Nish, ou je vais vraiment me pisser dessus »), et qui découvrent en ce moment même la capture d'écran imprimée que Nisha a laissée dans leur chambre, montrant Liz Frobisher jetant un chat dans une poubelle.

— Ils penseront que c'était une action de justiciers pour les chats ! s'esclaffe Grace.

— Et s'ils ont le culot de se plaindre de la disparition des chaussures après ça, ils vont voir qu'ils n'étaient même pas enregistrés en tant que clients, dit Jasmine.

Quel hôtel prendrait au sérieux une réclamation pour vol provenant de quelqu'un qui occupe illégalement l'une de ses chambres ? On sort acheter des frites, qui sont mangées dans un saladier en plastique et trempées dans un bocal de ketchup.

Sam, qui observe la scène depuis un repose-pied dans l'angle, est frappée par le changement qui s'est opéré chez Nisha – elle est transformée : plus douce, plus détendue. Elle est assise à côté d'Aleks sur le petit canapé, et de temps à autre, lorsqu'ils pensent que personne ne les voit, ils entrelacent leurs doigts sans se regarder. Sam en éprouve de la tristesse. Elle se dit qu'elle a perdu ça. Qu'elle l'avait et l'a perdu. Maintenant qu'elle a fait ce qu'elle avait promis, sa motivation et sa détermination l'abandonnent peu à peu. Elle a aidé Nisha à récupérer les chaussures, mais elle a tout perdu. La soirée se passe dans un flottement brumeux. Les heures sont des minutes. Sam prend conscience qu'ils sont tous assez saouls et ne peut se résoudre à s'en inquiéter. Cat dort chez Colleen, d'après un texto lapidaire qu'elle lui a envoyé une heure plus tôt, lui précisant qu'elle avait emmené le chien, « au cas où tu l'aurais oublié ». Phil est parti. Personne ne l'attend.

Elle sent la main d'Andrea sur son bras.

— Ça va, ma belle ?

— Ça va, répond-elle en tentant d'ébaucher un sourire.

Andrea cherche à croiser son regard.

— On discutera plus tard, dit-elle en lui donnant une petite tape réconfortante.

— Est-ce que je peux voir les chaussures ? demande Grace.

— Quoi ?

— Je veux voir la cause de tout ce foutoir, annonce Grace par-dessus la musique.

Aleks sourit et prend son sac.

— Bien sûr, dit-il. Célébrons le trophée.

Nisha paraît soudain perturbée. Elle attend, tandis qu'Aleks extirpe les escarpins rouges l'un après l'autre et les lui tend avec précaution. Elle pose soigneusement la paire sur la table basse devant elle.

— Elles sont vraiment jolies, déclare Grace.

Jasmine presse l'épaule de sa fille.

— C'est fou, non ? dit Andrea. Tout ça pour une paire de chaussures.

— Vous savez ce qui est bizarre ? déclare Nish. Je m'en fous.

— De quoi ? demande Jasmine en baissant la musique.

— Des chaussures. Regardez-les.

Ils les regardent. Puis, perplexes, regardent Nisha.

— Elles représentent un jeu pour lui. Une façon de me faire danser. En vérité, je crois que je les déteste. Elles résument parfaitement notre mariage. Que de la comédie. Moi qui trottine derrière lui comme une abrutie, attifée comme un putain de poney de compétition. Et lui qui tire les ficelles. Vous savez que mon fils pense que ce ne sont même pas de vraies Louboutin ?

— Mais vous les avez, maintenant, dit Andrea d'un ton rassurant. Ça signifie qu'il doit vous donner ce que vous réclamez. Il doit vous accorder un arrangement.

— Non, dit Nisha. Il y a un truc qui cloche. Je ne comprends pas pourquoi il serait aussi obsédé par une paire de chaussures.

— Peu importe la raison, intervient Aleks. Un marché est un marché. Tu as rempli ta part.

Nisha tient l'une des chaussures, soudain en colère, puis la repose.

— Je veux dire, c'est quoi cette histoire, putain ? J'ai été mariée avec lui presque vingt ans, j'ai porté son fils, mis ma vie au service de la sienne, je lui ai donné tout ce qu'il voulait. J'ai perdu la meilleure amie que j'aie jamais eue parce qu'il a décrété que je ne devrais pas fréquenter une personne comme elle – et je l'ai laissé m'en persuader. Je l'ai laissé me dire avec qui je devrais être amie. Et après tout ça, il m'humilie en me faisant courir dans tous les sens après une paire de chaussures qui m'appartiennent ?

Sam scrute les Louboutin luisantes, puis le visage grimaçant de Nisha. L'ambiance a soudain changé, la joie des heures passées s'évapore. Jasmine et Andrea échangent un regard. Personne ne semble savoir quoi dire.

— Elles ne lui iront même pas, vous savez, si c'est pour elle qu'il les veut. Elle a des pieds de clown. Vraiment, des pieds de clown. Je les déteste. Presque autant que je le déteste.

— Chérie. Assieds-toi, dit Jasmine en tendant le bras. Tu pars en vrille. Tout va bien.

Nisha baisse les yeux vers Aleks, toujours assis. Il a le visage empreint de compassion, de compréhension.

— Les chaussures ne signifient rien, dit-il d'un ton apaisant. Elles ne sont rien. Juste un moyen de parvenir à ses fins. Songe à ton avenir. À ce qu'elles vont te rapporter. C'est tout ce qui compte.

— Resservez-lui à boire, Aleks, dit Andrea.

— Je ne veux rien boire d'autre, riposte Nisha.

Elle braque les yeux sur les chaussures posées sur la table basse. Puis, presque sans réfléchir, elle en prend une, la retourne avec précaution dans ses mains. Elle les regarde tous, d'un air sinistre.

— Chérie. Sérieusement…, commence Jasmine.

— Il a dit que je devais lui apporter les chaussures, hein ? C'était le marché. Mais il n'a pas dit qu'elles devaient être en un seul morceau.

Avant que quiconque puisse l'en empêcher – sous les « Arrête ! Arrête ! » –, elle tire violemment sur la chaussure, la calant sur son genou jusqu'à ce que le talon craque et lui reste dans la main. Et qu'une pluie scintillante de diamants s'en déverse…

Le silence s'abat sur la pièce.

— Putain !? lâche Jasmine.

Choquée, Nisha regarde le talon vide. Puis le sol.

Aleks est le premier à genoux. Il ramasse soigneusement une petite poignée des minuscules pierres et les dépose une par une sur la table, où elles brillent sous le plafonnier, parsemées de peluches de tapis et de miettes de tortillas. Nisha veut parler, mais aucun son ne franchit ses lèvres.

— OK, dit Jasmine, la tête inclinée sur le côté. Eh bien, je comprends maintenant pourquoi il avait tellement envie de récupérer ces chaussures.

Dans les allées devant l'immeuble de Jasmine, des jeunes font des roues arrière sur leurs vélos, s'interpellent et lâchent des pétards sur le pavé. L'un d'eux a une petite mobylette, et Nisha entend de temps à autre le vrombissement de son moteur, une série de bruits sourds lorsque son propriétaire lui fait descendre une courte volée de marches en béton, ainsi que les cris aigus de passagères occasionnelles. D'ordinaire, ça l'aurait rendue folle de rage. Mais, ce soir, elle le remarque à peine. Allongée dans le lit étroit, elle a l'esprit bourdonnant en songeant aux conséquences de leur découverte, aux discussions qu'ils ont eues la dernière heure de sobriété avant que tout le monde s'en aille.

Tout est horriblement limpide, à présent : l'insistance de Carl pour qu'elle les porte lorsqu'ils voyageaient d'un pays à l'autre, même si elles s'avéraient franchement inconfortables pour prendre l'avion ; sa fureur quand il avait appris qu'elle ne les avait plus. Il s'était servi d'elle comme mule. Combien de fois avait-elle transporté des pierres précieuses à son insu ? Ils avaient arraché le second talon : des diamants étaient également dissimulés dans la chaussure gauche. Aucun d'eux n'en connaissait la valeur, mais elle devinait qu'il y en avait pour des centaines de milliers de dollars, peut-être plus. Les diamants sont de bonne dimension, magnifiquement taillés ; le plus gros fait la largeur de l'ongle de son pouce. Il n'y a pas de loupe dans le petit appartement, mais elle parierait qu'ils sont de pureté supérieure.

— Mon Dieu, chérie. Les voilà, tes indemnités. (Jasmine s'était penchée pour les examiner, les mains sur les genoux.) Voilà. Tes. Indemnités.

Andrea avait murmuré pour elle-même :

— C'est comme dans un conte. Maintenant, vous pouvez lui dire d'aller se faire foutre.

Nisha repense aux voyages en Afrique qu'ils ont faits ces dernières années, aux autres paires de chaussures qu'il lui a achetées : des escarpins Gucci bleu foncé, des Prada crème à semelles compensées. Y en avait-il parmi celles-là qui avaient été modifiées de la même manière ? Avait-elle été chaque fois une mule involontaire ? S'agissait-il de diamants de sang ? De pierres volées ? De contrebande ? Mais le pire, dans tout ça, l'intolérable, c'était qu'elle, la coursière laissée dans l'ignorance, aurait pu se faire attraper et arrêter à tout instant. Elle valait moins que rien aux yeux de Carl. Comment un mari pourrait-il tenir à quelqu'un dont il se servirait ainsi ?

Elle descend de son lit, veillant à ne pas réveiller Grace, et enfile la vieille robe de chambre lavande qu'elle a pris l'habitude de porter. Elle a l'odeur réconfortante du foyer de Jasmine, de son adoucissant. Il est près de 2 heures du matin. Elle se rend au salon et ouvre sans bruit la porte qui donne sur le balcon, où elle allume une cigarette. Elle vérifie de nouveau l'heure, puis compose un numéro.

— Ray ?

— Salut, maman.

Il a la voix basse, d'un calme inquiétant.

— Tout va bien ?

S'ensuit un court silence. Elle tire une longue bouffée angoissée sur sa cigarette.

— Ray ? Est-ce que ça va ?

Il ne répond rien pendant quelques secondes.

— Ouais.

— Tu n'as pas l'air bien.

— J'en ai marre d'être ici, maman.

— Il n'y en a plus pour longtemps. Promis.

— Emily et Sasha sont partis, et il ne reste que moi et les troubles alimentaires. Tous les autres rentrent chez eux le week-end. Moi, je regarde juste la télé tout seul.

— Je sais.

Il pousse un long soupir.

— Tu vas encore me dire que tu ne viens pas tout de suite, c'est ça ?

Elle ferme les yeux.

— Bientôt, bébé. J'ai les chaussures. J'ai bien les chaussures. Il se passe des choses. Et je dois discuter avec ton père de… notre arrangement. Ensuite, je viens te chercher.

— J'ai l'impression… (Sa voix est faible, résignée) J'ai l'impression que tu ne viendras jamais.

— Pourquoi dire une chose pareille ?

— Quand j'étais malade. La fois où tu as dit que tu allais venir, et que papa a exigé que tu l'accompagnes à Toronto. J'étais tellement triste, maman, et vous, vous êtes partis. Tu lui as obéi.

Elle se rappelle le voyage, ses larmes dans l'avion. Carl s'en était encore plus irrité, et avait dit que tous les adolescents avaient leurs petites humeurs. Ray et elle devaient se montrer moins sensibles, et ce garçon était dans le meilleur établissement, entre les mains de psychiatres et encadrants qui savaient gérer ces situations. Il avait déjà élevé deux adolescents avec sa première femme. Il disait que ça avait été pareil avec eux, et ça leur était passé avec l'âge, et le pire que l'on pouvait faire c'était d'être sans arrêt aux petits soins pour eux. Elle l'avait cru. Même si ses deux fils adultes semblaient le mépriser, à moins d'avoir besoin d'argent, elle l'avait cru. Que savait-elle de la façon d'éduquer correctement un enfant, après tout ?

— Ray. Ray. Écoute-moi. Laisse-moi encore quelques jours, d'accord ? Je te promets. Même si tout se passe mal quand je parlerai à ton père, même si je dois me trouver un autre passeport et emprunter de l'argent à mes collègues pour me payer l'avion. Même si je dois traverser ce foutu Pacifique à la nage, je viendrai te chercher.

— C'est l'Atlantique.

— Oui, ça aussi. (Ray lâche un rire hésitant.) Et je nage vite. Tu le sais.

— Je déteste ma vie. Je déteste vivre comme ça. J'ai l'impression que personne ne veut de moi et qu'on m'a juste largué ici.

— Rien de tout ça n'est vrai. J'arrive, bébé.

Un long silence s'installe. Elle ferme les yeux et laisse retomber sa tête sur ses genoux.

— Je t'aime tellement, mon ange. S'il te plaît, tiens bon. Je ne te décevrai plus, je te le promets. Ce sera juste toi et moi à partir de maintenant.

Elle entend sa respiration, le million de pensées toxiques qui tourbillonnent dans le crâne de son fils.

— Tu veux que je chante encore pour toi ? propose-t-elle lorsque le silence lui est insupportable. *You are my sunsh…*

— Pas vraiment.

Puis il raccroche.

Et alors, avant que la panique ne puisse s'emparer d'elle, son téléphone bipe.

Oui c'est toujours mon numéro.

Juliana.

Chapitre 33

— Salut.

— Salut. (Nisha déglutit.) Merci d'avoir décroché.

— De rien. Je suis juste… surprise. Comment vas-tu ?

La voix de Juliana est polie, circonspecte. Sa façon de parler à leurs employeurs, son côté fille de Brooklyn ont été entièrement lissés pour aboutir à un ton professionnel, convenable. Elle se rappelle la façon dont Carl parlait de Juliana, déclarant que Nisha ne devrait pas traîner avec une bonniche maintenant qu'ils étaient mariés, qu'elle était trop vulgaire, trop inculte, de mauvaise influence. Elle se rappelle sa fureur quand elle avait soutenu que Juliana serait la marraine de Ray, plutôt que l'un de ses amis fortunés. Ce qu'il voulait dire, elle le comprend aujourd'hui, c'est que Juliana était simplement *trop pauvre*.

— Je… Écoute. Je ne sais pas trop combien j'ai de crédit sur ce téléphone. Mais j'ai un service à te demander.

La voix de Juliana se durcit.

— Vas-y.

— Bon, je sais que je ne mérite pas de te demander quoi que ce soit, mais il s'agit de ton filleul. Ray.

— Ray ? Est-ce qu'il va bien ? s'enquiert Juliana en changeant aussitôt de ton.

— Pas vraiment. Je sais que ça fait un bail et c'est beaucoup demander, mais j'ai besoin qu'une personne de confiance veille sur lui. Je suis coincée en Angleterre – c'est une longue histoire –, et il… Juliana, il a vraiment le moral à zéro. Il a de gros problèmes et je suis responsable de certains, et je… j'ai besoin que quelqu'un en qui j'aie confiance aille le voir. Juste pour… je ne sais pas… lui dire que j'arrive. Lui dire que tout va bien se passer.

Une longue pause s'ensuit.

— Dis-moi où il est.

— Tu vas le faire ?

— Tu dois vraiment poser la question ?

Alors Nisha se met à pleurer. Les larmes arrivent de nulle part, des larmes de soulagement, de culpabilité et de libération. Elle se couvre le visage de l'autre main, tente de s'essuyer, de garder sa voix sous contrôle.

— Vraiment ? Tu ferais ça ? Après tout le reste ?

— Envoie-moi l'adresse par texto. J'irai le voir directement en sortant du travail.

— Merci. Merci infiniment.

Nisha ne peut pas s'arrêter. Elle tremble.

— Il saura qui je suis ?

— Oui. Nous parlons encore de toi.

— Je pense encore à lui. Tout le temps. Quel garçon adorable.

Nisha ferme vigoureusement les yeux, ses épaules se soulèvent tandis qu'elle tente de se ressaisir, de cacher l'émotion dans sa voix. Elles discutent de quelques détails, afin que Juliana sache où elle va, à quoi elle peut s'attendre. Nisha lui raconte – par rafales – qu'elle n'est plus avec Carl. Qu'elle fait tout pour retourner auprès de son fils. Juliana lui raconte à son tour qu'elle est à présent mariée. Deux enfants, onze et treize ans. Le fait que tous ces événements sismiques se soient produits dans la vie de Juliana sans que Nisha en sache rien lui serre douloureusement le cœur. Puis un message enregistré l'informe qu'elle a presque atteint sa limite de crédit.

— Je t'envoie un texto, d'accord ? dit Juliana. Une fois que je l'aurai vu.

Nisha est bouleversée de soulagement. Juliana tiendra parole. C'est la personne la plus franche, la plus honnête qu'elle ait jamais rencontrée. Et alors, les larmes rejaillissent.

— Je suis tellement désolée, dit-elle brusquement. Tu avais raison. Pour tout. J'ai merdé. Tu m'as trop manqué. Je me suis juste laissé emporter par tout le reste. J'ai voulu t'appeler tant de fois. Je suis tellement, tellement désolée.

Un long silence s'installe. Elle se demande, brièvement, si elle a bien fait de s'engager dans cette direction. De quel droit attend-elle quoi que ce soit de Juliana, après tout ? Mais lorsque la voix de celle-ci retentit de nouveau au bout du fil, elle est chargée d'émotion.

— Moi aussi. Je suis là, ma belle. D'accord ? Je vais aller voir ton fils.

Sam sort de chez Andrea, où elle a fini par passer la nuit, et effectue la courte distance à pied jusque chez elle dans les rues plongées dans le calme matinal. Elle a encore la tête bourdonnante des conversations qu'Andrea et elle ont eues la veille au soir, de la révélation choquante de ce qu'elle avait sous les pieds. L'imprévisibilité de ce dénouement les a fait rire à gorge déployée – des diamants sous ses semelles ! –, mais chaque fois que Sam songe au genre d'homme que Nisha a épousé, elle pense à Phil. À sa gentillesse. À sa tendresse. À l'impossibilité que Phil puisse la mépriser au point de l'amener à faire une chose pareille. Elle avait vu cette prise de conscience sur le visage de Nisha pendant que tout le monde s'extasiait sur le butin. Et ce que Sam avait été la seule à voir était triste, affreux, l'ultime insulte couronnant une pile déjà fumante.

Une fois chez Andrea, elles étaient restées assises dans son salon exigu jusqu'au petit matin, survoltées par l'adrénaline et les discussions, et elle avait fini par annoncer à son amie le départ de Phil. Andrea l'avait prise dans ses bras en disant qu'il reviendrait, c'était évident.

Sam consulte de nouveau son téléphone, hésitant à lui envoyer un texto, mais il est tôt et elle ne sait pas du tout quoi dire. Ni à quel point être honnête. Elle veut que les choses redeviennent comme avant, quand il lui semblait qu'ils formaient une équipe. Qu'elle était mariée à son meilleur ami, avant que son père tombe malade, qu'il perde son travail et qu'elle s'entiche de la seule personne qui l'écoutait. Était-ce même légitime de demander ça ? Était-ce possible de ressusciter un mariage qui avait subi tant de dégâts ?

« Bien sûr », a décrété Andrea, mais elle avait deux divorces et quatre verres à son actif, et elle aime assez Sam pour lui dire que tout va bien se passer, parce qu'elle veut désespérément que tout se passe bien pour elle.

Sam tourne dans sa rue, remarquant combien c'est différent de savoir qu'elle regagne une maison vide. Elle se demande, émue, s'il en sera ainsi à partir de maintenant. Plus de Phil. Cat de plus en plus absente jusqu'à ce qu'elle finisse, elle aussi, par quitter complètement le nid. Même Kevin n'en a plus pour longtemps. Il a treize ans, un vieux croulant en années canines. Il ne restera qu'elle, toute seule dans cette petite maison, à regarder des séries et entourer des offres d'emploi pourries dans le journal local, convoquée deux fois par semaine pour faire le ménage de ses parents toujours plus acariâtres.

Arrête, se dit-elle fermement. Elle s'immobilise et respire – *J'inspire une seconde, je bloque quatre secondes, j'expire sept secondes*. Elle expire sept secondes ? Ou alors elle bloque sept secondes ? Elle ne l'a pas fait depuis si longtemps qu'elle ne s'en souvient plus. Elle s'efforce de penser à son groupe improbable de nouvelles amies, à la chaleur de Jasmine, et même à la façon dont Nisha l'a serrée dans ses bras comme quelqu'un à qui elle tient sincèrement. Elle l'a aidée à récupérer ses chaussures. Elle a paralysé tout un hôtel et changé la vie de quelqu'un. Elle est capable de *quelque chose*, même si c'est juste le chaos.

Elle marque une pause devant sa maison, lève les yeux avant d'ouvrir le portail, une part d'elle espérant toujours qu'on allume à l'étage, que Phil a peut-être décidé de rentrer chez eux. Et puis elle la voit : la faible lueur là-haut sur le palier. Ils ne laissent jamais cette lumière allumée lorsqu'ils sortent. Elle remonte l'allée, soudain pleine d'attentes, ouvre en hâte la porte d'entrée… et se retrouve, clignant les yeux d'incrédulité, devant des bris de verre scintillants, une chaise cassée et la télévision explosée sur le sol du salon.

Chapitre 34

— Cat ?

Sam est dans le jardin, frissonnante. Elle s'est frayé un chemin jusqu'à la cuisine, ses pieds crissant sur les amas de céréales et légumineuses renversées, sur la vaisselle cassée, puis s'est empressée de ressortir, craignant soudain que l'intrus puisse encore être sur les lieux. Elle attendait depuis maintenant dix minutes ; aucun mouvement dans la maison, mais elle ne s'y sentait pas en sécurité.

— Maman ?

La voix de Cat est vaseuse, embrumée de sommeil.

Sam porte la main à sa bouche.

— Oh, merci, mon Dieu.

— Pourquoi tu m'appelles à… 9 h 30 du matin ?

— On a été cambriolés, chérie. Je… Je ne voulais pas que tu le découvres en rentrant.

Elle ne lui dit pas la vérité : qu'elle a été submergée de peur que Cat soit finalement là, que tout ceci soit bien pire qu'un cambriolage.

— Quoi ?

— Je sais. C'est… un peu le bazar. Ne t'inquiète pas. On va arranger ça. Kevin est avec toi ?

— Ouaip. Beurk. Il vient de péter. Kevin !

Sam pousse un autre soupir de soulagement. Elle entend Cat se redresser péniblement.

— Qu'est-ce qu'ils ont pris ? Tu veux que je rentre ?

— Je ne sais pas. J'ai appelé la police. Mais non. Reste chez Colleen pour l'instant. Je… Je ne veux pas que tu voies la maison dans cet état.

— Tu as appelé papa ?

Sam braque les yeux sur la porte d'entrée, toujours entrouverte.

— Je… ne sais pas s'il voudrait que j'appelle. Ça ira. Je vais m'en occuper.

— Maman…

— Je dois y aller, mon ange. On se parle plus tard. Ne reviens pas avant que je t'appelle, OK ?

Elle finit par s'asseoir dans le camping-car. Ça paraît moins effroyable que de rester dans la maison. Elle monte sur le siège passager et regarde fixement par le pare-brise, sans trop savoir quoi faire ensuite. La police a dit qu'on lui envoyait un agent – en ajoutant toutefois qu'ils étaient débordés et qu'il serait sans doute sage qu'elle fasse intervenir un serrurier pour sécuriser la propriété. Aucune allusion à une quelconque prise d'empreintes digitales, ni même la moindre forme d'enquête. « Il y a eu une recrudescence des cambriolages dans votre secteur dernièrement », lui dit l'opérateur d'un ton résigné.

J'aimerais que tu sois là, dit-elle silencieusement à Phil. Elle appelle Andrea, qui lui répond qu'elle est en route. En racontant à son amie le désordre, les dégâts, elle s'aperçoit que c'est réel, pas un étrange délire fiévreux. Sa maison a l'air d'une zone de guerre, et elle ignore comment elle va trouver le budget pour une nouvelle télévision. Avant de raccrocher, Andrea dit :

— Tu ne crois pas que ce soit lié aux chaussures, si ?

— Comment ça ?

— L'intrusion. Est-ce qu'il pourrait s'agir de quelqu'un qui cherchait les chaussures ?

Sam sent son sang se glacer dans ses veines. Elle retourne à l'intérieur, tous les sens en alerte. Elle scrute les lieux avec un œil neuf, relevant à présent que toutes les cibles habituelles, télévisions, iPad, sont toujours là, quoique cassées. Mais la maison a été sauvagement retournée, chaque sachet et boîte renversé et vidé, tout comme les tiroirs.

Quand Andrea arrive, Sam est assise sur le perron, sa doudoune sur les épaules, son coffre à bijoux sur les genoux. Tout y est encore à sa place. Elle sait que les petites breloques dorées n'ont aucune valeur – la plupart sont des colliers en plaqué or, des boucles d'oreilles que Phil lui a achetées avant la naissance de Cat –, mais elles sont la preuve que, qui que soient les intrus, il ne s'agissait pas d'un crime opportuniste, ni l'œuvre de junkies essayant de trouver de quoi se payer une dose. Ces intrus cherchaient quelque chose de précis.

— Sammy.

Andrea bondit hors de sa voiture, coiffée d'un bonnet en laine au lieu de son habituel foulard. Elle remonte l'allée en courant presque, et, alors que Sam se met debout, elle la prend dans ses bras. C'est à ce moment-là, pour la première fois, que Sam se sent bouleversée et au bord des larmes. Elle s'aperçoit qu'elle cède à la vigoureuse étreinte d'Andrea.

— C'est un tel cauchemar là-dedans. Le bordel total, lui dit-elle au creux de son épaule. Je ne sais même pas par où commencer.

— Heureusement qu'on est là, du coup, non ?

Sam relève les yeux ; Jasmine est derrière Andrea dans l'allée, un gros sac de matériel d'entretien dans une main, et un rouleau de sacs-poubelles noirs sous le bras.

— Inutile d'attendre la police, ma belle. De nos jours, il faut être oligarque ou politique pour qu'elle se déplace pour une intrusion. Croyez-moi, j'en sais quelque chose.

Nisha descend par la portière arrière, munie d'un seau et d'un balai à franges, et Grace émerge de l'autre côté de la voiture, arrivant à sa suite en tenant à deux mains un plateau en carton garni de cafés.

— Andrea a appelé, explique Jasmine. On a échangé nos horaires pour embaucher plus tard. On s'est dit que ce n'était pas le genre de chose que vous deviez gérer seule.

Sam est sans voix. Elle éprouve un tel soulagement en les voyant que ses genoux fléchissent. Nisha s'arrête et regarde à l'intérieur par la porte d'entrée. Elle reste là, examine les lieux un instant, puis se tourne vers Sam.

— Je le déteste. Je suis vraiment, sincèrement navrée.

Nisha est devenue experte en rangement et nettoyage de saletés en tout genre, mais il y a quelque chose dans ce travail en particulier qui la révolte. Elle balaie et récure la mâchoire crispée. Elle voit, au-delà des éclats de verre et des objets brisés, la substance de la petite maison, un foyer imprégné d'amour ; des photos de mariage, des photos de famille mal encadrées sont disséminées sans aucune recherche stylistique, comme si le seul fait d'être ensemble importait. Le canapé usé qui raconte un million de soirées confortablement blottis, les peintures d'enfants défraîchies que personne ne peut se résoudre à retirer du couloir. Carl a souillé cette maison. Elle s'accroupit pour balayer les minuscules éclats de verre, nettoyer les conserves répandues sur le sol de la cuisine, et se dit qu'elle l'a rarement haï à ce point. Et elle est championne olympique en haine de Carl. Qu'il mette KO ses concurrents professionnels, ou même elle, c'est une chose. Ces adversaires-là auraient pu avoir une chance. Mais matraquer une petite famille qui n'a clairement rien (ni même beaucoup de goût, admet-elle avec culpabilité), c'est de la méchanceté pure. Elle voit au visage blême de Sam qu'elle ne se sentira plus en sécurité dans cette maison, que les objets cassés ne seront pas facilement remplacés. Il a brisé ce qu'ils avaient de plus fragile : la sensation de calme et de refuge qu'un foyer devrait procurer.

— Oh, mon Dieu.

Nisha lève les yeux : Sam, un sac-poubelle à la main, regarde fixement son téléphone. Jasmine et Andrea s'affairent à l'étage, et elle entend les gémissements de l'aspirateur que l'on traîne dans tous les sens.

— Quoi ?

— Miriam Price – une femme pour qui j'ai fait un travail – vient d'appeler. Elle voulait savoir pourquoi je n'avais pas confirmé un entretien d'embauche avec elle.

— OK. Qu'est-ce que vous avez dit ?

— Que je n'estimais pas pouvoir parce que je m'étais fait virer. Et à cause de toute cette histoire de… vous savez… de vol. Je pensais qu'elle ne voudrait pas me parler. Enfin elle m'avait demandé de venir, mais, après tout ça, je ne voyais pas l'intérêt, alors je n'ai pas pris la peine de…

— Ouais, mais donc ? Qu'est-ce qu'elle a dit ?

— Elle veut que je vienne quand même pour un entretien.

Nisha fait la moue.

— Eh bah, c'est bien, ça, non ? Vous avez besoin d'un boulot.

Sam paraît angoissée.

— Mais c'est aujourd'hui. Aujourd'hui à midi. Et regardez-moi ! J'ai été cambriolée. Ma maison est saccagée. Mon mari m'a quittée. J'ai à peine dormi en deux jours. Comment pourrais-je passer un entretien aujourd'hui ?

Nisha s'essuie le visage avec le dos de sa manche. Puis elle pose son balai.

— Rappelez-la. Dites-lui que vous en seriez enchantée.

Jasmine et Nisha sélectionnent sa tenue pendant qu'elle est sous la douche. Elle en émerge avec gêne, enroulée dans une serviette, les cheveux mouillés, au moment où Jasmine arrive dans sa chambre avec une blouse bleu pâle fraîchement repassée sur un cintre.

— Vous entrez dans celui-là ? demande Nisha en brandissant un pantalon foncé.

— Je crois, oui.

Elle a à peine mangé ces derniers jours.

— OK. Pantalon foncé et blouse claire – une valeur sûre. J'ai trouvé cette veste dans la chambre de votre fille. Je pense qu'elle vous ira.

— Mais…

— Toutes les vôtres sont affreuses. Sans vouloir vous vexer. Celle-ci, c'est du Zara, mais elle fait plus chère. Non non non non ! Reposez ce pull. Vous devez donner la sensation que vous avez de l'autorité, pas que vous venez de vous échapper d'un EHPAD.

Nisha tend une paire de chaussures que Sam a portée au mariage de sa cousine trois ans plus tôt.

—Avec ça.

—Mais elles sont bleu clair. Et elles ont… des talons.

—Il vous faut quelque chose qui claque. La tenue est conventionnelle. Elle montre que, pour vous, c'est le boulot avant tout. Les chaussures suggèrent qu'il pourrait y avoir quelque chose de légèrement plus intéressant derrière tout ça. Les chaussures indiquent votre assurance. Allez, Sam, soyez à la page ! Ces gens vont vous juger à la seconde où vous entrerez. Ceci est votre armure, votre carte de visite. Vous devez faire passer le message.

Quand Sam montre son hésitation, Nisha semble irritée. Elle pose la veste sur le lit et dit :

—Comment vous sentiez-vous quand vous portiez mes chaussures ?

Sam se demande s'il s'agit d'une question piège. Mais Nisha attend clairement une réponse.

—Euh… un peu empotée ?

—Et ?

—Et ensuite… puissante ?

—Voilà. Puissante. Une force à ne pas sous-estimer. Et comment vous sentez-vous maintenant ? Regardez-vous. Qui voyez-vous ?

—Hum… pas moi ?

—Vous voyez une directrice des ventes en impression. Ou quel que soit votre boulot. Vous voyez une femme qui ne déconne pas. Une femme qui gère.

Sam s'assied alors que Jasmine commence à lui sécher les cheveux à la serviette.

— Où est votre maquillage ?

— Placard de la salle de bains. La porte à côté.

— Ouais, j'ai vu, ça. Non. Votre vraie trousse de maquillage.

— Je n'ai rien d'autre.

Les deux femmes interrompent ce qu'elles font pour la dévisager.

— Sam, dit Nisha d'un ton sévère. Ces produits sont assez vieux pour sauter eux-mêmes de leur étagère. Vous êtes une vraie sauvage ou quoi ?

— Peut-être ?

— Mais vous avez une jolie peau, chérie. Je vois que vous en prenez soin.

Jasmine se met à lui peigner les cheveux et les vaporise de l'une des nombreuses lotions capillaires de Cat.

— Je mets juste un peu de Nivea.

Les deux femmes s'esclaffent. Nisha lui donne un petit coup de coude.

— Ouais. C'est ça. C'est ce que disent toujours les top models.

— « Et je reste aussi mince juste en courant après mes gamins toute la journée. »

Elles se tiennent les côtes. Sam, qui ne met vraiment qu'un peu de Nivea, esquisse un faible sourire et décide de ne rien ajouter.

Une demi-heure plus tard, Sam est debout devant le miroir de sa chambre à présent rangée.

— Épaules en arrière, lui ordonne Nisha.

Elle se redresse et relève le menton. Jasmine lui a séché et bouclé les cheveux, si bien qu'ils sont volumineux et vaguement brillants. Chargée de la maquiller, Nisha a miraculeusement masqué ses cernes sombres, et fait en sorte que ses paupières paraissent plus larges et définies. Elle ne se ressemble plus. Elle ressemble à quelqu'un qui pourrait lui obtenir un travail. Elle ébauche un petit sourire.

— *Yesss!* lance Nisha. La voilà, notre battante.

— On relève le menton et on avance les nichons ? dit-elle en se tournant face à elles.

— Pas trop. Ce soutien-gorge est ignoble. Quoi ?... Quoi ? s'exclame Nisha tandis que Jasmine lui assène une tape.

— Souvenez-vous, Sam ! dit Jasmine. Vous êtes la femme capable de paralyser tout un hôtel ! Il y a du pouvoir, dans ces mains !

Elle désigne sa paume.

— Ouais, il y en a, dit Nisha en lui frottant le bras d'un air piteux.

— Je te conduis, intervient Andrea. Les copines vont rester ici pour finir de ranger.

Sam reste plantée dans sa chambre, contemplant ces trois femmes mal assorties. Soudain, elle paraît de nouveau incertaine.

— Ne sois pas nerveuse, dit Andrea. Ce n'est pas grave si tu ne décroches pas celui-là. Vois ça comme un coup d'essai, pour t'habituer aux conditions d'entretien d'embauche.

Mais Sam semble toujours troublée.

— Pourquoi faire ça pour moi ? lâche-t-elle.

Nisha lisse les revers de la veste de Sam.

— Parce que... Parce que vous m'avez aidée. Et parce que, vous savez, vous êtes une bonne personne. Vous êtes quelqu'un de bien, Sam.

Celle-ci a les yeux embués de larmes.

— Mais vous avez tellement fait. Toutes. Vous avez tout changé, aujourd'hui. Avec le ménage. Les vêtements. Les… Personne ne m'a jamais témoigné autant de… de…

— Ah non, dit fermement Nisha en la prenant par le coude pour lui faire passer la porte. Vous n'allez pas sortir les violons. Et vous n'allez certainement pas bousiller mon fabuleux maquillage en pleurant. Ces petits traits d'eye-liner ne sont pas arrivés là par accident. Allez, Andrea. Emmenez-la. Allez décrocher ce foutu boulot. Nous vous attendrons.

Nisha, Jasmine et Grace écoutent la petite voiture d'Andrea s'éloigner. Une fois certaine qu'elles sont parties, Nisha se penche pour ramasser les tubes et palettes maculés de maquillage qui jonchent à présent le lit de Sam. Bon sang, quelle affreuse housse de couette. C'est quoi, leur problème, aux Anglaises, avec leurs épouvantables motifs à fleurs ? Quand elle relève la tête, Jasmine est en train de lui sourire d'un air entendu, avec un soupçon de malice.

— Quoi ?

Jasmine regarde sa fille, puis acquiesce pour elle-même.

— Tu es gentille.

— Quoi ? Non, pas du tout. Arrête tes conneries.

Elle rassemble les derniers petits tubes crasseux, s'apprêtant à les rapporter dans la chambre de Cat. Quoiqu'elle pourrait leur rendre service à toutes les deux en les mettant à la poubelle.

— C'est bien, ce que tu as fait. Il y a un cœur, là-dedans. Et tu ne peux pas l'empêcher de se manifester.

— Beurk. Va donc faire… ton ménage.

— Elle est gentille. Nisha est gentille.

Les voix de Grace et Jasmine sont chantantes et moqueuses. Elle les somme maintes fois de se taire, mais elles chantent encore au moment où elles redescendent toutes les trois.

Une heure et demie plus tard, Sam sort des bureaux de Harlon & Lewis. Andrea l'attend sur le parking. Elle marche lentement sur le bitume dans ces chaussures qui ne lui sont pas familières, son sac calé sous le bras. Andrea s'était peut-être bien assoupie : elle sursaute légèrement quand Sam ouvre la portière de la Micra et monte en la refermant dans un claquement sourd.

—Alors ?

Sam ôte les chaussures sur le plancher d'un coup de talon. Elle regarde droit devant elle, puis se tourne vers Andrea. Elle a l'air de quelqu'un qui a reçu plusieurs électrochocs.

—Je l'ai eu, annonce-t-elle d'une voix un peu tremblante. J'ai eu le boulot.

Elles se dévisagent.

—Je travaille directement pour Miriam Price. Et je gagne plus que chez Uberprint. Je commence dans une semaine.

Miriam Price quitte le bureau cinq minutes plus tard. Elle passe devant la Nissan Micra bleue en allant à sa voiture et voit deux quadragénaires bondir sur les sièges avant, se prendre dans les bras et hurler comme des adolescentes. Elle marque une pause pour regarder, sourit et se détourne pour chercher ses clés de voiture.

Chapitre 35

Carl a tenté d'appeler Nisha à dix-sept reprises, et chaque fois qu'elle voit son nom, elle a la sensation que son sang se glace ou bouillonne. Elle ne sait pas vraiment. Allongée sur le petit lit, elle regarde son téléphone s'entêter à sonner en sourdine dans sa main et attend qu'il s'arrête. Ça doit le rendre fou qu'elle ne réponde pas. On n'ignore pas Carl Cantor. Il sait qu'elle a les chaussures à présent, parce qu'Ari l'a vue. Aleks lui a déconseillé de répondre, pour éviter qu'on ne puisse la localiser, mais Ari ne tardera pas à la retrouver. Il a déjà remonté la piste jusqu'à la maison de Sam, après tout.

Mais elle refuse de parler à Carl avant de savoir quoi faire. Les autres lui ont dit de garder les diamants, de recommencer à zéro ailleurs. « Tu seras tranquille pour la vie ! Je parie qu'ils valent mille fois plus que ce qu'il t'offre ! » Mais elle connaît Carl. Il ne s'agira même plus de la valeur des pierres. Il lui sera surtout insupportable qu'elle ait remporté une forme quelconque de victoire contre lui. Et voici le dilemme : si elle garde les diamants, elle a au moins une sorte de sécurité financière. Car il est toujours possible qu'il essaie de torpiller leur accord et évite de la payer. Mais si elle les garde, il ne la laissera jamais en paix. Il passera le restant de sa vie à chercher à se venger.

Elle se rappelle une personne de leur cercle, Rosemary, une épouse trahie, en colère, avec une détermination de fer, qui a riposté devant les tribunaux jusqu'à ce qu'il lui soit accordé une pension alimentaire de plus de sept cent cinquante mille dollars par an. Son ex-mari en aurait eu largement les moyens : c'était en gros son budget déjeuner. Mais, au lieu de ça, furieux de la décision du juge, il a refusé de payer, fait le tour du globe, transféré ses capitaux et accumulé les frais de justice au fil des années pour contester la décision, jusqu'à ce que, une décennie plus tard, elle n'en puisse plus et qu'ils soient tous les deux ruinés. Certains hommes ne tolèrent pas de perdre. Cet après-midi, elle s'est rendue à pied dans un commerce à Hatton Garden, où un homme lui propose de discuter dans son arrière-boutique, ne la questionne pas sur la provenance des diamants, et lui annonce qu'il peut la débarrasser de la totalité pour quatre-vingt mille livres. Elle en déduit qu'ils valent au moins dix fois plus. Elle l'avait vu examiner sa veste bon marché et supposer aussitôt qu'ils étaient volés.

« Je peux les prendre en plusieurs fois, si c'est plus simple pour vous », a-t-il lancé alors qu'elle partait.

Le téléphone se remet à sonner. Elle le regarde fixement.

Puis elle finit par décrocher.

— J'ai les chaussures. Tu les auras quand tu me montreras mes indemnités.

— Ce n'est pas à toi de dicter tes conditions.

— C'étaient tes conditions, Carl, si tu te souviens bien.

Il se tait brièvement. Elle sent sa rage à peine contenue au bout du fil, et un léger frisson la parcourt.

— Où es-tu ?

— Je te les apporte demain, dit-elle. À l'hôtel. En bas, dans le vestibule.

— Midi. Je pars direct à l'aéroport après. Alors pas de blague. Si tu ne te pointes pas, tu peux rester moisir ici sans un rond.

Il raccroche avant qu'elle ne puisse répondre.

Elle s'aperçoit qu'elle tremble toujours un peu en entendant sa voix. Elle demeure allongée, régule sa respiration un moment, puis se tourne sur le côté. Elle a essayé d'avoir Ray deux fois ce soir, et il n'a pas répondu. Elle s'apprête à lui envoyer un autre texto lorsqu'elle remarque la collection de bijoux fantaisie de Grace sur son miroir, les colliers de perles et faux cristaux qui pendent au coin. Et Nisha se met à réfléchir.

Sam nettoie les plans de travail dans la cuisine de ses parents. La tâche n'est pas aussi simple que chez elle, car, pour essuyer plus de quinze centimètres carrés de leur vieux formica entaillé, il faut déplacer des bocaux, des montagnes de paperasse, des briques de lait inutilisées et des piles de rechange qui pourraient être encore chargées – ou pas –, mais que l'on ne jettera pas parce que « c'est mauvais pour la planète de les ensevelir ». Jusqu'ici, il lui a fallu quatre heures pour remettre péniblement la maison dans un état qui se rapproche de l'ordre, et elle n'a pas encore fini la cuisine.

— Mais pourquoi est-ce que Cat dort chez Andrea ? La maison n'est pas sûre ? C'est très inquiétant. Ça fait des siècles que je dis à ton père qu'on devrait installer une alarme.

La voix de l'intéressé leur parvient du salon, où il s'est attelé à un puzzle de deux mille pièces qui pourrait fort bien avoir été contaminé avec des pièces de la boîte du dessus.

— Tu as dit pas d'alarme parce que tu ne voulais pas qu'elle fasse de raffut en se déclenchant.

— Ne sois pas ridicule. Je voulais une alarme. Tu es trop radin pour en payer une.

Sa mère s'est plaqué les mains sur le visage quand Sam lui a annoncé le cambriolage. Sa mère avait momentanément cessé de l'accuser de négligence et d'abandon pour ruminer cette transgression encore plus grave. Elle a voulu tout savoir : ce qu'ils ont pris (rien), si l'une des maisons voisines a subi le même sort (non), si la police compte faire quelque chose (elle ne s'est pas déplacée). Et toutes ces réponses ont semblé vaguement la décevoir.

— Mais si la maison est de nouveau sûre, pourquoi est-ce que Cat est chez Andrea ?

Sam essore le chiffon sale dans l'évier.

— Parce que Phil n'est pas là en ce moment, et je ne voulais pas qu'elle soit seule chez nous en mon absence.

En vérité, c'était l'idée de Nisha. Elle estimait qu'elles devaient rester toutes les deux à distance de cette maison pour l'instant. Ari connaissait de sales types. Elle l'avait dit d'un air légèrement coupable.

— Bon, et où est Phil ? Mon Dieu, ils ne lui ont pas fait de mal, si ? Il est à l'hôpital ?

— Non, maman. (Elle déplace un bocal et grimace en découvrant qu'il cachait un gros bout de cheddar moisi.) Il... Il est parti quelque temps.

Même distraite par la perspective d'un crime violent, sa mère possède l'intuition aiguisée d'un pigeon voyageur.

— Vous avez toujours des soucis ?

Sam met le fromage à la poubelle et se lave les mains en gardant le visage détourné.

— Il a juste besoin de s'éclaircir les idées.

— Je te l'avais dit, Tom. Je ne te l'avais pas dit ? C'est ça, le problème, quand une femme travaille autant que toi. Ce n'est pas bon pour un mariage. Un homme doit avoir un minimum de fierté, et en étant l'unique soutien financier du foyer, tu l'en as dépouillé. Regarde ce qui est arrivé à Judy Garland.

Sam pose le torchon et appuie les mains sur le bord de l'évier.

— Tu penses à *Une étoile est née.* Pour tout dire, maman, il est parti parce qu'il pensait que j'avais une liaison avec un collègue de travail.

— Ne sois pas ridicule. Est-ce que tu viens de jeter ce fromage à la poubelle ? C'est du gâchis. Nous pourrions en couper les extrémités.

Sam se fige un instant. Puis elle ouvre la poubelle, extirpe le fromage des détritus et le place dans les mains de sa mère.

— Maman, dit-elle en ôtant son tablier. C'est la dernière fois que je fais le ménage pour vous. Je vous aime beaucoup tous les deux, mais je vais bientôt commencer un nouveau boulot, qui va être très contraignant. Dans le temps restreint qu'il va me rester, j'aurai besoin de me concentrer sur ma famille, ou du moins sur ses miettes. Exactement comme tu le préconises. J'ai appelé trois agences de nettoyage, elles ont toutes des dispos, et maintenant que la maison est remise en état, je suis sûre qu'elles seront ravies de t'aider. Voici les numéros. Au fait, la deuxième est la moins chère. Il y a possibilité qu'ils emploient des apprentis. Peut-être des Afghans. Vois ça avec l'alliance. Maintenant, si tu veux bien m'excuser…

Elle embrasse le visage stupéfié de sa mère, serre le bras de son père et prend son manteau sur la chaise où l'un d'eux l'avait lâché à son arrivée.

— Ravie de vous avoir vus. Oui, je vais bien, merci. Toujours un peu secouée, et franchement épuisée. Très, très triste pour la fin de mon mariage. Mais rien que quatre heures de ménage gratuit ne puissent arranger. Bien ! Je me sauve. Je vous dirai comment se passe mon nouveau boulot.

Elle claque vigoureusement la porte, ce qui, elle le sait, va les contrarier, et part sans se retourner.

Joel attend déjà dans le café quand elle arrive. Elle voit sa tête, penchée sur son téléphone, et lorsqu'il la relève au bruit de la porte qui s'ouvre, son sourire est timide et adorable. Elle hésite une minute, puis entre et s'assied à la table en bois en face de lui.

— Je t'ai pris un cappuccino, dit-il en le poussant vers elle. Je ne savais pas trop ce que tu voulais.

Elle sourit et boit une gorgée. Joel la regarde en pianotant légèrement des doigts sur la table. Même ses ongles sont beaux, nets et parfaitement propres. Elle se demande distraitement s'il les lime. Peut-être se fait-il faire des manucures, comme Ben, l'ami de Cat. Elle ne sait rien de lui, en réalité. Elle pourrait avoir projeté toutes sortes d'idées sur lui. Il pourrait aussi bien avoir une passion pour le luth dans la musique byzantine, ou une collection de poupées anciennes dans sa chambre d'amis. Cette pensée lui suscite un petit rire qui se transforme en étrange hoquet. Que savent-ils l'un de l'autre, de toute façon ?

— Ça va ?

Elle reprend son sérieux et déglutit.

— Je crois, oui. Et toi ?

— Ça va. Ça va.

Elle boit une autre gorgée.

— Bon, alors, j'ai discuté avec Marina, commence-t-il. Et on pense pouvoir te faire récupérer ton poste. Elle a obtenu des conseils d'un pote aux RH et, apparemment, Simon aurait dû te donner un avertissement officiel, et puisque nous pouvons prouver qu'en vérité tu n'as pas volé ces chaussures, si cette femme veut bien nous écrire une…

— Joel, je ne reviendrai pas. (Une pause.) J'ai décroché le poste. Avec Miriam Price.

Joel écarquille les yeux une fraction de seconde.

— Harlon & Lewis. Waouh.

Il se recule dans sa chaise, assimilant la nouvelle. Il porte une chemise qu'elle n'avait encore jamais vue, et qui s'étire sur ses épaules lorsqu'il les remue.

— Je… Je ne peux pas revenir, dit-elle en secouant la tête. Cet endroit ne me convient plus. Pas avec…

Sa voix s'éteint.

Il réfléchit à ses propos, puis pince les lèvres et acquiesce.

— On peut toujours se voir à la boxe, par contre, non ?

À l'autre bout du café se trouve un couple avec un bébé que le père fait sauter sur ses genoux. Il dodeline la tête de rire, tandis que la mère lui tire bruyamment la langue.

— Je ne sais pas.

Elle meurt d'envie de lui prendre la main. Elle enroule ses doigts dans la poignée de sa tasse pour éviter de le faire inconsciemment.

— Je ne sais pas ce qui se passe avec mon mariage. Mais je dois essayer de… et je… je ne peux pas… Ça, là… (Elle serre plus fermement la tasse.) Je crois que je ne peux plus te voir. Il faut que j'aie la sensation d'être une bonne personne, et nous…

ça me fait du bien, mais ça ne me donne pas l'impression d'être une femme bien. Est-ce que ça paraît sensé ?

Voilà, c'est dit. Cette idée qui tournait constamment dans son esprit durant ses nuits d'insomnie. L'admission qu'il se passe quelque chose entre eux, et que, quoi que cela puisse être, il ne faut pas continuer. Tout ce à quoi elle a été en mesure de se raccrocher jusque-là, c'est le sentiment de pouvoir redevenir une bonne personne d'une manière ou d'une autre. Elle croise son regard. Il est triste et compréhensif, ce qui fait basculer quelque chose chez elle.

— Est-ce que vous... vous êtes remis ensemble ?

— Non. Je ne sais pas, soupire-t-elle. On est mariés depuis longtemps. C'est dur de simplement... Je veux dire, ce n'est pas un mauvais homme. C'est difficile de laisser tomber notre histoire sans un regard en arrière. Je ne sais pas. Peut-être qu'il l'a déjà fait. Peut-être que j'ai besoin d'être seule pour déterminer qui je suis sans lui. Ce qui est difficile puisque je n'ai jamais vraiment été... sans lui. (Ils restent sans rien parler un moment.) C'est compliqué, hein ?

Il hoche la tête.

— Tu peux le dire.

— Je pensais que j'aurais tout compris, arrivée à cet âge-là.

Il lâche un rire bref. Puis reprend son sérieux.

— J'espère qu'il sait ce que tu vaux, Sam. Tu es... tu es spéciale.

— Non. Pas vraiment. Tu te porteras sans doute mieux avec quelqu'un de moins... compliqué. Mais merci. De m'avoir donné...

Il se penche alors en avant et tend la main au-dessus de la table, puis la pose doucement sur la joue de Sam. Il lui donne un léger baiser et, l'espace d'un court instant, laisse son front appuyé contre le sien, de telle sorte qu'elle sent la chaleur de sa peau, leurs haleines se mêlant entre eux. Ils demeurent ainsi, indifférents au gargouillis de la machine à café, au raclement des chaises, aux bruits du bébé à côté d'eux, et elle entend ce qu'elle pense être un soupir.

Sam pose la main sur la sienne, qu'elle abaisse délicatement, puis se recule lentement sur son siège. Elle regarde la main de Joel dans les siennes et la retourne, étudie les cicatrices de ses jointures, les ongles d'une nuance un peu plus claire que sa peau. Lorsqu'elle relève les yeux, le sourire qu'ils échangent est triste et sincère, débordant de tout ce qu'aucun d'eux ne peut exprimer.

Joel rompt le moment. Il lui presse brièvement la main, puis se lève en la lâchant. Elle n'est pas certaine de ce qu'elle peut lire sur son visage : de la fierté ? De la déception ? De la résignation ? Il se détourne et, sans un mot, prend sa veste sur le dossier de la chaise, adresse un hochement de tête à Sam et s'en va.

Sam conduit le camping-car dans la rue étroite jusqu'à sa maison et se gare devant, remarquant que les maçons ont enfin terminé le mur adjacent. Elle doit récupérer d'autres vêtements pour elle et Cat, qui semble changer de tenue trois fois par jour. Elles réemménageront demain, dès que Nisha aura réglé son affaire avec Carl. Mais, en y réfléchissant, elle ignore ce qu'elle éprouvera en retournant dans cette maison. L'écho du cambriolage résonne encore dans l'atmosphère figée, dans le minuscule craquement occasionnel d'un débris écrasé profondément logé dans la moquette. Lorsqu'elle ferme les yeux, elle revoit son foyer dévasté : ça l'empêche de dormir la nuit.

« Au moins, tu as ton terrifiant chien de garde », a dit Andrea en regardant Kevin, qui ronflait par terre chez elle, les pattes étalées.

Ce n'est pas la première fois que Sam vit la perte de sa vie passée comme une blessure. Elle se dit que l'existence regorge de dernières fois. La dernière fois que vous relevez votre enfant. La dernière fois que vous prenez un parent dans vos bras. La dernière fois que vous préparez un dîner dans une maison remplie de gens que vous aimez. La dernière fois que vous faites l'amour au mari que vous avez un jour adoré et qui vous quitte parce que vous avez muté en idiote hystérique et rancunière défoncée aux hormones. Mais, tous ces moments, vous ignorez que ce seront les derniers, que leur intensité vous bouleversera, que vous vous y accrocherez comme une désaxée, que vous y enfouirez le visage, que vous ne voudrez jamais les laisser vous glisser entre les doigts. Sam songe à la dernière fois qu'elle s'est enroulée autour du corps de Phil. Si elle avait su que c'était la dernière, aurait-elle fait les choses différemment ? Se serait-elle montrée plus patiente ? Plus aimable ? Si elle pense à l'éventualité de ne plus jamais le serrer contre elle, un trou béant s'ouvre en son centre, lui laissant la sensation qu'elle pourrait se désintégrer.

J'inspire six secondes, je bloque trois secondes, j'expire sept secondes.

Sam s'arme de courage en atteignant la porte d'entrée. Que ferait Nisha ? Elle se cuirasserait, se montrerait pragmatique, stratégique. Donc, demain, elle ira chez *John Lewis* et remplacera les objets cassés. Au moins, l'argent va de nouveau rentrer dans un mois. Elle vivra à crédit d'ici là. Peut-être que, à un moment donné, elle aura même un peu plus pour aider Andrea. Elle frémit en entendant un bruit à l'intérieur, s'arrête net et passe lentement la tête par la porte pour regarder, le cœur martelant. *Les hommes de Carl Cantor.* Sa gorge se serre. Elle sent une fine couche de sueur lui voiler la peau.

Elle se faufile sur le côté de la maison et tend doucement la main vers le pied du nain de jardin couvert de mousse pour prendre la clé de la porte de derrière. Ils ont dû entrer par effraction, mais elle ne voit pas où : il n'y a aucun signe évident d'intrusion par la force. Bien sûr. Ce sont des professionnels, a dit Nisha. Mais ça ne signifie pas qu'ils peuvent entrer comme ça. L'adrénaline afflue dans ses veines, et, alors qu'elle guette les mouvements à l'intérieur, elle s'aperçoit que, plutôt que de la peur, elle n'éprouve qu'une colère froide. Il y a quelqu'un dans sa maison, son foyer. Quelqu'un qui s'arroge le droit de le piétiner, d'y prendre ce qu'il veut. Eh bien, il ne prendra rien d'autre. Et on ne la piétinera plus. Sam voit le chat dans la poubelle, le sourire narquois de Simon, sa cuisine pulvérisée et profanée, les photos de sa famille adorée foulées aux pieds, les heures qu'il a fallu pour tout remettre en ordre. Sam Kemp a eu sa dose.

Elle pose silencieusement la main sur la poignée, voit l'ombre derrière la porte en verre, et le voilà, l'homme, qui se penche. Pour faire quoi ? Passer au crible ce qu'il a déjà anéanti ? Finir ce qu'il a commencé ?

Sam n'a pas de plan. Elle sait qu'il y a un million de raisons pour lesquelles il n'est pas judicieux de surprendre un intrus dans sa maison, mais quelque chose dans son corps la propulse avec un rugissement qui semble jaillir du fond de son estomac ; elle recule le poing droit, et d'un un direct avant qui aurait tiré des acclamations à Sid, elle frappe l'intrus en pleine figure et l'envoie au tapis.

— Mais qu'est-ce… qu'est-ce que tu fabriquais ?

— Je remettais de l'ordre.

La voix de Phil est étouffée. Sam lui tient la poche de glace contre le nez, et il lâche doucement sur la table basse les vis qu'il tenait toujours dans sa main gauche. Il en garde des empreintes dans la paume, sans doute de les avoir trop serrées.

— Cat m'a raconté ce qui s'est passé. Je suis venu aider.

Elle aimerait savoir ce que Cat lui a raconté d'autre, mais elle ne veut pas poser la question. Elle retire la glace un instant, touche son nez là où le bleu prend déjà une teinte violacée, et la petite coupure qu'elle a soigneusement couverte d'antiseptique. Son visage, à la fois si familier et étranger sous la main de Sam. Elle y applique de nouveau la poche de glace, cherchant désespérément de quoi s'occuper les mains. C'est alors qu'elle voit la télévision posée dans le coin.

— Oh. Ouais. Elle m'a dit qu'ils avaient démoli la nôtre, alors j'ai passé des coups de fil aux copains pour savoir si quelqu'un en avait une à nous prêter. Celle-ci appartient à Jim. Il a dit qu'elle vivait au garage parce que c'est là que sa femme préfère qu'il regarde les courses. Apparemment, il est un peu bruyant quand il a un cheval qui arrive bien placé.

— Je croyais que tu n'aimais pas demander quoi que ce soit à tes amis.

— Ça paraissait stupide de ne pas le faire. Ça… Visiblement, c'était un sacré bordel.

— Oui. En effet.

Il a l'air différent, d'une certaine manière. Sous la poche de glace. Elle s'aperçoit qu'il s'est rasé. Il porte un jean au lieu d'un bas de jogging, ainsi qu'une chemise propre. Mais il y a autre chose : il paraît moins hanté, comme s'il était plus sûr de la place qu'il occupe.

— L'entraînement de boxe porte ses fruits, alors, dit-il en se touchant précautionneusement le nez.

— Je suis tellement désolée. Si j'avais cru une seule seconde que ça pourrait être toi, je n'aurais pas…

— C'était un sacré coup de poing.

Elle se sent un peu faible, maintenant que l'adrénaline reflue, et elle s'assied lourdement sur le canapé. Ils échangent un sourire embarrassé. Elle regarde ses articulations. Celle du majeur a pris une teinte violette, et la peau est éraflée là où elle a dû rencontrer les dents de Phil.

— Je… À vrai dire, je ne savais pas que je pouvais frapper aussi fort.

Il la regarde d'un air piteux.

— Ouais. Bon. Tu as toujours été plus forte que tu ne le pensais.

Ils restent sans bouger un instant, ses paroles suspendues dans l'air. Phil recule à côté d'elle. Il se frotte le sommet du crâne de sa main libre. Aucun des deux ne regarde l'autre.

— J'ai merdé, Sam, commence-t-il.

— Mais non. Je…

— S'il te plaît. Laisse-moi juste dire quelque chose. J'ai merdé. Je me suis juste… perdu un peu. Et je ne voulais pas l'admettre. Mais j'ai commencé les antidépresseurs – les pilules du bonheur. Apparemment, ils devraient bientôt faire effet (il ébauche un petit sourire), et je parle à quelqu'un. Un thérapeute. Oui. Moi, précise-t-il devant l'expression choquée de Sam. J'aurais dû te le dire, mais je savais que tu t'inquiétais pour nos finances, et, bon, voilà, je ne l'ai pas fait. Il y a beaucoup de choses que je ne t'ai pas dites, soupire-t-il. J'ignore pourquoi, mais je m'y efforce maintenant. Je fais toutes ces choses.

— Phil…

— Sam. Je ne sais pas si j'ai envie de parler de ce qui s'est passé pour l'instant. Je ne suis pas certain de vouloir être au courant. Mais… Cat et toi, vous êtes toute ma vie. En passant quelques jours chez ma mère, loin de vous deux, j'ai su que je commettais une terrible erreur. Je ne t'en veux pas, Sammy. Quoi que ça puisse être, je ne t'en veux pas. Je sais juste que je veux m'améliorer. Je veux retrouver ma femme. Je veux nous retrouver. Je veux… Je veux retrouver l'impression d'avoir un foyer. (Il déglutit.) Si… Si j'en ai toujours un.

Elle jette alors ses bras autour de lui. Elle l'a écouté parler, une part d'elle estimant devoir être sur la réserve, peut-être plaider sa cause, mais il s'exprime, avec un visage si doux, optimiste et ouvert qu'elle sent une brèche s'ouvrir en elle. Elle serre sa taille robuste, sent ses bras se glisser autour d'elle, ses lèvres sur ses cheveux, et se dit : *C'est ici que j'ai besoin d'être.*

— Je t'aime tellement, Sammy. Je ne te perdrai plus. Promis.

Sa voix se brise.

— Tu n'as pas intérêt, lui dit-elle dans sa chemise.

Elle n'arrive pas à le lâcher. Peut-être ne le fera-t-elle jamais. Ils s'agrippent l'un à l'autre, et elle sent croître en elle la gratitude et l'espoir, deux sentiments qui lui paraissent complètement inconnus. Peut-être que, parfois, les choses s'arrangent, se dit-elle, ce qui lui semble une pensée radicale.

Ils sont toujours dans cette position lorsque la porte s'ouvre. Ils entendent Kevin aboyer avant de voir Cat, qui, postée dans l'entrée, les observe avec une légère méfiance par la porte du salon. Phil s'apprête à se dégager, mais Sam ne le lâche pas.

Elle se demande si elle ne va pas rester là jusqu'à la fin de ses jours.

— Je nous ai acheté une nouvelle télé, annonce-t-il en la désignant, puisqu'ils ne trouvent rien d'autre à dire.

— Papa est en train de tout arranger, dit Sam dans la chemise de Phil.

S'ensuit un court silence.

— Oh non. Ça signifie que je n'aurai pas droit à deux Noël ? rétorque Cat. La lose.

Mais elle sourit en empruntant le couloir d'un pas résolu pour aller à la cuisine.

Chapitre 36

Juliana lui envoie un texto à 1 h 43.

Il va bien. Je lui ai dit que tu arrivais. Et j'irai le voir tous les jours jusqu'à ce que tu sois là.

Un autre message suit quelques minutes plus tard.

Il me fait tellement penser à toi. Bise.

Il y a quelque chose dans l'odeur d'Aleks que Nisha pourrait humer à l'infini. Ce n'est pas de l'après-rasage : Carl mettait une eau de Cologne coûteuse et envahissante, au point que vous pouviez deviner son passage dans n'importe quelle pièce une demi-heure après son départ. Le parfum d'Aleks est indéfinissable et réconfortant, et elle aime enfouir son visage au creux de son cou, rien que pour le respirer.

— Tu ne dors pas ? s'enquiert-il d'une voix qui pénètre doucement l'obscurité.

— Non.

— Ça va ?

— Je crois, oui.

Il promène la main sur le flanc de Nisha, et elle ferme les yeux, savourant le poids de sa paume chaude, délicate et hasardeuse. Il vit dans un immeuble à deux rues du fleuve, un ancien HLM où la plupart des résidents avaient racheté leur bail, si bien qu'il s'en dégage une impression de fierté. L'appartement d'Aleks est blanchi à la chaux et minimaliste, reflétant l'esthétique de son propriétaire. Il a posé du parquet et de l'isolant phonique – lui-même, a-t-il précisé à Nisha avec une satisfaction discrète –, et, en dehors de la chambre de sa fille, riche en couleurs et étagères débordant de babioles arc-en-ciel, les autres pièces ne présentent guère de distraction pour les yeux. Le bruit filtre si peu qu'elle en oublierait qu'ils sont dans le centre de Londres. Sa chambre ne contient qu'un lit bas sans tête, une commode ancienne et deux grandes affiches vintage de films polonais au mur. Dans le salon, il n'y a rien à part deux canapés et une immense bibliothèque encastrée. Elle s'est sentie gagnée par la sérénité de cette pièce, comme si l'atmosphère s'était insinuée en elle par osmose dès qu'elle y est entrée.

— Tu n'as pas beaucoup d'affaires, a-t-elle fait remarquer.

— Je n'ai pas besoin de grand-chose.

C'est la première fois qu'elle dort dans le lit d'un autre homme depuis près de vingt ans. C'est la première fois qu'elle dort dans un lit double depuis des semaines, et la combinaison d'espace et de draps en coton frais mêlée à la liberté d'enlacer le beau corps ferme d'Aleks lui paraît le comble du luxe. Il semble ne rien vouloir d'elle, ne la mitraille pas de questions, n'exige pas de réponses. Il n'attend d'elle aucune attitude particulière en sa compagnie. Il semble juste jauger en silence son humeur et ses envies, puis déterminer à quel moment se rapprocher d'elle. Elle le désire, bien sûr. Elle peut à peine le regarder sans avoir envie de lui. C'est comme si son corps était aimanté à celui d'Aleks : elle a besoin de sentir sa peau contre la sienne, la chaleur de ses lèvres, trouve intolérable de le savoir à proximité sans qu'ils soient en contact physique. Moins il semble en avoir besoin de sa part, plus elle a envie de lui. Mais cela change lorsqu'il l'embrasse ; elle sent alors émerger autre chose. Il cesse d'être laconique et précautionneux : il se délecte d'elle avec avidité, ses mains caressent et agrippent, la serrent, la vénèrent. Son être tout entier veut absolument la garder connectée à lui. Il plonge les yeux dans les siens, et ce genre d'intimité a quelque chose de brut et profond qu'elle trouve presque terrifiant.

— Tu penses à demain ? demande-t-il en l'attirant contre lui.

— Peut-être.

— Ton fils ?

— Toujours. Mais avec peut-être… un peu moins d'angoisse.

— Elle a l'air bien, cette Juliana. Je suis content que tu l'aies retrouvée.

Il lui embrasse le front, enroule les doigts dans ses cheveux. Si Carl avait fait de même, elle y aurait vu le prélude d'un assaut. Avec Aleks, c'est délicieux, comme s'ils formaient un nœud que l'on ne peut défaire. Elle lui glisse une jambe autour de la hanche pour le rapprocher davantage.

— Tu as toujours le cerveau qui turbine, dit-il d'une voix endormie. Je l'entends.

— Vraiment ?

— Comme un moteur.

Elle perçoit le sourire dans sa voix. Elle relève le visage pour le regarder, incline les hanches vers lui.

— Si tu étais un gentleman, tu trouverais un moyen de me changer les idées.

— Oh, dit-il, amusé. Je vois. Tu trouves que je ne suis pas un gentleman.

— J'espère très sincèrement que tu ne l'es pas.

Puis il se positionne au-dessus d'elle, les lèvres sur sa peau. Elle le hume et, un court instant plus tard, ne pense plus à grand-chose.

— Donc vous allez juste les lui remettre en totalité.

Andrea secoue la tête, les bras croisés sur la poitrine. Elle prend son thé sur la table et pousse un grave et long soupir de réprobation.

— Je n'ai pas le choix. Sinon, il s'en prendra à moi – et peut-être bien à vous aussi. Je ne veux pas que vous soyez toutes mêlées à ce bordel. Il n'est plus seulement question d'une convention de divorce, si ?

— Mais s'il ne vous l'accorde pas ? Vous n'aurez rien. Plus de monnaie d'échange.

Nisha repousse ses cheveux de son visage, jette un coup d'œil à Aleks à côté d'elle.

— Je ne pense qu'à ça depuis vingt-quatre heures. Il ignore que je suis au courant pour les diamants, et c'est ce qui nous met le plus à l'abri. Je lui rends les chaussures avant qu'il ne cause davantage de dégâts, je croise les doigts pour qu'il tienne parole, et ensuite… Je ne sais pas. J'imagine que je serai libre.

Andrea hausse les épaules.

— Peut-être qu'il voudra épouser cette autre femme. Alors ce sera dans son intérêt de vous dégager du décor vite fait bien fait.

— Je ne sais pas, intervient Sam. Avec tout ce que vous avez raconté à son sujet ? Je ne pense pas que vous puissiez compter sur lui pour se comporter convenablement.

Ils sont dans la cuisine de Sam, qui ne ressemble plus à la zone de guerre du week-end, grâce aux efforts de Phil, qui a remplacé les stores et refixé les étagères. Adossé au plan de travail, il met la bouilloire à chauffer pour refaire du thé, observant le petit groupe autour de la table. Elle voit bien qu'il est intrigué par ces femmes, par le rôle qu'elle joue subitement dans une histoire qu'il n'identifie pas. Il la voit le regarder et esquisse un sourire discret, qu'ils sont les seuls à partager.

— Vous allez devoir lui faire signer la convention avant de lui rendre les chaussures, déclare Andrea. C'est le seul moyen.

— Veillez à le rejoindre dans un endroit public. Pour qu'il ne puisse pas vous les arracher des mains.

— Où sont-elles, d'ailleurs ? demande Andrea.

Il ne lui était pas venu à l'esprit de poser la question.

En lieu sûr, répond Nisha d'un ton indiquant que la discussion est close.

— Je n'aime pas ça, insiste Andrea. Je regrette que Jasmine soit de service le matin. Je n'aime pas l'idée que vous l'affrontiez toute seule.

— Je serai en cuisine, dit doucement Aleks. Si tu as besoin de moi. Ce n'est pas si loin.

— Elle ne sera pas seule, annonce Sam. (Tout le monde se retourne vers elle.) Je viens. Je l'accompagne.

Elles se rendent au *Bentley* en silence à bord du camping-car – Cat a emprunté la voiture maintenant que Phil a remplacé la batterie. Sam sait que Nisha est nerveuse : elle ne s'est pas plainte une seule fois de leur moyen de transport, même quand Sam a pris un virage trop brusquement et qu'un objet est tombé d'une étagère à l'arrière. Sam pousse une vive exclamation en apercevant la policière ménopausée à un contrôle routier devant l'hôtel, et raconte à Nisha l'histoire du feu rouge qu'elle a grillé, mais celle-ci semble à peine l'entendre. Et Sam finit par renoncer à discuter.

Elle se gare sur une place dont l'horodateur exige le PIB d'un petit pays, et elles marchent quelques minutes jusqu'au *Bentley*, empruntant l'entrée de service pour attendre en toute tranquillité au vestiaire du personnel.

Nisha est plongée dans ses pensées depuis qu'elles ont quitté la maison, et elle a insisté pour arriver à l'hôtel avec presque une heure d'avance. Jasmine a parlé un peu à Sam du fils de Nisha, du fait qu'il est malheureux et seul, et qu'elle dépend de l'issue de cette rencontre pour pouvoir le retrouver. Elles sont assises sur le petit banc, et Sam la dévisage, se demandant ce qu'elle éprouverait si elle se trouvait séparée par un océan de son enfant vulnérable.

Nisha relève les yeux.

— Ça va ? Vous êtes plus nerveuse que moi !

— Eh bien, c'est bizarre, non ? De savoir que ce type est responsable de… vous savez. Ce qui s'est passé. Et on va se retrouver à négocier avec lui.

— Je suis assez certaine qu'il a fait pire.

— Et c'est censé me rassurer ?

Trente minutes s'écoulent. Nisha, qui consulte fébrilement l'heure, décide qu'il lui faut une cigarette et demande à Sam de la suivre dehors.

— Dégoûtante, cette habitude, déclare-t-elle, inhalant profondément debout devant les poubelles. J'arrête. (Elle ne cesse de jeter des coups d'œil dans l'allée, comme si elle guettait l'apparition d'Ari.) J'en prends juste une dernière.

Après avoir fini, elle propose :

— On traverse le vestibule ? Juste pour aller choisir l'endroit où on s'assied ?

Elle est clairement en proie à des turbulences intérieures, et Sam estime que le plus utile de sa part est de laisser Nisha mener la danse. Elle la suit donc dans le vestibule par la porte latérale, se demandant juste vaguement si quelqu'un pourrait la reconnaître, et aperçoit Michelle, la blonde copieusement maquillée de la réception, qui discute au téléphone. Jasmine se tient près du concierge. Elle les repère, hausse un sourcil, esquisse un hochement de tête vers le fond de la salle, et Nisha suit son regard.

— Merde. Il est déjà là.

Sam sent une montée d'adrénaline la parcourir. Elle jette un coup d'œil vers une table basse, entourée par trois somptueux canapés incurvés, où un groupe d'hommes d'affaires en costume boivent un café. Une jeune femme blonde est assise aux côtés de Carl, et prend des notes sur un iPad. Elle est mince, sexy, et affiche une attitude légèrement possessive. Sam reporte les yeux vers Nisha, qui les dévisage intensément, l'esprit manifestement à des kilomètres de là.

Sam regarde de nouveau l'homme au centre. Même à cette distance, il est facile de distinguer Carl : il est plus imposant, plus trapu, plus vieux que les autres, et il dégage une subtile autorité, tel un roi présidant sa Cour. Le seul homme plus costaud que Carl se tient derrière lui et est équipé d'une oreillette.

— Je le reconnais.

— Ouais. Il est apparu dans beaucoup de revues économiques. Il adore être photographié. Difficile à croire, hein ?

Sam ne parvient à détacher les yeux de lui. Les cheveux poivre et sel plaqués derrière les oreilles, le ventre énorme. Et puis elle percute. Elle pose la main sur le bras de Nisha.

— Nisha. Je dois partir.

— Quoi ?

— Je dois aller chercher quelque chose. Je reviens tout de suite.

Nisha se tourne vers elle, incrédule.

— Vous… vous me laissez tomber ?

Sam fait résolument demi-tour vers le couloir du personnel.

— Sérieusement ? Vous vous barrez ?

Elle entend les protestations de Nisha – « Vous allez juste me laisser me débrouiller toute seule ? » –, et la seconde suivante elle a disparu, courant à toutes jambes en direction du camping-car.

— Comment ça, elle a décampé ?

Aleks est en train de cuisiner, mais il se tourne face à elle, un torchon blanc jeté sur l'épaule.

Nisha fait les cent pas dans l'aire de préparation du petit déjeuner, ignorant les coups d'œil furieux que lui lancent les sous-chefs à proximité.

— Elle l'a regardé avec ses sbires, et soudain, elle s'est barrée. Elle a juste détalé. Honnêtement ? J'aurais dû m'en douter. Elle est trop frileuse. Trop flippée à cause du cambriolage. J'aurais dû demander à Andrea.

Aleks remue brièvement sa poêle. Derrière lui, les cuisines sont en pleine effervescence, l'air vibre du fracas des casseroles et des instructions hurlées.

— Est-ce que tu peux demander à Jasmine de rester dans le vestibule ? Histoire de garder un œil sur toi ? Je ne peux pas quitter mon poste avant au moins une heure.

— Je vais me débrouiller, dit-elle en lui embrassant la joue. Sérieusement. Je suis… en colère contre elle, c'est tout. J'avais seulement besoin de vider mon sac. Je peux les prendre ?

Il plonge sa main libre dans sa poche et en ressort une clé de casier. Elle la saisit et se dirige vers le vestiaire du personnel. Dans l'atmosphère confinée de la petite pièce silencieuse, elle examine le mur de casiers jusqu'à ce qu'elle trouve le 42, dont elle ouvre la porte. À l'intérieur se trouvent un jean, un tee-shirt propres (les chefs sentent toujours la friture en fin de service). Elle sort son tee-shirt avec précaution et hume l'odeur de sa lessive, ce qui la ramène brièvement à la veille au soir, et alors qu'elle le remet en place, elle remarque la photo sur la porte : un cliché abîmé de lui, le bras passé autour d'une jeune fille blonde qui le regarde avec adoration. Elle l'examine une minute, et songe à Ray au même âge. *Je viens te chercher, bébé,* lui dit-elle en pensée. Puis elle plonge la main au fond du casier, où les chaussures sont soigneusement rangées dans un sac en plastique noir, et referme la porte.

— Je ne bouge pas d'ici, Nisha, dit Aleks lorsqu'elle lui rend la clé. Appelle-moi quand tu as fini.

Il repose sa poêle, prend Nisha dans ses bras et l'embrasse, sans se soucier que les autres employés de cuisine puissent le voir.

— Tout va bien se passer. Tu obtiendras ce que tu veux. Parce que tu es une personne vraiment, vraiment formidable.

Elle ferme les yeux un instant, le laisse lui murmurer ces mots à l'oreille.

— Merci, dit-elle en défroissant sa veste Chanel.

Elle fume deux autres cigarettes devant les poubelles, va deux fois aux toilettes du personnel (c'est quoi, ce truc entre les nerfs et la vessie ?), puis se brosse les dents et arrange ses cheveux, changeant seulement trois ou quatre fois de coiffure. Elle consulte son téléphone et prend plusieurs inspirations profondes. Il est midi moins cinq.

Chapitre 37

Les hommes en costume partent tout juste lorsque Nisha s'approche de la petite table. Elle attend à quelques pas de là, jusqu'à ce qu'elle ait la certitude qu'il l'a vue, et il s'applique à éterniser ses au revoir. Un pur coup de force. Elle l'a regardé le pratiquer un million de fois : faites attendre une personne, et elle sera déjà moins importante que vous. La colère qui avait animé Nisha lors de leur dernière entrevue semble s'être dissipée, et, à présent, elle a des papillons dans le ventre, les jambes légèrement tremblantes. Elle reste d'une impassibilité visible, consciente des regards curieux des hommes, de la proximité de Charlotte, qui se décale de quelques centimètres vers Carl, pour afficher son propre pouvoir, ou peut-être parce que Nisha la rend un peu nerveuse aussi. Enfin, après une interminable attente, il daigne tenir compte de sa présence.

—Ah, Nisha.

Il lui fait signe de s'asseoir. Ne se lève pas.

—Pas avec elle, dit Nisha.

Il soutient son regard, semblant tenter de déterminer si c'est une bataille qu'il souhaite remporter. Puis il se tourne vers Charlotte.

— Accorde-nous une minute, chérie. Tu pourrais vérifier qu'on a tout récupéré dans la chambre.

— Sauf mes vêtements, précise Nisha.

Puis elle ajoute d'un ton malicieux :

— Chérie.

Charlotte, peut-être offensée de se voir refuser son moment de triomphe, se lève en adressant à Nisha un regard acéré et plein de rancœur. Elle s'éloigne d'un pas raide vers les ascenseurs en balançant ses cheveux.

— Où est Ari ? demande Nisha en s'asseyant.

— Pourquoi cette question ?

— Je voulais simplement m'assurer qu'il n'était pas en train de s'introduire dans une autre maison. Je rends service à la communauté, si tu préfères.

— Je ne vois pas du tout de quoi tu parles, dit-il avec un sourire neutre. (Il remarque le sac à côté de ses pieds.) Alors maintenant tu te trimballes avec des sacs en plastique plutôt que des pochettes Chanel. Classe.

— J'estimais que ce moment ne méritait pas plus.

Il se met alors à rire.

— Nisha, Nisha. Quel mordant, j'ai toujours apprécié ça, chez toi. Alors… Elles sont là-dedans ?

Il tend la main, mais elle recule le sac sous ses pieds.

— Je veux voir la convention de divorce. J'imagine qu'elle est entièrement rédigée.

— Je veux les chaussures d'abord.

— Pourquoi serais-je ici sans les avoir apportées ?

— Je ne sais pas, chérie. Ton comportement a toujours été un mystère pour moi.

— Tu les auras quand j'aurai vu la convention.

Il soupire, secoue la tête, puis fait signe à un homme à lunettes en costume qu'elle n'avait pas remarqué jusque-là, mais qui manifestement attendait à une table près d'eux. L'homme s'empresse de les rejoindre et présente une liasse de documents à Nisha. Elle baisse les yeux. Un accord dactylographié de plusieurs pages, dont la première est intitulée « Convention de divorce ».

— Eh bien ? lance Carl.

— J'ai besoin de le lire, dit-elle.

Elle relève la tête et voit Ari dans l'angle, qui l'observe. Elle scrute la salle. Frederik, le gérant, est devant l'accueil et parle à l'un des réceptionnistes, qu'elle ne reconnaît pas. Pendant qu'il discute, il jette deux coups d'œil vers eux. Il aura été briefé, lui aussi. Elle ne voit pas Jasmine. Elle se redresse, résolue à ne pas montrer à Carl combien elle se sent seule.

Ce document stipule que, selon la loi de l'État de New York, la relation du demandeur et du défendeur est rompue depuis au moins six mois et que le demandeur l'a déclaré sous serment.

— Attends une minute, dit-elle soudain. Ce document est daté d'il y a six mois.

— Oui. C'est le moment où tu l'as signé.

Elle feuillette les pages jusqu'à ce qu'elle la voie : sa signature – un peu hésitante, mais elle y ressemble clairement.

— Quoi ? Je n'ai jamais signé ça. Ce document dit que nous sommes séparés depuis des mois. Toutes les histoires d'argent y sont déjà réglées. Ça dit que nous sommes pratiquement divorcés.

— J'ai pensé que le mieux était de lancer la machine. Alistair nous a préparé un document au préalable.

Elle parcourt l'accord financier. Une somme à payer pour un deux-pièces dans la ville de son choix, jusqu'à concurrence d'un million et demi de dollars. Les frais d'université de Ray. Des indemnités mensuelles de dix mille dollars jusqu'à la fin de ses études.

—Je n'ai pas consenti à ça. Tu as... Tu as imité ma signature.

—Non, chérie. C'est juste que tu ne te rappelles pas l'avoir signé. Tu as vraiment toujours débloqué.

Elle regarde Alistair, qui se détourne, légèrement embarrassé.

—Mais ça ne représente même pas cinq pour cent de ce que tu me devrais dans une convention en bonne et due forme.

—C'est parfaitement équitable. Si tu regardes les comptes de la compagnie, tu verras que nous avons connu quelques années très difficiles. Nous avons dû vendre toutes sortes de biens pour payer nos dettes. Ceci représente la moitié de ce qui me reste. Apparemment, le juge a trouvé ça parfaitement équitable.

Elle repense à ce que l'avocat lui avait dit, que Carl se serait affairé à cacher ses capitaux dans toutes sortes de zones offshore secrètes. Elle repense à la maison de Londres qu'il a vendue dans son dos. Il prévoit ça depuis des mois.

—Cet accord n'est pas juste, Carl, et tu le sais.

—C'est cent pour cent de plus que ce que tu aurais touché à Hicksville, Ohio. (Il se recule dans les coussins du canapé.) Bref. Tu semblais tout à fait heureuse de le signer lors de notre séjour à Saint-Tropez.

Un souvenir lui revient soudain, une nuit à l'*Hôtel du Cap*. Il avait insisté pour qu'ils boivent des cocktails, même s'il savait qu'elle ne tenait pas l'alcool. Ce soir-là, juste au moment où elle avait déclaré, étourdie, qu'elle devait vraiment se coucher, il lui avait demandé de signer une pile de papiers urgents, et était resté penché au-dessus d'elle pendant qu'elle s'exécutait sans les examiner. Cela n'avait rien d'étrange : elle avait l'habitude de signer des documents pour aider Carl dans ses affaires. Elle avait été directrice, épouse, secrétaire générale, instrument d'évasion fiscale. Des rôles variables selon ce que son comptable estimait nécessaire sur le moment. C'était sa fonction. La parfaite conjointe d'un chef d'entreprise.

— Tu m'as pigeonnée pour que je signe mes propres papiers de divorce ?

Il consulte sa montre.

— L'offre est sur la table dix minutes. Après ça, tu peux m'attaquer pour ce que tu penses pouvoir obtenir. Je vais pisser.

Il se lève lourdement, et Ari apparaît soudain auprès de lui, l'escortant sur les vingt mètres qui mènent aux toilettes du vestibule. Jasmine, qui à l'évidence attendait en dépoussiérant lentement les surfaces de l'entrée, contourne le canapé en hâte et s'assied à côté d'elle.

— Qu'est-ce qui se passe ?

Elle prend les papiers, sans tenir compte des légères protestations d'Alistair, qui n'arrive pas à comprendre pourquoi une femme de ménage vient de saisir ses documents financiers hautement confidentiels.

— Ah non, dit Jasmine en les parcourant avant de les reposer. Non, chérie. Ce n'est même pas ce qu'il paie en domestiques à l'hôtel pour entretenir le penthouse. J'ai vu les montants un jour. (Elle hausse les épaules quand Nisha la dévisage.) Tu ne peux pas le laisser t'entuber comme ça.

— Mais, dans le cas contraire, je pourrais finir sans rien. Il a clairement tout planifié.

— Tu ne peux pas signer ça. Point barre. Pas vrai ? (Jasmine se tourne vers Alistair.) Si elle signe le reste des papiers, elle ne peut rien réclamer d'autre ?

Alistair cligne les yeux.

— Ah oui. C'est exact. Ils seront techniquement divorcés à partir de là.

Jasmine et Nisha se regardent fixement. Nisha est figée, l'esprit bourdonnant.

Jasmine lui pose une main sur le bras.

— Mon chou. Tu ne peux pas faire ça.

— Il m'a fumée comme un hareng, dit doucement Nisha.

Carl revient des toilettes en écoutant ce que lui dit Ari. Il s'esclaffe, l'air aussi détendu et jovial que s'il revenait d'un bon déjeuner. Charlotte émerge de l'ascenseur et trottine après lui. Elle lui dit quelque chose avec empressement, et il lui pose brièvement la main sur le ventre, puis acquiesce. Alors que Nisha observe la scène, Charlotte le suit à la table, le sourire aux lèvres.

Il l'a encore doublée, s'aperçoit Nisha. À tant d'égards. Elle n'a jamais eu l'ombre d'une chance. Elle relève le menton et garde la tête froide tandis que Charlotte dispose ses jambes follement longues auprès de celles de Carl.

L'attention de Nisha est alors attirée par une vague agitation dans le vestibule. Elle jette un coup d'œil sur sa droite et voit Sam courir vers elle en dérapant légèrement sur le marbre.

— Nisha ! Nisha !

Elle a la main en l'air. Lorsqu'elle voit Carl, elle s'arrête et agite frénétiquement le bras.

Carl regarde Sam, son anorak, son jean taille haute et ses baskets éraflées. Il adresse un sourire moqueur à Nisha. « C'est ça que tu fréquentes, maintenant ? »

— Nisha. S'il vous plaît ! Il faut que je vous parle.

Nisha examine l'expression implorante de Sam.

— Donne-moi une minute.

— Dans cinq, on part, riposte Carl.

Puis il s'assied et fait signe à Ari d'aller lui chercher de l'eau. Charlotte lui passe une main manucurée sur la cuisse et la laisse posée là.

— Je l'ai reconnu, dit Sam à court d'haleine en entraînant Nisha sur le côté du vestibule. Je l'ai reconnu. Votre mari. J'ai mis l'original en lieu sûr, mais j'ai demandé à Phil de me l'envoyer sur mon téléphone.

Nisha dévisage Sam, tentant de comprendre ce qu'elle lui raconte. Elle baisse les yeux sur le téléphone tandis que Sam, les doigts hésitant sur les touches, clique sur une petite vidéo qui s'anime par saccades. Et le voilà : Carl, nu comme un ver en noir et blanc, minuscule et pixélisé, avec Charlotte accroupie sur lui.

— Qu'est-ce que c'est que ça ? demande Jasmine en regardant par-dessus son épaule.

— Oh… oh, lâche Nisha, brièvement pétrifiée. Oooh. Oh non.

Elle cligne les yeux, puis grimace. Elle relève ensuite la tête vers Sam, qui la regarde intensément.

— Le soir où j'ai porté les chaussures au pub. Un homme m'a remis ça sans rien dire. On y a jeté un coup d'œil avec Andrea, et on a juste… Enfin, on a juste pensé qu'il s'agissait d'un genre de canular. Sans vouloir vous vexer.

— Totalement justifié, déclare Jasmine.

— Après, je l'ai fourrée dans un tiroir et je n'y ai plus pensé. Et puis, quand on est entrées tout à l'heure, j'ai percuté. C'est votre mari, non ? Lui, là ! Dans la vidéo.

Nisha regarde Sam.

— Mon assurance, murmure-t-elle. J'avais oublié.

— Je vous l'ai déjà envoyée par MMS. Je me suis dit que vous auriez besoin de copies.

Nisha consulte son portable. Elle voit la notification lui indiquant que la vidéo l'attend.

— OK, dit-elle, peinant à prendre son souffle. OK.

— Maintenant tu peux démolir cette raclure, dit Jasmine. *Yesss !*

Brusquement, Sam esquisse un grand sourire de joie et de fierté.

— Oui, vous pouvez. La voilà, votre monnaie d'échange. La voilà, votre nouvelle convention de divorce.

Elle ne peut s'empêcher d'ajouter :

— Vous voyez ? Je vous avais dit que je m'y connaissais en négociation.

Carl paraît légèrement perplexe lorsque les deux femmes prennent place sur le canapé. Il étudie, avec un dégoût à peine masqué, l'apparence débraillée de Sam, son vague frétillement d'impatience. Puis il affiche son ennui de manière théâtrale. Il soupire, regarde sa montre et demande d'une voix traînante :

— Vous avez fini ?

Nisha se penche en avant et examine le document.

— Donc, selon ces papiers, nous nous sommes séparés il y a six mois. Même si nous savons toi et moi que ce n'est pas vrai.

— Exact.

Il boit une gorgée d'eau et se recule dans son siège.

— Et tu vas transférer ces indemnités… quand ? Tout de suite ?

—Nish… attendez! s'exclame Sam.

Mais Nisha lève une main pour l'interrompre.

Carl acquiesce.

—Alistair va s'en charger. Mais je veux d'abord voir les chaussures.

Nisha ramasse le sac pour le mettre sur ses genoux et en sort l'une des chaussures en crocodile. La veille, elle avait soigneusement refixé les talons à l'aide du pistolet à colle de Grace. Elle la tourne de gauche à droite, sort l'autre, afin qu'il voie les deux, puis les range dans le sac.

—Donc… Me faire courir dans tous les sens pour essayer de retrouver mes propres chaussures était juste une blague. Un moyen de me tenir à distance le temps peaufiner ta combine.

Carl la regarde sans ciller.

—Peut-être. Quelle importance?

—Tu sais qu'elles sont trop petites pour elle? Elle a de très grands pieds.

Elle hoche la tête vers Charlotte, qui ouvre la bouche, puis sourit gentiment à Carl.

— Es-tu vraiment sûr de vouloir ces chaussures? demande Nisha.

Ils se défient du regard, et soudain, ça y est. Ils se méprisent. Elle a du mal à croire qu'elle a un jour partagé la vie de cet homme.

—Donne-moi les chaussures, dit-il d'une voix grave et menaçante.

—Sam… donnez-moi votre RIB, exige Nisha.

—Quoi?

—Je n'ai accès à aucun compte ici. Il le sait très bien. Passez-moi votre RIB.

Sam tape lentement sur son téléphone, puis le lui tend. Nisha le donne à Alistair.

—Nisha..., proteste Sam.

Mais celle-ci l'interrompt de nouveau d'une main levée.

—Je veux voir l'argent arriver sur ce compte. Oh, pour l'amour du ciel, Carl, dit-elle en le voyant hésiter. Je ne risque pas de décamper. Je sais qu'Ari aura mis des gorilles à toutes les entrées. Je ne suis pas stupide.

—C'est une mauvaise idée, chuchote Sam avec insistance. Nisha. Ne faites pas ça.

—Allez-y, ordonne Carl.

Ils attendent que la transaction soit effectuée en ligne. Avec réticence, Sam montre à Nisha le solde de son compte. Nisha fait signe à Jasmine, restée à proximité.

—Pouvez-vous récupérer les affaires dans le penthouse, je vous prie ? Et les descendre à l'entrée principale ?

—Vos affaires, madame. Certainement ! lance Jasmine avant de s'éloigner en hâte vers les ascenseurs.

Nisha attend que Jasmine soit dans la cabine. Puis elle tend la main pour avoir un stylo.

—Très bien, je vais signer.

—Nisha, dit Sam en lui agrippant le bras, vous n'y êtes pas obligée. Vous avez cette chose. Vous pouvez obtenir ce qui vous revient !

Mais Nisha chasse la main de Sam. Elle signe chaque document attentivement, les rend, et attend qu'Alistair les certifie un par un. Il lui donne un exemplaire complété. Nisha le prend, le plie soigneusement, et le range dans sa veste. Puis elle expire longuement.

—Alors ça y est. Terminé. On a signé, c'est fini.

— C'est fini, dit Carl.

Elle se lève et lui tend le sac contenant les chaussures. Elle voit que Carl ne veut pas tenir de sac en plastique – c'est clairement indigne de lui –, il hoche donc la tête vers Ari, qui le prend à Nisha et regarde à l'intérieur. À côté d'elle, Sam la dévisage bouche bée, affichant une angoisse à peine réprimée.

Ari acquiesce. Carl se retourne vers elle.

— Eh bien, chérie. Tu as été aussi minable à la fin que tu l'étais quand je t'ai rencontrée.

— Charmant, Carl, dit-elle en s'écartant de la table pour partir. (Elle fait quelques pas, puis s'arrête.) Oh. J'ai failli oublier. Je viens de t'envoyer quelque chose, lance-t-elle avec un sourire en coin. Un petit cadeau d'adieu.

Carl se lève, défroisse sa veste. Elle attend tandis qu'il baisse la tête sur son téléphone, entend la notification retentir.

— À partir de maintenant, nous sommes des inconnus l'un pour l'autre. Tu nous laisses tranquilles. Si tes gorilles et toi vous en prenez à Ray ou moi, s'il arrive quoi que ce soit d'autre à l'une de mes amies, ceci sera publié sur Internet. Ou peut-être envoyé à la presse à scandale. Selon ce qui paraîtra le plus… approprié. Il existe plusieurs copies, alors pas de bêtises.

— Mais de quoi tu parles ?

— C'est juste un petit quelque chose pour vous, les amoureux, à regarder pendant le trajet du retour. Oh, et Charlotte ? Un conseil : certaines femmes ne peuvent vraiment pas porter du Yves Saint Laurent. Sur vous, on dirait du… C'est quoi déjà ? (Elle se tourne vers Sam et crache le nom.) Ah, oui, *Primark*.

Sur ces paroles, Nisha tourne les talons et traverse le vestibule à grandes enjambées pour sortir sous un soleil brumeux hivernal.

La porte d'entrée de l'hôtel s'ouvre devant elle au moment où Carl pousse un hurlement d'indignation étouffé.

Nisha marche si vite que Sam doit trottiner pour ne pas se laisser distancer. Elle a la tête qui tourne, et les mots se déversent de sa bouche maintenant qu'elles sont loin de la table.

— Mais qu'est-ce que vous venez de faire ? Vous auriez pu obtenir de lui un arrangement convenable. Vous auriez pu être tranquille toute votre vie. Je vous ai fourni ce dont vous aviez besoin !

— Je m'en fous, dit Nisha en s'éloignant de l'hôtel d'un pas résolu. Je n'en veux pas. Où est le camping-car ?

Elle se tourne, distraite, pour regarder vers l'entrée de service.

Sam la fait pivoter face à elle.

— Mais vous aviez tout en place. Tout ! Vous auriez pu l'amener à accepter n'importe quoi, avec cette vidéo.

— Et alors je n'aurais pas valu mieux que cette merde humaine. Mais, bon Dieu, où est Jasmine ?

Nisha relève la tête, scrute l'entrée.

Il leur faut un moment avant de la voir émerger de la porte latérale. Aidée de Viktor, elle pousse un énorme chariot à bagages en cuivre contenant tous les vêtements de Nisha. Lorsqu'elle les aperçoit, Viktor et elle changent de cap et le poussent vers eux.

— Vous pouvez emporter tout ça jusqu'au camping-car ? lance Sam. Il est juste à l'angle.

— Qu'est-ce qui se passe, mon chou ? demande Jasmine, légèrement hors d'haleine.

Elle balance la bandoulière de son sac à main sur son épaule tandis que Nisha prend l'autre coin du chariot.

— Je ne comprends pas, s'exclame Sam.

Mais Nisha ne semble pas lui prêter attention. Apparemment, tout ce qui l'intéresse est de regagner le camping-car, sans un regard en arrière. Sam échange un coup d'œil avec Jasmine, qui secoue la tête, aussi perplexe qu'elle.

Lorsqu'ils arrivent au véhicule, tout le monde est à bout de souffle. Viktor les aide à charger les vêtements à l'arrière et serre la main de Nisha quand elle lui tend un billet de dix livres.

— Bon, dit-elle, alors qu'elles le regardent pousser le chariot vide vers l'hôtel. Allons-y.

Sam finit par exploser.

— Vous êtes dingue ! Vous avez passé tout ce temps à radoter que vous deviez avoir ce qui vous revenait, nous convainquant au passage avec votre éternel refrain sur le fait que chacun doit défendre ses droits. Et ensuite, quand l'occasion se présente, vous… vous cédez et renoncez à tout ! Bon sang, Nisha. Vous m'avez donné l'impression d'être une laitue ratatinée pendant des semaines. Pourquoi ai-je écouté un traître mot de ce que vous racontiez ?

Elle grimpe au volant. Jasmine prend place au milieu sur la banquette et Nisha monte en dernier, puis referme la portière.

— Je vous en prie… Dites-moi au moins que vous avez planqué les diamants quelque part, implore Sam.

— Eh non. Ils sont dans les talons des chaussures.

— Vous auriez pu les garder !

— Et j'aurais été aussi minable que lui.

— Cet homme a détruit ma maison. Il a foutu une peur bleue à chacune d'entre nous. Il vous a volé vingt ans et a mis votre fils à genoux. Et vous allez simplement lui offrir ce qu'il veut et partir ? Et vous m'avez obligée à vous regarder faire ? Je ne vous comprends pas, Nisha. Vraiment pas.

— Cette fille a trouvé sa voix, déclare Jasmine.

— J'ai assez, réplique calmement Nisha. Si j'ai un toit au-dessus de ma tête, mon fils auprès de moi et mes amis, alors j'ai assez. Je suis plus heureuse, d'accord ? Je suis plus heureuse comme ça.

Sam engage brusquement le camping-car dans la circulation. Les deux autres femmes se sont tues. Nisha est visiblement perdue dans ses pensées, et Jasmine brièvement réduite au silence par la tournure des événements. Sam, s'appliquant comme elle peut à conduire l'encombrant véhicule, décide qu'elle ne peut pas réfléchir à tout ça maintenant. Elle ne peut pas éprouver une telle colère. Ces quelques jours se sont avérés trop déconcertants. Elle a juste envie de rentrer chez elle retrouver Phil. Elle a envie d'être avec des personnes qu'elle comprend.

— Où est la policière ? demande Nisha.

— Quoi ?

— La flic que vous m'avez montrée en arrivant. Où est-ce qu'elle est ?

Sam jette un coup d'œil à Jasmine, qui lui adresse la petite moue universelle signifiant : « Non, moi non plus. »

— Je ne vais pas griller un autre feu rouge, déclare-t-elle avec irritation. Je vais rentrer en conduisant très prudemment. OK ?

— Passez devant la flic. Là. La voilà.

Sam met son clignotant à gauche, même si ça rallonge le trajet, et roule pile à trente kilomètres-heure, jusqu'à ce qu'elle voie la policière.

— Ralentissez, dit Nisha. Maintenant garez-vous.

Confuse, Sam s'exécute, sans tenir compte du coup de klaxon qui retentit derrière elle. Nisha agite vigoureusement la main par la vitre. L'agente lève les yeux, puis incline la tête sur le côté, comme si elle n'était pas sûre de ce qu'elle voit. Elle commence à marcher vers le camping-car, repère l'énorme tournesol sur le flanc.

— Pas encore vous, dit-elle en apercevant Sam.

— Je suis tellement désolée. Je ne sais pas trop pourquoi mon amie est…

Nisha se penche par la vitre passager.

— J'ai un tuyau pour vous qui va changer votre vie. Notez cette immatriculation : PYF 483 V. Dans cette voiture, il y aura un homme en possession d'une paire de fausses Christian Louboutin. Dans les talons, il y a pour plus d'un million de dollars de diamants non certifiés et importés illégalement dans ce pays. Ce n'est pas la première fois qu'il le fait.

La policière regarde Nisha, puis Sam.

— C'est une plaisanterie ?

— Non, dit Nisha. Je suis on ne peut plus sérieuse.

— Et pourquoi je devrais vous croire ?

— Est-ce que j'ai l'air de blaguer ?

Elles se dévisagent une minute. Une compréhension particulière, qui ne s'établit qu'entre deux femmes d'un certain âge, semble se produire.

— Des diamants illégaux.

— Si ça ne vous vaut pas une énorme promotion, je reviendrai ici et vous pourrez me foutre en taule.

Jasmine et Sam gardent le silence. La policière étudie le visage de Nisha.

— C'était quoi, l'immatriculation, déjà ?

— PYF 483 V. La voiture quittera le *Bentley Hotel* pour aller au London City Airport. Dans environ cinq minutes.

La femme plisse les yeux.

— C'est vrai, confirme Sam.

— Comment va votre amie ? demande soudain la policière.

— Vraiment bien, merci. Ses cheveux repoussent.

— Oh. Super, se réjouit la femme en acquiesçant avec satisfaction.

— Cinq minutes, dit Nisha. Max.

La policière les regarde à tour de rôle, continuant de réfléchir. Tandis qu'elles attendent, elle porte lentement sa radio à sa bouche, sans quitter Nisha des yeux.

— Contrôle ? Ouais, j'ai besoin qu'on garde un œil sur un véhicule qui pourrait contenir des diamants de contrebande. Immatriculation PYF 483 V. Oui. C'est urgent. Départ du *Bentley Hotel* direction City Airport. Oui, diamants illégaux en grande quantité à bord. (Elle baisse sa radio.) Et cette info vient de… ?

— Oh, d'un anonyme responsable.

La policière regarde la main gauche de Nisha.

— Un anonyme responsable slash ex-épouse en pétard ?

— Je vous aime bien, PC 43555. Vous auriez dû être inspectrice.

— Marjorie. Et on m'a court-circuitée sur quatre promotions en cinq ans.

— Pas après ça. Passez une merveilleuse journée, Marjorie, dit Nisha.

Alors que la policière retourne à sa radio, Sam s'engage sur la route.

Elle roule quelques minutes, l'esprit en effervescence. Elle ne cesse de jeter des regards furtifs à Nisha, assise près d'elle, les yeux fermés, les mains posées sur les genoux, comme si enfin elle s'apaisait.

— Je viens juste de comprendre, dit Sam. Vous aviez une longueur d'avance sur lui depuis le début.

— Il ne m'aurait jamais laissée tranquille. Ni vous. Ni Ray. (Nisha ouvre les yeux et regarde droit devant elle.) Mais il pense que nous ne sommes pas au courant pour les diamants. Alors il ne fera pas le lien entre nous et ce qui est sur le point de lui arriver. (Elle allume une cigarette.) Voilà la seule chose utile que mon père m'ait jamais transmise, explique-t-elle en inhalant. Les gens estiment ce dont vous êtes capable en se basant sur les apparences, deux fois plus si vous êtes une femme. Et si vous êtes une femme d'un certain âge, ça se résume à quasiment rien. Dans mon cas, Carl pense que je suis juste une has-been désespérée et hystéro qui ne se soucie que de sa garde-robe.

Sam secoue la tête.

— Oh, vous êtes douée.

Nisha souffle un long panache de fumée.

— Par ailleurs, puisque je suis apparemment divorcée maintenant, il semble que rien ne m'empêche d'un point de vue légal de témoigner contre lui.

Un court silence s'ensuit. Puis Jasmine pousse une acclamation. Sam se met à rire. Elle ne peut se retenir. Elle rit tant qu'elle écrase l'accélérateur et doit faire une embardée pour éviter une borne.

Nisha époussette des peluches imaginaires sur son pantalon.

— Tu vois ? dit-elle en adressant un petit sourire à Jasmine. Je t'avais dit que je n'étais pas gentille.

Chapitre 38

Une grève du personnel aérien au terminal 5 fait reculer des queues de voyageurs irascibles presque jusqu'aux portes de l'aéroport de Heathrow. Cela ne dérange pas Nisha, même si le fils de la famille derrière elle ne cesse de lui envoyer sa valise à roulettes dans les jambes, tandis que la file au contrôle de sûreté avance lentement. Elle se tient à côté d'Aleks, qui lui pose de temps en temps la main en bas du dos, tenant son sac Prada surdimensionné dans l'autre. La première fois qu'il a proposé de le lui prendre, elle s'est esclaffée avec incrédulité : Carl aurait préféré mourir plutôt que tenir un sac à main de femme, mais Aleks semble trouver son offre banale.

—Il a l'air lourd. Je peux te le porter.

Elle a mis son manteau Chloé en peau de mouton, parée pour le climat hivernal des États-Unis, et bien qu'elle essaie de ne pas s'imaginer superficielle, ces jours-ci, chaque fois qu'elle sent la douceur luxueuse du col montant, elle fond intérieurement de plaisir. Vous pouvez changer une personne, mais seulement dans une certaine mesure.

Elle repense à leur soirée la veille chez Sam. Celle-ci avait cuisiné pour tout le monde – poulet rôti avec tous les accompagnements, des adieux dignes de ce nom, avait-elle déclaré. Ils étaient restés assis autour de la petite table jusqu'à l'aube, à parler, boire et rire. Sam était rayonnante. Elle s'était maquillée comme Nisha le lui avait montré – même si cette dernière s'était dit qu'elle ne maîtrisait pas encore l'eye-liner –, elle souriait, avait le rire facile et jetait des coups d'œil fréquents à son mari. Elle était excitée à l'idée de commencer son nouveau travail. Miriam l'avait appelée deux fois, juste pour vérifier qu'elle avait toutes les informations nécessaires, suggérant qu'elles aillent boire un verre après son premier jour pour débriefer. Elle lui avait prévu sa propre place sur le parking.

— Il va y avoir mon nom dessus ! Mon nom sur une place de parking !

Nisha s'est dit que trente centimètres de lettres en plastique sur un parking de White City n'étaient peut-être pas le summum de ses propres ambitions, mais bon, ça rendait Sam heureuse, elle a donc déclaré en souriant que ça lui semblait fabuleux.

Andrea est restée tête nue toute la soirée. Elle portait de grosses boucles d'oreilles et une écharpe rouge moelleuse dissimulant la maigreur prononcée de son cou. Elle a lancé qu'elle prendrait deux parts de poulet, paraissant retrouver l'appétit. Elle n'avait pas d'emploi. Ni de compagnon.

— Mais, pour l'instant, ça va, a-t-elle affirmé avec philosophie. C'est tout ce qu'on peut faire au final, non ? Bien se porter dans l'immédiat.

Ils ont trinqué à sa sage remarque, qui leur a semblé encore plus avisée trois bouteilles plus tard.

Grace était assise en bout de table près de Cat. Elles ont discuté avec l'hésitation classique de deux adolescents qui ne se connaissent pas, mais se trouvent parmi une assemblée d'adultes. Parfois, Nisha les observait en se demandant quels rapports elles auraient avec Ray s'il était là. Il apprécierait Cat, qui était exubérante et manifestement intéressante. Elle ne deviendrait pas la chiffe molle que sa mère a été. Mais c'est Grace qui l'emballerait, songe-t-elle. Grace, avec sa nature bienveillante et sa petite touche d'espièglerie.

— Tu es excitée ? demande Aleks, l'interrompant dans ses réflexions.

Elle est en train de penser à son fils, donc incapable de parler. Elle relève les yeux vers lui, sourit, et il la serre doucement contre lui.

Aleks ne l'a pas quittée de toute la soirée. Sa compagnie est des plus agréables. Il a conversé avec Phil au sujet de ses recherches d'emploi, discuté de littérature avec Grace, qui veut faire une licence d'anglais, proposé son aide pour les sauces et complimenté Sam à outrance sur sa cuisine. Il semble être une histoire à la fois nouvelle et ancienne : c'est si naturel de le côtoyer que Nisha se demande parfois si tout cela est bien réel. Ce soir-là, alors qu'ils étaient tous les deux allongés dans la pénombre, et qu'elle avait l'esprit un peu embrumé par la quantité de vin ingurgitée, il lui a pris la main pour en embrasser chaque jointure, une par une. Il lui a ensuite dit avec la plus grande solennité qu'elle est extraordinaire, belle, courageuse et drôle, et que lorsqu'il ferme les yeux, elle a comme élu domicile dans chaque parcelle de son corps, le modifiant entièrement de la meilleure des manières. Elle l'a regardé attentivement.

— Je crois que c'est la première fois qu'on me dit des choses aussi gentilles, a-t-elle déclaré d'une voix inhabituellement hésitante.

— Oh, c'est loin d'être la dernière, a-t-il répliqué en lui embrassant la jointure du pouce.

— Ça pourrait n'être qu'une histoire de sexe, a-t-elle suggéré avec précaution. Je veux dire, je suis restée très longtemps avec quelqu'un. Je ne sais pas encore vraiment… qui je suis en dehors de cette relation. Si ça se trouve, je me sers juste de toi pour ma satisfaction sexuelle.

— Quelle horreur ce serait pour moi.

Il a regardé Nisha dans les yeux d'un air amusé.

Ils n'abordent pas l'avenir. Nisha le comprend maintenant : quoi que l'on prévoie sera probablement torpillé, de toute façon.

Jasmine a pleuré une demi-heure sur le pas de la porte de Sam en refusant de lâcher Nisha.

— Tu vas revenir, hein ? Enfin, on va rester en contact ? Tu ne vas pas nous oublier du jour au lendemain ?

— Je vous appelle dès que j'ai atterri.

— Tu ne vas pas te la péter et nous snober maintenant que tu as de l'argent ?

Nisha a incliné la tête, lui adressant le même genre de regard que Jasmine lui aurait décoché pour avoir laissé le chauffe-eau en route, et celle-ci s'est mise à agiter les mains.

— Je sais, mon chou. Je sais. C'est juste que tu vas vraiment me manquer.

Elles se sont serrées fort dans les bras, et Nisha a chuchoté :

— Ne verse pas dans le mélo avec moi. Ce n'est qu'une courte séparation, OK ? On a tout un paquet de choses à faire ensemble. Il faut que je te voie ouvrir cet atelier de confection, déjà.

— Passeport.

L'agent de sûreté tend une main lasse. Elle le lui présente pendant qu'il vérifie son billet, puis le reprend, tamponné et en règle, et se décale sur le côté de la queue. Aleks lui passe son sac à main, le visage grave.

— Bon, dit-il.

— Je t'appelle quand j'atterris.

Il acquiesce.

— Oh. J'ai failli oublier. Tu veux bien me rendre service ? Déposer ça ? Je n'ai pas envie de les poster.

Il examine les adresses sur les petites enveloppes à bulles et répond :

— Bien sûr. Tu as oublié de le faire hier soir ?

— Quelque chose dans le genre.

Il l'attire alors contre lui et l'étreint fermement, en silence, indifférent aux grommellements de la foule, aux centaines de gens qui se bousculent autour d'eux. Elle enfouit le visage contre son torse, les yeux clos, et, par-dessus le bruit, elle perçoit tout juste le battement de son cœur.

— Appelle quand tu veux, lui murmure-t-il dans les cheveux. Je serai là.

Elle se dit que c'est sans doute vrai. Et cette pensée lui donne enfin la volonté nécessaire pour se dégager de lui. Elle rassemble ses sacs, et le personnel aérien lui fait signe d'avancer. Elle se laisse alors happer par le flot de passagers derrière les portes en verre opaque pour pénétrer dans la zone sécurisée.

Neuf heures plus tard, Nisha est dans un taxi jaune qui fonce dans le soleil humide de décembre en direction de Westchester

County. Les suspensions protestent avec fracas tandis qu'il file sur l'autoroute négligée. Avec les restrictions qu'impose sa nouvelle situation, Nisha s'est habituée à beaucoup de choses, mais voyager en éco n'en fait pas partie. Elle se masse le cou en se redressant sur la banquette arrière après une courte sieste, et lâche un petit cri involontaire lorsque son pouce tombe sur un tendon particulièrement contrarié. L'avion était plein, le ciel turbulent, et les réglages incessants du siège devant elle ainsi que la dispute marmonnée entre les deux passagers à sa droite l'avaient fait arriver épuisée, fripée et irritable, au lieu de fraîche et rayonnante, comme elle l'avait imaginé.

— Là, madame ?

Le chauffeur frappe à la vitre entre eux avec une articulation charnue.

Elle regarde et voit le panneau.

— C'est ça. Vous êtes toujours disposé à attendre ?

— Vous payez, j'attends, répond-il sans sourire avant de tourner pour emprunter la longue allée en accélérant un peu.

Elle est à cinq cents mètres du bâtiment lorsqu'elle remarque les silhouettes sur les marches. Elle se penche en avant sur la banquette, s'efforçant de mieux voir par le pare-brise, et alors que le taxi remonte l'allée sinueuse, la silhouette la plus fine se lève. Sur l'élégant mur en briques blanches de l'école, elle voit se dessiner, même à cette distance, la tignasse foncée, les membres dégingandés. Et quelque chose se met à circuler en elle, une énergie dont elle n'était pas consciente ces dernières années, un lien si tendu qu'il semble près de craquer. À côté de lui, Juliana se met debout et lui parle à l'oreille, puis lui pose une main sur l'épaule. Nisha est sortie du taxi avant même qu'il soit à l'arrêt sur le parking circulaire, indifférente au cri de protestation du chauffeur, au fait qu'elle se soit tordu la cheville dans ses chaussures à talons hauts, à son sac à main qui est tombé dans l'allée et s'est vidé sur le gravier pâle.

Et le voilà, déployant son corps disgracieux d'adolescent, faisant un premier pas hésitant, puis descendant les marches au trot, les bras ballants. Puis il court, et elle court, et ils se rejoignent devant les grands lions en pierre, et elle prend son fils dans ses bras, son beau, brillant et gentil garçon, et elle sent qu'il enroule les siens autour d'elle, et soudain, Nisha Cantor, qui pleure rarement, se met à sangloter. Elle lui agrippe la tête, appuie son visage contre le sien, s'autorise à reconnaître ce qu'elle a manqué.

— Maman.

Il pleure aussi, la serrant si fort qu'elle peut à peine respirer.

Elle ferme les yeux, respire son odeur, débordante de joie, et enfin, enfin chez elle.

— Bébé. Je suis là.

Épilogue

L'affaire « Recettes et douanes de Sa Majesté *vs* M. Carl Cantor » se révèle étonnamment facile, malgré le bataillon d'avocats qu'il engage pour entraver et combattre la procédure judiciaire enclenchée par la découverte de vingt et un millions de livres de diamants non certifiés en sa possession. Des documents obtenus après la décision de M. Ari Peretz, son conseiller en sécurité, de témoigner contre lui, montrent que c'est la quatorzième opération de contrebande de ce genre que M. Cantor effectue en cinq ans, consistant à faire entrer des diamants bruts non certifiés au Royaume-Uni où ils sont taillés, puis renvoyés aux États-Unis et revendus par le biais de contacts dans le commerce diamantaire sud-africain et russe. Malgré les protestations d'innocence de M. Cantor, il est reconnu coupable et condamné à l'incarcération aux États-Unis en vertu d'un accord d'extradition, la durée de la peine restant à déterminer.

La presse à scandale s'attarde avec un intérêt particulier, voire triomphant, sur l'observation du juge selon laquelle M. Cantor semble avoir été dupé par ses propres contacts. Les documents de l'opération de contrebande l'ayant mené à sa perte semblent être erronés. Parmi les gros diamants coussins retrouvés à l'intérieur d'une paire de chaussures pour femme spécialement adaptées, et dont un grand nombre valent plusieurs millions de livres chacun, on a découvert trois pierres de strass rudimentaires, du genre que l'on trouve sur un collier d'enfant. Les journalistes remarquent que M. Cantor paraît aussi excédé par cette tromperie manifeste que par la perspective d'un long séjour en prison (une possibilité qu'il refuse fermement d'accepter, malgré tous les efforts de son avocat).

Andrea se réveille avec la gueule de bois et observe, l'esprit engourdi, que se sentir mourante après avoir éclusé presque une bouteille de vin par tête avec vos amis est en réalité assez comparable à la vraie mort. Elle sourit à l'ironie de cette pensée, descendant lentement l'escalier de sa petite maison pour préparer ce qu'elle s'est promis d'être une grande tasse de son très bon café – la dernière capsule avant de devoir admettre son naufrage financier et passer au café instantané de la marque du supermarché. Elle nourrit le chat qui s'enroule autour de ses jambes et, pendant que la cafetière s'active, tend la main vers le placard pour prendre sa tasse à rayures préférée. C'est alors qu'elle remarque l'enveloppe sur son paillasson. Le facteur ne passe que dans sept heures normalement (s'il passe), et, en s'approchant, elle constate que l'enveloppe n'est pas timbrée.

Brièvement réconfortée par le fait que, au moins, il ne s'agit sans doute pas d'un dernier rappel, elle examine l'écriture, qu'elle ne reconnaît pas, puis boit une gorgée de café et ouvre l'enveloppe avec précaution.

Plissant les yeux, la vision encore un peu brouillée, elle doit s'y reprendre à deux fois pour lire le message à l'intérieur.

Apporte ça à l'adresse ci-dessous à Hatton Garden. Il te donnera moins que ce que ça vaut, mais ça devrait suffire pour te permettre de tenir jusqu'à ton rétablissement.
Bises.
N.
P.-S. : N'en parle pas à Sam et Jasmine. Elles risquent de réagir bizarrement.

Sous l'adresse, fixé à la carte avec un bout de scotch, se trouve ce qui semble être un gros diamant coussin scintillant.

Il faudra attendre trois semaines pour que Nisha revienne avec son fils, prêts pour les présentations et les joyeuses réunions qui seront le prélude à cette prochaine étape dans leurs vies. Trois mois et onze virées nocturnes – la dernière fêtant le lancement de la nouvelle entreprise de Jasmine – pour que Sam, Jasmine et Andrea découvrent lors d'une conversation hésitante puis de plus en plus animée qu'elles ont reçu chacune exactement le même courrier.

— Jolie veste.

Miriam est arrivée en retard et pénètre dans la salle de conférence légèrement hors d'haleine. Elle a appelé Sam pour déclarer une urgence rongeur : elle a dû amener le hamster de sa fille chez le bon véto pour petits animaux à l'autre bout de la ville. Miriam défend la flexibilité en matière d'horaires. Selon elle, tant que vous faites votre boulot et obtenez les résultats, vous pouvez bien bosser aux aurores si ça vous chante. Sam prend place à la table de conférence. Elle a apporté un café à Miriam, et celle-ci l'accepte avec gratitude en s'asseyant.

— Merci. C'est juste du Zara, dit Sam, mais je trouve qu'elle rend bien.

— En effet. Tu devrais porter davantage de couleurs vives. Eh, ça vous dirait un déjeuner dimanche, Phil et toi ? On veut baptiser notre nouvelle extension. Il devrait y avoir des gens qui vous plairont. Je promets qu'on ne parlera pas boulot.

— Ce serait vraiment charmant. Merci !

Phil et Sam essaient de tester une nouvelle activité tous les week-ends, inspirés par une méthode visant à réinsuffler du fun dans votre mariage, sujet d'un article qu'a lu Sam dans un magazine. Elle pense qu'elle appréciera plus un déjeuner avec Miriam et Irena que le mur d'escalade en intérieur où Phil avait insisté pour l'emmener la semaine précédente. Après cette expérience, ils avaient reconnu à regret, massant leurs membres endoloris de quadragénaires, que l'escalade n'était peut-être pas leur truc.

— Ah. Les voilà, lance Miriam en rassemblant les documents devant elle en une pile nette.

Elle lève les yeux, sourit à Sam et poursuit :

— Alors, voici l'entreprise que nous reprenons. Je ne pouvais pas vraiment en parler tant que les détails juridiques n'étaient pas réglés. Mais je me suis dit que tu aimerais en prendre les rênes. Nous allons devoir réduire les effectifs, pour commencer. Je pense que tu n'auras aucun problème à déterminer où ce doit être fait. À mon sens, il faut quelqu'un comme toi aux commandes.

— Aux commandes ?

— Oui. Le conseil aimerait te voir diriger cette compagnie. Ou plus exactement : cette nouvelle succursale de Harlon & Lewis.

Par l'embrasure de la porte, Sam regarde Emma, la réceptionniste, qui vient d'accueillir deux jeunes hommes portant chacun un classeur. Sam cligne les yeux en remarquant une paire de chaussures légèrement pointues qui lui est familière, puis le costume lustré, et le soudain malaise de leur propriétaire, Simon, lorsqu'il la reconnaît.

Elle regarde Miriam, bouche bée.

Miriam hausse les sourcils. Sourit.

— Comme je disais, j'ai pensé que tu aimerais te charger de ce premier entretien. Nous pourrons discuter ultérieurement et plus officiellement de ton changement de poste.

Sam garde les mains à plat sur la table un instant. Puis elle prend son stylo et inspire profondément.

— Eh bien, dit-elle en leur faisant signe d'entrer, je crois qu'on va bien s'amuser.

Remerciements

Tous les livres sont une entreprise collective, alors merci, comme toujours, à mes merveilleuses éditrices : Louise Moore et Maxine Hitchcock chez Penguin Michael Joseph ; Pamela Dorman chez Pamela Dorman Books, Penguin Random House, aux États-Unis ; Katharina Dornhofer chez Rowohlt Allemagne ; et tous les éditeurs de par le monde qui ont continué de me soutenir, m'aider et me guider ; c'est un grand privilège d'être publiée par de si fabuleuses maisons d'édition, je ne l'oublie jamais.

Merci à mon infatigable agente Sheila Crowley chez Curtis Brown ; l'équipe des droits de traduction présente et passée, y compris Katie McGowan, Grace Robinson et Claire Nozières ; et merci à Jonny Geller, Nick Marston et tout le monde à l'agence. Mes remerciements outre-Atlantique à Bob Bookman de Bob Bookman Management pour son énergie et son soutien sans limites, et pour m'avoir donné le goût des vins qui dépassent mon budget.

Merci encore à Clare Parker, Liz Smith, Marie Michels et toutes les équipes de part et d'autre de l'Atlantique, incroyablement douées pour m'aider à présenter mes histoires au public. À plus grande échelle, merci à Tom Weldon et Brian Tart, ainsi qu'à Anoukh Ferg en Allemagne.

Un immense merci à Catherine Bedford de Harbottle & Lewis pour ses explications inestimables sur le comportement des super-riches en cas de divorce (toutes les histoires resteront privées et anonymes, bien entendu). Je pense toujours – avec horreur – à certaines anecdotes que tu m'as racontées. Tout écart vis-à-vis de la pratique juridique normale a été fait pour les besoins de l'intrigue plutôt complexe de ce récit, et toute erreur m'est entièrement imputable.

À titre plus personnel, durant ces quelques années étranges, merci une fois de plus à Jackie Tearne pour son aide administrative et son amitié, Sarah Phelps pour ses story-boards en buvant des cafés dans la cour, Emily White pour son assistance, Cathy Runciman, Alice Ross, mes copines de Litmix Maddy Wickham, Jenny Colgan et Lisa Jewell, Glenys Plummer, Lydia Thomson pour m'avoir maintenue à flot, Lee Child et Ol Parker pour leurs précieux conseils quand j'en ai eu le plus besoin, Becky McGrath et enfin, le dernier mais non le moindre, John Hopkins, pour m'avoir encouragée durant les phases d'écriture les plus difficiles, et pour tellement d'autres choses.

Une gratitude éternelle envers ma famille – Jim Moyes, Brian Sanders, et par-dessus tout Saskia, Harry et Lu pour avoir toujours été si compréhensifs vis-à-vis des aspects les plus étranges de ce métier.

Je vous aime tous énormément.

Achevé d'imprimer en juillet 2023
Par CPI Brodard & Taupin à La Flèche
N° d'impression : 3053648
Dépôt légal : août 2023
Imprimé en France
38122364-1